A

Amy Ewing

So wie du mich siehst

Roman

Aus dem amerikanischen Englisch
von Juliane Zaubitzer

Atlantik

Die Originalausgabe erschien 2024 unter dem Titel
The Irish Goodbye bei Alcove Press, New York.

Atlantik ist ein Imprint des
Hoffmann und Campe Verlags, Hamburg.

Copyright © 2024 Amy Ewing
Published by Arrangement with
THE QUICK BROWN FOX & COMPANY LLC.
Dieses Werk wurde vermittelt durch die
Literarische Agentur Thomas Schlück GmbH, 30161 Hannover.
Für die deutschsprachige Ausgabe
Copyright © 2024 Hoffmann und Campe Verlag, Hamburg
www.hoffmann-und-campe.de
Umschlaggestaltung: Johannes Wiebel | punchdesign, München,
Umschlagabbildung: Leuchtturm: AdobeStock_701252065
Frau: AdobeStock_441779815
Strand, Möwen, Himmel: AdobeStock_577512529
Satz: Dörlemann Satz, Lemförde
Gesetzt aus der Minion Pro
Druck und Bindung: GGP Media GmbH, Pößneck
Printed in Germany
ISBN 978-3-455-01837-0

Die automatisierte Analyse des Werkes, um daraus Informationen
insbesondere über Muster, Trends und Korrelationen gemäß § 44b UrhG
(»Text und Data Mining«) zu gewinnen, ist untersagt.

HOFFMANN
UND CAMPE

Ein Unternehmen der
GANSKE VERLAGSGRUPPE

Für Ali, der vom allerersten Augenblick
an diese Geschichte geglaubt hat.

1

»Meine Damen und Herren, willkommen in Dublin. Die Orts-
zeit ist 8:45 Uhr. Bitte bleiben Sie noch so lange sitzen, bis die
Anschnallzeichen erloschen sind.«

Cordelia rieb sich die übernächtigten Augen und spähte
durch das kleine ovale Fenster, während das Flugzeug zum
Gate kroch. Der Himmel über ihr war mit dünnen grauen
Wolken bedeckt, die aussahen, als könnten sie jeden Augenblick aufreißen und die heiteren Strahlen der Juni-Sonne
durchlassen. Aber noch war das Wetter so gedämpft und
wechselhaft wie ihre Gefühlslage.

Als sie am JFK ins Flugzeug gestiegen war, hatte sie sich
auf Irland gefreut, aber jetzt zog sich ihr Magen zusammen.
War es vielleicht doch ein Fehler gewesen? Ihr Zuhause, ihre
Freunde, alles in New York zurückzulassen? Einen ganzen
Ozean zu überqueren, um den Sommer auf einer winzigen Insel mitten im Nirgendwo zu verbringen? Als sie die Entscheidung vor Wochen getroffen hatte, war es ihr wie eine einma-
lige Gelegenheit erschienen.

»Du brauchst eine Auszeit«, hatte ihre beste Freundin Liz
eines Nachmittags erklärt, als Cordelia bei ihr auf dem Sofa
saß und die Fotos durchging, die sie an diesem Tag im West
Village geschossen hatte.

»Mir geht's gut«, hatte Cordelia behauptet, obwohl jede einzelne ihrer Aufnahmen ganz falsch war – als hätte sie die Grundregeln vergessen, die Dreierregel, den negativen Raum, alles, was ein Foto interessant machte.

»Cord, wenn dein Stirnrunzeln noch tiefer wird, bleibt es für immer. Du solltest irgendwo auf eine Insel fahren«, hatte Liz gesagt. »Eine Weile raus aus New York. Am Strand leben. Bunte Cocktails schlürfen. Wann hast du dich das letzte Mal so richtig amüsiert? Oder irgendwas gemacht, das nichts mit Fotografie zu tun hatte?«

Das war nicht fair, dachte Cordelia. Liz wusste besser als irgendjemand sonst, wie schwer die letzten zwei Jahre für sie gewesen waren.

Früher war sie so selbstbewusst gewesen – Cordelia James, Straßenfotografin. Star ihrer Abschlussklasse an der School of Visual Arts, ihr Mentor der große Philip Watson. Tagelang lief sie mit ihrer Kamera durch die Straßen von New York, um den richtigen Moment einzufangen und auf ihrem beliebten Instagram-Account zu teilen. Und mit dieser Beliebtheit kam auch der finanzielle Erfolg: eine Ausstellung in einer Galerie in Chelsea, wo reiche Hausfrauen ihre Bilder kauften, die verzweifelt etwas Cooles und Trendiges für ihre Wände suchten. Und ein Vertrag für einen Bildband: *New York Minute* hieß er. Er verkaufte sich einigermaßen, doch der Verlag zeigte nie Interesse an einem weiteren Buch.

Und dann starb Cordelias Vater. Ihr größter Fan und Fürsprecher. Er hatte ihre Liebe zur Kunst geweckt, sie in ihrem Traum bestärkt, Fotografin zu werden, und nie verlangt, dass sie sich einen *richtigen Job* suchte, womit ihre Mutter ihr immer in den Ohren lag. Sein Tod kam brutal plötzlich. Einen Tag zuvor schrieb er noch, dass er Karten für das jüngste Broadway-Revival besorgen wollte, und dann war er einfach … tot. Ein Hirnaneurysma. Mitten in seinem Shakespeare-Einführungskurs.

Monatelang brachte Cordelia es nicht über sich, eine Kamera in die Hand zu nehmen.

Als sie endlich aus dem Ozean der Trauer auftauchte und sich in die Normalität zurückkämpfte, war Philip nach Chicago gezogen, die Galerie hatte sich anderen aufstrebenden Künstlern zugewandt, und ihre Instagram-Anhängerschaft war zusammengeschrumpft. Das Schlimmste war, dass sich ihre Kamera wie etwas Fremdes anfühlte. Cordelia schaute durch ihr Objektiv, aber sie konnte nichts *sehen*.

Sie hatte ihre Geduld verloren. Bei der Straßenfotografie war Geduld das A und O. Geduld und gute Laune. Cordelia fehlte es in letzter Zeit an beidem. Sie fühlte sich wie ein nasser Lappen, der zu oft ausgewrungen worden war.

Also hatte sie Liz' Rat befolgt und angefangen, sich nach Urlaubszielen umzusehen. Alles auf den Bermudas oder den Bahamas war übertrieben teuer. Sie hatte zwar ein paar Ersparnisse und eine bescheidene Erbschaft von ihrem Vater, aber keine Lust, alles für einen extravaganten Sommerurlaub zu verprassen.

Dann war ihr ein Inserat ins Auge gestochen. *Gemütliches Cottage im Herzen von Irlands malerischem Inishmore*, hieß es in der Anzeige. Eine schnelle Google-Suche ergab, dass es sich um die größte der drei Aran-Inseln vor Irlands Westküste handelte. *Mietfrei, wenn kleine Erledigungen für eine ältere Nachbarin übernommen werden. Mindestaufenthalt 1. Juni bis 31. August.*

Cordelia hatte sofort zugeschlagen.

Als das Flugzeug mit einem Ruck zum Stehen kam, begann

Cordelia sich Lebenslektionen auszumalen, die sie nie gelernt hätte, wenn sie in New York geblieben wäre. Die ältere Nachbarin war in ihrer Phantasie eine weise Frau, die Cordelia unter ihre Fittiche nahm und ermutigte, so wie ihr Vater es immer getan hatte (und wozu ihre Mutter offenbar unfähig war). Tagsüber würde sie mit der Kamera die grünen Hügel Irlands durchstreifen (sie war noch nie in Irland gewesen, aber war dort nicht alles grün?), sich als Künstlerin wiederfinden, mit atemberaubenden Aufnahmen von der zerklüfteten Landschaft die Fotowelt erobern. Und abends würde sie mit der alten Frau am Kamin sitzen und kuriose irische Weisheiten aufsaugen. Sie würde verändert zurückkommen. Im Reinen mit sich und der Welt.

Das wird großartig, sagte sie sich, während sie ihren Sicherheitsgurt löste.

Sie griff unter dem Sitz nach ihrer gestreiften Leinentasche, in der sich die beiden wertvollsten Dinge in ihrem Besitz befanden. Das erste war ihr Handy, die Rettungsleine zu Freunden und Familie. Sie schaltete den Flugzeugmodus aus und wartete auf ein Netz, um Liz und ihrem Bruder schreiben zu können.

Das zweite war ihre Fujifilm X100V. Sie war klein, perfekt für Straßenfotografie und Reisen. Aber vor allem war sie das letzte Geschenk ihres Vaters, einen Monat vor seinem Tod.

»Hast du je darüber nachgedacht, die Fotografie für eine Weile ganz sein zu lassen?«, hatte ihr Bruder Toby vorsichtig gefragt, als sie ihm von der Reise erzählte.

Als wäre das möglich. Ohne Kamera zu fahren, wäre trotz allem als würde sie ein Bein zurücklassen – sie war ein Teil von ihr. Außerdem würde Irland ihre Liebe zum Fotografieren auffrischen.

Der Gedanke beflügelte Cordelia, als sie sich auf den Weg zur Gepäckausgabe machte. Endlich piepte ihr Telefon.

HALLO, BIST DU SCHON GELANDET???

Sie grinste über Liz' enthusiastische Begrüßung.

Bin gerade aus dem Flugzeug gestiegen. Hole jetzt mein Gepäck.

Wette zehn Dollar, dass es regnet, schrieb Liz zurück.

Cordelia lachte. Liz war der festen Überzeugung, dass es die ganze Zeit regnen würde, während sie in Irland war. Obwohl Liz selbst Cordelia zu diesem Urlaub gedrängt hatte, konnte sie ihre Enttäuschung darüber nicht verbergen, dass Cordelia den Sommer in New York verpassen würde – die Ausflüge nach Jones Beach, die Sonnenbäder im Central Park (Cordelia wurde sowieso nie braun), die Freiluftkonzerte der Summer-Stage und die Sonnenuntergänge auf der Dachterrasse. Im Gegenzug hatte Cordelia Liz an all die Nachteile des Sommers in der Stadt erinnert – die drückende Luftfeuchtigkeit, den Müllgestank, die unerwarteten Tropfen aus den Klimaanlagen.

Nö, schrieb sie mit Zwinker-Smiley zurück. *Aber es ist bewölkt.*

Während sie auf ihren Koffer wartete, schrieb Cordelia Toby, dass sie gelandet war, dann ging sie ihre Reiseroute durch. Auf die Aran-Inseln zu gelangen, war nicht leicht; sie musste ein Taxi nach Dublin nehmen, dann einen Zug quer durchs Land nach Galway, dann einen Bus nach Rossaveel und von dort die Fähre nach Inishmore.

Das war viel für einen Tag, und das mulmige Gefühl war zurückgekehrt, seit sie aus dem Flugzeug gestiegen war. Nicht wegen der Reise, die vor ihr lag – ihr blieb noch genug Zeit, um den Zug zu erreichen. Cordelia war gerne übertrieben pünktlich, auch das hatte sie von ihrem Vater geerbt. Nein, nervös machten sie die Hoffnung und die Perspektive, die Gewissheit, dass sich in diesem Sommer alles ändern würde.

Als sie an der Heuston Station ankam, knurrte Cordelias Magen. Sie bezahlte den Taxifahrer und bedankte sich bei ihm, dann kaufte sie sich ein Sandwich und einen Kaffee und hatte gerade genug Zeit, alles hinunterzuschlingen, bevor ihr Zug zum Einsteigen bereit war. Nachdem sie ihre Tasche verstaut hatte, machte sie es sich gemütlich und ließ die irische Landschaft an sich vorbeiziehen, die genauso aussah, wie sie sich die irische Landschaft vorgestellt hatte: satte grüne Wiesen und schmale, gewundene Straßen, kleine Häuser und graue Wolkenkleckse am Himmel. Überall Schafe. Das Wetter konnte sich nicht entscheiden; Sonne und Wolken trugen ein Tauziehen aus, sodass die Welt mal in stumpfe Grün- und Brauntöne getaucht war und dann unvermittelt smaragdgrün und golden leuchtete.

Instinktiv griff Cordelia nach ihrer Kamera. Sie hatte einen Daumenabdruck ihres Vaters laminiert und dorthin geklebt, wo ihr eigener Daumen ruhte, wenn sie die Kamera vors Gesicht hielt. Als sie ihn jetzt berührte, seufzte sie.

Dann vibrierte ihr Handy mit einer Nachricht von Toby, und sie blickte lächelnd in die Gesichter ihrer Nichte und ihres Neffen. Perfektes Timing.

Miles mit seiner Brille und dem bauschigen Mini-Afro, Grace mit ihren grazilen Zügen, das Haar zu Zöpfen geflochten. Cordelia fragte sich, wie lange Grace die wohl noch tragen würde, denn ihre Nichte näherte sich mit großen Schritten dem Schreckgespenst der Pubertät.

Grace und Miles sagen, wir vermissen dich, Tante Cordie!

Sag ihnen, dass sie aufhören sollen zu wachsen, schrieb sie zurück. *Grace sieht so groß aus!*

Wem sagst du das, schrieb Toby. *Grüße von Nikki.*

Er schickte ein weiteres Bild, diesmal von ihm und seiner Frau, eine wunderschöne Schwarze mit Rastazöpfen, ihr Lächeln strahlte, aber ihr Blick wirkte leicht verzweifelt. Toby hatte darauf bestanden, regelmäßig mit Fotos zu kommunizieren, als wären drei Monate in Irland ein Jahrzehnt auf einem anderen Planeten – jetzt war Cordelia dankbar dafür.

Drei Monate in einem fremden Land. Cordelia konnte immer noch nicht richtig glauben, dass sie das wirklich tat.

Neben dem Inserat war ein Foto von Alison Murphy abgedruckt gewesen, eine hübsche Frau, ungefähr in Cordelias Alter – Ende zwanzig –, mit dichtem kastanienbraunem Haar, Sommersprossen und breitem Lächeln. *Ich betreibe das Leeside Bed and Breakfast in Kilronan*, hatte Alison geschrieben, nachdem Cordelia sich nach Einzelheiten erkundigt hatte. *Im Sommer ist viel zu tun, sodass ich nicht oft zu Hause sein kann. Ich brauche jemanden vor Ort, falls meine Großmutter etwas benötigt. Sie geht auf die achtzig zu, und mir gefällt der Gedanke nicht, dass sie allein ist. Ihre Post wird ins Cottage geliefert, es wäre also schön, wenn du ihr die bringen könntest. Ich brauche jemanden, der das Cottage sauber hält und meiner Großmutter hilft, während ich im B&B bin. Ihr Name ist Róisín.*

Róisín wurde offenbar Ro-schien ausgesprochen, wie Cordelia herausgefunden hatte.

Der Job klang allerdings ziemlich einfach. Und in ihrer Freizeit konnte sie mit ihrer Kamera die Insel erkunden. Normalerweise fotografierte Cordelia Menschen und das Leben in der Stadt, aber ein bisschen Abwechslung konnte nicht schaden. Vielleicht würde sie ihre heimliche Leidenschaft für Landschaftsfotografie entdecken.

Die Busfahrt war weniger angenehm als der Zug, mit viel Geruckel und scharfen Kurven. Sie fuhren durch einfache irische Vorstädte, auf Straßen, die zu schmal für ein so großes Fahrzeug schienen.

Als Cordelia die Fähre erreichte, hatten die Wolken das Tauziehen offiziell gewonnen. Sie stieg neben einem großen Mann mit pechschwarzem Haar und blauen Augen ein, der mit tiefer, gereizter Stimme in sein Handy sprach. Cordelia hörte die Worte: »Ich hab doch gesagt, ich mach's, Dad, reicht das nicht?«, bevor er ein Deck höher stieg. Ihr Herz zog sich zusammen – was würde sie dafür geben, noch einmal mit ihrem Vater zu streiten oder auch nur seine Stimme am Telefon zu hören. Sie suchte sich einen Platz und starrte hinaus auf die wogenden Wellen, schiefergrau und düsterblau.

Die Fährfahrt dauerte eine Stunde, und Cordelia holte sich noch einen Kaffee aus dem kleinen Café an Bord. Der Jetlag machte sich zunehmend bemerkbar, ihre Augenlider wurden schwer, ihr Gehirn fühlte sich matschig an. Sie hoffte, dass sie heute noch von Großmutter und Hausarbeit verschont blieb. Nieselregen setzte ein und hinterließ ein hübsches Muster auf den Wellen, aber als die Fähre am Hafen von Kilronan anlegte, war nur noch ein leichter Nebel übrig.

Cordelias Herz schlug ein wenig schneller, als sie ihre Tasche holte und in der Schlange wartete, um von Bord zu gehen. Alison hatte gesagt, sie würde sie abholen. Während sie den Landungssteg hinunterging, sah Cordelia den schwarzhaarigen Mann vom Oberdeck herunterkommen, immer noch am Telefon.

Sie betrat den Betonpier und ging zum überfüllten Parkplatz. Kilronan war die größte Stadt auf der Insel, was allerdings nicht viel bedeutete. Rund um den Hafen gab es einige bunt angemalte Häuser, gelbe und rosafarbene Farbkleckse. Auf einem großen Gebäude stand mit weißen Buchstaben Aran Sweater Market.

Der Hafen war, wie gehofft, malerisch, und es herrschte geschäftiges Treiben. *Siehst du, Liz?*, dachte Cordelia selbstzufrieden. Es war perfekt. Vor dem Geschäft plauderten zwei alte Frauen, während ein kleiner brauner Hund im Eingang herumschnüffelte. Ein junger Mann lehnte an dem rosa Gebäude und rauchte eine Zigarette.

Ihre Fingerspitzen kribbelten vor Aufregung, und sie griff nach ihrer Kamera. Das war der Moment. Ihre Fotografie war dabei, sich zu verändern, sie konnte es fühlen.

Während sie sich den Kameragurt um den Hals legte, trat sie fünfzehn Zentimeter nach links, um die beiden Frauen ideal in Szene zu setzen. Dabei war sie so erfüllt von der Vorfreude auf das Foto, dass sie nicht auf ihre unmittelbare Umgebung achtete und mit der Person hinter sich zusammenstieß. Voller Entsetzen sah sie, wie ihr die Kamera aus den Händen glitt und auf den Beton prallte, sich einmal, zweimal überschlug und dann mit der Vorderseite nach unten liegen blieb.

»Passen Sie doch auf«, murmelte der schwarzhaarige Mann, als er sich an ihr vorbeidrängte. Er schaute sie kaum an, sein blödes Handy am Ohr.

Für einen kurzen Augenblick war Cordelia sprachlos. Dann schnappte sie nach Luft und rief: »Hey!«, aber er war schon weg, verschwunden in der Menschenmenge, die von der Fähre strömte. Cordelia hechtete vor, um ihren kostbarsten Besitz vor den Hunderten von Touristenfüßen zu schützen, und wiegte ihn sanft wie ein Vogelbaby.

Sie drehte die Kamera um. Ihr Herz geriet ins Stolpern, die Welt in ihrem Blickfeld schrumpfte, und ihr wurde schwindelig.

Die Linse war gesprungen.

Sie hielt die Kamera vors Auge, ohne sie auf etwas Bestimmtes zu richten, in der verzweifelten Hoffnung, dass sie noch funktionierte. Aber egal, wie sie die Blende einstellte, das Bild ließ sich nicht scharf stellen. Alles war konturlos, verschwommen.

Die Kamera war kaputt.

2

Niall O'Connor wollte überhaupt nicht hier sein.

Er hatte schon schlechte Laune, *bevor* die dumme Touristin ihm vor die Füße lief, um ein Foto zu machen – wahrscheinlich eine Amerikanerin, die standen immer im Weg, um irgendwelche bekloppten Fotos zu machen. Sie rammte ihn mit dem Ellbogen in die Rippen, und er murmelte ein knappes »Passen Sie doch auf«, bevor er sich wieder seinem Telefonat mit Colin widmete.

»Ja, ich komme gerade von der Fähre«, sagte er zu seinem besten Freund. »Wo bist du?«

Als Antwort hörte er ein Hupen und sah Colin, der ihm zuwinkte, sein breites, dämliches Grinsen im Gesicht. Niall seufzte. Wenigstens würde Colin den Sommer über auch hier sein. Sonst hätte er diese erzwungene Heimkehr wohl nicht verkraftet. Schon jetzt vermisste er Dublin und seinen Lieblingspub und die belebten Straßen und den morgendlichen Spaziergang durch die Grafton Street …

Seine Gedanken prallten von der Erinnerung ab, wie ein Stein, der übers Wasser hüpft, zurück ans sichere Ufer.

Er hätte schon vor einem Monat aufhören sollen, diesen Spaziergang zu machen, doch offenbar war er ein verkappter Masochist. Schön, im reifen Alter von einunddreißig Jahren noch so eine Charaktereigenschaft an sich zu entdecken. Niall hatte wochenlang alle Anrufe ignoriert, die Tage verschlafen, viel zu viel Reality-TV gesehen und viel zu viel Essen bestellt, bis Colin interveniert hatte. Wie hatte er Nialls Verhalten genannt? Zügellos? Toxisch? Geistesgestört?

Du bist ja nicht bei Verstand, hatte er gesagt. Nicht bei Sinnen, eher. Aber wie hätte er sonst reagieren sollen? Niall hatte alles verloren – seine Pläne, seine Träume, seine Zukunft, die Liebe seines Lebens –, alles auf einen Schlag. Man hatte ihn zermalmt, zerstampft und dann in kleine Häppchen zerteilt wie Fischköder. Er war überrascht, dass ihn auf der Fähre niemand über Bord geworfen hatte, um die Möwen zu füttern.

Auf dem Weg zu Colins Auto kam er an Alison Murphy vorbei. Sie hielt in der Menge nach jemandem Ausschau.

»Alison, wie geht's?«, fragte er.

Ihre Augen weiteten sich. »Hallo, Niall«, sagte sie.

Ihm drehte sich der Magen um – sie wusste es. Alle wussten es, jeder auf dieser gottverdammten Insel kannte die Geschichte inzwischen. *Danke, Dad*, dachte er verbittert. Obwohl es vielleicht besser war, dass er es den Leuten nicht selbst erzählen musste. Das wäre die reinste Folter gewesen. Nicht auszudenken.

Hey, Niall, wie läuft's denn so mit dem schicken Pub in Dublin?

Tja, da müsstest du meinen ehemaligen Geschäftspartner und meine Exverlobte fragen. Die betreiben ihn jetzt zusammen, und ich bin komplett raus. Ich habe meine gesamten Ersparnisse verloren. Sie haben es hinter meinem Rücken getrieben, monatelang. Aber danke der Nachfrage!

»Holst du einen neuen Gast ab?«, fragte er, bevor sie ihm mit banalen Durchhalteparolen kommen konnte.

»Jemand, der den ganzen Sommer bleibt«, sagte sie.

»Den ganzen Sommer?«, fragte Niall.

Alison nickte.

Wer in aller Welt blieb freiwillig den ganzen Sommer auf Inishmore? Derjenige würde sich zu Tode langweilen. Wenn Niall irgendwo anders hingehen könnte, würde er es tun. Aber sein Vater brauchte Hilfe im Pub – zumindest hatte seine Mutter das behauptet. Niall glaubte nicht, dass sein Vater ihn überhaupt zu Hause haben wollte, und wenn, dann nur, um Niall sein Versagen unter die Nase zu reiben. *Größenwahnsinnig* war eines von Owen O'Connors Lieblingsworten, wenn er von seinem Sohn sprach. Als hätte Niall nicht einen Pub mit gehobener irischer Küche, sondern ein Sternerestaurant eröffnen wollen.

Aber seine Mutter war schlau und hatte es ihm schmackhaft gemacht, mit eingezogenem Schwanz nach Hause zu kommen – sie hatte seinen besten Freund über den Sommer für die musikalische Unterhaltung im O'Connor's engagiert. Der Pub war seit Generationen in Familienbesitz, und gutes Bier und Hausmannskost waren zwar sein Herz, aber die Musik seine Seele. Und Colin war ein unbekümmerter Leichtfuß, der ihr Angebot gern annahm.

»Ich brauche jemanden, der auf Granny aufpasst«, erklärte Alison. »Während ich im Leeside bin.«

O Gott. Niall beneidete die arme Sau nicht, wer auch immer sie war. Er liebte Róisín von ganzem Herzen, aber Alisons Großmutter war eine alte Kratzbürste, die sich von niemandem etwas gefallen ließ. Er konnte sich nicht vorstellen, wer bereit wäre, sich einen ganzen Sommer lang um sie zu kümmern. Alison musste die Sache ziemlich beschönigt haben. Oder sie hatte schlichtweg gelogen. Er wettete, dass sie Róisín kein Wort davon erzählt hatte – Róisín würde toben, wenn sie erfuhr, dass Alison ein Kindermädchen für sie engagiert hatte.

Bei dem Gedanken musste Niall fast lächeln. Er würde später bei Róisín vorbeischauen, um zu hören, was sie von dem Arrangement hielt. Garantiert hatte sie eine dezidierte Meinung dazu.

Nur eine Handvoll Schritte später versank er in einer von Colin Doyles berühmten ungestümen Umarmungen. Colin war ein schlaksiger Kerl, aber er tat alles mit so viel Enthusiasmus, dass es sich anfühlte, als würde er doppelt so viel Raum einnehmen. Niall spürte, wie er sich zum ersten Mal seit viel zu langer Zeit entspannte. Seit Wochen war da eine Stahlfeder in seiner Brust, die sich immer fester zusammenzog und ihn davor bewahrte, in Stücke zu brechen.

»Schön, dich zu sehen«, sagte er schroff.

Colin ließ ihn los und klopfte ihm auf die Schulter. »Du siehst beschissen aus. Komm, wir bringen dich nach Hause, dann kannst du auspacken.« Er warf einen Blick auf Nialls Reisetasche. »Ist das alles, was du dabei hast?«

Niall zuckte die Schultern. Die Wahrheit war, dass das alles war, was er aus seiner und Deirdres Wohnung vor fünf Wochen mitgenommen hatte, nachdem er sie und Patrick beim Vögeln auf dem makellosen Boden der frisch renovierten Küche in seinem vermeintlichen Traum-Pub erwischt hatte. Er war schnurstracks in ihre Wohnung gegangen, hatte alles, was ihm unter die Finger kam, in eine Tasche geworfen und war gegangen. Die erste Woche wohnte er in einem Hotel, dann bot ein Freund, der nicht in der Stadt war, Niall großzügigerweise an, in seiner Wohnung zu wohnen. Aber das war vorbei, und ihn quälte der Gedanke, sich eine neue Wohnung suchen zu müssen, allein, ohne Perspektive. Sogar Dublin selbst schien sich gegen ihn gewendet zu haben – in der Stadt, die er einst geliebt hatte, lauerte nun hinter jeder Ecke Deirdres Geist. Er war nach Dublin gezogen, sobald er achtzehn und mit der Schule fertig war. Es war seine Wahlheimat, sein Zufluchtsort, wo er ganz er selbst sein und seine Träume leben konnte. Er hatte in mehr Küchen gearbeitet, als er zählen konnte, so viel gelernt wie möglich, gespart und sich durchgeschlagen, während er insgeheim die Hoffnung hegte, eines Tages seinen eigenen Laden zu betreiben.

All die Jahre harter Arbeit sollten sich endlich auszahlen. Bis zu dem Tag, an dem er Deirdre dabei erwischte, wie sie es mit Patrick trieb.

Bei der Erinnerung daran schnürte sich ihm die Kehle zu, und die Stahlfeder zog sich noch stärker zusammen. Colin drängte ihn nicht weiter, sondern deutete auf den alten grünen VW von Nialls Mutter, den Colin sich geliehen hatte, um Niall abzuholen.

»Gott, dieses Auto gibt mir das Gefühl, wieder zwölf zu sein«, stöhnte Niall und warf seine Tasche auf den Rücksitz. Der VW roch noch immer nach geöltem Leder und Pfefferminz. Niall hatte plötzlich ein Bild von sich als Junge vor Augen, wie seine Mutter ihm sonntags nach der Kirche auf der Heimfahrt lachend eins ihrer Bonbons anbot.

»Wie in alten Zeiten, oder?«, meinte Colin fröhlich und sprang auf den Fahrersitz. »Wann haben wir das letzte Mal zusammen in derselben Stadt gewohnt?«

»Bitte bezeichne Kilronan nicht als Stadt«, sagte Niall, während Colin den Gang einlegte.

»Wirst du den ganzen Sommer so ein Sonnenschein sein?«

»Ja.« Niall verschränkte die Arme vor der Brust und starrte aus dem Fenster.

»Prächtig«, murmelte Colin. Sie ließen den geschäftigen Hafen hinter sich und fuhren ins Hinterland von Inishmore. Das Auto tuckerte die Cottage Road entlang. Niedrige Steinmauern unterbrachen die sattgrüne Landschaft, und Touristen mit Kameras um den Hals spähten durch den Regen und erinnerten Niall an die Frau am Hafen. Die Einheimischen gingen ihren Geschäften nach oder plauderten am Straßenrand miteinander.

»Alison Murphy hat das Cottage den ganzen Sommer über an jemanden vermietet«, erzählte Niall beiläufig. »Damit derjenige auf Róisín aufpassen kann.«

»Ha! Na dann viel Glück«, sagte Colin. »Garantiert so ein australischer Hippie. Alison will wahrscheinlich nur jemanden in der Nähe haben, falls Róisín vom Wagen fällt.«

»Macht sie immer noch ihre Kutschfahrten?«

»Glaubst du, irgendein Mensch oder Fabelwesen auf dieser Insel könnte sie davon abhalten?«

Nialls Mundwinkel zuckten. Róisín Callahan liebte Fabelwesen – Meerjungfrauen und Todesfeen und Púcas. Er erinnerte sich daran, wie sie die Kinder an Pátrún immer das Gruseln lehrte – Nialls Vater bat sie jedes Jahr, den Dullahan nicht zu erwähnen, und jedes Jahr erzählte sie aufs Neue die Sage vom kopflosen Reiter auf seinem schwarzen Pferd, dessen Ankunft den Tod bedeutete, wenn er in einem Dorf haltmachte.

All die Jahre später machte Róisín immer noch, was sie wollte. Auf dieser Insel änderte sich nie etwas.

Sie fuhren an dem fröhlichen gelben Bauernhaus vorbei, in dem Niall seine Jugend verbracht hatte, und natürlich stand seine Mutter in der offenen Tür und winkte ihnen zu, als sie vorbeifuhren.

»Ich hab ihr gesagt, wir kommen vorbei, wenn du ausgepackt hast«, sagte Colin und winkte zurück. »Dein Vater ist mit Pocket im Pub.«

Niall wusste die Vorwarnung zu schätzen. Er war noch nicht ganz bereit, seinem Vater gegenüberzutreten, konnte es allerdings kaum erwarten, den Familienhund wiederzusehen. Sein letzter Besuch war vorletztes Weihnachten gewesen.

»Wie ist das Haus?«, fragte er.

»Gar nicht mal übel. Der alte Fagan hat es ziemlich gut in Schuss gehalten. Es ist nicht das Ritz, aber es reicht. Die Küche wird dir gefallen«, fügte Colin hinzu. »Viel Arbeitsfläche.«

Er zwinkerte, und Nialls Mundwinkel zuckten erneut. Er *liebte* gut ausgestattete Küchen.

»Meine Güte, war das etwa ein *Lächeln*? Ein waschechtes Lächeln von Niall O'Connor? Hätte nicht gedacht, dass ich das innerhalb des nächsten Monats zu Gesicht bekommen würde.«

»Haha. Bist ein richtiger Komiker, Colin. Vielleicht solltest du den Beruf wechseln.«

»Glaubst du, dein Dad würde mir erlauben, einen Stand-up-Comedy-Abend zu machen?«

Colin lachte schallend, und auch Niall musste grinsen, als er sich Owen O'Connors Gesicht vorstellte, wenn Stand-up-Comedy im selben Atemzug mit seinem geliebten Pub genannt wurde.

Das Haus, das sie gemietet hatten, gehörte früher einem alten Freund von Colins Vater, der nach Doolin gezogen war, um näher bei seiner Tochter und ihren Kindern zu sein. Es lag versteckt zwischen dem Haus seiner Eltern im Süden und Róisíns Haus hoch oben auf dem Hügel im Norden. Das Haus war weiß und robust, zweistöckig mit roter Tür und Schieferdach. Es war Jahre her, seit Niall und Colin zusammengewohnt hatten – damals, als Colin am Trinity Musik studierte und Niall in einem Pub namens Crooked Antler jobbte. Irgendwann hatte dann jeder seine eigene Wohnung. Colin spielte oft in Pubs in anderen Städten, und schließlich war Niall bei Deirdre eingezogen. Es fühlte sich ein bisschen wie in alten Zeiten an, wieder mit seinem besten Freund unter einem Dach zu wohnen, obwohl das Haus mehr Komfort versprach als ihre winzige Wohnung damals in Ranelagh. Colin parkte das Auto, und Niall nahm seine Tasche vom Rücksitz.

»*Home sweet home*«, sagte Colin und öffnete die Tür mit einladender Geste auf den großen Hauptraum, den schmalen Flur, der zur Küche führte und die Treppe in den ersten Stock. Alles wirkte schlicht, aber hübsch eingerichtet.

»Ich habe das bessere Zimmer genommen«, scherzte Colin. Als Niall die Treppe hochging, stellte er fest, dass beide Schlafzimmer identisch waren, mit je zwei Fenstern und einem Messingbett. Er ließ seine Tasche aufs Bett fallen und öffnete die schmale, knarrende Schranktür. Es roch nach Mottenkugeln, und die Erinnerung an Deirdre traf ihn wie ein Schlag in die Magengrube, mit überraschender Wucht. Das eine Mal in ihrer dreijährigen Beziehung, als er sie aus der Stadt mit auf die Insel genommen hatte, hängte sie in seinem alten Zimmer ihre Kleider auf und rümpfte die Nase.

»Besitzt deine Mutter Aktien in Mottenkugeln?«, hatte sie gewitzelt. »Ich werde die ganze Reise über wie meine Oma riechen!«

Niall biss die Zähne zusammen, und die Stahlfeder in seiner Brust wurde wieder enger, als er die Schranktür zuschlug. Er ließ seine Tasche unausgepackt auf dem Bett liegen und ging runter in die Küche. Die Geräte waren alt, aber gut in Schuss, die Arbeitsfläche größer als erwartet. In der Mitte befand sich eine kleine Insel mit Teakholzplatte, daneben ein paar hohe Hocker, darüber hingen Kupfertöpfe und -pfannen. Neben dem Gasherd stand ein Messerblock – Niall nahm eines der Messer heraus und untersuchte es. Es musste geschärft werden.

»Schon ausgepackt?«, fragte Colin, der in der Tür stand.

Niall schüttelte den Kopf. »Mach ich später. Sollte wahrscheinlich sowieso alles waschen.« Irgendwie hatte er immer noch Deirdres Duft in der Nase, als säße sie auf seiner Schulter oder steckte in seiner Hosentasche. Er strich sich mit der Hand über die zwei Tage alten Stoppeln. Selbst hier, so weit weg von Dublin wie möglich, ohne das verdammte Land zu verlassen, konnte er ihr Jasminparfüm noch riechen.

»Wir sollten zu meiner Mutter«, sagte er, obwohl er sich allein bei dem Gedanken, irgendwohin zu gehen, irgendetwas zu tun, irgendjemanden zu besuchen, müde fühlte.

Colin legte ihm eine Hand auf die Schulter. »Vorher gehst du duschen«, sagte er. »Du siehst furchtbar aus, Nie. Du willst doch nicht, dass deine Mutter dich so sieht.«

Nachdem er geduscht, sich rasiert und ein Hemd von Colin geliehen hatte, fuhr Niall sie zu dem alten Bauernhaus am Ende der Straße.

Sie hätten auch zu Fuß gehen können, aber der Regen hatte wieder zugenommen.

»Ich hoffe, Fiona macht einen Braten«, sagte Colin und rieb sich die Hände. »Ich bin am Verhungern.«

»Es ist Sonntag«, erinnerte Niall ihn. »Sonntags macht sie immer einen Braten.«

Colin grinste. »Ich weiß. Was denkst du, warum ich mich in der Grundschule mit dir angefreundet habe? Wegen deiner schillernden Persönlichkeit?«

Niall knuffte ihn in die Schulter.

Seine Mutter kam eifrig winkend aus der Haustür geeilt, als er parkte, und Nialls Herz schmolz. Fiona O'Connor hatte große blaue Augen, wie ihr Sohn, aber wilde braune Locken, die mit keinem Haarband zu bändigen waren. Sie trug eine geblümte Schürze über ihrer grauen Hose und einen roten Aran-Strickpullover.

»Ist das nicht ein herrlicher Tag?«, sagte sie grinsend, als Niall aus dem Auto stieg, und schlang die Arme um ihn. »Mein süßer Junge.«

»Hi, Mom.« Er atmete den Duft von Sodabrot und Rosmarin ein. »Was gibt's zu essen?«

»Nun, das Brot ist im Ofen, und ich bereite den Braten fürs Abendessen zu. Aber es ist auch noch ein bisschen Lammeintopf da, falls du hungrig bist. Das Wasser ist aufgesetzt, und ich habe Marmelade und Scones da, wenn ihr möchtet.« Sie blickte zum Himmel. »Róisín wollte Karotten und ein oder zwei Kohlköpfe vorbeibringen, aber ich hoffe, sie lässt das bei diesem Wetter bleiben.« Sie lächelte, als Colin sie zur Begrüßung umarmte. »Colin Doyle, du siehst blass aus. Ich wärme dir einen Teller Eintopf auf.«

»Das wäre phantastisch, Fiona«, sagte Colin und zwinkerte Niall zu.

Sobald er das Haus betrat, wurde Niall von tausend Erinnerungen heimgesucht – das Klavier, auf dem seine Mutter morgens spielte, die Noten bei irgendeinem Kirchenlied aufgeschlagen. Noch immer waren die Striche an der Tür sehen, mit denen Fiona markiert hatte, wie groß er in welchem Alter war. Eine gefaltete Zeitung auf dem Sessel am Fenster erinnerte Niall an die Samstage, an denen er seinen Vater anbettelte, sie wegzulegen, um mit ihm im Garten Fußball zu spielen.

Aber das Beste waren die Gerüche. Geschmortes Fleisch und selbstgebackenes Brot, frische Kräuter, Bratkartoffeln und Knoblauch und der schwache, süßliche Teeduft – alles vermischte sich und erinnerte ihn an die vielen Abende am einfachen Tisch im Esszimmer. Wie er zugesehen hatte, wenn sein Vater ein ganzes Huhn zubereitete. Wie er gelernt hatte, Zwiebeln zu schneiden. Wie er lachend Brotteig geknetet hatte, feinen Mehlstaub im Haar.

Niall schluckte schwer. In dieser Küche hatte er zum ersten Mal mit seinen eigenen Rezepten experimentiert – in der geheiligten Küche des Pubs hätte sein Vater das nie erlaubt. Fiona war sein Versuchskaninchen, wenn er ein neuerfundenes Rezept ausprobierte, nachdem er Zutaten und Gerichte aus der ganzen Welt recherchiert hatte –, wie etwa Col Cannon mit welkem Grünkohl und mexikanischer Crema oder mit Gochujang-Soße glasiertes irisches Lachsfilet. Nachdem sie nach Dublin gezogen waren, hatte Colin die Rolle des Versuchskaninchens übernommen.

Und dann kam Deirdre. Sie war es, die seinem Traum echtes Leben einhauchte. Sein eigenes Lokal in Dublin, in dem er seine einzigartigen Rezepte servieren und aus dem übermächtigen Schatten seines Vaters treten konnte.

Sie hatte so fest an ihn geglaubt, dass er endlich auch an sich selbst glaubte. Und genau dann, als er kurz davor war, es tatsächlich zu schaffen, hatte sie diesen Traum mit einer gewaltigen Nadel zerstochen, sodass alle Farbe und Freude aus seinem Leben gewichen war. Sie und Patrick hatten ihn aus seinem eigenen verdammten Restaurant gedrängt – nicht, dass er hätte bleiben wollen. Aber es war *seine* Speisekarte, die die beiden servieren würden. Eigentlich sollte er sich gerade auf das Soft Opening vorbereiten und nicht auf Inishmore Bier an bekloppte Touristen ausschenken. Es war einen Monat her, seit er zuletzt gekocht hatte. Jetzt lebte er von Takeaway und Traurigkeit.

Aber als er sich jetzt an den Tisch setzte und seine Mutter ihm einen Teller Eintopf und eine Scheibe frisches Brot vorsetzte, merkte Niall, dass er Hunger hatte. Das Lammfleisch war zart, die Soße gehaltvoll und würzig, die Karotten hatten den perfekten Biss. Er schaufelte sich das Essen in den Mund wie ein Sterbender seine letzte Mahlzeit; die Stimme seiner Mutter umhüllte ihn, während sie erzählte, wie es Cian Byrne ergangen war, nachdem er das Seaview-Restaurant übernommen hatte, und wie Aoife O'Shea zurechtkam, seit ihr Mann im letzten Herbst gestorben war. Und dann klirrte plötzlich Nialls Löffel auf den Teller, und er ließ den Kopf in die Hände sinken und begann zu weinen.

Zum ersten Mal seit einer Ewigkeit war sein Magen voll, und die Stahlfeder um seinen Brustkorb löste sich ein wenig. Er spürte, wie seine Mutter die Arme um ihn legte, hörte ihr besänftigendes *Schhh* in seinem Ohr, und es war ihm egal, dass Colin dabei war. Er fühlte sich ausgelaugt, kaputt.

»So ist es gut«, murmelte seine Mutter und streichelte ihm den Rücken. »Lass es raus. Guter Junge. Lass alles raus. Du bist jetzt zu Hause. Es wird alles gut. Du wirst sehen.«

Niall wünschte, er könnte ihr glauben. Doch er hatte überhaupt nicht das Gefühl, dass alles gut werden würde. Etwas in ihm war zerbrochen, und er konnte sich nicht vorstellen, wie er die Scherben jemals wieder zusammensetzen sollte.

3

Cordelia stand unter Schock.

Sie hörte kaum, was Alison während der Fahrt ins Hinterland zu ihr sagte. Es hatte sie ihre ganze Willenskraft gekostet, sich am Hafen einigermaßen normal vorzustellen. Jetzt schnürte sich ihr die Kehle zu. Ihre Kamera war kaputt, und es gab weit und breit keinen Laden, der sie reparieren könnte.

»Alles in Ordnung?«

Cordelia zuckte zusammen und merkte, dass sie angehalten hatten. Auf die Windschutzscheibe prasselte der Regen – die Sicht auf das winzige Reetdachhäuschen aus grauem Stein war verschwommen.

»Tut mir leid«, sagte sie mit belegter Stimme.

Alisons fröhliches Gesicht verzog sich sorgenvoll. »Es muss dir nicht leidtun«, sagte sie. »Du hattest einen langen Tag. Ist es ... Bist du erschöpft von der Reise?«

Cordelia hielt die Kamera hoch. »Sie ist kaputt.« Ihre Stimme brach. »Irgend so ein Idiot von der Fähre hat mich angerempelt, und ich hab sie fallen lassen und jetzt ...« Sie schluckte schwer. »Mein Vater hat mir diese Kamera gegeben, bevor er starb.«

Und das brachte das Fass zum Überlaufen – die lange Reise, die Erschöpfung, die Entfernung von zu Hause, der Verlust ihres wertvollsten Besitzes, all das brach über sie herein. Sie schluchzte in ihre Hände, und Alison saß ganz ruhig neben ihr und tätschelte ihr die Schulter. Schließlich holte Cordelia tief Luft.

»Tut mir wirklich leid«, sagte sie mit einem Schluckauf. Sie wischte sich die Nase an der Rückseite ihres Ärmels ab. »So habe ich mir unsere erste Begegnung nicht vorgestellt.«

»Du brauchst dich nicht zu entschuldigen. Das ist eine furchtbare Sache, nach so einem langen Tag.« Alisons Augen waren voller Mitgefühl. »Es würde uns allen guttun, uns von Zeit zu Zeit auszuweinen, und du hast allen Grund dazu. Aber wie meine Großmutter immer sagt: Nach dem Regen kommt Sonnenschein. Lass uns reingehen. Was du jetzt brauchst, ist eine heiße Dusche. Ich mache dir eine Tasse Tee, und dann kümmern wir uns um deine Kamera.« Sie lächelte. »Wir sind nicht völlig von der Außenwelt abgeschnitten, weißt du.«

»Danke«, schniefte Cordelia. »Entschuldige, wolltest du mich jetzt deiner Großmutter vorstellen oder …«

»Oh nein, schon gut«, sagte Alison schnell. Sie blickte den Hügel hinauf, wo sich ein großes Steinhaus düster von den Wolken abhob. »Kein Grund zur Eile.«

Sie schnappte sich Cordelias Tasche aus dem Kofferraum, und zusammen eilten sie ins Haus, schüttelten den Regen von ihren Mänteln und hängten sie an die Haken neben der Tür.

Das Haus war genauso winzig, wie es auf den Bildern im Internet ausgesehen hatte – der vordere Teil bestand aus einem zusammengepferchten Wohn- und Essbereich, vor der Wand ein verblichenes blaues Sofa, eine Lampe mit Schmetterlingen auf einem Stapel alter Bücher, ein abgestoßener Holztisch mit drei Stühlen und ein Webteppich, ein kleiner Kamin mit Sessel und vor den Fenstern weiße Spitzengardinen. Alison zeigte

Cordelia ihr Zimmer und ging dann in die Küche, um den Tee aufzusetzen. Ein Fenster über dem Bett blickte auf einen Garten und eine grüne Wiese, umgeben von niedrigen Steinmauern.

Sie konnte die Stimme ihres Vaters hören. »Es ist, als hättest du den *Geheimen Garten* betreten, Cordie. Ärgere dich nicht über verschüttete Milch – geh raus und genieße den Tag.« Doch wie sollte das gehen? Wer war sie überhaupt ohne Kamera?

Sie nahm ihr Handy und schrieb Liz, was passiert war. Sie wagte nicht, es Toby zu erzählen – sie wusste nicht, was sie mehr fürchtete: dass er so tat, als wäre es ein Zeichen oder dass er etwas Banales sagte wie: *Du trägst Dad in deinem Herzen, nicht in einer Kamera.*

Bevor sie ihr Handy weglegen konnte, vibrierte es. Sie warf einen Blick auf das Display, und ihr Magen zog sich zusammen. Sie hatte völlig vergessen, sich bei ihrer Mutter zu melden.

Toby sagt, du bist gut angekommen.

Uff. Ein typischer Louise-James-Satz.

Tut mir leid, Mom, ich hab's noch nicht geschafft, mich zu melden, schrieb Cordelia zurück. Seufzend fügte hinzu: *Wie geht's Gary? Wie ist der Urlaub?*

Es war ihr eigentlich egal, wie es dem Freund ihrer Mutter ging, aber Toby lag ihr ständig in den Ohren, dass sie nett sein sollte. Sie gab sich Mühe. Es gelang nicht immer, aber sie gab sich Mühe.

Seit Louise vor sechs Monaten angefangen hatte mit Gary auszugehen, war sie geradezu eine Fanatikerin in Sachen Liebesleben. Ständig nörgelte sie an Cordelia herum, weil sie keines hatte. Als hinge Glück ausschließlich davon ab, ob man mit jemandem liiert war. Irgendwie hatte Cordelia auch angenommen, dass ihr Vater die große Liebe ihrer Mutter gewesen war, und wenn man die Liebe seines Lebens verloren hatte, ging man doch nicht einfach zur Tagesordnung über und fing an, mit einem Exmarineoffizier auszugehen, den man online kennengelernt hatte.

Oh, es ist wundervoll!, schrieb ihre Mutter zurück und schickte dann ein Foto, das die beiden auf einem Boot zeigte. Sie verbrachten eine Woche in Garys Haus auf den Florida Keys. Ihre Mutter hatte einen leichten Sonnenbrand auf der Nase und trug einen großen Schlapphut. Gary trug ein Hawaii-Hemd und eine Ray-Ban und hatte den Arm lässig um die Schultern ihrer Mutter gelegt.

Ihr seht toll aus!, schrieb Cordelia zurück – das Ausrufezeichen fügte sie nachträglich hinzu. *Siehste, Toby*, dachte sie bei sich. *Ich kann auch nett sein.*

Ihre Mutter schickte ein rotes Herz-Emoji und eine Katze mit Kussmund und einen Regenbogen. Cordelia verdrehte die Augen – Gary hatte ihr Emojis beigebracht, und jetzt konnte sie nicht mehr ohne. Nikki fand es niedlich. Toby fand es lustig. Cordelia fand es seltsam.

Das Bad grenzte ans Schlafzimmer, und Cordelia schlüpfte aus ihrer Kleidung, stellte das Wasser an und stieg dankbar in die niedrige Porzellanwanne zwischen den schmalen Wänden. Wäre sie in New York, würde sie ihre Kamera zu Leslie Greer in der 58sten Straße bringen, wo sie ihre gesamte Ausrüstung herhatte. Wenn jemand sie reparieren konnte, dann Leslie.

Der anfängliche Schock verflüchtigte sich unter dem herrlich heißen Wasserstrahl – natürlich konnte man die Kamera reparieren. Es waren nur die Linse und der Fokus. Sicher konnte Leslie das beheben, sobald Cordelia wieder in der Stadt war.

Das Problem war nur, dass das noch Monate hin war. Cordelia hatte eine Vereinbarung mit Alison – die konnte sie nicht einfach wegen einer gesprungenen Linse aufkündigen. Andererseits würde sie keine drei Monate ohne Kamera überleben. Die Fotografie war wie ein zweiter Blutkreislauf, der direkt zu ihrem Herzen führte. Eine Woche ohne Kamera war machbar, vielleicht. Aber nicht ein ganzer Sommer.

Sie seufzte. Sie wollte eigentlich kein Geld dafür ausgeben, zumal sie mit dem Erbe ihres Vater schon diese Reise bezahlt hatte. Aber es sah so aus, als hätte sie keine Wahl.

Sie drehte den Wasserhahn zu, wickelte sich in ein Handtuch, wischte den Dampf vom Spiegel über dem Waschbecken und betrachtete sich. Unter ihren Augen lagen tiefe Schatten, ihr Haar hing in einem Strang über die Schulter. Die verstreuten Sommersprossen auf der linken Wange hoben sich deutlich von der blassen Haut ab. Ihre Andromeda, wie ihr Vater sie genannt hatte, weil sie ein Muster bildeten, das dem Sternbild ähnelte, verlief vom linken Auge bis zum Kiefer, mit vereinzelten Sprenkeln auf der Wange.

Sie atmete tief ein. Zeit, den ersten Eindruck bei ihrer neuen Vermieterin zu revidieren. Während sie sich eine Jogginghose und ein übergroßes T-Shirt anzog, erfüllte der Geruch von gebratenem Speck den Raum, und Cordelias Magen knurrte. Sie folgte ihrer Nase in die Küche.

Die war genauso gemütlich wie der Rest des Hauses, mit einem Fenster, das die gleiche Aussicht wie das Schlafzimmer bot, einer winzigen Spüle und einem Herd, einem brummenden kleinen Kühlschrank und mintgrünen Schränken an den Wänden, deren Farbe an einigen Stellen abblätterte.

»Schlechte Nachrichten verlangen nach einer Mahlzeit«, sagte Alison und deutete auf den Speck, der in einer Pfanne auf dem Herd brutzelte. »Noch so ein Spruch von meiner Großmutter.«

»Ich freue mich schon darauf, sie kennenzulernen«, sagte Cordelia höflich.

Alison kicherte. »Ich warne dich lieber vor, sie ist ein Original. Lass dich nicht abschrecken, wenn sie anfangs ein bisschen … seltsam ist.«

»Oh«, sagte Cordelia. »Okay.«

Auf der Arbeitsplatte neben dem Speck brodelte ein Wasserkocher, und Alison hatte Eier in eine große durchsichtige Schüssel geschlagen und war dabei, sie zu verquirlen.

»Hat die Dusche geholfen? Du hast wieder ein bisschen Farbe bekommen.«

»Hat sie«, sagte Cordelia. »Vielen Dank, das alles tut mir sehr leid. Ich …«

Alison winkte mit dem Schneebesen ab. »Wie gesagt, du musst dich nicht entschuldigen. Ich habe meinen Vater und meine Mutter verloren, als ich klein war. Manchmal weine ich deshalb immer noch. Ich verstehe dich vollkommen.«

Cordelia war überrascht, dass Alison so offen zu ihr war, und verspürte sogleich Dankbarkeit. Hier war eine verwandte Seele – noch ein Kind aus dem Club der toten Eltern. »Das wäre doch nicht nötig gewesen«, sagte sie und deutete auf den Herd.

»Kein Problem. Ich habe den Kühlschrank ein bisschen aufgefüllt, aber in der Stadt gibt es auch einen Laden. Im Schuppen stehen Fahrräder, die du benutzen kannst. Wie wär's mit einem Omelett? Ich kann nur Frühstück – etwas anderes übe ich im Leeside nicht.«

Cordelia spürte so viele Gefühle auf einmal – hungrig, traurig, emotional überfordert und erschöpft –, dass sie nur nicken konnte. In der Ecke stand ein kleiner Tisch mit zwei Hockern, und sie ließ sich auf einem davon nieder. Der Wasserkocher begann zu dampfen, und Alison schaltete ihn aus, stellte eine weitere Pfanne für das Omelett auf den Herd, schnitt ein paar Pilze hinein und schenkte jedem eine großzügige Tasse Tee ein. Der Duft von schwarzem Tee erfüllte den Raum und mischte sich angenehm mit dem von Pilzen und Speck.

Und dann sprudelte die ganze Geschichte aus Cordelia heraus, warum sie überhaupt den ganzen Sommer über auf die Insel hatte kommen wollen, die dumpfe Verzweiflung, die sie in New York empfunden hatte, das Gefühl, dass sie seit dem Tod ihres Vaters aufgeschmissen war, eine Versagerin.

»Okay«, sagte Alison, als sie fertig war. »Verstehe. Ich habe mich schon gefragt, warum eine New Yorkerin an meinem Angebot interessiert ist. Klingt für mich, als bräuchtest du mal eine Atempause. Und dafür bist du hier genau richtig.«

Sie gab die Pilze und etwas Ziegenkäse zu den Eiern, klappte das Omelett in der Mitte zusammen und ließ es auf einen Teller gleiten, bestreute es mit Schnittlauch und legte zwei Scheiben Speck daneben.

»Iss«, sagte sie. »Danach wirst du dich besser fühlen. Und jetzt lass mal sehen, was wir mit der Kamera machen können.«

»In New York habe ich jemanden, der sie reparieren kann«, sagte Cordelia. »Aber ich glaube, für meine Zeit hier kaufe ich eine neue.«

Als sie nach der Gabel griff, holte Alison ihr Handy hervor. Beim ersten Bissen seufzte Cordelia genüsslich und verlor sich in den köstlichen Aromen. Sie hatte das Omelett schon zur Hälfte aufgegessen, bevor Alison *Fotofachgeschäft* in die Suchleiste eingeben konnte.

»Wir können solche Sachen in Doolin bestellen. Allerdings dauert das ein paar Tage. Was für eine Kamera ist es?«

»Eine Fujifilm X100V«, sagte Cordelia mit vollem Mund.

Alison suchte nach der Kamera und erbleichte, als sie den Preis sah. »Das ist ja eine tolle Ausrüstung, die du da mitgebracht hast«, sagte sie.

Cordelia genoss die wohltuende Wirkung der Hausmannskost auf leeren Magen ebenso wie die Gastfreundschaft und brachte schließlich ein Lächeln zustande.

»Gute Kameras sind teuer«, sagte sie. »Selbst wenn sie klein sind.«

Alison runzelte die Stirn. »Es sieht so aus, als müsstest du sie in Dublin bestellen. Das dauert mindestens eine Woche.«

Eine Woche? Cordelias Magen zog sich zusammen. Aber hatte sie nicht vorhin noch gedacht, sie würde eine Woche ohne Kamera auskommen? Es könnte sich als etwas Gutes erweisen. Außerdem konnte sie es Toby unter die Nase reiben.

Ihr Telefon vibrierte und Cordelia sah, dass Liz in klassischer Liz-Manier geantwortet hatte.

O MEIN GOTT, CORD, WER IST DIESES ARSCHLOCH, DAS DICH ANGEREMPELT HAT, ICH WERDE IHN FINDEN UND BIS ANS ENDE DER WELT VERFOLGEN, OH BABES, ES TUT MIR SO LEID. Und dann, fast wie ein Nachsatz: *Bist du okay?*

Mir geht es gut, schrieb Cordelia zurück. *Bin über den ersten Schock hinweg. Alison hilft mir, in Dublin eine neue Kamera zu bestellen. Ich bringe Dads zu Leslie, wenn ich zurück bin.*

JUHU! Liz war ein Fan von Großbuchstaben. *Omg, ich bin so stolz auf dich. Wie ist das Cottage? Wie ist die Oma? Regnet es schon?*

Cordelia lachte. »Meine beste Freundin«, erklärte sie Alison. »Sie hält mich für verrückt, weil ich herkommen wollte. Sie ist sich sicher, dass es den ganzen Sommer über regnen wird.«

Alison grinste und gestikulierte zum Fenster, wo der Regen nun gegen die Scheiben peitschte. »Da liegt sie sicher nicht ganz falsch. Aber es gibt auch sonnige Tage, keine Sorge.« Sie holte eine dicke Mappe hervor und legte sie auf den Tisch. »Da ist alles Wissenswerte über die Insel drin – was man machen kann, Sehenswürdigkeiten, so was. Das Wi-Fi-Passwort steht auch hier drin. Außerdem ist da ein Stadtplan und der Haustürschlüssel. Wie schon besprochen: Es wäre schön, wenn du das Haus in Ordnung hältst und die Post zu Róisín bringst. Sie bekommt auch ein paar Sachen geliefert, Dünger und Tierfutter, die kannst du in den Schuppen stellen. Und klopf einfach ein- oder zweimal am Tag an die Tür, damit sie weiß, dass du da bist.«

»Ich muss also nicht mit ihr spazieren gehen oder so?«

Alison lachte. »Du kannst es gern versuchen«, sagte sie.

Cordelia öffnete den Mund, um etwas zu sagen, musste aber stattdessen ausgiebig gähnen.

»Du musst dich ausruhen«, sagte Alison. »Es war ein langer Tag. Aber wenn du möchtest, lade ich dich morgen zum Abendessen ins O'Connor's ein. Da gehen die Einheimischen hin. Es liegt in Fußnähe, und man hat da immer viel *Craic*.«

»Entschuldigung, hast du *Crack* gesagt?« Cordelia fragte sich, ob sie in eine Art *Breaking Bad*-Szenario gestolpert war.

»*Craic* ist irisch und bedeutet Spaß«, erklärte Alison lächelnd.

»Oh. Klingt perfekt.« Cordelia erwiderte das Lächeln.

»Ich habe dir den Namen des Ladens in Dublin aufgeschrieben. Lass die Kamera ins B&B schicken, dann kommt sie direkt zu mir.«

Nachdem Alison gegangen war, schnappte sich Cordelia eine weitere Scheibe Speck und schenkte sich Tee nach, bevor sie ins Bett kroch und über FaceTime Liz anrief.

Sie ging nach dem zweiten Klingeln ran.

»Oh, Cord«, sagte Liz. »Bist du sicher, dass es dir gut geht?«

Liz hatte hellbraune Haut und glattes mahagonibraunes Haar, das auf der einen Seite rasiert, auf der anderen in einem scharfen Winkel auf Kinnlänge geschnitten war. Sie trug wie gewohnt ihren knallroten Lippenstift, und der Nasenring glitzerte im gedämpften Licht ihrer Wohnung. Beim Anblick ihres Gesichts zog sich Cordelias Herz zusammen.

»Jetzt ja.« Cordelia seufzte. »Nicht der beste Moment, um einen Tausender für eine neue Ausrüstung auszugeben, aber ich kann nicht ohne Kamera, Liz.«

»Ich weiß, Babes«, sagte Liz mitfühlend. »Was für ein beschissener Start. Hast du wenigstens schon ein paar heiße irische Jungs kennengelernt?«

Cordelia kniff die Augen zusammen. »Tut mir leid, mir war nicht bewusst, dass ich aus Versehen die Nummer von Louise James gewählt habe.«

»Okay, okay, das habe ich verdient. Wie ist es? Es regnet, stimmt's?«

»Es regnet, und das Haus ist total süß.« Sie wechselte die Kameraperspektive, damit Liz das Schlafzimmer sehen konnte.

»O mein Gott, Cord. Es sieht aus wie das Haus von Schneewittchen.«

»Ich weiß.«

»Oh *shit*.« Liz runzelte die Stirn. »Ich muss los, ich treffe mich mit Meena zum Lunch. Schlaf dich aus. Morgen geht's dir bestimmt besser.«

»Ja«, sagte Cordelia. »Vielleicht. Grüß Meena von mir.«

Liz zögerte, aber bevor Cordelia sich zu viele Gedanken darüber machen konnte, lächelte sie strahlend. »Mach ich«, sagte sie. »Hab dich lieb.«

»Ich dich auch.«

Sie legte auf und starrte aus dem Fenster in die Dämmerung. Ein Telefonat mit Liz und schon hatte sie Heimweh. Sie trank ihren Tee aus, während sie die neue Kamera bestellte. Als Lieferadresse gab sie das Leeside an, wie Alison es vorgeschlagen hatte.

Es war erst neunzehn Uhr, aber das war Cordelia egal. Sie legte die kaputte Kamera auf den Nachttisch und berührte den Daumenabdruck ihres Vaters. »Ich hab dich lieb, Dad«, murmelte sie. Dann schlüpfte sie unter die Decke, machte eine Folge *Drei Fragezeichen* auf dem Handy an und war innerhalb von fünf Minuten in einen tiefen, traumlosen Schlaf gesunken.

Am nächsten Morgen schreckte sie früh aus dem Schlaf.

Das Sonnenlicht strömte durchs Fenster herein, und für eine verwirrende Sekunde hatte sie vergessen, wo sie war. Dann entdeckte Cordelia ihre Kamera mit dem gesprungenen Objektiv auf dem Nachttisch, und ihr Herz zog sich zusammen.

Steh auf, geh raus und genieße den Tag. Nichts, was ein flotter Spaziergang nicht beheben könnte, das war Christopher James' Motto. Sie checkte ihr Handy – ein paar neue Nachrichten und Fotos von Toby: Grace, herausgeputzt, auf dem Weg ins Turnlager, und Miles, stolz, mit einem rausgefallenen Milchzahn in der Hand. Und von ihrer Mutter ein Link zu einem Artikel mit der Überschrift »Fünf Tipps für den Urlaubsflirt«. Cordelia hatte keine Lust, darauf zu reagieren.

Sie duschte und zog sich an, dann sah sie im Kühlschrank nach, was zu essen da war. Ihre Laune besserte sich ein wenig. Sie öffnete das Küchenfenster und genoss die warme Brise auf ihrem Gesicht. Der Duft von Thymian und Basilikum wehte aus dem Kräutergarten hinter dem Haus herein. Die Sonne schien hell am blassblauen Himmel, keine einzige Wolke in Sicht. Sie knipste ein Foto und schickte es Liz, dann sah sie sich die Informationen an, die Alison für sie zusammengestellt hatte.

Es gab Fahrpläne für die Überfahrt zu den beiden anderen Inseln, Inishmaan und Inisheer, sowie Tipps für Radtouren, Denkmäler, Klippen und Strände. Sie studierte den Stadtplan von Kilronan und stellte erfreut fest, dass er ziemlich übersichtlich war – Alison hatte eingezeichnet, wo sich das Cottage befand, und es schien an der Hauptstraße zu liegen, die ins Zentrum der Stadt führte. Der Pub, das O'Connor's, war deutlich markiert.

Cordelia beschloss, einkaufen zu gehen und dann nach Róisín zu sehen. Sie spürte das fehlende Gewicht ihrer Kamera, als sie sich die Tasche über die Schulter hängte, und berührte ein letztes Mal den Daumenabdruck ihres Vaters, bevor sie sich auf den Weg machte.

Während sie die Hauptstraße entlangging, bekam sie eine SMS von Alison.

Wie geht es dir heute?

Viel besser, danke, antwortete Cordelia. *Bin einkaufen und bringe dann die Post vorbei.*

Super, danke. Heute Abend um sechs im Pub? Tut mir leid, wenn das etwas früh ist – ich muss morgens das Frühstück für die Gäste vorbereiten.

Klingt super!, schrieb Cordelia zurück.

Unter der gestreiften Markise des Ladens standen Körbe mit frischem Obst und Gemüse. Cordelia kaufte nur ein paar Grundnahrungsmittel, und als sie zurück im Cottage war, hatte der Jetlag sie wieder eingeholt. Im Briefkasten fand sie nur die *Irish Times*, adressiert an Róisín Callahan. Cordelia ging den unbefestigten Weg hinauf zu dem großen Steinhaus, das wie eine viel größere Version vom Cottage aussah und an dessen schwerer Holztür ein Kranz aus Gänseblümchen hing.

Sie klopfte, erhielt aber keine Antwort. Neben der Tür stand eine niedrige Bank. Cordelia setzte sich, um zu warten, bis Róisín nach Hause kam, aber nach einer Weile gab sie es auf, schob die Zeitung unter die Fußmatte und ging zurück, um sich vor dem Abendessen noch kurz hinzulegen.

Das O'Connor's war gut besucht, aber nicht überfüllt, als sie um fünf Minuten vor sechs dort ankam. Guinness-Poster und Fußballtrikots zierten die Wände, und aus einer langen, schlichten Bar ragten ein Dutzend glänzender Metallhähne. Hinter sauberen Reihen von Schnapsflaschen hingen Spiegel und an der Decke antike Lampen. Es gab ein paar Tische, von denen etwa die Hälfte besetzt war, sowie ein Sofa und ein paar Sessel, die sich um einen Kamin drängten. In einer Ecke befand sich ein kleines, erhöhtes Podest, das als Bühne diente – ein schlaksiger Gitarrist mit vollem braunen Haar sang *Trouble* von Ray LaMontagne. Er war talentiert, seine Stimme klar und kräftig. Cordelia blieb in der Tür stehen und hielt Ausschau nach Alison. Als sie sie nicht sah, beschloss sie, sich an die Bar zu setzen.

Zwei Barhocker weiter nickte ihr ein alter Mann mit Knollennase und roten Wangen zu. Cordelia schenkte ihm ihr bewährtes New Yorker Halblächeln, das signalisierte: »Ich habe Sie zur Kenntnis genommen, aber sprechen Sie mich nicht an.«

Es funktionierte nicht.

»Wie heißen Sie, Kindchen?«, fragte er.

»Lass das Mädchen in Ruhe, Darragh«, sagte eine raue Stimme. »Möchtest du etwas trinken, oder soll ich dir die Speisekarte bringen?«

Cordelia drehte sich um, in der Absicht das größte Glas Wein zu bestellen, das sie im Angebot hatten, aber stattdessen starrte sie in ein Paar aquamarinblaue Augen unter einem dichten Wirrwarr aus schwarzem Haar.

»Du!«, schrie sie. »Du verdammtes *Arschloch*!«

4

Niall wusste nicht recht, was er darauf erwidern sollte.

»Verzeihung, kenne ich dich?«, fragte er, als Darragh kicherte und sich ein paar andere Stammgäste umdrehten, um das Geschehen zu verfolgen.

»Du hast meine Kamera kaputt gemacht!«, schimpfte die Frau. Die halbe Bar hörte jetzt zu. Die ganze Situation war Niall peinlich, er verstand überhaupt nicht, warum diese Fremde ihn so sehr zu hassen schien.

»Ich weiß nicht, wovon du redest«, sagte er.

»Gestern, als wir von der Fähre gekommen sind.« Sie war so wütend, dass es ihr praktisch aus den Ohren dampfte und ihre aufgeblähten Wangen wirkten eher komisch als einschüchternd. »Du hast mich so angerempelt, dass mir die Kamera runtergefallen und *kaputt gegangen* ist.«

So wie sie das sagte, klang es, als wäre sie Opfer eines üblen Verbrechens geworden, eines bewaffneten Raubüberfalls oder als hätte jemand ihre geliebte Katze überfahren. Aber jetzt erinnerte er sich an sie.

»Ich glaube, du hast eher *mich* angerempelt«, erwiderte er gereizt.

»Ganz bestimmt nicht.«

Ganz bestimmt *doch*, dachte Niall, wollte aber nicht noch

mehr Aufsehen erregen. »Hör zu, es tut mir leid, es war ein Versehen, okay?«

Die Frau funkelte ihn an. »Hast du eine Ahnung ... hast du *irgendeine* Ahnung ...«

»Hey, es ist nur eine Kamera, oder?« Niall zwang sich zu einem Lächeln. Er wollte, dass dieses Drama ein Ende fand, und die Stammgäste aufhörten, ihn anzustarren. Sie hatten ihn schon genug angestarrt, seit er am Nachmittag mit der Arbeit begonnen hatte. Vor allem Seamus Donovan hatte ihn mit spitzen Bemerkungen gequält. »Wie wär's, wenn ich sie ersetze? Wie viel hat sie gekostet, hundert Euro?«

Nicht, dass er so viel hatte, aber Colin könnte ihm was leihen.

»Sie hat eintausendvierhundert Dollar gekostet«, fauchte sie ihn an. »Aber darum geht es nicht.«

»Eintausend ... O mein Gott!«, rief Niall aus. »Wie kann man so was Teures einfach fallen lassen?«

»Ich hab sie nicht fallen lassen«, zischte die Frau. »Du bist durch den Hafen gestürmt wie ein Stier im verdammten Pamplona.«

Die Tür öffnete sich, und Niall sah Alison Murphy reinkommen. »Oh, Gott sei Dank«, murmelte er, begierig darauf, dieser wütenden Amerikanerin zu entkommen. »Brauchst du einen Tisch, Alison?«, rief er, doch zu seinem Entsetzen nahm sie neben der Amerikanerin Platz.

»Tut mir leid, dass ich zu spät komme«, sagte sie und hielt inne, als sie das Gesicht der Frau sah. Niall nahm es ihr nicht übel. Dieser Blick konnte wahrscheinlich Metall schmelzen. »Was ist denn hier los?«

»Das« – sie fuchtelte mit dem Daumen in seine Richtung – »ist das Arschloch, das meine Kamera kaputt gemacht hat.«

Darragh und ein paar andere schnaubten in ihre Biere.

»Jetzt hör mal«, sagte Niall und beugte sich vor. »Das ist das zweite Mal, dass du mich Arschloch nennst, und es wird kein drittes Mal geben! Ich habe gesagt, das mit der Kamera tut mir leid.«

»Nein, hast du nicht«, knurrte sie. »Zumindest hast du es nicht so gemeint.«

»Nun, es tut mir aufrichtig leid, in Ordnung? Aber könntest du bitte … etwas leiser sprechen? Der erste Drink geht aufs Haus.«

»Magst du Wein?«, mischte Alison sich ein, um die Wogen zu glätten. »Es gibt hier einen guten Cabernet.«

Die Frau schniefte. »Ja. Okay.«

»Niall, das ist Cordelia James. Ich hab dir von ihr erzählt – sie wohnt den Sommer über im Cottage. Cordelia, das ist Niall O'Connor.«

Cordelia blinzelte. »O'Connor wie in *O'Connor's*?«

Niall breitete seine Hände aus und verzog den Mund zur schlechten Imitation eines Lächelns. »Der einzig wahre. Ich hole den Wein.« Dann eilte er ans andere Ende der Bar, bevor Cordelia ihn erneut beleidigen konnte.

Colin beendete seinen Auftritt und gesellte sich zu ihm.

»Heilige Mutter Gottes, was hast du getan, dass diese Amerikanerin sich so aufregt?«

»Wir sind zusammengestoßen, als wir von der Fähre kamen, und sie hat ihre Kamera fallen lassen. Anscheinend war sie sehr teuer. Und meine Entschuldigung war angeblich nicht glaubwürdig.« Niall konnte nicht glauben, dass jemand so viel Geld für eine Kamera ausgab, wenn es auch ein iPhone tat.

Colin pfiff. »Du spendierst ihr besser den ganzen Abend die Drinks.«

»Das ist der Plan.«

45

»Aber schön anzusehen, was?«, sagte Colin und warf einen anerkennenden Blick in Richtung der beiden Frauen.

»Du findest alle schön anzusehen«, sagte Niall, und das meinte er wörtlich. Colin war bi, und obwohl er noch nie in einer festen Beziehung gewesen war, hatte er wahrscheinlich mit halb Dublin geschlafen.

»Sei nicht so prüde, Niall. Ja, man hat dir das Herz rausgerissen, aber du bist nicht tot. Irgendwann musst du wieder aufs Pferd steigen.«

»Dann aber nicht mit einer Amerikanerin, die mich innerhalb von zehn Sekunden zweimal ein Arschloch genannt hat«, brummte Niall.

»Okay, okay, na gut. Warum redet sie mit Alison?«

»Das ist die, die im Cottage wohnt.«

»Oh, prächtig!«, sagte Colin fröhlich, korrigierte seinen Gesichtsausdruck jedoch schlagartig, als er Nialls Miene sah. »Okay, nicht prächtig.«

»Hoffen wir, dass sie in Zukunft woanders essen geht«, sagte Niall. »Darragh und die anderen setzen mir schon genug zu, und Seamus ist ein echter Idiot. Seht euch den armen Niall an, die Frau ist ihm weggelaufen. Armer Niall, hat seinen Pub in den Sand gesetzt. Armer Niall, kann nicht mal die Gäste seines verdammten Vaters bei Laune halten. Ich will nicht noch Öl ins Feuer gießen.«

»Der arme Niall muss mal flachgelegt werden, denke ich.« Colin zog eine Augenbraue hoch, als er Nialls Gesicht sah. »Was? Das würde Seamus ganz schnell zum Schweigen bringen.«

»Niall!« Die Stimme seines Vaters ertönte aus der Küche.

Niall biss die Zähne zusammen und atmete scharf durch die Nase ein. »Bin gleich da«, rief er und brachte die beiden Weingläser zu Alison und der wütenden Amerikanerin. Er stellte sie energischer ab, als beabsichtigt, und etwas Wein schwappte über. »Tut mir leid«, murmelte er und vermied jeden Blickkontakt. »Ich bin gleich zurück, um eure Bestellung aufzunehmen.«

»Lass dir Zeit!« rief Alison ihm nach. Er konnte Cordelias Blick wie einen Dolch zwischen den Schulterblättern spüren, als er in die Küche stakste.

Sein Vater schöpfte gerade Fischsuppe aus einem großen Topf auf dem Herd in zwei glasierte Tonschalen. »Bring die an Tisch zwölf«, befahl er schroff. »Und wie soll das Steak für Tisch fünf gegart sein? Du musst das alles aufschreiben, Niall. Wo bist du nur mit deinen Gedanken?«

In Dublin, wo ich meinen eigenen Pub eröffnen und Deirdre hätte heiraten sollen, dachte Niall säuerlich. Aber er griff nur nach den Suppenschalen und murmelte: »Tut mir leid, Dad.« Was seinen Vater betraf, hatte Niall schon vor langer Zeit gelernt, dass es einfacher war, nachzugeben als zu streiten. Owen gewann sowieso immer.

Als er aus der Küche kam, sah er Alison und Cordelia über ihrem Wein ins Gespräch vertieft. Cordelias Blick huschte kurz zu ihm herüber – sie war tatsächlich hübsch, auf amerikanische Art. Große haselnussbraune Augen, honigblondes Haar, zarte Haut und rosa Wangenknochen. Aber er kannte diese Art Touristinnen aus den Pubs in Dublin. Amerikanerinnen waren verwöhnt, anstrengend und laut, und die hier schien schlimmer als alle anderen zusammen. Er warf ihr einen Blick zu, der ihrem ebenbürtig war, und brachte die Suppe an den Tisch.

»Seine Verlobte hat ihn mit seinem Geschäftspartner betrogen?«, sagte Cordelia, wahrscheinlich ein bisschen zu laut. Sie konnte nicht anders – es klang wie aus einem Film.

Alison nickte ernst und trank einen Schluck Wein. »Schreckliche Sache. Er hat die Insel mit achtzehn verlassen und nie zurückgeblickt. Sein Vater ist ein bisschen streng mit ihm, das war er schon immer. Ganz Kilronan hat sich das Maul zerrissen, als bekannt wurde, dass er in Dublin ein eigenes Lokal eröffnet. Aber dann, vor einem Monat, ging alles in die Brüche. Also ist er den Sommer über nach Hause gekommen.«

»Das ist so traurig«, sagte Cordelia. Niall kam mit zwei Suppenschalen durch die Küchentür gestürmt, und sie warf ihm einen mitfühlenden Blick zu. Er starrte finster zurück. »Ist er immer so ein Idiot?«

Alison lachte. »Er war schon immer empfindlich, wenn du das meinst. Wir seit der Schulzeit befreundet – es gibt nicht viele, die das ganze Jahr über auf der Insel sind, und noch weniger Kinder. Colin, da drüben mit der Gitarre – he, Colin!« Sie winkte dem Musiker. »Wir drei sind zusammen aufgewachsen. Als Niall anfing, im Pub zu arbeiten, waren die Touristenmädchen ganz aus dem Häuschen. Er ist ein feiner Kerl.«

»Redest du schon wieder über mich?«, scherzte Colin und legte Alison den Arm um die Schultern.

»Cordelia ist Fotografin«, sagte Alison. »Aus New York.«

»New York! Wow. Ich würde so gerne mal nach New York. Es war schon immer mein Traum, in einem dieser coolen kleinen Clubs dort zu spielen.«

Der Wein entspannte Cordelia, und sie fühlte sich freundlicher gesinnt, seit Niall nicht mehr um sie herumgeisterte. »In der Bleecker Street ist einer, den ich mag, das Bitter End«, sagte sie.

»Gibt es dort auch *Seisiúns*?«, fragte Colin augenzwinkernd.

»Äh, was?«

»Bei einer *Seisiún* kommen Musiker in einem Pub zusammen, um traditionelle irische Musik zu machen«, erklärte Alison.

»Wie cool«, sagte Cordelia. »Keine Ahnung. Aber in New York gibt es eigentlich alles.«

»Nächste Woche machen wir hier eine *Seisiún*«, sagte Colin. »Du solltest kommen. Alison kommt auch. Und Róisín. Hast du Róisín schon kennengelernt?«

Colin strotzte nur so vor Energie, und Cordelia konnte sich ein Lächeln nicht verkneifen – seine gute Laune war ansteckend.

»Ähm, nein«, sagte sie. »Ich habe ihr heute die Post gebracht, aber als ich geklopft habe, war niemand zu Hause.«

Colin pfiff. »Mach dich auf was gefasst. Róisín ist eine Legende. Bitte sie, eine Kutschfahrt mit dir zu machen. Sie wird dir alles erzählen, was du über diese Insel wissen musst. Und über Inishmaan. Und Inisheer. Und den Púca. Und die Todesfeen. Und …«

»Hey!«, rief Niall vom Ende der Bar und tippte auf seine Uhr.

»Okay, okay«, sagte Colin. »Tut mir leid, ich bin wieder dran. Wir sehen uns nächste Woche, Cordelia. Fergus bringt seine Bodhran mit. Das wird ein Riesenspaß.«

»Oh, ich …« Cordelia traf Nialls Blick, sein Gesicht wie aus Stein gemeißelt, seine Augen wie Eissplitter.

»Ah, mach dir um den keine Sorgen, der beißt nicht«, sagte Colin. »Sagen wir, er ist noch in der *Eingewöhnungsphase*.«

»Ich hab es ihr erzählt«, sagte Alison. Cordelia spürte einen Anflug von Verlegenheit, doch Colin zuckte nur die Schultern.

»Ich hab' ihm gleich gesagt, dass es alle wissen«, sagte er.

»Auf Inishmore kann man nichts geheim halten.« Er klopfte Cordelia auf die Schulter. »Wie dem auch sei, ich rechne mit dir. Freitag in einer Woche. Punkt sieben Uhr.« Er drohte Alison mit dem Finger. »Sorg dafür, dass sie nicht kneift.«

»Mach, dass du wegkommst«, sagte Alison und küsste ihn auf die Wange. Colin zwinkerte ihr zu und joggte davon.

»Was kann ich euch bringen?« Cordelia zuckte zusammen, als Niall hinter ihnen auftauchte.

»Ich nehme den Burger, danke«, sagte Alison.

Niall nickte. »Und du?«

Er hatte sich ein Geschirrtuch über die Schulter geworfen, und seine blauen Augen fingen das Licht ein. Faszinierend, dachte Cordelia, und so ein Kontrast zu seinem pechschwarzen Haar. Ein Schatten aus Stoppeln zog sich über seinen markanten Kiefer. Es sah aus, als würde er die ganze Zeit die Zähne zusammenbeißen, und sie fragte sich, ob das eine Nachwirkung seiner traumatischen Trennung war oder ob sein Gesicht einfach so aussah. Sie glaubte zu verstehen, warum die Touristenmädchen sich um ihn gerissen hatten. Aber Cordelia konnte sich nicht vorstellen, sich zu jemandem hingezogen zu fühlen, der so grüblerisch war – jemand, der so ungerührt sein konnte, nachdem er etwas so Wertvolles zerstört hatte.

»Ich nehme die Muscheln, bitte«, sagte sie höflich.

Dann griff sie nach ihrem Weinglas und wandte sich von ihm ab, um Colin zuzuhören, der in sanftes Licht getaucht war.

5

Niall wischte gerade die Tische ab und stellte die Stühle hoch, als sein Vater mit zwei Schalen Suppe aus der Küche kam.

»Setz dich«, befahl er seinem Sohn. Niall hörte auf zu wischen und gehorchte. Sein Vater stellte die Suppe auf den Tisch und schenkte zwei Bier ein. »Iss«, sagte er und setzte sich neben Niall.

Ich bin doch kein verdammter Hund, dachte Niall. Doch er aß die Suppe trotzdem – zu müde, um sich zu wehren. Es fehlten Salz und ein paar frische Kräuter, aber das behielt Niall für sich. Er trank einen großen Schluck Bier und wartete, dass sein Vater sagte, was er zu sagen hatte, damit er endlich nach Hause konnte. Nachdem er wochenlang nur auf dem Sofa gelegen hatte, war er von seinem ersten Arbeitstag völlig erschöpft.

Owen ließ sich Zeit, aß genüsslich seine Suppe und nippte dann nachdenklich an seinem Bier. Schließlich hielt Niall die Stille nicht mehr aus.

»Mein Gott, Dad, spuck's schon aus.«

Owen zog die buschigen schwarzen Augenbrauen hoch. »Wie bitte?«

»Ich weiß, dass du mir was sagen willst, also sag es einfach. Sonst gehe ich nach Hause.«

»Also gut.« Owen lehnte sich zurück und verschränkte die Arme vor der Brust. »Ich habe dir ja gesagt, das Mädchen wird dich unglücklich machen.«

»Jetzt geht's los«, murmelte Niall und stützte den Kopf in die Hände.

»Ich habe dir gesagt, dass sie nichts taugt. Ein arrogantes Großstadtmädchen, das dir Flausen in den Kopf setzt und dich dazu bringt, auf deine Familie herabzusehen.«

»Sie hat mich nicht dazu gebracht, auf euch herabzusehen«, sagte Niall durch zusammengebissene Zähne. »Der Pub war *meine* Idee. Es war mein Traum. Deirdre hat mir das Gefühl gegeben, dass ich ihn verwirklichen kann.«

Owen schnaubte. »Tja, für sie ist es jedenfalls gut gelaufen.«

»Was ist der Sinn dieser Unterhaltung?«, wollte Niall wissen. »Dass ich mich noch beschissener fühle als ohnehin schon?«

»Ich will damit nur sagen, wenn man an Selbstüberschätzung leidet ... «

»Mein Gott, Dad, nur weil ich etwas anderes machen will als du, leide ich nicht gleich an Selbstüberschätzung! Und es ist mir egal, dass du Deirdre nicht mochtest, denn ich habe sie geliebt. Ich habe sie *geliebt*, okay? Ich wollte sie heiraten und mit ihr glücklich werden. Und das ist jetzt vorbei, verstehst du? Es ist verdammt noch mal vorbei. Das Letzte, was ich brauche, ist ein Vortrag darüber, dass du recht hattest und ich unrecht. Ich *weiß*, dass ich unrecht hatte, Dad. Ich weiß es jeden Tag. Tief in mir drin. Aber in Kilronan zu leben und diesen Pub zu führen, ist dein Traum, nicht meiner.«

Owen schlug mit der Hand auf den Tisch. »Fängst du schon wieder von Träumen an«, schnauzte er. »Glaubst du, mein Vater hat sich auch nur einen Deut für meine Träume interessiert? Glaubst du, mit Träumen hätte ich dich und deine Mutter ernähren können? Nein. Ehrliche Arbeit ist alles, was man im Leben braucht. Du wirst hier jemanden finden, eine eigene Familie gründen, dann wirst du es verstehen.«

»Nein, das werde ich nicht!«, rief Niall und sprang auf. »Ich werde es nie verstehen. Ich werde hier niemanden finden und ich werde hier auch keine verdammte Familie gründen. Ich will überhaupt nicht hier sein, und sobald die Saison vorbei ist, bin ich hier weg. Wann bekommst du endlich in deinen Dickschädel, *dass ich nicht du bin*?«

»Sprich nicht in diesem Ton mit mir, Junge«, sagte Owen und stand ebenfalls auf. Er war genauso groß wie Niall, aber etwas breiter, und er bedachte seinen Sohn mit einem finsteren Blick. »Dass du nicht ich bist, ist mehr als offensichtlich. Deine Mutter scheint zu glauben, dass sich alles in Wohlgefallen auflöst, wenn du nur wieder zu Hause bist. Aber wir wissen Bescheid, mein Sohn – wir wissen, dass du in der Wohnung eines Kumpels in weiß Gott was für einer schäbigen Ecke von Dublin gewohnt hast. Wir wissen, dass du pleite bist.«

Niall blinzelte. Er dachte, er hätte es geschafft, das vor seinen Eltern geheim zu halten. *Colin*, dachte er blitzartig.

Er spürte, wie er in sich zusammensackte. Er war zu müde für diesen Streit. Er hatte alles satt. »Du hast recht, Dad«, sagte er. »Ich bin pleite. Ich bin ein Verlierer. Ich habe kein Geld, keine Perspektive, kein Zuhause, keine Beziehung. Ich bin ein Niemand.«

Diese plötzliche Kehrtwende schien seinen Vater zu überrumpeln. »Na na na, ich wollte nicht … «

»Doch, wolltest du«, sagte Niall und warf den Lappen auf den Tisch. »Ich gehe jetzt nach Hause. Mach selbst zu.«

Er schnappte sich seine Jacke und marschierte zur Tür hinaus.

Draußen wartete Pocket auf ihn. Der Border Collie neigte den Kopf zur Seite und kam angetrottet, um sich an sein Bein zu schmiegen. Er tätschelte der Hündin den Kopf.

»Weiß Colin, dass du dich weggeschlichen hast?«, fragte er, als sie den Heimweg antraten. Niall knipste die Taschenlampe an, die er immer dabeihatte – die Straßen waren nachts nicht beleuchtet. Pocket lief neben ihm her, und Niall musste an seine Kindheit zurückdenken, als sein Vater für ihn noch ein Held gewesen war, ein großer, kräftiger Mann, der König von Kilronan. Wann hatte sich das alles geändert?

Wahrscheinlich, als Niall angefangen hatte, selbstständig zu denken. Und lernte, seine eigenen Gerichte zu kreieren. Dublin Coddle, Corned Beef oder Irish Champ mit Speck waren ihm viel zu langweilig. Gegen einen guten Eintopf war nichts einzuwenden – er fand nur, dass es auf der Speisekarte eines Pubs auch andere Gerichte geben konnte. Doch allein der Gedanke, etwas Neues zu probieren, war für seinen Vater wie eine schallende Ohrfeige.

Nun, darum musst du dir keine Sorgen mehr machen, Dad, dachte Niall bitter, als die Lichter des Hauses in der Ferne auftauchten. Deirdre hatte seinem Traum die Lichter ausgeblasen. Er würde brav alles servieren, was das O'Connor's zu bieten hatte, den Sommer irgendwie überstehen und Inishmore dann so weit wie nur möglich hinter sich lassen. Sein Vater konnte froh sein – Niall hatte jede Lust verloren, neue Rezepte zu kreieren. Er hatte die Lust verloren, überhaupt je wieder zu kochen.

An ihrem dritten Tag auf Inishmore ging Cordelia direkt nach dem Aufwachen zum Haus auf dem Hügel hinauf, um endlich die geheimnisvolle Róisín kennenzulernen – doch als sie klopfte, öffnete niemand. Es kam ihr vor, als hätte sich im

Fenster etwas bewegt, weshalb sie erneut auf der Bank wartete, doch Róisín tauchte nicht auf.

Alison bat Cordelia per SMS, im Vorgarten etwas Unkraut zu jäten, also machte sie sich auf den Rückweg.

Draußen war es kühl und windig. Schnell sah Cordelia ein, dass sie keine Ahnung hatte, was die Blumen vom Unkraut unterschied. Im Wohnzimmer fand sie ein Buch zur Bestimmung verschiedener irischer Wildblumenarten. Bis zur Mittagszeit konnte sie Geißblatt, Margeriten, Glockenblumen, Kreuzblümchen und Glockenheide identifizieren und hatte das Unkraut dazwischen gerupft.

Ein Lieferwagen hielt vor dem Cottage und brachte einen großen Sack Dünger für Róisín. Cordelia hievte ihn über die Schulter und stolperte den Hügel hinauf. Alison hatte sie gebeten, ihn im Schuppen neben dem Haus abzustellen, dessen rote Farbe abblätterte. Darin befanden sich eine Schubkarre, verschiedene Gartengeräte, einige Eimer, ein Gummischlauch und zwei Fahrräder, eines mit einem Korb an der Lenkstange, an dessen Vorderseite eine Plastikblume klebte.

Sie packte den Dünger in die Schubkarre und ging dann hinters Haus, in der Hoffnung, Róisín zu begegnen. Stattdessen fand sie eine Pferdekoppel mit atemberaubendem Blick aufs Meer. Die Koppel war leer.

Cordelia ging zurück zum Schuppen und beschloss, mit dem Fahrrad in die Stadt zu fahren, um etwas zu essen. Sie schrieb Alison, dass sie den Dünger abgeliefert, aber Róisín nicht gesehen hatte.

War da ein Pferd auf der Koppel?, antwortete Alison.

Nein, schrieb Cordelia zurück.

Dann macht sie eine Tour. Danke, dass du den Dünger hochgetragen hast!

Cordelia holte ihre Tasche aus dem Cottage, und als sie wieder rauskam, sah sie zu ihrer Überraschung einen Border Collie auf dem Feldweg sitzen, der sie mit erschreckend intelligenten Augen ansah.

»Hallo«, sagte sie und sah sich suchend um. »Wo gehörst du denn hin?«

Der Hund kam angetrottet und schnüffelte an ihrer Tasche. Nachdem er sich vergewissert hatte, dass Cordelia keine Leckerlis dabeihatte, stupste er ihre rechte Hand an, damit sie ihn streichelte. Cordelia lachte.

»Hast du Hunger?«, fragte sie und kraulte den Hund hinterm Ohr. »Warte mal.«

Sie ging zurück ins Haus, um etwas von dem übrig gebliebenen Speck zu holen, den Alison gebraten hatte. Als sie zurückkam, schnüffelte der Hund an ihrem Fahrrad.

»Bitte schön«, sagte sie und gab ihm den Speck, der im Nu verschwunden war. Der Hund legte den Kopf schief, spitzte ein Ohr und schaute Richtung Straße.

»Ist da dein Zuhause?«, fragte Cordelia. »Okay, dann lass uns hinfahren.«

Sie kletterte auf den Fahrradsitz und trat in die Pedale. Der Hund lief fröhlich neben ihr her, und Cordelia merkte schnell, dass er eine kleine Berühmtheit war.

»Alles klar, Pocket?«, rief ein Mann aus einem vorbeifahrenden Lieferwagen.

Eine Frau mit Regenschirm meinte: »Hast eine neue Freundin gefunden, was, Pocket?«

»Du heißt also Pocket?«, sagte Cordelia.

Als sie an dem großen gelben Bauernhaus vorbeikamen, sah Cordelia eine Frau mit wilden braunen Locken, die Wäsche von der Leine nahm. Es war ein perfektes Bild – Strümpfe, die im peitschenden Wind tanzten, die blasse Sonnenfarbe des Bauernhauses dahinter. Cordelias Finger griffen automatisch nach ihrer Kamera. Die Frau ließ das Laken, das sie in der Hand hielt, fallen und stemmte die Hände in die Hüften.

»Pocket!«, rief sie, und der Hund wedelte mit dem Schwanz, als die Frau herbeieilte.

»Tut mir leid, sie hat Sie doch nicht belästigt, oder?«, fragte die Frau. »Komm her, du Schlingel. Du solltest doch bei Róisín sein.«

»Ich glaube, das war sie«, sagte Cordelia. »Ich bin Cordelia, ich wohne den Sommer über in Alisons Cottage.«

»Oh, die Amerikanerin!«, sagte die Frau.

»Genau.« Cordelia schnitt eine Grimasse. »Neuigkeiten verbreiten sich hier schnell.«

Die Frau lachte. »An so einem kleinen Ort gibt es nicht viel anderes. Ich bin Fiona.«

Sie gaben sich über der Steinmauer, die das Grundstück säumte, die Hand.

»Du bleibst also den ganzen Sommer? Ich hoffe, dir wird nicht langweilig. Ich weiß, ihr jungen Leute macht gerne Party und so.«

»Ich bin nicht wirklich ein Partymensch«, sagte Cordelia.

»Tja, umso besser. Hast du Róisín schon kennengelernt?«

»Nein«, sagte Cordelia ein bisschen ratlos. »Sie scheint nie zu Hause zu sein.«

Fiona lachte. »Sie hat immer irgendwas zu tun. Bietet Kutschfahrten für Touristen an. Wo willst du denn hin?«

»Ich dachte, ich geh runter zum Hafen und esse zu Mittag.«

»Wenn du was essen willst, solltest du ins O'Connor's gehen. Alle Einheimischen lieben es.«

Cordelia lächelte. »Ich weiß, Alison hat mich gestern Abend dorthin mitgenommen.«

»Und? Hat es dir gefallen?« Fionas Blick war so streng, dass Cordelia wusste, was sie antworten musste.

»Es war wundervoll«, sagte sie. *Abgesehen von dem rüpelhaften Barkeeper, der meine Kamera auf dem Gewissen hat*, fügte sie in Gedanken hinzu.

Fiona schob sich die wilden Locken aus dem Gesicht, die der Wind zerzauste. »Hör mal, es kann furchtbar einsam werden, so ganz allein in diesem Haus. Warum kommst du nicht zum Sonntagsbraten vorbei? Alison und Róisín sind auch da. Eine kleine Atempause von Wind und Regen.«

Cordelia freute sich über die Einladung. Alison würde da sein, und sie konnte endlich Róisín kennenlernen, falls es bis dahin noch nicht geschehen war. Bis Sonntag waren es fünf Tage – es wäre schön, etwas zu haben, worauf sie sich freuen konnte.

»Sehr gern«, sagte sie. »Danke.«

Fiona klatschte in die Hände. »Prächtig! Um halb sieben gibt es Essen – Róisín kann dich im Pferdewagen mitnehmen, denke ich. Du kannst auch zu Fuß gehen, wenn sich das Wetter hält.« Sie wandte sich dem Hund zu. »Na komm, Pocket, ich muss die Wäsche von der Leine nehmen, bevor es anfängt zu regnen.«

»Wird es regnen?« Cordelia sah in den bewölkten Himmel.

Fiona tätschelte ihren Oberschenkel. »Ich habe zwei Schrauben im Knie«, sagte sie. »Es tut immer weh, bevor es regnet.«

Cordelia wünschte, sie hätte ihre Regenjacke mitgenommen. Sie verabschiedete sich von Fiona und Pocket und fuhr weiter Richtung Stadt. Sie kannte kein anderes Restaurant als das O'Connor's, das abgesehen vom Barkeeper ein wirklich ein nettes Lokal war.

Also nahm sie all ihren Mut zusammen und spähte instinktiv zur Bar, als sie die Tür aufstieß, um nach schwarzen Haaren und blauen Augen Ausschau zu halten. Aber da war nur eine fröhliche Frau mittleren Alters mit roten Locken, die ein paar Touristen mit Getränken versorgte. Cordelia atmete erleichtert aus und setzte sich an einen freien Tisch.

Die Bar hatte tolles Licht. *Wenn ich meine Kamera hätte,* dachte sie düster, *könnte ich jetzt Fotos machen. Woher diese Touristen wohl kommen? Vielleicht würden sie sich von mir fotografieren lassen. Um mein Instagram wiederzubeleben.*

Seit einem Monat hatte sie nichts mehr gepostet oder die App auch nur geöffnet. Detox, hatte sie Liz erklärt, doch in Wahrheit hatte sie Angst. Angst vor negativen Kommentaren, Angst, dass sie es nicht mehr draufhatte. Aber jetzt hätte sie alles dafür gegeben, das sanfte Gewicht ihrer Kamera auf der Brust zu spüren.

Sie bestellte einen Rote-Bete-Salat bei der Frau, die sich als Shauna vorstellte und mit Sicherheit längst wusste, wer Cordelia war. Cordelia nahm ihr True-Crime-Buch, nippte an einem Mineralwasser und vertiefte sich in die Keddie-Cabin-Morde, während sie aufs Essen wartete. Liz hatte versucht sie zu überzeugen, eine leichte Strandlektüre mitzunehmen, aber für Cordelia *war* True Crime Strandlektüre.

Eine Gruppe junger Amerikaner kam herein und setzte sich an die Bar. Cordelia schämte sich für sie – sie waren laut und unausstehlich, bestellten Whiskey-Shots und prosteten sich zu. Es waren Leute wie sie, die den amerikanischen Touristen einen schlechten Ruf einbrachten.

Ein kühler Luftzug wehte herein, als sich die Tür erneut öffnete. Cordelia erstarrte, als sie Niall O'Connors große, schlanke Gestalt erkannte.

Shit, dachte sie, als er sie entdeckte. Nialls kalte blaue Augen weiteten sich ein wenig, dann erschien Shauna mit Cordelias Essen am Tisch.

»Hier ist dein Salat, Liebes«, sagte sie. »Oh, Niall!«, rief sie. »Das hier ist Cordelia aus New York. Sie wohnt …«

»Ich weiß«, sagte Niall, während er an ihnen vorbei hinter die Theke ging und durch die Schwingtür in die Küche verschwand.

»Kümmere dich nicht um ihn«, sagte Shauna. »Er macht gerade eine schwere Zeit durch.«

»Schon gut«, sagte Cordelia steif, denn es war ihr völlig egal, ob Niall O'Connor nett zu ihr war oder nicht. Sie stocherte in ihrem Salat herum, und als sie zur Bar sah, schenkte Niall den lauten Amerikanern gerade nach, wobei er die Whiskeyflasche anstarrte, als hätte sie ihn persönlich beleidigt.

Sie hatte ihr Essen schon halb aufgegessen, als ihr Handy klingelte. Ein Anruf von ihrer Mutter. Normalerweise überkam Cordelia ein mulmiges Gefühl, wenn Louise anrief, aber heute ging sie sofort ran. Das Heimweh machte ihr zu schaffen, und sie freute sich darauf, die vertraute Stimme zu hören.

»Hallo? Cordie? Hallo?«

»Hi, Mom!«, sagte Cordelia mit einem Enthusiasmus, der sie wahrscheinlich beide überraschte. »Wie geht's? Wie spät ist es bei euch?«

»Keine Ahnung, sieben oder so, wir sind früh aufgestanden, um uns auf dem Boot von Garys Freund den Sonnenaufgang anzusehen. Gary! Sag hallo!«

»Warte, Mom …«

Cordelia wollte ihre Mutter, nicht Gary, und sie knirschte mit den Zähnen, als eine tiefe männliche Stimme am anderen Ende »Hi, Cordelia« sagte.

»Hi, Gary.«

»Wie ist die Insel so?«

»Oh, es ist toll. Du weißt schon. Ruhig. Regnerisch.«

Gary lachte. »Ich hab's Louise gesagt. Ich hab gesagt, hoffentlich packt sie ihre Gummistiefel ein! Oder wie nennt man die dort? Wellingtons, richtig?«

»Ja, das stimmt, Gary.« Warum hatte ihre Mutter sie überhaupt angerufen, wenn sie das Telefon einfach an ihren Freund weitergeben wollte?

»Kann ich ganz kurz mit Mom sprechen?«, fragte sie.

»Oh, sicher, sicher, bleib dran. Louise!«

Im nächsten Moment meldete sich die Stimme ihrer Mutter wieder. »Hallo, Schatz. Du hast doch Gummistiefel eingepackt, oder?«

»Ja, Mutter, ich habe Gummistiefel eingepackt.« Sie wusste, Wetterberichte zu lesen und entsprechend zu packen.

»Und?«, sagte Louise. »Wie ist es da drüben? Hast du schon irgendwelche Männer kennengelernt?«

Omeingott. »Ja, Mom, ich war gestern Abend beim Speed-Dating«, scherzte Cordelia. Sie wollte sich nicht streiten. Aber warum konnte ihre Mutter nicht einfach damit aufhören?

»Echt?«

»Nein. Mein Gott, Mom, hier gibt es gar nicht genug Leute für so etwas wie Speed-Dating.«

»Siehst du, genau das macht mir Sorgen«, sagte Louise. »Mary Ellen hat gesagt, in London oder Paris gebe es viel mehr geeignete Männer in deinem Alter.«

»Geeignete Männer? Wir sind nicht in einem Regency-Roman. Ich bin nicht hier, um mir einen Mann aus einer angesehenen Familie zu angeln.«

»Nun, es gibt immer noch die Apps«, fuhr ihre Mutter fort.

»Mary Ellens Tochter hat ihren Verlobten über eine App namens *Summr of Luv* kennengelernt. Aber *Summer* ohne E, falls du es dir mal ansehen willst. Ihr Mädchen von heute habt so ein Glück. Es gibt so viele Möglichkeiten, jemanden kennenzulernen. Und weißt du, Cordie, du wirst nächstes Jahr dreißig.«

»Ja, Mom«, sagte Cordelia zähneknirschend. »Das ist mir bewusst.«

»Bist du fertig?« Niall war neben ihr aufgetaucht, mit unverändert grimmiger Miene.

»Wie bitte?«, fragte Cordelia, während ihre Mutter gleichzeitig kreischte: »Wer ist das? Er klingt attraktiv!«

»Warte mal kurz, Mom«, zischte Cordelia. Sie bedeckte ihr Handy mit einer Hand. »Bitte, was?«

Niall deutete mit dem Kinn auf ihren Teller. »Bist du mit dem Salat fertig?«

»Oh. Ja.« Eigentlich war sie es nicht, aber sie wollte vermeiden, dass er noch mal an den Tisch zurückkam. Was war mit Shauna passiert? Niall räumte den Teller ab und verschwand in die Küche. *Sogar von hinten sieht er wütend aus*, dachte Cordelia und ließ den Blick über seine Schultern gleiten, während sie das Telefon wieder ans Ohr hielt.

»Bevor du noch etwas sagst, Mom, das war der Barkeeper«, warnte sie. »Ich bin gerade Mittagessen.«

»Er klang trotzdem attraktiv. Und was ist falsch daran, mit einem Barkeeper auszugehen? Wenigstens hat er einen Job. Dieser Sam, der hat sich immer nur bei dir durchgeschnorrt.«

»Ja, es gab eine Menge Probleme mit Sam«, seufzte Cordelia. Seit dem Tod ihres Vaters hatte sie keine Beziehung mehr gehabt, und die beiden Freunde davor waren auch nicht so prickelnd gewesen. Sam, der arbeitslose ehemalige Hedgefonds-

Manager hatte geleugnet, dass sie überhaupt zusammen waren. Was wohl immer noch besser war als Luke, der Freund davor, der ununterbrochen emotionale Unterstützung einforderte, aber nie Zeit hatte, sich *ihre* Sorgen anzuhören, zu ihren Ausstellungen zu kommen oder auch nur einen kurzen Blick auf ihre Fotos zu werfen. Alles, was er wollte, war, über seinen Bürojob meckern und sich langweilige Indie-Filme ansehen.

»Ich mein ja nur«, sagte Louise, »ein ganzer Sommer weg von zu Hause … irgendwas Gutes muss doch dabei rauskommen, oder?«

Cordelias Nasenflügel blähten sich auf. »Mom, einen Mann zu finden, ist nicht gleichbedeutend mit etwas Gutem. Ich kann auch ganz allein etwas Gutes finden. Ich bin nicht hier, um mir einen irischen Ehemann zu angeln.«

»Ich meine nur, dass du seit dem Tod deines Vaters so traurig bist … Ich glaube, du würdest dich besser fühlen, wenn du jemanden hättest.«

»So gehst *du* mit den Dingen um, Mom«, sagte Cordelia spitz. »Nicht ich.« Sie hörte, wie ihre Mutter scharf einatmete, und sagte: »Hör zu, ich muss Schluss machen, wir reden später.«

Sie legte auf, bevor ihre Mutter noch etwas sagen konnte.

Als sie aufbrach, hatte es zu regnen begonnen.

6

Als der Sonntag kam, war Cordelia sehr froh über Fionas Einladung zum Abendessen.

Gerade mal eine Woche war sie auf Inishmore und schon plagte sie das Heimweh. Vielleicht wäre es leichter zu ertragen gewesen, wenn sie eine Kamera gehabt hätte, aber die Lieferung verzögerte sich. Seit jenem Mittagessen war sie nicht mehr ins O'Connor's zurückgekehrt, und obwohl sie eigentlich nicht vorgehabt hatte, zu der *Seisiún* zu gehen, zu der Colin sie eingeladen hatte, konnte sie es jetzt kaum erwarten. Sie musste mal raus. Verdammt, sie brauchte soziale Kontakte. Die geheimnisvolle Róisín war nie zu Hause, und falls doch, machte sie jedenfalls nicht auf, wenn Cordelia klopfte. Es fiel ihr immer schwerer, das nicht persönlich zu nehmen.

Sie begann sich zu fragen, ob Róisín überhaupt existierte.

Und dann war da noch der Regen. Auf Inishmore gab es mehr Arten von Regen, als sie verkraften konnte: peitschender Regen, Nieselregen und dicke, fette Regentropfen, die ihr in den Nacken liefen, wenn der Wind ihre Kapuze wegwehte. Es regnete tagsüber, und es regnete nachts. Und in den kurzen Momenten, in denen es nicht regnete, war die Luftfeuchtigkeit so hoch, dass es sich anfühlte, als würde es doch regnen.

Jedes Mal, wenn sie sich vornahm, die Insel zu erkunden, kam ihr der Regen in die Quere. Sie versuchte, das Mantra ihres Vaters zu beherzigen, *steh auf, geh raus und genieße den Tag*, aber das war nicht so leicht, wenn der Tag immer wieder eimerweise Wasser über ihre Pläne kippte. An einem etwas weniger verregneten Tag war sie mit dem Fahrrad losgefahren, um sich die Insel anzusehen, und die war wirklich wunderschön: sanfte Hügel, glatte schwarze Felsen, zottelige Ponys und Schafe. Aber gerade, als sie mit ihrem Handy ein paar Fotos machen wollte, begann es zu schütten, und sie floh zurück ins Cottage, wo sie, durchnässt und fröstelnd, Irland verfluchte und sich mit einem Cocktail an einen Strand wünschte, so wie Liz es vorgeschlagen hatte.

Toby schickte immer wieder Fotos, an denen Cordelia sich festhielt, dankbar für die Erinnerungen an ihre Lieben daheim in New York. Allerdings wurde das Heimweh dadurch nur noch schlimmer.

Sie facetimte gerade mit Liz, während sie sich für das Abendessen fertig machte und verschiedene Outfits anprobierte, das Handy an die Lampe neben ihrer kaputten Kamera gelehnt. Sie hatte Leslie eine E-Mail geschrieben, die ihr versichert hatte, dass sich das Problem einfach beheben ließe, sobald Cordelia zurück war.

Der Sommer dehnte sich vor ihr aus wie das Meer. Ein regengraues, deprimierendes, endloses Meer.

»Du musst dir ein Hobby suchen«, sagte Liz, als Cordelia eine rosa Seidenbluse hochhielt. Liz schüttelte den Kopf, und Cordelia warf die Bluse zur Seite.

»Hier gibt es keine Hobbys«, sagte Cordelia. »Außer vielleicht Angeln.«

»Dann lern angeln!«

»Das ist langweilig.«

»Cord, du kannst buchstäblich fünf Stunden lang in derselben Position verharren, wenn du auf das richtige Bild wartest.«

»Das ist was anderes.«

»Warum?«

»Darum.« Sie tauchte in ihren Kleiderschrank und kam mit einem knielangen blauweiß-gestreiften Hemdblusenkleid wieder hervor.

»Ja!«, rief Liz aus. »Hast du einen breiten Gürtel? Und Stiefel. Das wäre perfekt.«

»Findest du nicht, dass es zu sehr nach New York aussieht?«, fragte Cordelia und zog ihr Sweatshirt aus.

»Äh, ich weiß nicht, ob du dich daran erinnerst, aber du bist aus New York. Glaubst du, diese Frau erwartet, dass du in Wathose und Wollpullover kommst?«

»Ich muss es ihnen ja nicht unter die Nase reiben«, sagte Cordelia und knöpfte das Kleid zu. Aber als sie den Gürtel umgelegt hatte, gefiel sie sich.

»Ja, Mädchen!«, rief Liz triumphierend. »Ein bisschen Makeup, Lipgloss und die Haare offen. Die perfekte Mischung aus cool und klassisch.«

»Ich liebe es, wenn du deine Fähigkeiten als Innenarchitektin auf Menschen anwendest«, sagte Cordelia augenzwinkernd.

»Da fällt mir was ein!« Liz klatschte in die Hände. »Ich habe neulich mit meiner Chefin gesprochen, und sie meinte, dass sie eine Fotografin sucht. Kann ich ihr deine Kontaktdaten geben? Ich werde ihr natürlich sagen, dass du bis September in Irland bist.«

»Oh«, sagte Cordelia und spürte ein Magenkribbeln. »Ähm. Ja.«

Liz schürzte die rot geschminkten Lippen. »Ich weiß, es ist

nicht unbedingt das, was du dir vorstellst, Babes«, sagte sie. »Aber es ist Arbeit, oder?«

Cordelia schluckte. »Ja. Nein, natürlich. Das ist toll, Liz. Ehrlich. Danke.«

Liz lächelte. »Okay, bevor ich auflege, brauche ich noch eine Einschätzung der Lage. Wie viele Männer in unserem Alter gibt es auf Inishmore? Touristen eingeschlossen. Ich bin da nicht wählerisch.«

»Liz ...«

»Ich spiele nicht Louise, ich schwöre«, sagte Liz. »Es ist mir egal, ob du heiratest und Kinder kriegst oder was auch immer. Aber, Cord, du bist jung, du bist sexy, du bist den Sommer über in einem fremden Land – du musst mich teilhaben lassen, wenn du stellvertretend für mich einen Haufen irischer Inseljungs vögelst. Bitte, bitte, bitte.« Sie machte große Augen in die Kamera und klimperte mit den Wimpern.

Cordelia lachte. »Ich soll stellvertretend für dich Sex mit Männern haben?«

»Igitt, nein, nicht das mit den Männern. Nur das mit dem Sex. Urlaubssex, Cordie! Die beste Art, die es gibt.«

»Ich glaub, du verwechselst Inishmore mit Cancún«, sagte Cordelia. »Außerdem bin ich hier, um mich um eine alte Dame zu kümmern.«

»Ich glaube nicht, dass es Róisín wirklich gibt«, erklärte Liz. »Ich wette, sie ist irgendein alter Geist, der auf den Klippen spukt und den nur die Einheimischen sehen können. Aber im Ernst, Cord. Reiß endlich die Mauern ein, die du um dich herum aufgebaut hast. Sei offen dafür, dich zu amüsieren. Vielleicht triffst du ja Cillian Murphy 2.0.«

»Für eine Lesbe bist du ganz schön besessen von Cillian Murphy.«

Liz zuckte die Schultern. »Er ist sehr feminin.«

Cordelia sah auf die Uhr und erschrak. »Ich muss los.«

»Lass mich raten – du kommst nur fünf Minuten zu früh statt zehn?«

»Ha ha. Mach's gut, Liz«, sagte Cordelia und legte auf. Sie trug etwas Wimperntusche und Lipgloss auf und warf die Haare zurück.

»Liz, du bist ein Genie«, murmelte sie. Dann steckte sie die gute Flasche Wein ein, die sie gestern gekauft hatte, und machte sich auf den Weg. Ihr Vater hatte ihr beigebracht, immer etwas mitzubringen, wenn sie zu jemandem nach Hause eingeladen wurde.

Der Regen, der den ganzen Tag gegen die Fenster geprasselt war, hatte auf wundersame Weise nachgelassen, sodass sie die Kapuze ihres Regenmantels nicht aufsetzen musste. Die Luft war kühl, aber angenehm erfrischend. Der Himmel verfärbte sich in der Dämmerung, und die Lichter der Häuser in der Ferne leuchteten golden über den grünen Feldern. Der Geruch von Gras und Salzwasser stieg ihr in die Nase.

Das gelbe Bauernhaus bot einen malerischen Anblick. Licht drang durch die weißen Vorhänge hinter den Fenstern, und aus dem Schornstein stieg Rauch auf, der sich köstlich mit dem grasigen Meeresduft vermischte. Man hörte die schwachen Klänge einer Gitarre und dann Pockets fröhliches Bellen. Cordelia lächelte. Für sie war Zuhause immer das Brownstone in Carroll Gardens gewesen und dann ihre Wohnung in Morningside Heights. Dieses Zuhause schien irgendeiner Phantasiewelt entsprungen.

Ihr Vater hatte immer davon geträumt, nach seiner Pensionierung aufs Land zu ziehen. Er hätte es hier geliebt. Cordelia schnürte sich die Kehle zu, und sie musste die Tränen fortblinzeln. Kein Grund, weinend bei Fiona vor der Tür zu stehen.

Sie ging durch eine Lücke in der Steinmauer übers Gras. Von drinnen hörte sie Stimmen, als sie läutete.

Niall konnte es verflucht noch mal nicht glauben.

Er war nach Inishmore gekommen, um von Deirdre und Patrick wegzukommen, und jetzt starrten ihn in der Küche seiner Mutter ihre Gesichter an.

»Es tut mir so leid«, sagte Fiona. »Wir dachten, du hättest es schon gesehen.«

»Nein.« Die Ausgabe der *Irish Times* zitterte in seiner Hand – darin ein großer Artikel über die Eröffnung von Dublins neuestem Gastropub, dem Fallen Star. Der Name, den *er* ausgesucht hatte, inspiriert von einem Neil-Gaiman-Buch. Deirdre und Patrick lächelten in die Kamera, Patricks Arm dort, wo Nialls Arm immer gewesen war. Begeisterte Kritiken über das Essen – *sein* Essen, die Speisekarte, die *er* kreiert hatte.

Alles drehte sich. Er konnte den Artikel nicht lesen. Er konnte ihn kaum ansehen. Er warf die Zeitung auf den Küchentisch und wandte sich ab.

»Oh, Niall«, sagte seine Mutter und legte ihm eine Hand auf die Schulter.

Er winkte ab. »Schon in Ordnung.«

»Nein, ist es nicht«, sagte sie mit Nachdruck. »Es ist *nicht* in Ordnung. Am liebsten würde ich diesem … diesem … *Flittchen* …«

»Nicht, Mama«, sagte er. Die Stahlfeder wand sich seine Speiseröhre hinauf und zog ihm die Kehle zu. Wie lange konnte er noch so weitermachen? Wann würde der Schmerz endlich nachlassen?

Es läutete an der Tür.

»Fiona!«, rief sein Vater aus dem Wohnzimmer, wo er mit Colin saß, der auf seiner Gitarre klimperte. »Das werden Alison und Róisín sein!«

Niall verdrehte die Augen. Als ob sein Vater nicht fähig wäre, fünf Schritte zur Tür zu gehen.

»Ich komme!«, sagte seine Mutter, aber Niall legte ihr eine Hand auf den Arm.

»Ich geh schon.« Er stürmte aus der Küche und durch den Flur zur Haustür. Gott sei Dank war Róisín da – sie würde alle unterhalten und die Aufmerksamkeit von ihm ablenken. Vielleicht hatten die anderen die Zeitung noch nicht gesehen.

Träum weiter, dachte er düster.

Er öffnete die Tür in Erwartung von Róisíns spitzem, scharfsinnigem Gesicht, stattdessen stand die Person vor ihm, mit der er am allerwenigsten gerechnet hätte.

»Was machst du denn hier?«, fragte er Cordelia, die ebenso schockiert zu sein schien wie er.

»Was machst *du* hier?«, erwiderte sie.

»Das ist das Haus meiner Eltern«, zischte Niall.

Cordelia schlug die Hand vor den Mund. »O mein Gott«, sagte sie.

»Du bist Fionas Sohn?«

»Mom!«, Niall rief in Richtung Küche, als Colin an die Tür kam, um zu sehen, was los war, Pocket im Schlepptau.

»Cordelia!«, rief er. »Ich wusste nicht, dass du kommst.«

»Ähm, Fiona hat mich eingeladen.« Cordelia sah sich um, als überlegte sie, sich aus dem Staub zu machen. Niall wünschte, sie würde es tun. Der heutige Abend war schon furchtbar genug. Er hatte keine Lust, ihn in Gesellschaft der Frau zu verbringen, die ihn als Arschloch bezeichnet hatte. Pocket kam angetrottet und drückte ihre kleine schwarze Nase in Cordelias Hand. Cordelia lächelte und kraulte sie hinter den Ohren.

»Hallo noch mal«, sagte sie.

Verräterin, dachte Niall, während Colin sagte: »Wie ich sehe, hast du Inishmores berühmteste Berühmtheit bereits kennengelernt.«

»Ja, sie ist vor ein paar Tagen beim Cottage aufgetaucht.«

Colin lachte. »Das macht sie manchmal. Macht sich gerne mit jedem bekannt. Stimmt's, Niall?«

Er stieß Niall den Ellbogen in die Rippen, und Niall zwang sich zu einer groben Annäherung an ein Lächeln.

»Wer ist das?«, fragte sein Vater, der endlich seinen Hintern hochbekommen hatte.

»Ist das Cordelia?«, agte Fiona und kam aus der Küche herbeigeeilt. »Ach du meine Güte, was steht ihr denn alle in der offenen Tür herum und lasst das arme Mädchen draußen in der Kälte stehen? Komm rein, Kind.«

Sie schob die versammelten Männer aus dem Weg und führte Cordelia ins Haus, Pocket dicht auf den Fersen.

»Gib mir deinen Mantel«, sagte sie und half Cordelia aus ihrer Regenjacke.

Colin stieß einen Pfiff aus. »Wow, du siehst phantastisch aus.«

Sie trug ein knielanges Kleid, wie ein Männerhemd, aber mit Gürtel, dazu hohe braune Stiefel. Was glaubte sie, wer zu diesem Essen kam? Der verdammte König?, dachte Niall.

»Danke«, sagte Cordelia mit einem Seitenblick auf die anderen, die normale Sonntagskleidung trugen, seine Mutter eine Hose, er selbst einen braunen Kapuzenpullover. »Tut mir leid, vielleicht bin ich ein bisschen overdressed, ich wusste nicht ...«

»Keineswegs!«, sagte Fiona. »Ich liebe dein Kleid. Ist es aus New York?«

»Ja«, sagte sie und lief rot an.

»Owen O'Connor.« Nialls Vater drängte sich vor und hielt ihr die Hand hin.

Cordelia ergriff die Hand seines Vaters und sah ihm fest in die Augen: »Cordelia James. Sehr erfreut.«

Owens Gesicht hellte sich auf. »Das ist mal ein richtiger Händedruck«, sagte er und pumpte ihre Hand zweimal auf und ab, bevor er sie wieder freigab.

»Hat mein Vater mir beigebracht«, sagte sie fast schüchtern. »Er hat immer gesagt, der Händedruck sagt viel über einen Menschen aus.«

»Kluger Mann«, sagte Owen.

Cordelia biss sich auf die Lippe und griff in ihre Tasche. »Ich habe Wein mitgebracht.«

»Wie reizend«, sagte Fiona und nahm die Flasche. »Ist sie nicht reizend, Niall?«

Niall wollte nicht in dieses Gespräch hineingezogen werden. »Ich mache sie auf«, sagte er, schnappte sich die Flasche und verschwand.

»Was ist denn das für ein Benehmen?«, fragte Fiona, die ihm in die Küche gefolgt war, wo Niall gerade die Folie von der Flasche entfernte.

»Das ist die Frau aus dem Pub«, zischte er. »Die, von der ich dir erzählt habe.«

Ihre Augen weiteten sich. »Die, deren Kamera du kaputt gemacht hast?«

»Psst, nicht so laut.«

Fiona schloss die Küchentür. »Tut mir leid, Niall«, sagte sie. »Das wusste ich nicht.«

»Was glaubst du denn, wie viele Amerikanerinnen noch in Róisíns Cottage wohnen?«

Seine Mutter verschränkte die Arme vor der Brust. »Nicht in diesem Ton. Ich weiß, dass es dir nicht gut geht, aber es mag dich überraschen, dass andere Leute ihr eigenes Leben haben, ihre eigenen Sorgen und Nöte, und sich nicht an jede Kleinigkeit erinnern können, die du sagst, oder an jeden Gast, mit dem du dich anlegst.«

Niall ließ den Kopf hängen. »Du hast recht«, sagte er. »Tut mir leid, Mom.«

Sie reichte ihm den Flaschenöffner. »Sie scheint ein nettes Mädchen zu sein«, sagte Fiona und sah auf das Etikett der Flasche. »Oooh, und sie hat uns einen ausgezeichneten Wein mitgebracht. Wie hätte ich sie an einem Sonntag sich selbst überlassen können? Nein, das gehört sich nicht. Du bist jetzt nett zu ihr, hörst du?«

Niall seufzte. »Ja, Mom. Ich werde mich von meiner besten Seite zeigen. Versprochen.«

Sie tätschelte ihm die Wange. »Braver Junge.« Es läutete erneut an der Tür. »O Gott, das wird Róisín sein. Mach lieber gleich eine zweite Flasche auf, wenn du schon dabei bist. Pocket, komm.«

Sie belud ein Tablett mit Gläsern, und Pocket trottete hinter ihr her.

1

Róisín Callahan stellte sich als echt heraus.

Cordelia hatte es sich gerade auf einem Stuhl neben dem Klavier gemütlich gemacht, als eine winzige Frau mit weißer Lockenpracht hereinstürmte, ohne zu warten, bis ihr jemand öffnete. Alison folgte ihr mit besorgter Miene.

»Owen O'Connor, du blöder Mistkerl«, sagte Róisín und stapfte ins Wohnzimmer. »Wie oft habe ich dir schon gesagt, dass du die Einfahrt pflastern sollst?«

»Es ist ein *Kiesweg*, Róisín, um Himmels willen«, sagte Owen. Dieser Auftritt schockierte Cordelia, und kurz fürchtete sie, es käme zu einem Streit. Doch dann umarmten sich die beiden kichernd, als würden sie sich immer so begrüßen.

»Darf ich dir deinen Mantel abnehmen«, fragte Owen, der die winzige Frau um einiges überragte.

»Das wäre wundervoll. Alison, Darling, geh und hol mir einen Whiskey.« Es fiel Cordelia schwer, diese Frau mit der freundlichen alten Oma unter einen Hut zu bringen, die sie sich vorgestellt hatte. Róisín trug ein kariertes Hemd unter einer Latzhose und schwere braune Stiefel. Cordelia fühlte sich noch mehr overdressed als zuvor.

»Wir haben Wein, Róisín.« Fiona erschien mit einem Tablett voller Gläser, hinter ihr Niall, in jeder Hand eine offene Flasche.

Oh, Gott sei Dank, dachte Cordelia und nahm dankbar ein Glas von Fiona entgegen.

»So.« Róisín schnappte sich ebenfalls ein Glas und kam näher, um Cordelias Gesicht zu studieren. Sie war so klein, dass sie sich kaum bücken musste, um auf Augenhöhe mit Cordelia zu sein. »Du bist die Amerikanerin, die ständig an meine Tür klopft.«

»Oh, ich …« Cordelia wusste nicht, was sie darauf antworten sollte. Hilfesuchend sah sie zu Alison.

»Sie hat das Cottage gemietet, Granny«, sagte Alison gereizt.

»Bezahlt sie dich dafür, mich auszuspionieren?«, schnauzte Róisín Cordelia an.

»Wie bitte?«, sagte Cordelia verwirrt.

»Ständig liegt sie mir in den Ohren: *Du kannst da oben nicht allein wohnen, Granny*, und *Was ist, wenn du stürzt?* und *Du kannst mit deinen Augen nicht mehr Auto fahren.* Als ob ich ein Auto bräuchte! Wer braucht schon ein Auto, wenn er Brigid hat?«

»Wen?«

»Mein Pferd! Herrgott noch mal, Amerikaner sind doch angeblich so schlau.«

Colin schnaubte in seinen Wein.

»Ich bin aus New York«, sagte Cordelia säuerlich. Sie war ein wenig pikiert, dass sie für Dinge verantwortlich gemacht wurde, für die sie unmöglich etwas konnte.

»Soll mir das was sagen?«

»Nein, ich bin keine Spionin, ich bin hier, um zu helfen!«, sagte Cordelia. War es nicht so? Allerdings hatte sie nicht das Gefühl, dass sie irgendjemandem half. Sie hatte nicht das Gefühl, dass sie überhaupt irgendetwas Nützliches tat.

»Niall, was hast du Granny erzählt?«, wollte Alison wissen.

»Nichts«, sagte Niall. »Na ja, nichts, was Róisín nicht schon geahnt hat. Nur, dass du das Cottage an jemanden vermietet hast, der ein Auge auf sie haben soll.«

»Als ob ich das von ihm hätte«, sagte Róisín. Sie wandte sich an Cordelia. »Ich brauche niemanden, der mir hilft, hörst du? Ich brauche niemanden, der in mein Haus kommt und sich in meine Angelegenheiten einmischt.«

Róisín stieß ihr einen Finger ins Gesicht, und Cordelia spürte, wie ihr Geduldsfaden riss. Sie war müde und overdressed, und Niall grinste blöd, und sie konnte hören, wie draußen der verdammte Regen wieder einsetzte.

»Weißt du was?«, blaffte sie. »Du hast recht. Ich bin eine Spionin. Alison hat mich gebeten, den ganzen Weg von New York hierherzukommen, um dein faszinierendes und interessantes Leben auszuspionieren. Jedenfalls gehe ich davon aus, dass das ist, da du *nie* zu Hause bist, und weißt du was? Es hat sich herausgestellt, dass ich eine Niete im Spionieren bin, wenn du also einfach ab und zu an die verdammte Tür gehen könntest, würde das die Sache für mich sehr vereinfachen, okay?«

Für den Bruchteil einer Sekunde herrschte verblüffte Stille, während ihre Worte verklangen, und Cordelia wäre am liebsten im Boden versunken. Was hatte sie getan? Alison würde sie mit Sicherheit zum Teufel jagen.

Doch plötzlich warf Róisín den Kopf zurück und lachte.

»Oh, die gefällt mir«, sagte sie zu Alison. »Hol mir einen Whiskey, Mädchen«, sagte sie zu Cordelia, die fast instinktiv aufstand, bis Alison sagte: »Granny, du hast ein Glas Wein in der Hand.«

Róisín sah sie überrascht an. »Ah, tatsächlich.« Sie leerte das Glas zur Hälfte. »Das ist ein verdammt guter Wein, Fiona. Verdammt gut.«

»Den hat Cordelia mitgebracht«, sagte Fiona.

»Wer, zum Teufel, ist Cordelia?«

»Die Amerikanerin, Róisín«, sagte Colin, und Cordelia winkte zaghaft.

Róisín zog die Augenbrauen hoch. »Sie hat Chuzpe, *und* sie kennt sich mit Wein aus. Colin, du solltest dieses Mädchen heiraten. Oder bist du immer noch eine Schwuchtel?«

»Halbschwuchtel«, korrigierte Colin sie. »Aber ich werde den Rat beherzigen.« Er grinste und nickte Cordelia anerkennend zu. Aber Cordelia drehte sich noch immer der Kopf. Sie hatte diese winzige alte Frau angeschrien, und alle schienen das völlig in Ordnung zu finden.

»Hast du Brigid heute Abend mitgebracht?«, fragte Owen. »Niall kann sie auf die Weide führen.«

»Natürlich nicht«, brummte Róisín. »Alison hat mich mit dem verdammten Auto abgeholt.« Erneut zeigte sie mit dem Finger auf Cordelia. »Du wirst mich doch nicht mit Autos nerven, oder, Mädchen?«

Alison konnte ein Seufzen kaum unterdrücken.

Cordelia runzelte die Stirn. »Ich bin aus New York«, sagte sie wieder.

»Ist das deine verdammte Antwort auf alles? Fiona, ist das ihre verdammte Antwort auf alles?«

»Róisín, warum hilfst du mir nicht in der Küche?«, sagte Fiona, und warf ihrem Mann einen bedeutungsvollen Blick zu.

Owen verstand den Wink. »Komm, Róisín.« Als sie an Niall vorbeigingen, blieb Róisín stehen und tätschelte ihm die Wange.

»Es ist gut, dass du zu Hause bist, Junge«, sagte sie zärtlich. »Ich habe heute Morgen die Zeitung gesehen. Dieses dumme Flittchen.«

Eine starke Emotion zuckte über Nialls Gesicht, und für einen kurzen Augenblick sah Cordelia blanken Schmerz in seinen Augen. Sofort darauf waren sie jedoch wieder hart wie Edelsteine.

Nachdem das Trio in der Küche verschwunden war, ließ sich Alison aufs Sofa fallen, und Niall schenkte ihr ein Glas Wein ein.

»Danke«, sagte sie, als sie den Wein entgegennahm. »Ich liebe sie«, fügte sie an Cordelia gewandt hinzu. »Ich liebe sie mehr als jeden anderen auf der Welt. Aber sie kann echt anstrengend sein.«

»Sie ist wie ein Tornado«, bemerkte Cordelia. »Oder … ein tasmanischer Teufel.«

Colin und Alison lachten herzlich.

»Ich bin froh, dass sie dich mag«, sagte Alison.

»Bist du dir da sicher?«, fragte Cordelia skeptisch.

»Oh ja«, sagte Alison. »Du sprichst ihre Sprache. Klartext. Sie wird sich nicht mehr vor dir verstecken, versprochen.«

Jetzt, wo sie Róisín kennengelernt hatte, war Cordelia nicht sicher, ob sie wollte, dass diese störrische alte Frau aufhörte, sich vor ihr zu verstecken.

»Also«, sagte Colin. Niall hatte sich ans andere Ende des Zimmers gesetzt, so weit entfernt von Cordelia wie möglich, Gott sei Dank. »Wie war deine erste Woche auf der Insel?«

»Oh, ähm …« Cordelia suchte nach den richtigen Worten, dann gab sie auf und sagte die Wahrheit. »Irgendwie furchtbar. Tut mir leid. Ich will nicht unhöflich sein. Aber ich habe Heimweh, und es regnet die ganze Zeit.«

Colin lachte wieder. »Nein, das trifft es mehr oder weniger ziemlich gut. Die Touristen kommen meist nur für einen Tag oder bleiben ein oder zwei Nächte.«

»Warst du schon beim Dún Aonghasa?«, fragte Niall in einem Ton, den Cordelia als inquisitorisch empfand. »Oder bei der Robbenkolonie? Oder hast du die Fähre nach Inisheer genommen?«

»Ähm, nein«, stammelte Cordelia. »Ich meine … es hat geregnet. Buchstäblich jeden Tag.«

»Willkommen in Irland«, sagte Niall kalt. »Hast du mit Stränden und Sonnenschein gerechnet?«

»Mein Gott, Niall«, sagte Alison. »Lass sie in Ruhe.«

»Ich meine ja nur. Sie hat noch nicht mal den öden Touristenkram gemacht. Was beschwert sie sich dann?«

»Ich hab mich nicht beschwert«, sagte Cordelia.

»Klang aber so«, erwiderte Niall achselzuckend.

»Ich hätte nie gedacht, dass ich erleben würde, wie Niall O'Connor Inishmore verteidigt«, sagte Colin kopfschüttelnd. Er wandte sich an Cordelia. »Du wirst dich an den Regen gewöhnen. Und du solltest dir Dún Aonghasa ansehen – oder Dún Aengus, wie ihr Touristen es nennt.« Er zwinkerte ihr zu. »Die Aussicht ist unglaublich.«

»Alle sehen sich Dún Aengus an«, sagte Alison. »Aber ich bevorzuge Dún Dúchathair. Man kann sogar vom Cottage aus dorthin laufen, obwohl es mit dem Fahrrad natürlich schneller ist.«

»Was ist ein Dún?« Cordelia kam sich dumm vor und mied Nialls Blick.

»Es bedeutet Burg oder Fort«, erklärte Alison. »Dún Dúchathair bedeutet das schwarze Fort.«

»Okay. Vielleicht fahre ich morgen hin.« Sie reckte das Kinn vor und fügte hinzu: »Sobald meine neue Kamera da ist, wird alles besser.«

Ihr Blick huschte zu Niall, der plötzlich sehr interessiert an seinem Weinglas zu sein schien. Nun gut. Sie hoffte, er fühlte sich immer noch schlecht wegen der Sache.

»Ja, wann soll sie denn kommen?«, fragte Alison. »Ich werde die Augen offen halten.«

»Donnerstag.«

Alison nickte. »Niall, wusstest du, dass Cordelia professionelle Fotografin ist?«

»Prächtig«, murmelte Niall.

Sie wusste, dass Alison nur nett sein wollte, aber ihre Worte hinterließen bei Cordelia ein Gefühl der Leere.

»Bin ich nicht«, sagte Cordelia. Jetzt war sie es, die in ihren Wein starrte. »Nicht wirklich. Nicht mehr.«

Es entstand eine lange Pause, und Cordelia wünschte sich, sie hätte nichts gesagt. Was spielte das schon für eine Rolle? Sollten sie doch glauben, was sie wollen. Sollten sie doch denken, sie habe ein tolles Leben in der Stadt, während sie in Wahrheit allein in ihrer Wohnung Trübsal blies und von Ramen und True-Crime-Serien lebte.

Als sie den Blick wieder hob, sah Niall sie mit einem Ausdruck an, den sie nicht deuten konnte. Abschätzig, wahrscheinlich. Sie wandte sich ab.

»Cordelia, ich habe mir gedacht – wenn die neue Kamera da ist, könntest du vielleicht Pátrún fotografieren«, sagte Colin. »Ich bin sicher, die Stadt würde dich für deine Mühe entlohnen.«

»Ja, das ist eine tolle Idee!«, rief Alison aus. »Ihr wisst doch, dass Cian Byrne immer sagt, sie bräuchten mehr Publicity. Er würde sich einen darauf runterholen, wenn dieses Jahr eine berühmte Fotografin aus New York City die Fotos macht.«

»Danke für dieses Bild, Al«, sagte Colin schaudernd.

»Was ist Pátrún?«, fragte Cordelia.

»Ein dreitägiges Fest Ende Juni«, erklärte Alison. »Zu Ehren von St. Enda, dem Schutzpatron von Inishmore.«

»Mit Musik und Bootsrennen und Tauziehen und Sandburgenwettbewerb und Tanz. Solche Dinge«, fügte Colin hinzu. »Und Essen. Das O'Connor's ist an Pátrún immer am besten, stimmt's, Niall?«

Niall zuckte die Schultern und trank einen Schluck. »Dad wird servieren, was immer er will«, sagte er leise. »Wie immer.«

»Mit dieser Einstellung sicher.«

»Was willst du von mir, Colin?«, schnauzte Niall und stand auf. »Hör auf, mich zu nerven.«

Er leerte sein Glas und stürmte aus dem Wohnzimmer.

Cordelia hörte eine Tür zuschlagen.

Colin seufzte. »Hast die Zeitung gesehen?«, fragte er Alison, die nickte.

»Welche Zeitung?«, fragte Cordelia, doch da kamen Fiona und Róisín aus der Küche zurück.

»Ihr setzt euch besser alle hin, es gibt Essen«, sagte Fiona. »Owen bringt den Braten. Wo ist Niall?«

»Nur kurz an der frischen Luft«, log Colin.

Cordelia stand auf. »Fiona, darf ich eure Toilette benutzen?«

»Natürlich, Liebes. Es ist den Flur runter auf der linken Seite.«

Cordelia huschte aus dem Wohnzimmer.

Der Flur war schummrig und still. Sie konnte Owen in der Küche klappern hören. Cordelia presste die Stirn gegen die Wand und kniff die Augen zu. Sie wünschte sich, sie wäre wieder in New York, gemütlich auf Liz' Couch, bei einer kitschigen romantische Komödie und Popcorn. Sie sehnte sich nach den Straßen der Stadt und nach Sonne. Sie wollte ein Tank-

Top tragen und mit Toby und Nikki vor dem Oxomoco sitzen und sich mit Guacamole vollstopfen.

Nicht, dass diese Leute nicht freundlich wären – na ja, Colin und Alison und Fiona jedenfalls. Aber Cordelia fühlte sich wie seltsame überflüssige Gliedmaßen, die nutzlos umher schlackerten und nichts mit sich anzufangen wussten. Sie hatte eine alte Dame angeschrien. Sie hatte sich einen Mann zum Feind gemacht, den sie kaum kannte.

Steh auf, geh raus und genieße den Tag!

Sie schlang die Arme um den Körper und versuchte, sich zusammenzureißen. *Ich versuch's, Dad.* Mit einem schweren Seufzer löste sie die Stirn von der Tapete.

In diesem Moment bemerkte sie die gerahmten Fotos an der Wand. Eins zeigte Fiona und Owen an ihrem Hochzeitstag, mit Achtziger-Jahre-Frisuren, Fiona in einem Kleid mit riesigen Puffärmeln, Owen mit Schnauzer. Die Fotos daneben dokumentierten die frühen Jahre ihrer Ehe. Dann erkannte Cordelia Niall wieder; zuerst als Jungen mit Pausbäckchen und schwarzen Locken vor einer Kirche, dann als Teenager mit zwei anderen jungen Männern in einer Art Kanu. Das letzte Bild zeigte ihn lachend auf einer Party, den Arm um seine Mutter gelegt, beide mit Sektflöten in der Hand. Die Veränderung in Niall war verblüffend; es war, als würde man einen völlig anderen Menschen sehen. Wenn er lächelte, bildete sich ein Grübchen auf seiner linken Wange. Seine Augen leuchteten. Wenn er nicht so verbissen dreinsah, hatte er etwas Verführerisches an sich.

»Sie hätte das abnehmen sollen.«

Cordelia wirbelte herum. Niall stand im Gegenlicht in der Badezimmertür. Er kam auf sie zu und riss das Bild von der Wand.

»Das war von meiner Verlobungsfeier«, sagte er, ohne sie anzusehen, und seine Stimme klang gepresst. Sein Kiefer war angespannt, sein Atem ging stoßweise.

Und in diesem Augenblick begriff Cordelia, wie sehr dieser Mann litt. Dass seine Geschichte nicht nur Klatsch und Tratsch war, sondern real, und dass er damit jeden Tag leben musste. Plötzlich schämte sie sich. Sie war schnippisch und streitlustig und gab ihm immer noch die Schuld an der kaputten Kamera, obwohl sie sich reparieren ließ. Es war nicht Nialls Schuld, dass sie sich entschieden hatte, auf diese Insel zu kommen.

»Es tut mir leid«, sagte sie, und die Worte sprudelten aus ihr hervor, ehe sie darüber nachdenken konnte. »Ich hätte dich neulich nicht so anschreien dürfen. Und dich ein Arschloch nennen. Ich wusste es nicht. Was passiert ist, meine ich.«

»Wenn du gewusst hättest, dass meine Verlobte mich betrogen hat, wärst du also netter zu mir gewesen?«, fragte Niall säuerlich. »Prächtig. In Zukunft werde ich allen mein Herz ausschütten, damit die Leute freundlich zu mir sind.«

»So hab ich das nicht ...« Cordelia rang die Hände. »Weißt du was, vergiss es.« Sie wusste nicht, warum sie sich überhaupt die Mühe machte. Wenn er unbedingt die beleidigte Leberwurst spielen wollte, konnte sie nicht viel dagegen tun, außer sich von ihm fernzuhalten.

Niall seufzte. »Scheiße, nein, tut mir leid. Ich habe heute Abend ... eine schlechte Nachricht bekommen, bevor du gekommen bist.« Er betrachtete das Foto und verzog den Mund. »Ich war nicht immer so ein übellauniges Arschloch. Früher war ich eigentlich ganz nett, weißt du.«

Cordelia wusste nicht, was über sie kam, aber irgendetwas an der Art, wie er das Bild betrachtete, die völlige Verzweiflung in seinen Augen, als würde er sich selbst nicht wiedererkennen … Es versetzte ihr so einen Stich, dass sie herausplatzte: »Ich könnte ein neues machen. Ein Foto, meine ich. Von dir und deiner Mutter. Um dieses zu ersetzen. Wenn du willst.«

Niall sah sie blinzelnd an.

»Ich *bin* Fotografin«, fuhr sie fort. »Von Beruf. Na ja, Straßenfotografin, aber eigentlich geht es um Menschen. Oder manchmal auch nicht, schätze ich, aber … Schnappschüsse. Das ist mein Metier. Ungezwungene Aufnahmen. Ich könnte ein paar machen, wenn du willst. Wenn ich meine neue Kamera habe.«

Niall runzelte die Stirn und öffnete den Mund.

»Oder auch nicht«, sagte Cordelia schnell. »Schon gut.«

»Nein, das … das wäre schön«, sagte Niall. »Ich bin sicher, sie würde sich freuen.«

Cordelia entging nicht, dass er *sie* sagte, und nicht *wir*. Sie kam sich schon wieder dumm vor und wünschte sich, sie hätte das Angebot gar nicht erst gemacht.

»Okay. Super. Tja, ich muss mal pinkeln!« Sie drängte sich an ihm vorbei ins Bad und knallte die Tür hinter sich zu.

Niall starrte eine Sekunde lang auf die geschlossene Tür.

Dann blickte er wieder auf das Foto. Es war ihm peinlich, dass sie es gesehen hatte, aber jetzt, da sie weg war, erdrückte ihn die Last der Erinnerungen, die es auslöste. Wie glücklich er gewesen war. Wie sicher seine Zukunft. Er hielt den Rahmen so fest, dass seine Knöchel weiß hervortraten, ging zur Anrichte hinüber, in der seine Mutter die gute Wäsche aufbewahrte, schob das Bild in eine Schublade und knallte sie zu.

Sein Vater war gerade dabei, den Braten zu tranchieren, und

seine Mutter schenkte Wein ein, als er das Esszimmer betrat. Es waren nur noch zwei Plätze frei, nebeneinander.

Na super, dachte er grimmig. Er wusste nicht, was er von Cordelias Angebot halten sollte, oder warum er es angenommen hatte, und wünschte sich, er hätte es nicht getan. Das Letzte, was er wollte, war, dass diese Frau in seinem Privatleben herumschnüffelte und er sich wie ein noch größerer Versager vorkam. Miss New York City Fotografin. Ihr Terminkalender war garantiert voll mit Partys, endlosen Brunches und glamourösen Veranstaltungen.

Doch dann fiel ihm wieder ein, wie sie in ihr Glas gestarrt und gestanden hatte, sie sei keine Fotografin mehr. Die Zerbrechlichkeit in ihrem Gesichtsausdruck. So eine Verletzlichkeit hatte er ihr gar nicht zugetraut – waren Amerikaner nicht alle nervtötend selbstsicher?

»Ich mag die Amerikanerin«, erklärte Róisín, als Niall sich setzte. »Cordelia!«, rief sie, als Cordelia aus dem Bad zurückkam. Ihre Wangen waren gerötet, ihre Augen glänzten, und Niall fragte sich kurz, ob sie geweint hatte. O Gott, er hatte sie doch nicht zum Weinen gebracht, oder?

Sie stutzte für den Bruchteil einer Sekunde, als sie sah, wo ihr Platz war, dann setzte sie sich mit übertriebener Gelassenheit auf den Stuhl neben ihm. Sie roch nach Bergamotte und Pinie. Das war unerwartet – er hätte bei ihr eher mit einem teuren, blumigen Parfüm gerechnet.

»Also, Cordelia.« Róisín griff nach der Schüssel mit Salzkartoffeln und schaufelte eine große Portion auf ihren Teller. »Alison hat mir erzählt, dass du kaum etwas von der Insel gesehen hast – das wird sich ändern. Ab morgen.«

Colin grinste, während er sich Yorkshire-Pudding auffüllte. Cordelias Lippen formten ein kleines O, als wollte sie etwas sagen, wüsste aber nicht, was. Nialls Vater reichte ihr einen Teller mit Schmorbraten.

»O-okay«, stammelte Cordelia.

»Es hat keinen Sinn, mit ihr zu streiten«, sagte Alison. »Stimmt's, Granny?«

Róisín tätschelte Alisons Knie. »Nicht den geringsten, mein Schatz. Ich kriege immer meinen Willen. Komm morgen vorbei, dann fangen wir an.«

»Äh, anfangen womit?«

»An deiner Stelle würde ich gar nicht erst fragen«, raunte Colin und reichte ihr die Schüssel mit den sautierten Pilzen. Sobald er sich aufgefüllt hatte, ignorierte Niall das Geplapper und ließ es sich schmecken. Seine Gedanken wanderten zurück zu der Zeitung in der Küche und verirrten sich zu dem Anblick, als er Deirdre und Patrick auf dem Boden des Pubs gefunden hatte. Er kniff die Augen zusammen, und als er sie wieder öffnete, sah Colin ihn besorgt an.

»Deine Eltern müssen sehr stolz auf dich sein, Cordelia«, sagte Owen und lehnte sich zurück. »Dass du es als Fotografin geschafft hast.«

Cordelia verschluckte sich an ihren Kartoffeln und räusperte sich dann. »Ja, schon.«

»Und verdienst du damit gut?«

»Owen«, sagte Fiona.

»Was? Ich habe nur eine Frage gestellt.«

»Wie bist du zur Fotografie gekommen?« warf Alison ein. Cordelia fummelte an ihrer Serviette herum. »Ähm, ich hatte schon immer eine künstlerische Ader. Ich habe meine Mutter in den Wahnsinn getrieben, wenn ich meine Turnschuhe mit Filzstift oder das Sofa mit Glitzerkleber verziert habe. Dann brachte mein Vater diese alte Polaroid-Kamera mit nach

Hause, und ich habe mich in sie verliebt. Hab' alles fotografiert. Und damit fing es irgendwie an. Ich wurde an der SVA angenommen – das ist die Schule für Visuelle Künste in New York. Dann wurde ein berühmter Straßenfotograf mein Mentor, und die Sache nahm ihren Lauf.«

»Es überrascht mich, dass du davon leben kannst«, sagte Owen. »Scheint mir eine unsichere Berufswahl zu sein.«

Cordelia lächelte mild. »Du klingst wie meine Mutter. Sie war nicht gerade begeistert.«

»Ist doch gut gelaufen«, sagte Fiona. »Sieh dich an. Du reist durch die ganze Welt.«

Zwei rosa Flecken erschienen auf Cordelias Wangen. »Ja, stimmt«, sagte sie, verzog aber den Mund.

»Dafür hast du bestimmt hart gearbeitet«, sagte Owen. »Und dich nicht unterkriegen lassen. Und die richtigen Entscheidungen getroffen.«

Niall spürte, wie sein Blut zu kochen begann. Als wäre es seine Entscheidung gewesen, den Fallen Star aufzugeben. Als wäre es seine *Schuld*, dass Deirdre ihn verlassen hatte. Fiona warf ihrem Mann böse Blicke zu, aber er schien es nicht zu bemerken.

»Es war definitiv harte Arbeit«, sagte Cordelia und trank zaghaft einen Schluck Wein.

Owen leerte sein Glas und zeigte mit einem dicken Finger auf seinen Sohn. »Also, Niall hier … «

Colin stöhnte, und Róisín sagte: »Verdammt noch mal, Owen, lass den Jungen in Ruhe.«

»Was denn? Er scheint gedacht zu haben, er kann einfach so nach Dublin stolzieren und einen Pub aufmachen.« Er schnipste mit den Fingern.

Niall biss die Zähne so fest zusammen, dass er fürchtete, sie könnten brechen. Bilder blitzten vor seinen Augen auf. Wie er die Speisekarte zusammenstellte, wie er Deirdre und Patrick die Gerichte zum Probieren vorsetzte. Ihm war aufgefallen, dass sie eng beieinander saßen, aber sie waren schließlich Freunde. Wie Deirdre kicherte, sich die geschmolzene Butter von den Fingern leckte und erklärte, Nialls Hummerrisotto sei das beste, das sie je gekostet habe. Schliefen sie da schon miteinander? Er versuchte, sich daran zu erinnern, wie man atmete.

»Hat er nicht«, sagte Fiona. »Er hat auch hart dafür gearbeitet, Owen, und das weißt du.«

»Könntet ihr alle aufhören, über mich zu reden, als wäre ich nicht hier?«, murmelte Niall.

»Ich wette, Cordelias Vater hat sie neben dem kräftigen Händedruck auch eine gute Arbeitsmoral gelehrt«, sagte Owen jovial. »Stimmt's, Cordelia? Er ist bestimmt ein kluger Kopf.«

Cordelia legte ihre Serviette auf den Teller. »Mein Vater ist tot«, sagte sie knapp. »Und ich glaube nicht, dass meine Arbeitsmoral für ihn von Bedeutung war. Nur, dass ich ihn lieb hatte und er mich. Er hat mir den Mut gegeben, meinen Träumen zu folgen, und er hat mich bedingungslos unterstützt. Und ich denke, was Niall erreicht hat oder auch nicht, sollte kein Maßstab dafür sein, wie viel Liebe er verdient. Und du hast Glück, dass du immer noch mit ihm zu Abend essen darfst. Ich würde alles dafür geben, noch einmal mit meinem Vater zu Abend zu essen. Entschuldigt mich.«

Sie nahm ihren leeren Teller und flüchtete in die Küche. Niall war sprachlos. Auf welch mühelose und subtile Art sie seinen Vater zurechtgestutzt hatte. Er fühlte sich ein wenig schuldig – dass sie bereit war, etwas so Schmerzliches preiszugeben, nur um ihn zu verteidigen. Während er sich ihr gegenüber seit ihrer ersten Begegnung wie ein Arschloch verhalten hatte.

»Da bist du wohl ins Fettnäpfchen getreten«, meinte Róisín.

»Das wusste ich nicht«, sagte Owen blinzelnd.

»Aber du hast auch nicht nachgedacht«, sagte Fiona. »Du hast einfach drauflos geredet, wie immer.«

Niall konnte nicht länger stillsitzen. Er stand auf, um seinen Teller ebenfalls in die Küche zu tragen. Cordelia stand an der Spüle und hielt sich mit beiden Händen am Tresen fest.

»Hey.« Er gestikulierte in Richtung Esszimmer. »Tut mir leid wegen Dad.«

»Ist schon gut«, sagte sie, aber ihre Stimme brach. »Ist er immer so?«

»Wie? Ein totales Arschloch?«

Ihre Mundwinkel zuckten. »So hart zu dir.«

»Oh.« Niall zuckte die Schultern. »Ja.«

Dann herrschte Schweigen zwischen ihnen. Niall trat von einem Fuß auf den anderen.

Die Küche war geräumig, aber jetzt kam sie ihm viel zu klein vor. Cordelia schien ähnlich zu empfinden. Sie ging zum Tisch und nahm die kleinen Salz- und Pfefferstreuer aus Porzellan in die Hand, die wie Entenküken aussahen.

Niall wollte sich bei ihr bedanken. Weil sich noch nie jemand so für ihn eingesetzt hatte – nicht einmal Deirdre. Nicht einmal seine Mutter. Weil er nicht gewusst hatte, dass sie Kummer hatte. Weil er in letzter Zeit keinem Kummer außer dem eigenen Bedeutung beigemessen hatte. Aber die Worte wollten nicht kommen.

»Das mit deinem Vater tut mir leid«, sagte er stattdessen. »Wann ist er gestorben?«

»Vor zwei Jahren.« Sie musste die Überraschung in seinem Gesicht gesehen haben, denn ihre Miene verfinsterte sich. »Du findest wahrscheinlich, ich sollte inzwischen darüber hinweg sein, was? Das findet meine Mutter auch. Und mein Bruder. Willkommen im Club.«

»Nein, das habe ich nicht ...« Niall unterbrach sich selbst. »Ich wusste es einfach nicht.«

»Woher auch?« Sie rieb mit dem Daumen über den Salzstreuer. »Ich hoffe, ich habe nicht für angespannte Stimmung gesorgt bei deiner Familie.«

»Nee, das kriegen wir schon seit Jahren ganz gut alleine hin.«

Wieder zuckten ihre Mundwinkel. Niall wünschte sich plötzlich, er könnte die richtigen Worte finden, um sie zum Lächeln zu bringen. Um diesen großen haselnussbraunen Augen etwas von ihrer Traurigkeit zu nehmen. Er hatte das Gefühl, als wäre er den ganzen Abend wie ein wütender Schafbock auf jeden losgegangen, der in seine Nähe kam. Dabei war er durchaus in der Lage, nett zu sein. Auch wenn er etwas aus der Übung war.

»Es tut mir wirklich leid«, sagte er leise. Und er meinte es ernst – es tat ihm leid, dass er ihre Kamera kaputt gemacht hatte und wie er sich ihr gegenüber verhalten hatte. Es war nicht ihre Schuld, dass Deirdre ihn verlassen hatte. Es war nicht ihre Schuld, dass sein Leben aus den Fugen geraten war.

Es überraschte ihn, als sie die Porzellanküken abstellte und ihn anfunkelte.

»Ich brauche dein Mitleid nicht«, blaffte sie. Ihr Blick fiel auf die aufgeschlagene Zeitung mit dem Bild von Deirdre und Patrick. Sein Herz überschlug sich, die Stahlfeder schnappte wieder zu. Niall wollte sich dazwischenwerfen, aber es war zu spät.

»Oh«, sagte sie. »Die schlechten Nachrichten. Die Zeitung. Das Flittchen. Jetzt verstehe ich.« Sie hielt den Artikel hoch, als müsste er ihn sehen, um es zu bestätigen. »Das, ähm, ist sie?«

»Ja«, sagte Niall kalt. Deirdres Gesicht starrte ihn an, erfüllte den Raum, verhöhnte ihn. Er riss Cordelia die Zeitung aus der Hand und warf sie in den Müll. »Und ich brauche dein Mitleid auch nicht.«

Er hörte ihr scharfes Einatmen und verfluchte sich selbst, während er in den Mülleimer starrte. Was tat er da?

Als er sich umdrehte, sah er gerade noch, wie ein Vorhang aus blondem Haar durch die Küchentür verschwand.

8

Nachdem das Abendessen so ein jähes Ende genommen hatte, bot Alison an, Cordelia beim Cottage abzusetzen.

Dort angekommen, ging sie sofort in ihr Zimmer und rief Liz an.

»Hey, Girl! Wie ist es – o mein Gott, Cordelia, was ist passiert?« Cordelia ließ sich aufs Bett sinken. Mit zitternden Händen griff sie nach der kaputten Kamera und legte den Daumen auf den Fingerabdruck ihres Vaters.

»Ich habe so … so … Heimweh«, schluchzte sie. »Ich bin einsam, und es regnet die ganze Zeit, und ich habe keine Kamera und ich habe mich beim Abendessen total blamiert und … Ich vermisse dich, Liz, ich vermisse euch alle, so hab' ich mir das nicht vorgestellt, ich versuche zu tun, was Dad wollen würde, ich versuche, den Tag zu genießen, aber ich … ich kann nicht …«

Und dann brach sie in Tränen aus. Als sie endlich wieder durchatmen konnte, wischte sie sich die Augen und murmelte: »Tut mir leid.«

»Cord. Du brauchst dich nicht zu entschuldigen. Es ist ganz normal, dass du Heimweh hast. Weißt du noch, als wir über den Kulturschock gesprochen haben?«

Cordelia nickte.

»Das geht vorbei«, sagte Liz sanft.

»Sicher?«, fragte sie. »Es fühlt sich nicht so an.«

Liz biss sich auf die Lippe. »Darf ich etwas sagen, was du vielleicht nicht so gerne hörst?«

Cordelia seufzte. »Klar.«

»Du hältst zu sehr fest. Ich möchte, dass du weißt, dass es okay ist. Es ist okay, ein bisschen loszulassen. Deinen Vater, die Arbeit, all die Dinge, von denen du glaubst, dass sie dich ausmachen.«

»Was, wenn ich ihn vergesse?«, flüsterte Cordelia.

»Das wird nie passieren.«

»Was, wenn ich nie wieder ein Foto verkaufe? Was, wenn ich keine Fotografin mehr bin?«

»Auch das wird nie passieren. Ob sich deine Fotos verkaufen, hat damit nichts zu tun, Babes. Die Fotografie ist ein Teil von dir, genauso wie deine Vorliebe für Fertig-Ramen oder deine seltsame Besessenheit von True-Crime-Serien.«

Cordelia stieß ein zittriges Lachen aus und starrte auf die Kamera. Diese Reise sollte sie im Leben voranbringen, aber nichts schien so zu laufen, wie sie es geplant hatte. Als sie aufblickte, machte Liz ein schuldbewusstes Gesicht.

»Was?«, fragte Cordelia misstrauisch. »Hast du mir noch etwas zu sagen, das mir nicht gefallen wird?«

Liz lächelte schwach. »Nein. Ich fühle mich nur schlecht. Es tut mir wirklich leid, wenn ich dich mit dieser Stellvertretender-Sex-Sache unter Druck gesetzt habe. Du sollst nichts tun, was du nicht tun willst. Ich wollte mich nicht einmischen.«

Cordelia lachte resigniert. »Ich glaube, wir müssen uns keine Sorgen machen, dass ich Sex haben könnte.« Sie deutete auf ihr Gesicht – die geschwollenen, rotgeränderten Augen und fleckigen Wangen.

»Du bist wunderschön«, sagte Liz. »Innerlich und äußerlich. Auch wenn du weinst.«

»Danke, aber das meine ich gar nicht.«

»Sondern?«

Cordelia fummelte an ihrer Gürtelschnalle herum. »Ich habe viel zu viel Angst vor Gefühlen. Es fühlt sich an, als hätte ich eine Wachsschicht, und als würde ich beim kleinsten Riss einfach zerbröseln.«

»Oh, Cordie, nein. Du trauerst noch, das ist alles. Überfordere dich nicht. Aber schließe auch nichts aus. Es muss nicht alles oder nichts sein. Kleine Schritte. Nimm dir den Raum und die Zeit, du selbst zu sein. Ist es nicht das, worum es auf dieser Reise geht?«

Cordelia schniefte. »Ja. Ich meine, ich denke schon. Wer weiß das überhaupt noch.«

»Was ist denn beim Abendessen passiert?«, fragte Liz.

»Oh.« Cordelia richtete sich auf. »Offenbar ist Niall, der die Kamera kaputt gemacht hat, Fionas Sohn.«

»Nein!«

Cordelia erzählte, was passiert war.

»Wow«, sagte Liz, als sie fertig war. »Was für ein Abend. Die Oma von nebenan klingt aber spannend.«

»Sie will morgen mit mir zu einer Burg fahren«, sagte Cordelia. »Mit ihrem Pferdewagen. Ich glaube, sie hat es aufgegeben, sich vor mir zu verstecken.«

»Das ist ja wundervoll! Ich glaube, das wird dir guttun. Du brauchst eine andere krasse Bitch in deinem Leben, solange ich nicht da bin. Und immerhin kennst du jetzt Leute – Alison und Colin klingen wirklich nett. Und vielleicht ist Niall gar nicht so schlimm, wie wir anfangs dachten. Du musst nicht so allein sein.«

Cordelias Brust krampfte sich zusammen, und sie nickte knapp. »Vielleicht hast du recht.«

»Ich hab immer recht.«

Cordelia lachte und rieb sich die Augen. »Ich muss mal schlafen. Hab dich lieb.«

»Ich dich auch. Lass mich wissen, wie es morgen läuft.«

»Mach ich.«

Nachdem sie das Telefonat beendet hatte, kamen ihr wieder die Tränen. Und während sie in ihr Kissen weinte, musste sie an das Foto denken, auf dem Niall so glücklich aussah, wie ein anderer Mensch. Und sie verstand jetzt, warum es sie so sehr berührt hatte – weil sie sich selbst darin wiedererkannte.

Sie hatte auch ein Vorher und Nachher, genau wie er. Ihr Lächeln war nicht mehr dasselbe, seit ihr Vater gestorben war.

Es war ein seltsamer Gedanke, dass sie etwas gemeinsam haben könnten.

Niall und Colin gingen schweigend nach Hause.

Niall spürte Colins Blicke, ignorierte sie aber, bis sie zu Hause waren und Colin seine Gitarre in die Ecke gestellt hatte.

»Was?«, sagte er schließlich. »Spuck's aus, Coll.«

»Geht's dir gut?«, fragte Colin ohne Umschweife.

»Nein«, sagte er. »Mir geht es nicht gut.« Er strich sich über die Stirn. »Ich werde mir Mühe geben, okay? Ich werde mir Mühe geben, nicht immer so ein Arschloch zu sein.«

»Ich wette, der Pub wird ein Reinfall«, meinte Colin nachdenklich. »Ohne dich können sie es nicht schaffen. Es war dein Baby. Es war …«

»Ich weiß, was es war«, fiel Niall ihm schroff ins Wort. Dann seufzte er. »Sie zusammen zu sehen, sein verdammter Arm um ihre Schultern …«

Er versuchte, die Galle runterzuschlucken, die bei dem Gedanken aufstieg, dass sie das Leben lebten, das für ihn bestimmt gewesen war. Er streichelte Pocket über den Kopf und mied Colins Blick.

»Cordelia hat deinen Vater ganz schön zurechtgestutzt«, sagte Colin.

Das entlockte ihm ein unerwartetes Kichern. »Kann man so sagen.«

»Ich habe ihn noch nie so wortkarg erlebt wie nach dem Essen.«

»Nein.« Er kratzte sich am Ohr. »Ich war auch den ganzen Abend ein Arschloch zu ihr.«

»Ja.«

»Das mit ihrem Vater wusste ich nicht.«

»Ich auch nicht. Alison anscheinend schon.«

Niall sah auf. »Glaubst du? Tja, das ergibt wohl Sinn.« Alisons Eltern waren bei einem Autounfall ums Leben gekommen, als sie sechs war. »Sie hat das Foto von mir gesehen. Von der Verlobungsfeier.«

Colin legte den Kopf schief. »Was?«

»Cordelia.« Warum fühlte es sich so seltsam an, ihren Namen auszusprechen? »Sie hat sich die Familienfotos angesehen, und da hängt immer noch dieses blöde Bild.«

»Oh.« Colin verzog das Gesicht.

»Ich habe mich gar nicht wiedererkannt. Es war, als würde ich einen völlig Fremden sehen.«

»Du bist kein anderer Mensch, Niall. Du bist nur verletzt.«

»Ja. Wahrscheinlich.« Niall war plötzlich todmüde. »Ich gehe ins Bett. Komm, Pocket.«

»Bis dann«, sagte Colin. Niall stieg die Treppe zu seinem Zimmer hoch, zog sich bis auf seine Boxershorts aus und legte sich ins Bett. Pocket rollte sich neben ihm zusammen, und er wartete darauf, dass Deirdres Gesicht in der Dunkelheit auftauchte.

Aber seine Gedanken wanderten zu Cordelias Worten – sein Vater hatte noch einen Sohn, ja, aber Niall hatte auch noch einen Vater. Bei Familienfesten fehlte nicht unwiderruflich jemand wie bei ihr. Und sein Vater war nicht immer so ein Wichser gewesen. Es gab eine Zeit, da hatte Niall ihn vergöttert.

Ich würde alles dafür geben, noch einmal mit meinem Vater zu Abend zu essen.

Vielleicht, dachte Niall, während er in den Schlaf sank, vielleicht gab es – obwohl sein Leben beschissen war, obwohl er alles verloren hatte – doch ein oder zwei Dinge, für die er dankbar sein konnte.

Am nächsten Morgen wurde Cordelia von einem wütenden Klopfen an der Haustür geweckt.

Erschrocken setzte sie sich auf. Es hatte gutgetan, sich bei Liz auszuheulen, stellte sie fest. Sie fühlte sich besser. Leichter. Als hätte sie ein ganz klein wenig losgelassen.

Es klopfte erneut, und Cordelia stand auf, um sich ihren Bademantel überzustreifen. Das Licht war irgendwie anders, und sie brauchte einen Moment, um zu begreifen, dass draußen die Sonne schien. Sie rannte nach unten, riss die Tür auf, und vor ihr stand Róisín, mit Strohhut und Fleecepullover unter der Latzhose.

»Noch im Nachthemd?«, rief Róisín. »Mein Gott, Mädchen, du verpasst ja den besten Teil des Tages.«

»Welcher … Teil ist das?« Cordelia blinzelte im ungewohnten Sonnenschein.

»Der ganze Tag!« Róisín stapfte an ihr vorbei ins Haus, und

Cordelia trottete verwirrt hinterher. Róisín wirbelte durch die Küche, öffnete Schubladen und durchsuchte den Kühlschrank. Als sie Cordelia in der Tür sah, sagte sie: »Steh nicht rum und glotz, zieh dir was an. Ich mache uns Kaffee und Eier.« Sie nahm einen Pfannenwender in die Hand und gestikulierte wild. »Na, wird's bald.«

Cordelia stolperte in ihr Zimmer und steckte die Haare zu einem lockeren Dutt. Sie sprang unter die Dusche, dann zog sie eine kurze Hose an – vielleicht etwas gewagt, aber egal. Ihre Beine sehnten sich nach frischer Luft und Sonne. Sie schlüpfte in ein weißes T-Shirt und ihre rostbraune Lieblings-strickjacke mit den großen Messingknöpfen. Nachdem sie in ihre Gummistiefel gestiegen war, ging sie zurück in die Küche, wo Róisín Kaffee gekocht hatte und gerade Rührei machte.

»Lebst du von Käse und Schokolade?«, fragte Róisín. »Mein Gott, Kind, du hast ja nichts Anständiges zu essen im Haus.«

»Ich koche nicht«, sagte Cordelia.

Róisín schüttelte den Kopf und murmelte etwas, das wie »Verdammte Amerikaner« klang.

Cordelia schenkte sich Kaffee ein und setzte sich an den Tisch.

»Das war ja ein bemerkenswerter Abend gestern«, sagte Róisín. »Und damit meine ich nicht das Essen.«

Cordelia erstarrte, das Milchkännchen in der Hand.

»Mmh«, sagte sie unverbindlich.

Róisín grinste. »Wir müssen so früh am Morgen kein tief-gründiges Gespräch führen«, sagte sie. »Aber ich fand gut, was du zu Owen gesagt hast. Dieser Mann ist schon viel zu lange viel zu hart zu Niall. Kein Wunder, dass der Junge bei der ers-ten Gelegenheit nach Dublin abgehauen ist. Ich nehme an, du weißt, was passiert ist?«

»Alison hat es mir erzählt«, sagte Cordelia.

»Gut. Wenn sie es nicht getan hätte, hätte es jemand anderes getan, und Gott weiß, wie sehr die Leute auf dieser Insel zu Übertreibungen neigen. Niall ist ein guter Mann, das scheinen viele in Kilronan zu vergessen.« Sie verzog das Gesicht, und ihr Blick wurde traurig. »Aber das mit deinem Vater tut mir leid.« Cordelia wandte den Blick ab und gab Milch in ihren Kaffee. Róisín war am Herd zugange, dann drehte sie sich um und stellte einen Teller mit Eiern vor Cordelia hin. »Iss«, sagte sie und setzte sich neben Cordelia. »Du bist also Fotografin.«

Cordelia verschluckte sich. »Ja, aber ich habe im Moment keine Kamera.«

»Aber du bist Künstlerin.«

Sie zuckte die Schultern. »Kann schon sein.«

»Grundgütiger, Mädchen, warum tust du so, als wäre das eine Schande, die du vor allen verheimlichen musst? Bist du Künstlerin oder nicht?«

Cordelia sträubte sich. »Ja«, sagte sie mit fester Stimme. »Bin ich.«

Róisín klatschte den Pfannenwender auf den Tisch. »Schon besser. Ich habe eine Aufgabe für dich, und dann werden wir Brigid vor den Wagen spannen und nach Dún Aengus fahren. Es ist zwar eine Touristenfalle, aber auch ein Initiationsritus. Außerdem ist es ein schöner Tag dafür. Ich habe vorhin mit Fiona telefoniert, und sie sagt, ihr Knie sei in bester Verfassung. Das Wetter wird also halten. Na los, iss auf!«

In der Küche wurde es immer heller. Cordelia aß schnell, weil sie rauswollte. Sie war froh, dass das Thema Niall abgehakt war – ihr war seltsam flau geworden, als Róisín von ihm gesprochen hatte.

Nach dem Frühstück gingen sie zu Róisíns Haus. Die alte

Frau plapperte ununterbrochen, mal mit Cordelia, mal mit dem Gras oder einem vorbeifliegenden Schmetterling, oder sie schimpfte über irgendeinen Einheimischen.

»Cian Byrne hat das Seaview übernommen, und es ist nur eine Frage der Zeit, bis der ganze Glanz dahin ist. Nicht, dass es dem O'Connor's je das Wasser reichen konnte. Ach, hau doch ab, du blöde Biene, unten am Cottage gibt's Arbeit für dich.« Sie schlug nach einer vorbeifliegenden Biene.

Cordelia konnte nicht aufhören zu lächeln. Der Himmel war strahlend blau, die Luft duftete süß. Die Sonne war so warm, dass sie sie umarmen wollte oder sich im Gras wälzen wie ein Hund. Als sie das Haus erreichten, stapfte Róisín in den Garten. Die Sonne glitzerte auf dem Meer, Brigid graste auf der Koppel neben dem Stall, und es war ein perfekter Moment – die Komposition, die Farben, das Licht. Die ganze Szene schrie förmlich danach, festgehalten zu werden.

Cordelia griff in ihre Tasche und holte ihr Handy heraus. Sie knipste ein paar schnelle Fotos, dann wehte der Duft von Lavendel herüber, und sie beeilte sich, Róisín einzuholen.

Hinten im Garten wuchsen Gemüse, Wildblumen und Kräuter. Róisín pflückte eine Erdbeere von einer niedrigen Pflanze, die vor roten Früchten strotzte, und zeigte auf einen Strauch mit kleinen gelben Blüten.

»Johanniskraut«, sagte sie und steckte sich die Erdbeere in den Mund. »Wird zur Behandlung von Depressionen und Angstzuständen verwendet. Niall könnte etwas davon gebrauchen, der arme Kerl.« Ohne Cordelias Reaktion abzuwarten, ging sie zu einer anderen Pflanze mit größeren gelben Blüten. »Nachtkerze. Gut zur Behandlung von Menstruationsbeschwerden. Nicht, dass ich dafür noch Bedarf hätte.« Sie kicherte. »Aber einige der Mädchen fragen danach. Man kann damit auch Akne behandeln. Die lila Blüten da, das ist Echinacea. Das ist gut bei Erkältungen.«

»Es ist ein herrlicher Garten«, sagte Cordelia und fragte sich, wo das alles hinführen sollte.

»Das weiß ich doch! Du bist nicht hier, um Komplimente zu machen.«

»Warum bin ich …?«

Aber Róisín war schon durch die Hintertür im Haus verschwunden und kam mit einem Skizzenblock und einem Kohlestift zurück.

»Ich hab' noch keine Farben«, sagte sie. »Aber ich hab' Alison gebeten, welche zu bestellen.« Sie drückte Cordelia den Block und den Stift in die Hand.

»Ähm …« Cordelia starrte darauf hinunter. »Was genau soll ich tun?«

»Du bist Künstlerin, oder? Zeichne!« Sie deutete auf die Pflanzen, die sie benannt hatte. »Ich schreibe ein Buch«, sagte sie stolz. »Für mich selbst und andere, die etwas über Heilkräuter erfahren wollen. Aber ich kann verdammt noch mal nicht zeichnen.«

Cordelia öffnete den Mund, um zu sagen, dass sie nicht *die Art* Künstlerin war. Aber dann fiel ihr wieder ein, was Toby vor ihrer Abreise nach Irland gesagt hatte, als er sie davon überzeugen wollte, ihre Kamera zurückzulassen.

Früher hast du immer diese coolen Kohlezeichnungen und Aquarelle gemacht.

Das hatte sie. Sie hatte alle möglichen Kunstformen ausprobiert.

»Also«, sagte Róisín und stemmte die Hände in die Hüften. »Worauf wartest du noch?«

»Hast du einen Hocker?«, fragte Cordelia.

Róisín grinste. »Im Schuppen. Ich hole ihn.«

Und so verbrachte Cordelia ihren Morgen auf einem dreibeinigen Schemel. In der Nähe graste ein Pferd, die warme Junisonne schien ihr auf den Rücken, und zum ersten Mal seit der Schulzeit hielt sie einen Skizzenblock in den Händen. Ihr erster Versuch mit dem Johanniskraut war nicht sehr gut, aber der zweite war schon besser. Der dritte war perfekt. Róisín wuselte im Garten herum, sprach manchmal mit Cordelia, manchmal mit den Pflanzen, manchmal mit Brigid. Das Pferd war eine zottelige braune Stute mit einer Blesse wie plötzlicher Sonnenschein und klugen alten Augen, die jedes Wort der alten Frau zu verstehen schienen. Cordelia zog ihre Strickjacke aus und begann mit der Echinacea.

Als sie zum Lavendel kam, stand die Sonne schon hoch über ihrem Kopf. Róisín machte ihnen Tee und Schinkensandwiches, und sie aßen in der geräumigen Küche mit Blümchentapete und Holzofen. Sie erzählte Cordelia von der Geschichte der Insel – von den kleinen Siedlungen, den *Clachans*, die zwischen zwei und fünfzehn Häuser umfassten und den frühen Siedlern in schwierigen Zeiten ein Gefühl der Sicherheit gaben.

»Diese Inseln wurden seit jeher von Familien bewohnt, die zusammenhalten«, sagte Róisín. »Die Verbundenheit derjenigen von uns, die das ganze Jahr über hier leben, ist stark und alt und tief. Manche sagen, das macht uns dickköpfig. Keine Ahnung, ob das stimmt.«

Dann erzählte sie vom Meer, seinen Gefahren und der Unerschrockenheit der Fischer.

»Mein Mann ist auf dem Atlantik gestorben«, sagte sie. »Ein Sturm kam auf und hat sein Boot einfach weggefegt. Weder er noch seine Mannschaft wurden je gefunden.«

»Das tut mir sehr leid«, sagte Cordelia.

»Ist lange her.« Róisín trank einen Schluck Tee. »Aber nett, dass du das sagst.«

Sie erzählte Cordelia von den *Curraghs*, den traditionellen Booten, die einst die einzige Möglichkeit waren, von den Inseln zum Festland zu gelangen.

»Anfangs verwendete man Kuhfell für die *Curraghs*«, sagte sie. »Dann Kattun. Und später Segeltuch.«

Ihre Beschreibung rief eine Erinnerung in Cordelia wach.

»Ich habe ein Bild davon gesehen!«, rief sie aus. »Bei Fiona. Sie sehen aus wie Kanus, oder?«

»Das tun sie in der Tat. Niall ist im Sommer damit Rennen gefahren – dafür werden sie jetzt hauptsächlich benutzt. Manche fischen aber auch noch damit. Du wirst die Rennen an Pátrún sehen. Niall war früher ein phantastischer Ruderer. Starke Arme. Breite Brust.« Sie blinzelte. »Er ist ein feiner Kerl, nicht?«

Cordelia errötete. »Oh, ähm ...«

Róisín lachte und stellte ihre Teetasse ab. »Ich zieh dich nur auf, Mädchen. Im Moment ist er so schwermütig und düster. Ich kann mir nicht vorstellen, dass ein junges Mädchen, geschweige denn ein so hübsches wie du, sich ihm auch nur nähern würde.«

»Er scheint aber einen guten Grund für seinen Trübsinn zu haben«, meinte Cordelia.

»Ja«, sagte Róisín traurig. »Das stimmt wohl.«

Nach dem Mittagessen zeigte Róisín ihr, wie man Brigid vor den Wagen spannte. Cordelia setzte sich neben sie auf den Kutschbock, und mit einem Ruck an den Zügeln fuhren sie los. Der Wagen rumpelte über die Straßen, und Róisín zeigte auf dieses und jenes Haus, erzählte Cordelia, wer dort wohnte und wer ihre Großeltern waren und ein bisschen Klatsch und Tratsch. Sie kamen an den Ruinen einer alten Kirche vorbei und an einem Strand, wo sich ein paar wagemutige Schwimmer in der Brandung tummelten. Jeder schien Róisín und sogar Cordelia zu erkennen.

»Herrlicher Tag, oder, Róisín?«, rief ein Mann aus der Tür seines Hauses.

»Prächtig, Brogan«, rief sie zurück.

»Hallo, amerikanisches Mädchen«, sagte er. Cordelia winkte lächelnd.

Als sie um eine Straßenbiegung kamen, rannte ihnen ein Jugendlicher direkt vor den Wagen, der einem Fußball nachjagte.

»Du verdammter Trottel!«, schrie Róisín. »Pass auf, wo du hinläufst, Rory, oder ich sage deiner Mutter, dass du mit dem Sullivan-Mädchen rumgemacht hast.«

»Tut mir leid, Róisín!«, sagte der Junge und huschte davon, um sich in Sicherheit zu bringen.

Cordelia hatte schon ganz vergessen, wohin sie eigentlich fuhren, als sie auf eine Straße stießen, auf der es von anderen Pferdewagen wimmelte, die alle in dieselbe Richtung unterwegs waren.

»Der Tag ist zu schön«, brummte Róisín. »Die Touristen kriechen wie die Termiten aus ihren Löchern. Ich weiß, die Insel braucht den Tourismus, aber ich wünschte, sie würden nicht die Straßen verstopfen. Hallo, Darragh!«

Der Mann mit der Knollennase aus dem O'Connor's lenkte einen Wagen in die entgegengesetzte Richtung, hinten drin eine Familie, die sich auf Deutsch unterhielt.

»Mädchen aus Amerika!«, rief Darragh und winkte Cordelia zu. »Schön, dich wiederzusehen.«

»Hi«, sagte Cordelia. Es war seltsam, dass jeder sie kannte, aber auch irgendwie schön. Ein bisschen weniger einsam, vielleicht. Um einen Kopfsteinpflasterplatz standen weiß getünchte Häuser mit Strohdächern, in denen Schmuck, Mützen und Schals aus Aran-Wolle verkauft wurden.

»Da ist der Eingang«, sagte Róisín. Ein breiter Weg schlängelte sich über eine weite, mit grauen Steinen übersäte Grasfläche und führte hinauf zu einer hohen Steinmauer, die sich über die Klippe erstreckte. In der Ferne glitzerte das Meer.

Cordelia sprang vom Wagen. »Kommst du auch mit?«, fragte sie. Róisín lachte.

»Nicht auf diesen alten Stümpfen, Mädchen.«

Cordelia schloss sich dem Menschenstrom an.

Der Wind frischte auf und peitschte ihr das Haar ins Gesicht. Die Luft wurde kälter, und auf ihren nackten Oberschenkeln breitete sich Gänsehaut aus. Sie kletterte durch eine Lücke in der Mauer und trat in einen weiten Steinhalbkreis. Zum Klippenrand hin wich das Gras glatten Steinplatten. Die Aussicht war spektakulär – Wellen krachten gegen die hohen Felswände, das Wasser türkis und zum Horizont hin schiefergrau. Hin und wieder brach eine Welle an einem Felsen und versprühte eine gewaltige Gischt.

Sie versuchte, alles auf sich wirken zu lassen, aber überall waren Leute, die über die Klippen spähten und Fotos machten und sich lautstark unterhielten. Cordelia machte sich auf den Rückweg, und als sie die Läden erreichte, zogen dunkle Wolken über den Himmel, und die Luft wurde kalt und feucht.

»Gut, dass du so schnell zurückgekommen bist – diese Wolken gefallen mir gar nicht«, sagte Róisín und zog die Zügel an. Als sie wieder zu Hause waren, half Cordelia ihr, Brigid abzuspannen, und ging dann zum Cottage runter. Kaum hatte sie das Haus betreten, begann es zu regnen.

»Perfektes Timing«, sagte sie lächelnd. Sie ging in die Küche und summte vor sich hin, während sie Wasser für Nudeln aufsetzte und Soße in einem kleinen Topf erhitzte. Sie schenkte sich ein Glas Wein ein, während die Nudeln kochten, und als das Essen fertig war, setzte sie sich mit ihrem Buch an den Tisch im Wohnzimmer, wo der Regen gegen die Fenster prasselte.

Plötzlich fielen ihr die Fotos wieder ein, die sie vorhin gemacht hatte. Sie griff nach ihrem Handy, und ihr stockte der Atem. Róisíns Haus mit Brigid, umrahmt von blauem Himmel und grünem Gras … sie hatte das Gefühl, sie könnte hineinsteigen und den Tag noch einmal erleben.

Sie schickte es erst an Liz, dann an Toby. Und dann, nach kurzem Überlegen und gefolgt von einem schweren Seufzer, auch an ihre Mutter. Seit dem Streit beim Mittagessen hatten sie nicht mehr miteinander gesprochen.

Herrlicher Tag auf der Insel, schrieb sie.

Sie legte ihr Handy weg und sah aus dem Fenster. Der Regen verdunkelte die Felder, die Welt verschwamm zu gedämpften Grau- und Grüntönen. Es störte sie kaum noch, nicht nach dem Tag, den sie erlebt hatte. Irgendwie war es sogar schön. Sie griff nach dem Weinglas und schlug ihr Buch auf, erfüllt von einer tiefen Zufriedenheit.

Es dauerte einen Moment, bis sie das Gefühl einordnen konnte.

Sie fühlte sich zu Hause.

9

Niall verstand nicht genau, was los war.

Seit dem Sonntagsessen hatte sein Vater weder Deirdre erwähnt noch den Fallen Star oder die ewige Schande, die Niall über seine Familie gebracht hatte.

Überhaupt hatte Owen kaum mit ihm gesprochen. Die Arbeit im Pub war deutlich angenehmer, seit Niall nicht mehr ständig angeschnauzt und zurechtgewiesen wurde. Und doch wünschte er sich, sein Vater würde mehr sagen als nur *Hallo* oder *Bring das Curry an Tisch drei.* Cordelias Worte hatten eindeutig einen Nerv getroffen.

»Er denkt eben viel nach«, hatte seine Mutter gesagt, als Niall das Thema ansprach. »Wurde auch Zeit, wenn du mich fragst.« Dann hatte sie ihm die Wange getätschelt. »Du musst was essen. Ich mach dir einen Teller Suppe warm.«

Mit Cordelia hatte er seit jenem Abend nicht mehr gesprochen, obwohl er beobachtet hatte, wie sie mit Róisín am Pub vorbeifahren war. Und einmal hatte er sie im Laden gesehen, sich aber in der Tiefkühlabteilung versteckt. Er wollte nicht riskieren, sich erneut total zu blamieren.

Als der Druck von seinem Vater nachließ und bei der Arbeit Routine einkehrte, spürte Niall, dass sich die Stahlfeder in seiner Brust löste und nicht mehr nötig war, um ihn zusammenzuhalten. Er erinnerte sich daran, wie *gern* er im Pub arbeitete. Er mochte den ständigen Gesprächsfluss, die neugierigen Fragen der Touristen und die Lügengeschichten der Einheimischen, das Lachen der Menschen, die einen anständigen Drink und eine warme Mahlzeit genossen. Die Stammgäste hatten den Skandal um seine Rückkehr längst vergessen, und auch der Artikel in der Zeitung war inzwischen Schnee von gestern. Stattdessen scherzten sie mit ihm und verwickelten ihn in Gespräche, wenn sie auf ein Bier oder einen Teller Kartoffel-Lauch-Suppe vorbeikamen.

Wenn er zu Hause war, verirrte sich Niall immer öfter in die Küche. Ohne zu kochen. Manchmal stöberte er im Kühlschrank und begutachtete Colins Auswahl an Lebensmitteln. Oder er vergewisserte sich, dass die Messer scharf und der Herd sauber war. Oder er sah das Gewürzregal durch, das erschreckend schnörkellos war.

An diesem Freitag war die *Seisiún*, und Niall erschien früher zu seiner Schicht. Es würde sicher ein geschäftiger Abend werden – schon jetzt füllte sich das Lokal mit Inselbewohnern und Touristen. Seine Mutter saß an dem für sie reservierten Tisch.

»Tagchen«, sagte er und beugte sich hinunter, um sie auf die Wange zu küssen. Der Himmel verdunkelte sich, und draußen prasselte der Regen unaufhörlich. Es war so kalt, dass sein Vater ein Feuer im Kamin angezündet hatte, das fröhlich knisterte, und jedes Mal, wenn sich die Tür öffnete, zog kühle, feuchte Luft herein. »Sauvignon blanc?«, fragte er.

»Das wäre schön. He, Aoife!«, rief sie, als Aoife O'Shea, die Ladenbesitzerin, hereinkam, und winkte sie zu sich herüber. Niall ging den Wein holen, steckte aber vorher noch den Kopf in die Küche.

»Alles klar, Dad?«, fragte er. Sein Vater schnupperte an einem Bund welker Petersilie.

»Die Petersilie ist schlecht«, sagte Owen und warf sie angewidert in den Müll.

»Nimm Karottengrün«, schlug Niall vor.

»Wirklich?« Owen sah auf, und ihre Blicke trafen sich.

»Oder Sellerieblätter. Beides ein guter Ersatz.«

»Hm.« Owen wandte den Blick ab. »Na gut. Ich versuch's. Danke.«

»Gern.« Niall ging schnell, bevor dieser Moment durch irgendetwas ruiniert wurde.

Er nahm ein paar Bestellungen an der Bar entgegen, dann schenkte er seiner Mutter den Wein ein.

»Draußen schüttet es wie aus Eimern«, sagte Colin, der sich ein Wasser holte. »Hast du gesehen, dass Cordelia da ist?«

Niall verschüttete etwas von dem Wein und beeilte sich, ihn aufzuwischen. Am Tisch seiner Mutter standen drei Gestalten, die sich aus ihren Regenmänteln schälten und sie über die Stuhllehnen hängten. Róisín trug wie immer Karohemd und Latzhose, Cordelia aber einen weißen Zopfpullover, der aussah, als hätte Róisín ihn selbst gestrickt. Er war zu groß und reichte bis zur Mitte der Oberschenkel. Sie lachte mit Alison, während sie die Ärmel bis zu den Ellbogen hochschob und sich neben seine Mutter setzte.

Er machte das Glas voll, und als er sich umdrehte, sah er, dass Colin ihn beobachtete.

»Was?«, fragte er.

»Nichts«, sagte Colin. Er trank einen Schluck Wasser und sah Niall über das Glas hinweg an. »Vielleicht solltest du dieses Mal etwas freundlicher zu ihr sein. Sie hat dir deinen Vater vom Hals geschafft.«

»Wenn du hinter der Bar stehst, kannst du auch Bestellungen aufnehmen und Bier ausschenken«, sagte Niall. »Ansonsten beweg deinen Arsch auf die Bühne.«

Colin grinste. »Ist aber ein schöner Arsch, oder?«, sagte er und schwang übertrieben die Hüften, während er zurückging, um seine Gitarre zu stimmen. Niall lachte und ging seiner Mutter den Wein bringen.

Er kam an einem Tisch mit zwei jungen Touristinnen vorbei, eine blond, die andere brünett, die sich gemeinsam etwas auf einem ihrer Handys ansahen. »Bin gleich bei euch«, sagte er.

Die Brünette musterte ihn von oben bis unten. »Lass dir Zeit«, rief sie, dann flüsterte sie ihrer Freundin etwas zu und beide kicherten.

Amerikanerinnen, dachte Niall und verdrehte die Augen.

»Bitte sehr, Mom«, sagte er und stellte den Wein vor sie hin. »Hi, Alison. Róisín.« Er räusperte sich. »Cordelia.«

Doch Cordelia schien ihm heute wohlgesinnt. »Hi«, sagte sie mit einem strahlenden Lächeln.

»Können wir bitte zwei Cabernet haben, Niall?«, bat Alison.

»Und einen Whiskey«, ergänzte Róisín. »Ohne alles.« Sie lächelte ebenfalls.

»Okay«, sagte Niall und blickte in die glücklichen Gesichter. »Habt ihr was zu feiern?«

Cordelia griff in ihre Tasche. »Meine neue Kamera ist gekommen«, sagte sie aufgeregt.

»Sie hat heute Morgen ein paar Bilder von mir und Brigid gemacht«, sagte Róisín. »Zeig sie ihm. Hat ein gutes Auge, das Mädchen. Wird der nächste – wie hieß er noch mal?«

Cordelia lachte. »Henri Cartier-Bresson. Und das wohl nicht, aber es ist einfach, gute Fotos zu machen, wenn ich ein gutes Motiv habe.«

»Papperlapapp«, sagte Róisín, doch sie wirkte zufrieden.

Cordelia hielt Niall die Kamera hin. »Nicht kaputt machen«, sagte sie. Er wollte gerade protestieren, als er begriff, dass sie ihn aufzog.

Oh. Tja. Das war doch mal eine nette Abwechslung. Er schenkte ihr den Anflug eines Lächelns und nahm die Kamera mit übertriebener Vorsicht.

»Einfach auf den Knopf da drücken«, sagte sie. »Um die Fotos zu sehen.«

Niall blickte auf eines der ausdrucksstärksten und berührendsten Fotos, das er je gesehen hatte. Es war schwarz-weiß. Brigid schmiegte ihre Nase an Róisíns Gesicht, Róisíns Hand lag an ihrem langen Hals. Die Intimität des Bildes war so unverfälscht, und der Ausschnitt so gewählt, dass man die dunklen, aufziehenden Wolken in der rechten oberen Ecke erahnen konnte.

»Mein Gott«, sagte Niall.

»Phantastisch, oder?«, fragte Alison. »Sie hat gesagt, sie macht auch ein paar von mir und Granny. Ich würde gern eins im Cottage aufhängen.«

Niall konnte nicht aufhören, das Bild anzustarren. Es war, als hätte Cordelia in Róisíns Seele geblickt und sie zum Vorschein gebracht. Ohne nachzudenken, sagte er: »Sie hat auch angeboten, mich und Mom zu fotografieren.«

»Hat sie nicht.« Fiona fasste sich an die Brust. »Oh, Cordelia. Das wäre wunderbar.«

Cordelias Augen weiteten sich.

»Aber vielleicht bist du ja auch zu beschäftigt«, sagte Niall schnell.

»Nein, nein, schon gut«, sagte sie. Dann lächelte sie Fiona an. »Es wäre mir ein Vergnügen. Nachdem ich eine Woche nur

Pflanzen gezeichnet habe, kann ich es kaum erwarten, wieder zu fotografieren.« Sie sah zu Boden, und ihr Lächeln wurde weicher, als hätte der Satz eine tiefere Bedeutung.

»Ich bringe euch euren Wein«, sagte er und gab Cordelia die Kamera zurück. Ihre Finger berührten sich, und Niall durchfuhr ein Schauer. Er steckte die Hände in die Taschen und ging zurück zur Bar.

Während er Bestellungen aufnahm, Essen servierte und Getränke ausschenkte, war kaum Gelegenheit, sich mit jemandem zu unterhalten. Einmal glaubte er zu bemerken, wie Cordelia ihn ansah, aber sie wandte sich so schnell ab, dass er nicht sicher war, ob er es sich eingebildet hatte.

Was spielt das schon für eine Rolle?, dachte er bei sich. Wen interessierte es, ob sie ihn ansah? Die brünette Amerikanerin hingegen sah immer wieder mit hungrigen Blicken zu ihm rüber.

Er brachte eine zweite Runde Getränke an den Tisch seiner Mutter, und Cordelias Bergamotte-Pinien-Duft kitzelte seine Nase, als er sich vorbeugte, um ihr leeres Weinglas abzuräumen. Fiona bestellte Essen für den Tisch, während Colin neben Alison und Cordelia hockte und mit ihnen plauderte. Niall tippte auf seine Uhr.

»Okay, lasst uns anfangen«, sagte Colin und stand auf.

Cordelia zog sich den Kameragurt über den Kopf. »Ist es okay, wenn ich ein paar Fotos mache?«, fragte sie.

»Das wäre phantastisch!«, rief Colin aus. »Von links bitte, das ist meine Schokoladenseite.« Er zwinkerte ihr zu, und Cordelia verdrehte grinsend die Augen. Colin sprang auf die Bühne, und Niall verschwand hinter der Bar.

»Willkommen, Freunde von nah und fern«, sagte er in das Mikrophon, und die Menge verstummte. »Danke, dass ihr an diesem herrlichen irischen Abend gekommen seid.« Der Regen klatschte gegen die Fenster, und ein paar Leute lachten. »Ich bin Colin Doyle, der mit Abstand beste und schönste Musiker auf Inishmore.«

Es gab einige Beifallsbekundungen, und Darragh rief: »Junge, ich kannte dich schon, als du ein kleiner Junge warst, der nicht wusste, mit welcher Hand er pissen soll. Komm in die Gänge!«

»Danke für die Erinnerung, Darragh«, sagte Colin trocken. »Das nächste Bier geht auf mich.«

Er streifte sich den Gitarrengurt über den Kopf und nahm neben Fergus Platz, der eine Bodhran hielt. Eine Frau, die Niall nicht kannte, spielte Flöte und der alte Cormac Kelly Fiedel. Eoghan Sullivan hatte sein Melodeon mitgebracht, ein irisches Akkordeon, und Saoirse Ryan ihre Mandoline.

Colin nickte Fergus zu, der auf der Bodhran den Takt vorgab. Sie begannen mit *The Wind That Shakes the Barley*, und als die Musik den Raum erfüllte, sah Niall, wie Cordelia sich von ihrem Stuhl erhob und neben die Tür hockte. Sie hielt ihre Kamera ans Auge, und Niall fragte sich, ob sie diese *Seisiún* für eine wunderliche, alberne Tradition hielt oder ob ihr die Musik gefiel. Er hoffte, dass Colin *Out on the Ocean* spielen würde, eines von Nialls Lieblingsstücken.

Es war schon eine Weile her, dass er bei einer *Seisiún* gewesen war. Ehrlich gesagt, war es eine Weile her, dass er überhaupt etwas unternommen hatte. Die Musik wogte durch den Raum und drängte die Düsternis draußen zurück.

Darragh bestellte per Handzeichen das nächste Bier, und der Laden brummte. Als Niall das nächste Mal aufsah, stand Cordelia in der hintersten Ecke des Raums, und machte ein Foto von der Bar. Hoffentlich fotografierte sie nicht *ihn*. Niall mochte es nicht mehr, sich auf Fotos zu sehen.

Als die Musiker mit *A Fig for a Kiss* fertig waren, sagte Colin eine kurze Pause an. Niall schenkte ihnen allen Getränke ein, natürlich auf Kosten des Hauses.

»Also«, sagte Cormac und nahm einen Schluck von seinem Guinness. »Sieht aus, als hättest du dich gut eingelebt.«

»Mmh«, sagte Niall.

»Sehen wir dich beim Curragh-Rennen an Pátrún?«

»Oh, ich …«

»Natürlich, Cormac, du blödes Arschloch«, sagte Colin und legte Niall den Arm um die Schultern. »Wir sind wie immer ein Team. Die besten Ruderer von Inishmore.«

Cormac lachte. »Colin Doyle, dich würde ich noch mit einem auf den Rücken gebundenen Arm schlagen.«

»Also gut, ihr beiden.« Niall schüttelte Colins Arm ab, reichte ihm ein Galway Bay und zapfte sich selbst auch eins. Colin und Cormac stießen gerade an, als Alison und Cordelia an die Bar kamen.

»Noch ein Glas Cabernet?«, fragte Niall.

»Ja, bitte«, sagte Cordelia.

»Nein, danke«, sagte Alison. »Ich muss Róisín nach Hause bringen.« Alle sahen zu Róisín rüber, die am Tisch döste, das Kinn auf der Brust, die Hand um ein leeres Glas. »Könnte einer von euch dafür sorgen, dass Cordelia sicher nach Hause kommt?«

»Natürlich!«, sagte Colin.

Cordelia strahlte. Ihre Wangen waren rosig, ihre Augen leuchteten. Sie war ziemlich hübsch, musste Niall zugeben. Damit hatte Colin recht gehabt. Die Kamera hing um ihren Hals, und sie schob die Ärmel ihres Pullovers hoch, die immer wieder runterrutschten.

»Danke. Ihr seid phantastisch!«, sagte sie zu Colin und Cormac.

»Entschuldigung!« Die Brünette gestikulierte, um Nialls Aufmerksamkeit zu erregen.

»Sieht so aus, als hätte da jemand eine Verehrerin«, sagte Cormac.

Niall zuckte die Schultern und bedeutete Shauna, den Tisch zu übernehmen. »Kein Interesse.«

»Wenn ich so aussehen würde wie du, Junge«, meinte Cormac, »würde ich mir keine Gelegenheit entgehen lassen.«

»Ja, ja.« Niall winkte verlegen ab. Er beobachtete mit Erleichterung, wie die Amerikanerinnen zahlten und gingen, dann trank er einen großen Schluck Bier.

»Weiter geht's«, sagte Colin. Die beiden schnappten sich ihre Getränke und gingen zurück zur Bühne.

»Ist es okay, wenn ich mich hier hinsetze?«, fragte Cordelia und deutete auf den freien Barhocker.

»Wenn du willst«, sagte Niall.

Sie setzte sich und begann, die Fotos durchzusehen, die sie gemacht hatte.

»Was Gutes dabei?«, fragte Niall und schenkte ihr Wein ein.

»Hm«, sagte sie, abgelenkt. Sie runzelte konzentriert die Stirn, eine kleine Falte zwischen den Augenbrauen.

»Mich hast du nicht drauf, oder?«, fragte er.

»Nein. Warum?« Sie blickte auf. »Wolltest du das? Ich dachte, das wäre dir nicht recht – du wirkst eher wie jemand, der es hasst, fotografiert zu werden.«

»Stimmt«, sagte er und war überrascht, ein Lächeln auf seinem Gesicht zu spüren.

Sie grinste. »Ich habe einen sechsten Sinn für so etwas. Wenn man Straßenfotograf ist, lernt man, die Vibes der Leute aufzufangen.«

»Ich habe also Vibes, ja?«

»Oh ja. Absolute Verpiss-dich-Vibes.« Ihr Gesicht erstarrte, aber Niall lachte und trank noch einen Schluck.

»Klingt wirklich nach mir. Zumindest heutzutage.« Er merkte, dass er auf gefährliches Terrain zusteuerte und änderte schnell den Kurs. »Was ist mit dir? New Yorker sind doch eigentlich berühmt für ihre Verpiss-dich-Vibes.«

»Allerdings«, sagte sie. »Meine Verpiss-dich-Vibes sind sogar noch stärker als deine, ob du's glaubst oder nicht.«

»Tu ich nicht«, sagte Niall. »Ich glaube nicht, dass es jemals einen grantigeren Typen als mich gegeben hat, nichts für ungut. Ich bin der König der Verpiss-dich-Vibes. Den Titel machst du mir nicht streitig.«

»Du hast mich noch nie während der Rush Hour in der U-Bahn erlebt«, sagte Cordelia und deutete mit großer Geste auf sich selbst. »Ich kann dir sagen, Verpiss-dich-Vibes im *Überfluss.*«

Niall lachte, und Cordelia legte nachdenklich den Kopf schief.

»Schade«, sagte sie.

»Was?«

»Du wärst so ein gutes Motiv. Der Kontrast zwischen deinen Haaren und den Augen. Das Grübchen in deiner linken Wange.« Ihre Augen weiteten sich, ihr Gesicht wurde knallrot, und die Röte kroch ihren Hals hinunter. »O mein Gott. Wow. Wie peinlich. Entschuldigung. Es ist nur manchmal schwer, es abzustellen. Die Fotografin in mir. Die Welt so zu sehen ...« Sie winkte ab und versteckte dann ihr Gesicht in ihrem Weinglas.

»Willst du damit sagen, ich sollte mit dem Modeln anfangen?«, fragte Niall. Er schmiss sich in Pose, und Cordelia spuckte fast ihren Drink aus.

»Ich würde noch nicht kündigen«, sagte sie.

»Autsch.«

»Oh bitte. Ich habe gesehen, wie die Mädchen da drüben dich mit den Augen ausgezogen haben. Waren es Amerikanerinnen? Sie sahen jedenfalls wie Amerikanerinnen aus. Ich habe das Gefühl, dass ich allmählich einen sechsten Sinn für meine Landsleute entwickle. Wir sind unangenehme Touristen, oder?«

»Nicht alle«, sagte er. »Du scheinst dich gut einzufügen. Wie hast du es geschafft, Róisín zu bezaubern?«

»Ich mache die Illustrationen für ihr Buch.«

»Ah«, sagte Niall und nickte. »Sie nutzt dich also als kostenlose Arbeitskraft aus.«

»Das macht mir nicht aus. Ich höre ihr gern beim Reden zu. Es ist so eine Art Bewusstseinsstrom. Manchmal redet sie mehr mit den Insekten als mit mir. Aber das stört mich nicht. Sie ist so vollkommen sie selbst.«

»Das ist sie«, sagte Niall. »Mehr als jeder andere.«

Cordelia befühlte den Stiel ihres Glases. »Ich dachte immer, ich sei auch so.«

Der Satz hing in der Luft, aber Niall wusste nicht, ob sie wirklich über persönliche Dinge reden wollte, und wenn ja, ob sie mit *ihm* darüber reden wollte. Doch bevor er etwas sagen konnte, fuhr sie fort.

»Es war schön, wieder zu zeichnen. Ich glaube, ich brauchte eine Pause. Von der Fotografie. Ich musste mich daran erinnern, dass es viele Wege gibt, kreativ zu sein. Ich musste mich selbst daran erinnern, dass ich mehr bin als meine Fotos.« Sie sah ihn an, halb schüchtern, halb herausfordernd. »Ich sollte mich wohl bei dir bedanken. Wenn du meine Kamera nicht kaputt gemacht hättest, hätte ich diesen Abstand von meiner

Arbeit vielleicht nie bekommen.« Sie fingerte an dem Riemen um ihren Hals. »Vielleicht ist es sogar besser. Eine neue zu benutzen. Eine, die nicht von ihm ist.«

»Von ihm?«, fragte Niall.

»Von meinem Vater«, sagte sie. »Er hat sie mir einen Monat vor seinem Tod geschenkt.«

Nialls Herz setzte einen Schlag aus, und sein Gesicht wurde bleich. »Ich habe die Kamera deines Vaters kaputt gemacht? Gott, Cordelia, es tut mir so …«

Sie hob eine Hand. »Sie lässt sich reparieren. Ich bringe sie in meinen Stammladen, wenn ich zurück bin. Und ich glaube, wir haben uns schon oft genug entschuldigt, oder?« Sie tippte mit einem Fingernagel auf die Kamera. »Du hattest recht«, gestand sie. »Ich bin dir vor die Füße gelaufen. Ich vergesse alles um mich herum, wenn ich versuche, die richtige Perspektive zu finden. Liz macht das verrückt. Meine beste Freundin«, erklärte sie, aber Niall war immer noch nicht darüber hinweg, dass er die Kamera ihres toten Vaters kaputt gemacht hatte. »Wenn wir ausgehen oder im Central Park Kaffee trinken, rutsche ich die ganze Zeit hin und her, sodass ihr Gesicht zusammen mit dem Hintergrund eine perfekte Komposition ergibt. So wie eben, als ich mich ganz leicht bewegt habe, damit das grünlich-braune Licht der Flaschen den negativen Raum ausfüllt und der Rand des Spiegels dich auf der rechten Seite einrahmt.« Sie zuckte mit den Schultern. »Ich kann nicht anders.«

»Darf ich … die Reparatur bezahlen oder …« Er verstummte.

»Nein, schon okay. Wirklich«, sagte sie, als sie seinen zweifelnden Blick sah. »Ich meine, wenn man sie nicht reparieren könnte, wäre das eine andere Sache.«

»Wenn man sie nicht reparieren könnte, würde ich mich bei Dún Aengus von den Klippen stürzen«, sagte Niall.

»Ich war mit Róisín da!«, rief Cordelia aus. »Es war schön. Aber ziemlich voll. Wie hieß das andere Fort, das Alison erwähnt hat?«

Niall spürte, wie sein Gesicht hart wurde. »Dún Dúchathair«, sagte er knapp. Die Erinnerungen, die mit diesen Ruinen verbunden waren, wollte er jetzt nicht hervorholen, nicht an diesem Abend, an dem er sich endlich mal wieder amüsierte.

Cordelia schien seinen Stimmungsumschwung zu spüren. Sie nahm ihre Kamera und widmete sich den Fotos. Dann setzte die Musik wieder ein.

»Niall!«, rief Shauna vom anderen Ende der Bar und bedeutete ihm, ihr mit den Gästen zu helfen.

»Ich gehe besser wieder an die Arbeit«, sagte er.

»Okay«, erwiderte sie.

Als er wegging, hatte Niall das Gefühl, als würde der Boden unter seinen Füßen schwanken.

10

Beim Sonntagsessen fing Nialls Vater endlich wieder an, mit ihm zu sprechen.

Diese Woche waren sie nur zu viert – Alison hatte angerufen und gesagt, dass sie und Cordelia bei Róisín zu Abend essen würden.

»Ich habe nachgedacht«, sagte Owen und schnitt in sein Hühnchen, während Pocket geduldig neben seinem Stuhl saß und auf Reste wartete. Er machte eine so lange Pause, dass Colin und Niall einen Blick austauschten.

»Worüber?«, fragte Niall.

»Pátrún«, sagte Owen. Fiona schien sich auf einmal sehr für ihren Teller zu interessieren und schob das Kartoffelpüree darauf hin und her. Nialls Blick verengte sich.

»Was ist mit Pátrún?«, fragte er.

»Wir haben uns überlegt ...« Owen sah zu Fiona, und ihre Nasenflügel bebten. »*Ich* habe mir überlegt«, korrigierte er sich. »Dass wir vielleicht ... zusätzlich zu unseren üblichen Gerichten ... etwas Besonderes zu diesem Anlass servieren könnten. Etwas, du weißt schon ...« Er gestikulierte, und Pocket verfolgte die Handbewegung mit laserartiger Präzision.

»Etwas ...?«, hakte Niall nach, der nicht genau verstand, was hier vor sich ging.

»Eins von deinen *Fusion*-Gerichten. Oder wie das heißt.« Owen sagte das Wort Fusion, als wäre es ein Fluch. Fiona sah zufrieden aus. Niall war fassungslos.

»Oh«, sagte er schließlich. »Klar. Das wäre toll.«

»Okay. Na dann.« Offenbar froh, dass er dieses Gespräch hinter sich gebracht hatte, widmete Owen sich wieder seinem Essen. »Bitte sehr, du kleiner Bettler«, sagte er zu Pocket und gab ihr ein Stück Huhn. Sie verschlang es im Bruchteil einer Sekunde und drehte sich erwartungsvoll zu Niall um. »Aber besprich das Rezept vorher mit mir«, sagte Owen.

»Natürlich«, sagte Niall. »Kein Problem.«

Colin zog eine Augenbraue hoch, und Niall zuckte die Schultern. Er war genauso überrascht.

Er sollte Cordelia danken. Wann immer er sie wiedersah.

Als Niall am nächsten Morgen aufwachte, hatte er zum ersten Mal seit Monaten Lust, zu kochen.

»Heute Abend schon was vor?«, fragte er Colin, während er sich eine Tasse Kaffee einschenkte. Beide hatten an diesem Tag frei, und Colin übte einen neuen Song, während Pocket seinen Speck beäugte.

»Ich dachte, ich gehe mal ins Seaview. Um zu sehen, was Cian aus dem Laden gemacht hat. Vielleicht kann ich eine süße Touristin bezirzen.« Er wackelte mit den Augenbrauen.

Niall setzte sich auf einen der Küchenhocker. Pocket lehnte ihren Kopf an sein Knie, und er kraulte ihr nachdenklich die Ohren, während er an seinem Kaffee nippte.

»Was hat es mit diesem Blick in die Ferne auf sich?«, fragte Colin.

»Ich dachte nur …«, begann Niall.

Colin wartete. »Verdammt noch mal, Niall, mach's nicht so spannend.«

Niall kratzte sich hinterm Ohr. »Ich dachte, ich könnte heute Abend was kochen.«

Colin legte sein Plektrum auf den Küchentresen. »Planänderung. Ich bin dabei. Mann, ich habe mich schon gefragt, wann du die Küche endlich mal nutzen würdest. Sollen wir Alison einladen? Und Cordelia?«

Er sollte ja sagen. Das würde ihm die Gelegenheit geben, ihr zu sagen, wie sehr ihre Worte dazu beigetragen hatten, die Situation mit seinem Vater ein wenig zu verbessern. Aber bei dem Gedanken, sie zu sich nach Hause einzuladen, zog sich ihm der Magen zusammen.

»Nein«, sagte Niall. »Ich will keine große Sache daraus machen. Aber vielleicht beim nächsten Mal.«

»Okay, wie du willst. Was gibt es?«

»Ich weiß noch nicht genau«, sagte Niall langsam. »Ich dachte, ich gehe einkaufen und schau mal, was es so gibt.«

Pocket folgte Niall, als er aufbrach, und machte dann ihr eigenes Ding. Sie hatte stets einen Blick auf die Tierwelt der Insel, schaute bei Schafen, Kühen und Pferden nach dem Rechten – und bei den Menschen, um Leckerchen abzustauben. Niall ließ sich Zeit dabei, das Menü zusammenzustellen, während er das frische Gemüse begutachtete, an den Kräutern schnupperte und die Auslage in der Fleischtheke unter die Lupe nahm. Als er mit einer vollen Tragetasche über der Schulter zurückging, riss die Wolkendecke auf, und die Tautropfen auf dem Gras glitzerten in der Sonne wie Kristalle.

Vielleicht, dachte Niall, war es doch nicht so schlimm, den Rest des Jahres zu Hause zu verbringen.

Cordelia kehrte erschöpft von einer langen Fahrradtour zurück.

Die Sonne hatte beschlossen, sich zu zeigen, und Cordelia hatte sich die Gelegenheit nicht entgehen lassen wollen. Sie wurde auch immer fitter – heute hatte sie es endlich bis zur Robbenkolonie geschafft. Róisín war von einer Gruppe australischer Touristen für eine zweitägige Besichtigungstour gebucht worden, und Cordelia fühlte sich bereit, die Insel auf eigene Faust zu erkunden.

Die Robben waren fabelhafte Motive, glatte Körper auf rauen Felsen, die dicken Bäuche der Sonne zugewandt. Ihre Augen hatten eine verblüffende Tiefe, wie weise alte Seelen, die die Geheimnisse des Meeres kannten. Es fühlte sich wirklich so an, als wäre die neue Kamera ein Neuanfang. Sie stellte das Fahrrad in den Schuppen und sah sich die Bilder an, die sie unterwegs gemacht hatte, während sie zum Haus ging. Sie wusste, dass sie anfangen sollte, auf ihrem Instagram-Account zu posten, aber sie wusste nicht, ob sie schon so weit war. Sie entdeckte gerade die einfache Liebe zur Fotografie wieder. Das wollte sie nicht kaputt machen.

In diesem Moment klingelte ihr Handy.

»Hey, Toby. Solltest du nicht in der Schule sein?«, stichelte sie. Toby unterrichtete Englisch an einer Schule in Brooklyn.

»Donnerstag war der letzte Tag«, sagte Toby. »Ich habe jetzt offiziell Sommerferien. Wie läuft's da drüben, Schwesterherz?«

»Oh, prächtig«, sagte Cordelia mit schlecht nachgemachtem irischen Akzent. Toby lachte. »Ich bin gerade von einer Robbenkolonie zurückgekommen. Es war … «

»Probbenvoll?«

»Ha ha. Wie geht es Nikki und den Kindern?«

»Wir fahren nächstes Wochenende weg. Ich habe ein Airbnb in den Berkshires gebucht. Mit Pool. Die Kinder können es kaum erwarten.«

Cordelia lachte. »Kann ich mir vorstellen. Klingt super.«

»Mom und Gary kommen auch mit.«

»Oh.«

Es entstand eine Pause.

»Hör zu, Cordie, ich weiß, du magst Gary nicht, aber …«

»Gary ist in Ordnung«, fiel Cordelia ihm ins Wort. »Wer sagt, dass ich Gary nicht mag? Das habe ich nie gesagt.«

»Nein, aber deine Abneigung schwappt förmlich durchs Telefon.«

Cordelia schürzte die Lippen. »Worauf willst du hinaus, Toby?«

»Ich will darauf hinaus, dass du Moms Gefühle verletzt.«

»Das bezweifle ich stark«, sagte Cordelia. »Wann hätte sie denn überhaupt Zeit für verletzte Gefühle? Sie ist doch ständig unterwegs.«

Nach ihrem Urlaub auf Key West hatten sie eine Woche in der Villa von Garys Sohn in der Toskana verbracht. Offenbar war der Sohn Winzer. Er hatte eine Italienerin geheiratet, und die Villa nach der Scheidung behalten. Ihre Mutter hatte Fotos geschickt, Louise in weißem Leinen mit einem Glas Rosé in der Hand, Gary in einem kristallblauen Swimmingpool, den Daumen hoch, die Nase weiß von Sonnencreme. Und natürlich gab es zu den Fotos auch Tipps für eine neue Dating-App. Cordelia hatte die SMS sofort gelöscht.

»Darum geht es nicht«, sagte Toby. »Warum nimmst du ihr das übel? Darf Mom keinen Spaß mehr haben?«

»Natürlich darf sie das«, sagte Cordelia, doch seine Worte versetzten ihr einen Stich.

»Tja, das glaube ich dir jedenfalls nicht. Mom ist glücklich, Cord. Ist es nicht das, was du da drüben suchst? Das Glück, besonders nach Dad?«

»Ja, aber ich benutze keinen Mann, um es zu finden«, fuhr Cordelia ihn an.

»Also, erstens: Mom *benutzt* Gary nicht. Sie mag ihn wirklich. Zweitens, was ist falsch daran, sein Glück in einer Beziehung zu finden? Nur weil es Jahrzehnte her ist, dass du eine hattest …«

»Oh, sehr witzig, Toby.«

»Ja? Dein letzter Freund war wer, Sam? Das ist fast drei Jahre her.«

»Also machst du jetzt einen auf Mom? Willst du, dass ich heirate und Kinder kriege, wie du?«

»Herrgott, Cordelia, hör auf, die beleidigte Leberwurst zu spielen. Das hab ich doch gar nicht gesagt.«

»Was dann?«

»Ich bitte dich, über deinen Tellerrand zu sehen. Nur weil du unglücklich bist, muss Mom es nicht auch sein. Und nur weil dir nicht passt, wie sie ihr Glück gefunden hat, heißt das nicht, dass es nicht legitim ist.«

»ICH BIN GLÜCKLICH!«, schrie Cordelia in den Hörer. »Hör zu, ich rufe Mom diese Woche an, okay? Ich erkundige mich nach Gary. Vielleicht können wir alle facetimen, wenn du im Urlaub bist.«

»Klar«, sagte Toby. »Das wäre toll.«

Aber es klang nicht so, als würde er das wirklich denken. Seit wann war Toby im Team Gary? Cordelia hasste es, sich als Außenseiterin in ihrer Familie zu fühlen. Sie fragte sich, ob ihre Mutter Toby auch Dating-Apps aufdrängen würde, wenn er nicht schon verheiratet wäre. Sie bezweifelte es. Noch etwas, das Toby einfach nicht verstand.

»Ich muss Schluss machen«, sagte Cordelia, obwohl das nicht stimmte. »Grüß Nikki und die Kinder von mir.«

»Ja, klar«, sagte Toby. »Bye.«

Cordelia trat ins Haus und schlug die Tür zu. Ihr Magen begann zu knurren. Sie ging in die Küche und sah in den Kühlschrank. Eier, Milch, Käse. Die Nudeln waren ihr ausgegangen. Im Schrank stand eine Dose Tomatensuppe. Es war noch eine Scheibe Brot übrig.

Du könntest essen gehen, flüsterte eine leise Stimme. *Im O'Connor's ist das Essen gut.*

Das musste sie zugeben. Besser als in jedem anderen Restaurant, das sie ausprobiert hatte. Vielleicht war Colin dort – sie könnte ihm die Fotos zeigen, die sie von der *Seisiún* gemacht hatte.

Ist es wirklich Colin, den du zu sehen hoffst?

Ja, dachte sie, obwohl ein Paar verblüffend blauer Augen in ihrem Kopf aufblitzte. Es war schön gewesen, endlich einen Haken hinter den Zwischenfall mit der Kamera zu setzen. Und Niall schaute auch endlich nicht mehr so finster drein, was seine Gesichtszüge weicher machte. Und ja, es hatte sich herausgestellt, dass er durchaus Sinn für Humor hatte. Aber er erholte sich gerade von der wahrscheinlich schlimmsten Trennung aller Zeiten. Selbst *wenn* Cordelia ein Date in Erwägung gezogen hätte – was sie nicht tat –, würde sie sich ganz sicher nicht für einen Kerl mit gebrochenem Herzen und Vaterkomplex entscheiden.

Sie starrte immer noch in den leeren Kühlschrank und überlegte gerade, ob sie einfach Schokolade zu Abend essen sollte, als es an der Tür kratzte. Róisín konnte es nicht sein. Róisín klopfte nie an – sie stürmte ins Haus, wie es ihr gefiel, ohne Vorwarnung.

Cordelia machte den Kühlschrank zu und ging zur Tür.

»Oh«, sagte sie. »Hallo.«

Pocket lächelte mit heraushängender Zunge zu ihr auf.

»Was machst du denn hier?«, fragte Cordelia. »Ich hab leider nichts zu essen.« Pocket schnaubte und drehte den Kopf zur Straße. Dann sah sie wieder Cordelia an und stupste mit der Schnauze gegen ihr Knie.

»Okay, warte, ich hol meine Schuhe. Ich bringe dich nach Hause.«

Cordelia schlüpfte in ihre Stiefel, streifte ihren Regenmantel über und schnappte sich dann aus reiner Gewohnheit ihre Kamera. Der Regen war nicht schlimm, nur ein leichtes Nieseln, und Pocket strich um Cordelias Beine und drängte sie an den Straßenrand, sobald ein Auto oder ein Pferdewagen vorbeifuhr. Cordelia nahm an, dass sie zu Fiona gingen, aber Pocket führte sie die lange Einfahrt hinunter zu dem weißen Haus.

Das Haus von Niall und Colin. Sie bekam weiche Knie und blieb stehen.

Na ja. Sie brachte nur den Hund vorbei. Da brauchte sie sich nicht so anstellen. Vielleicht war er gar nicht zu Hause. Wahrscheinlich war er arbeiten.

Doch unten brannte Licht.

Wen kümmert es, ob er zu Hause ist oder nicht? Neulich hatten sie sich sehr nett unterhalten. Kein Grund, ihm aus dem Weg zu gehen und so einen Eiertanz aufzuführen. Er war ihr Nachbar, um Himmels willen.

Pocket lief im Kreis um sie herum, stupste sie von hinten an die Wade und trieb sie vorwärts, als wäre sie ein Schaf.

»Werd erwachsen, Cordelia«, murmelte sie vor sich hin.

Sie stapfte zur roten Haustür, holte tief Luft und klopfte.

11

Die Tür flog auf, und Niall stand vor ihr und sah sie völlig entgeistert an.

Sein Haar war zerzaust, und er trug eine rot-weiß gestreifte Schürze über einem blauen Hemd, die Ärmel bis zu den Ellbogen hochgekrempelt, in der einen Hand eine Flasche Olivenöl.

»Oh. Hallo«, sagte er, und seine Augen weiteten sich. Sie waren heute klar und blau wie ein Sommerhimmel.

Hör auf, seine verdammten Augen anzustarren, Cord.

»Hi«, sagte sie und trat von einem Fuß auf den anderen. »Pocket hat an meiner Tür gekratzt, und ich dachte …« Sie gestikulierte ratlos.

»Ah. Du wolltest dir wohl vor dem Abendessen noch einen Snack ergaunern, was?«, sagte Niall zu dem Hund, der seine freie Hand abschleckte.

Cordelia lachte. »Der Versuch war vergeblich, fürchte ich. Ich habe so gut wie nichts im Kühlschrank. Ich muss wohl Schokolade zu Abend essen.«

»Wer hat nichts zu essen?« Colin erschien an der Tür. »Cordelia! Was sehen meine entzündeten Augen? Komm rein! Niall kocht. Endlich, wenn du mich fragst. Es ist genug da, um ganz Kilronan satt zu kriegen.« Er lächelte sie an und strich sich das braune Haar aus den Augen. »Na, komm schon. Du kannst doch keine Schokolade zu Abend essen. Soll sie etwa Schokolade zu Abend essen, Niall?«

»Bitte komm rein, sonst gibt er nie Ruhe«, murmelte Niall. »Nein, sie soll keine Schokolade zu Abend essen, Colin, bist du jetzt zufrieden? Hier, mach dich nützlich und bring das mit dem Hund in die Küche.«

»Komm, Pocket.« Colin nahm Niall das Olivenöl ab und verschwand wieder.

»Deine Stiefel kannst du hier hinstellen«, sagte Niall und deutete auf die ordentlich aufgereihten Schuhe neben der Tür. »Ich nehme deinen Mantel.«

Seine Finger strichen über die nackte Haut in ihrem Nacken, als er ihr aus der Jacke half, und sie bekam eine Gänsehaut.

»Danke«, sagte sie. »Du hättest mich wirklich nicht einladen müssen.«

»Doch, Colin hat recht. Ich habe viel zu viel gekauft.« Er hängte ihren Mantel auf und drehte sich um. »Sind das … Avocados auf deinen Socken?«

»Oh.« Cordelia errötete. »Ja. Die hat Liz mir geschenkt.«

Die Socken waren lila, mit fröhlich tanzenden Avocados darauf, manche mit Kernen im Bauch, manche ohne. Sie waren Cordelia ein wenig peinlich. Aber dann lächelte Niall so breit, dass sein Grübchen hervortrat.

»Niedlich«, sagte er.

Aus irgendeinem Grund jagte ihr dieses Wort in seinem irischen Akzent einen wohligen Schauer über den Rücken.

Sie betraten die Küche, und Cordelia schnappte nach Luft. Jeder Zentimeter der Arbeitsfläche war mit Grünzeug bedeckt. Kräuter in allen Variationen, eine ordentliche Reihe von Spargel auf einem Schneidebrett und Frühlingszwiebeln in einem

Sieb. Neben dem Herd ein riesiger Steakstreifen auf braunem Papier.

»Siehst du?«, sagte Colin. Er füllte ein Glas mit Eis. »Gin Tonic? Das trinken wir jedenfalls, aber ich kann dir auch etwas anderes machen.«

»Nein, das ist perfekt«, sagte Cordelia. »Wow.« Sie starrte wie betäubt auf die Arbeitsplatte. »Das ist …«

»Viel zu viel?«, sagte Colin, während er reichlich Gin ins Glas goss und den Rest mit Tonic auffüllte.

»He«, sagte Niall und drohte mit einem Messer, das im Licht funkelte. »Pinkel mir nicht ans Bein. Denk dran, der Koch ist bewaffnet.«

»Kann ich dir bei irgendetwas helfen?«, fragte Cordelia.

»Kannst du kochen?«, fragte Niall.

»Ähm … nein«, gab sie zu. »Róisín denkt, ich lebe von Käse und Schokolade.«

Colin presste lachend etwas Limette in ihren Drink und drückte ihn ihr in die Hand.

»Setz dich zu mir.« Er tätschelte den Hocker neben sich. »Wenn Niall kocht, tue ich so, als wäre ich Juror in einer Kochsendung.«

»O Gott, *bitte* nicht schon wieder«, sagte Niall, während er die Frühlingszwiebeln abspülte und beiseitestellte. Dann schnappte er sich Salz und Pfeffer und begann, das Fleisch zu würzen.

»Würzen ist das A und O«, sagte Colin mit dem Duktus eines Fernsehsprechers. »Aber mal sehen, ob Niall O'Connor die richtige Temperatur zustande bringt. Ein Filetsteak ist eine heikle Angelegenheit.«

»Nein, ist es nicht«, sagte Niall genervt.

Cordelia kicherte. Sie trank einen Schluck von ihrem Drink.

Er schmeckte frisch und säuerlich, und die Kohlensäure stieg ihr in die Nase.

»Was ist das?«, fragte sie und hob ein Bund lange, dünne Grashalme auf.

»Das ist Estragon«, sagte Niall. »Für die Chimichurri.«

»Chimi-wer?«

»O mein Gott«, sagte Colin. »Ermutige ihn doch nicht. Jetzt wird er nie wieder aufhören.«

»Sie sollte wissen, was sie essen wird«, sagte Niall. »Also, klassische Chimichurri ist eine grüne Soße, die man zu Fleisch oder Fisch serviert. Normalerweise besteht sie nur aus Petersilie, Koriander und Oregano, aber ich benutze gerne so viele Kräuter wie möglich.«

Er stand ihnen gegenüber an der Kücheninsel und schälte und würfelte eine große Schalotte, dann zerdrückte er eine Knoblauchzehe mit der Seite seines Messers und hackte sie. Es war faszinierend, ihm zuzusehen – Cordelia nippte an ihrem Drink und hoffte, dass er sich keinen Finger abschnitt. Mit fließenden Bewegungen tauschte Niall den Estragon gegen Petersilie, dann gegen Koriander und so weiter und so fort. Der Duft von Minze und Basilikum erfüllte die Luft. Niall gab die gehackten Kräuter, die Schalotte und den Knoblauch in eine Schüssel, übergoss alles mit Olivenöl, fügte etwas Rotweinessig und Chiliflocken hinzu und wischte sich die Hände an seiner Schürze ab.

»Das war's auch schon«, sagte er.

Colin deutete auf die Kamera, die sie auf die Insel gestellt hatte. »Zeig uns die Fotos von der *Seisiún*. Ich will sehen, wie teuflisch gut ich aussehe.«

Sie kam seiner Bitte gerne nach, aber ihr Blick wanderte immer wieder zu Niall. Kochen war Cordelia immer langweilig und mühsam vorgekommen. Aber bei Niall sah es nach Spaß aus. Nach Abenteuer. Oder Kunst.

Er schnitt das Fleisch in mehrere Stücke, dann stellte er eine große Pfanne auf den Herd. Cordelia bemerkte gar nicht, dass sie ihn anstarrte, bis er aufblickte und sie ertappte. Seine Augen funkelten vergnügt, und eine rabenschwarze Strähne fiel ihm in die Stirn. Er strich sie mit dem Handgelenk zurück und sagte: »Hab' ich was im Gesicht?«

»Nein«, sagte sie und errötete. »Dir beim Kochen zuzusehen, ist wie … wie ein Tanz.«

Colin stieß ein Lachen aus, aber Niall wirkte seltsam gerührt.

»Ich bin ein bisschen aus der Übung«, gestand er. »Es ist schon eine Weile her, dass ich … getanzt habe.«

»Das sieht man dir nicht an«, sagte Cordelia.

»Ich will das hier.« Colin hielt ihr die Kamera hin und zeigte auf ein Foto, auf dem er mit Fergus, dem Schlagzeuger, lachte.

»Ich maile es dir«, versprach sie, dann hielt sie die Kamera vors Auge und betrachtete die Küche durch die Linse. Die dunkle Nacht draußen vor dem Fenster bildete einen perfekten Kontrast zum warmen Licht drinnen, und Cordelia richtete ihre Aufmerksamkeit auf Niall, der sich gerade über ein paar Kartoffeln beugte und sie vorsichtig in Scheiben schnitt.

»Tut mir leid«, sagte sie, als er sie wieder ansah. »Keine Fotos. Ich erinnere mich.«

»Ach, mach ruhig«, sagte er. »Stört mich nicht. He, Colin, mach dich nützlich und spiel uns was vor.«

»Geht klar«, sagte er und verschwand die Treppe hinauf. Cordelia hob die Kamera wieder ans Auge und klickte ein paarmal schnell hintereinander auf den Auslöser.

»Bin ich immer noch ein gutes Motiv?«, fragte Niall.

Cordelia errötete bis zu den Ohren. »Ich habe die Kartoffeln fotografiert«, sagte sie steif.

Niall lachte. Sie hätte nie gedacht, dass seine Kehle solche Laute formen könnte. Er war das genaue Gegenteil von dem Mann, mit dem sie am Hafen zusammengestoßen war. Sie stand auf, um zu sehen, was genau er da tat.

»Das sind sogenannte Hasselback-Kartoffeln«, erklärt er. »Sie wurden in einem schwedischen Restaurant erfunden und sehen phantastisch aus, wenn sie fertig sind. Ich schneide sie quer in kleine Scheiben, kleine Einschnitte, ganz, ganz dünn. Aber ich schneide nur etwa zwei Drittel durch, damit die Kartoffel zusammenbleibt. Siehst du?«

Cordelia nickte. Sie knipste ein paar Fotos, während er schnitt – seine Hände waren groß und stark, seine Unterarme überraschend muskulös. Na ja, vielleicht doch nicht so überraschend – sie hatte noch nie über seine Unterarme nachgedacht, so oder so. Aber jetzt, wo sie so dicht vor ihm stand, nahm sie die Breite seiner Schultern, die Wölbung seines Bizeps unter dem Hemd, die schwarzen Härchen unter dem aufgeknöpften Kragen überdeutlich wahr.

Sie trat zurück, um ein Foto von ihm zu machen, wie er sich über die Arbeitsplatte beugte, und dann, etwas unbeholfen, ein Foto von Pocket, die an der Spüle herumschnüffelte.

»Wie bist du zum Kochen gekommen?«, fragte sie.

»Mein Vater«, antwortete er, legte die fertige Kartoffel auf ein Backblech und trank einen Schluck, bevor er mit der nächsten begann. »Kaum zu glauben. Ich habe ihm in der Küche vom O'Connor's zugesehen. Er hat mir alles beigebracht, was ich übers Kochen weiß. Aber irgendwann wollte ich meine eigenen Ideen umsetzen. Verschiedene Geschmacksrichtungen kombinieren oder verschiedene Gewürze für verschiedene

Proteine verwenden. Nicht alles hat funktioniert. Meine Mutter hat mich unterstützt. Genau wie Colin – wir haben in Dublin zusammengewohnt, als er an der Uni war.«

»Wo hast du studiert?«, fragte sie.

»Gar nicht«, sagte Niall. »Kein Geld und keine Lust. Ich habe gearbeitet. Wahrscheinlich hab ich in der Hälfte der Pubs in Dublin gejobbt. Anfangs hab ich Gläser eingesammelt, dann war ich Barkeeper, dann hab ich mich in der Küche hochgearbeitet, bis ich der Chef war. Aber es war nicht meine Küche, nicht meine Karte, und ich habe immer nur das Gleiche gekocht – Lammeintopf, Fish and Chips, Colcannon.«

»Wie bitte, was?«

»Das ist Kartoffelpüree mit Kräutern, Sahne und Kohl«, sagte er. »Und dann habe ich, ähm, Deirdre getroffen.«

Es entstand eine Pause, in der Niall sich auf die Kartoffeln konzentrierte. Cordelia suchte verzweifelt nach einem anderen Thema. Sie hatte nicht vorgehabt, ihn in Verlegenheit zu bringen. Bisher hatte sie den Namen von Nialls Ex nicht gekannt. Es war seltsam, ihn zu hören – als würde sie dadurch irgendwie real, statt nur ein Zeitungsfoto oder eine Figur aus einer Klatschgeschichte zu sein.

»Du musst nicht … darüber reden …«, stammelte sie.

»Doch, schon in Ordnung. Ich kann dem Thema nicht ewig aus dem Weg gehen.« Niall machte sich daran, die letzte Kartoffel zu schneiden. »Es war Deirdre, die mich ermutigt hat, meinen eigenen Laden aufzumachen. Es war schon immer mein Traum, aber ich habe nie daran geglaubt. Sie hat gesagt, gemeinsam schaffen wir's. Ich hätte das Können, das Talent und die Disziplin, und sie die Beziehungen. Ich hatte zu diesem Zeitpunkt schon einiges an Geld gespart, und sie hatte – tja, ihre Familie ist reich, also war Geld für sie nie ein Problem.

Über ihren Vater haben wir einen Geschäftspartner gefunden. Alles schien zu passen.«

Er verzog den Mund, und sein Blick verfinsterte sich. Cordelia spürte einen Anflug von Wut auf diese Frau, die sie nie kennengelernt hatte. Sie hatte ihm nicht nur das Herz gebrochen – sie hatte seinen Traum zerstört.

»Ich wollte mich noch bei dir bedanken«, sagte Niall leise.

Sie blinzelte. »Wofür?«

»Für das, was du zu meinem Vater gesagt hast. Er ist jetzt still, was ungewöhnlich für ihn ist, aber ehrlich gesagt, eine Erleichterung. Und er lässt mich sogar an Pátrún kochen. Hätte nie gedacht, dass ich den Tag erlebe, an dem mein Vater mich bittet, etwas zu kochen. Also. Danke dafür.«

»Oh«, sagte Cordelia und bekam einen Kloß im Hals. »Ich … «

Es war plötzlich sehr warm in der Küche, und Niall sehr nahe. Cordelia zuckte zusammen, als etwas ihr Bein berührte, aber es war nur Pocket.

»Manchmal denke ich nicht nach, bevor ich spreche.« Sie drehte sich zu ihrem Drink um, weil sie einen Vorwand brauchte, um sich von diesen aquamarinblauen Augen loszureißen.

»Scheint sich auszuzahlen.«

»Ha«, sagte sie, in Erinnerung an ihren Streit mit Toby. »Nicht immer. Manchmal trete ich ganz schön ins Fettnäpfchen.«

Niall sah sie neugierig an, aber bevor er nachfragen konnte, klopfte es an der Tür.

»Verdammt noch mal, ist heute Tag der offenen Tür?«, sagte er, während Colin rief: »Ich gehe schon!«

Sie hörten Schritte auf der Treppe, dann Stimmen aus dem

Wohnzimmer. Cordelia drehte sich um, als Alison in die Küche kam, in der einen Hand eine Flasche Rotwein, in der anderen einen Schokoladenkuchen.

»Colin hat gesagt, du kochst«, rief sie und küsste Niall auf die Wange. »Gott, wenn das nicht phantastisch aussieht! Ich habe Wein und Dessert mitgebracht. Colin, mach mir einen Gin Tonic, ja? Cordie, du siehst bezaubernd aus!«

Alison umarmte sie herzlich, Colin begann auf seiner Gitarre einen Sam-Cook-Song zu spielen, und Niall schob die Kartoffeln in den Ofen. Während sie und Alison zu Colins Version von *Another Saturday Night* tanzten, konnte Cordelia nicht glauben, wie viel sich in so kurzer Zeit verändert hatte.

Und sie konnte sich keinen Ort vorstellen, an dem sie jetzt lieber wäre.

Niall fühlte sich beschwingt.

Und das lag nicht nur an Colins großzügig bemessenen Drinks.

Er hatte nicht gewollt, dass jemand bei seinem ersten Vorstoß zurück in die Küche dabei war, aber jetzt war er dankbar, dass Pocket zum Cottage gegangen war und Colin Alison angerufen hatte. Wovor hatte er solche Angst gehabt? Es gab Steak und Kartoffeln, verdammt noch mal. Er hatte die pure Freude am Kochen vergessen, nicht nur die Aromen, den Duft der Kräuter und das Brutzeln, sondern auch die Freude daran, das Essen mit anderen zu teilen. Es war ein geselliger Abend, und Niall nahm ausnahmsweise mal nicht alles so verdammt ernst.

Er war froh, dass er sich Cordelia geöffnet hatte. Es war, als wäre Gift aus einer Wunde gesaugt worden. Die Erinnerungen taten nicht mehr so weh wie vorher.

Alison hatte recht, sie sah wirklich bezaubernd aus, in ihrem grauen Top mit Rundhalsausschnitt. Und diese Socken. Niall musste jedes Mal grinsen, wenn sein Blick darauf fiel. Sie waren einfach lächerlich. Und ganz und gar hinreißend.

An dieser Stelle kamen seine Gedanken mit quietschenden Bremsen zum Stehen und steuerten zurück in sichere Gewässer. *Fleisch. Du musst das Fleisch braten. Spargel. Ist die Pfanne heiß genug? Die Kartoffeln dürfen nicht anbrennen.*

»Kann ich dir bei irgendwas helfen?«, fragte Cordelia neben ihm, die Wangen vom Tanzen gerötet. »Irgendwas, das nichts mit Kochen zu tun hat?«

»Könntest du den Tisch decken?«, fragte er. Ihre Körperwärme strahlte gegen seinen linken Arm. Sie hatte ihr Haar zu einem lockeren Dutt hochgesteckt, und ein paar Strähnen klebten an ihrem Kinn. Sein Blick blieb an den blassgoldenen Sommersprossen hängen, die in einem einzigartigen Muster über ihre linke Wange verstreut waren.

»Ja, sehr gern«, sagte sie mit einem sehr schlecht nachgeahmten irischen Akzent.

Er lachte. »Machst du mich etwa nach?«

Sie grinste, und die Bewegung ließ ihre Sommersprossen tanzen.

Colin und Alison stimmten *Chain of Fools* an, während Niall sich bückte, um die Kartoffeln aus dem Ofen zu holen.

»Wow!«, sagte Cordelia, die Hände voller Besteck.

Die Schale war schön knusprig, und die Kartoffeln sahen aus wie kleine Fächer. Niall bestreute sie mit Rosmarin und Salz und stellte sie dann beiseite.

»Jetzt braten wir das Steak«, sagte er. Er legte zwei Streifen nebeneinander in die Pfanne und sah die Besorgnis in Cordelias Blick, als sie das Brutzeln hörte.

»Brennt es nicht an?«, fragte sie.

»Niemals«, sagte Niall. »Die Pfanne muss heiß sein, damit das Steak außen schön kross wird und innen rosa bleibt.« Er warf ihr einen misstrauischen Blick zu. »Du gehörst doch nicht zu den Amerikanern, die ihr Steak so gut durchgebraten essen, dass es wie Gummi schmeckt?«

Cordelia schüttelte den Kopf so heftig, dass ihr Dutt wackelte. »Medium rare. Immer.«

»Das höre ich gern«, sagte Niall. »Wolltest du nicht den Tisch decken?«

»Ich will sehen, wie du sie wendest«, sagte sie mit leuchtenden Augen, ihr Gesichtsausdruck so begierig, dass Niall seltsam warm ums Herz wurde.

»So aufregend ist das nicht.«

»Ich will es trotzdem sehen.«

Er lächelte. »Okay.« Die Steaks brauchten noch ein paar Minuten, und er überlegte, ob er ihr sagen sollte, dass sie Zeit für beides hatte, aber er stellte fest, dass er ihre Gesellschaft genoss.

In diesem Augenblick klingelte Alisons Handy.

»Hallo?«, sagte sie atemlos. »Hi … Was? … Ach, Scheiße. Nein, ist schon gut, ich fahre … Ja, okay. Ja, danke, tschüss.«

»Alles in Ordnung?«, fragte Colin.

»Wir haben diese Woche eine große Party mit vielen Lebensmittelallergikern, und es wurden die falschen Sachen geliefert. Ich muss morgen nach Galway fahren und selbst einkaufen.« Sie wandte sich an Cordelia. »Tut mir so leid, ich kann doch nicht mit dir nach Dún Dúchathair, wie geplant.«

»Schon in Ordnung«, sagte Cordelia. »Ich habe ja eine Karte, ich komme auch allein hin.«

»Ich kann dich begleiten, wenn du willst«, sagte Niall.

Verdammt, warum hatte er das gesagt? Colin zog die Augenbrauen so hoch, dass sie unter seinem Haaransatz verschwanden. Niall starrte angestrengt auf das Steak in der Pfanne und überlegte, wie er da wieder rauskam, ohne unhöflich zu sein.

»Das wäre super«, sagte Cordelia nach einer Pause. »Danke.«

Er konnte nicht sagen, ob sie nur höflich sein wollte, also zog er den Kopf ein und sagte: »Cool.« Er warf Colin einen kurzen, verzweifelten Blick zu, und sein bester Freund stimmte einen alten Everly-Brothers-Song an. Die Atmosphäre schien sich wieder zu entspannen. Was hatte er sich nur dabei gedacht? Es klang, als hätte er sie um ein Date gebeten, was definitiv nicht seine Absicht gewesen war. Sein Herz war gebrochen, und er war untröstlich und nicht an Frauen interessiert.

Obwohl sich sein Herz nicht gebrochen anfühlte. Jedenfalls nicht in diesem Moment.

Die Steaks verbrieten, fiel ihm mit Schrecken ein.

»Bist du bereit, zu erleben, wie ich sie umdrehe?«, fragte Niall und riskierte einen Blick auf sie.

Cordelias Wangen waren leicht gerötet, ihre Augen leuchteten. Sie hatte eine kleine Stupsnase, die zuckte, wenn sie lächelte, wie ein Kaninchen. Sie klatschte in die Hände und nickte. Niall nahm die Zange und wendete die Steaks mit großer Geste.

»Ich hab' dir ja gesagt, dass es nicht so beeindruckend ist«, sagte er.

Sie zuckte die Schultern. »Für mich schon.«

Ihre Blicke trafen sich. Niall wollte gerade sagen, dass er sich ihr nicht aufdrängen wollte und dass es in Ordnung war, wenn sie lieber allein zur Festung ging. Doch in diesem Moment rief Colin: »He, vergiss nicht, dass ich meins medium mag!«

»Du bekommst ein medium rare oder gar keins«, sagte Niall.

Als er sich umdrehte, sah er Cordelia gerade noch mit dem Besteck aus der Küche verschwinden. Alison schnappte sich ein paar Teller und ging ihr helfen. Colin hörte auf zu spielen und stellte sich neben Niall an den Herd.

»Dún Dúchathair, hm?«, sagte er.

»Mmh.«

»Mit Cordelia.«

»Mmh.«

Warum war sein Gesicht so heiß? Es hatte nichts zu bedeuten. Und seine Phobie vor dem Schwarzen Fort war wirklich albern. Höchste Zeit, dass er sich den Gespenstern der Vergangenheit stellte.

Er spürte Colins Blick.

»Was?«, sagte Niall schließlich.

Colin zuckte die Schultern. »Klingt super.« Gitarreklimpernd verließ er die Küche, um sich zu den Frauen zu gesellen, und stimmte im Rausgehen erneut den Song der Everly Brothers an. »*When will I be loved …*«

12

Cordelia sollte eigentlich Brigid striegeln, hielt aber alle paar Minuten inne, um ihr Handy rauszuholen.

Sie hatte bereits mehrere SMS an Niall geschrieben – und wieder gelöscht.

Hey, du musst heute wirklich nicht mitkommen, wenn du nicht willst.

Wollte dich gestern Abend nicht in Verlegenheit bringen, immer noch Lust auf die Festung?

Wird bestimmt lustig heute, lol.

Was war das überhaupt für ein Satz? Sie benutzte nie »lol«. Sie war nicht der »lol«-Typ. Sie war ein »hahaha«- oder Emoji-Typ.

»Mensch, Mädchen, gehst du nachher noch auf einen Ball?«, stöhnte Róisín. »Du kannst Brigid nicht striegeln, wenn du alle zwei Minuten auf dieses Höllengerät starrst.«

»Tut mir leid«, sagte Cordelia. Sie verhielt sich albern. Es war ja kein Date oder so. Niall war jetzt ein Freund. Sie hatte sowohl mit ihm als auch mit Colin Nummern ausgetauscht. Niall hatte vorgeschlagen, gegen zwei Uhr aufzubrechen, da er um sechs Uhr im Pub arbeiten musste.

Sie nahm den Striegel wieder zur Hand und begann, Brigids Hals in kreisenden Bewegungen zu bürsten, so wie Róisín es ihr gezeigt hatte. Aber ihre Gedanken schweiften immer wieder ab. Niall hatte sie gestern Abend eher an den Mann auf dem alten Foto mit seiner Mutter erinnert als an den aufbrausenden Kerl mit dem verkniffenen Zug um den Mund, mit dem sie am Hafen zusammengestoßen war.

Und seine Augen – geradezu hypnotisierend, mit endlos vielen Schattierungen, die seine Stimmung widerspiegelten. Sie blitzten wie Saphire, als er über seine Ex sprach, und leuchteten aquamarin, als er ihr für das dankte, was sie zu seinem Vater gesagt hatte. Sie waren himmelblau, als er kochte, und azurblau, als er Witze darüber machte, dass sie ihn fotografierte. Sie hatte ein paar Fotos von seinem Gesicht gemacht, als er sich konzentriert über die Kartoffeln beugte, war allerdings noch nicht dazu gekommen, sie anzusehen.

»So, das reicht.« Róisín warf das Bund Karotten aus dem Garten zu Boden und marschierte auf Cordelia zu. »Was ist nur mit dir los, Kind? Ist der Púca letzte Nacht in dich gefahren?«

Cordelia warf ihr einen schiefen Blick zu – der Púca war ein schadenfroher Gestaltwandler aus der irischen Legende, von dem Róisín ihr erzählt hatte. In jeder ländlichen Gegend gab es einen. Für ihn war die Bank neben Róisíns Haustür, hatte sie Cordelia erklärt. Ein guter Púca saß immer rechts, die schlechten bevorzugten offenbar links. Laut Róisín waren sie und der Púca von Inishmore alte Freunde.

»Nein«, sagte Cordelia. »Aber *wäre* ich der Púca, würde ich es dir nicht sagen, oder?«

Róisín lachte. »Gut aufgepasst.« Sie sah Cordelia in die Augen. »Ah, du bist kein Púca, dazu bist du zu trübselig. Was hast du auf dem Herzen? Spuck's schon aus.«

»Ich gehe heute Nachmittag mit Niall zum Schwarzen Fort«,

platzte es aus Cordelia. »Eigentlich wollte ich mit Alison gehen, aber sie muss nach Galway, und Niall hat angeboten, mich zu begleiten.«

Róisín sah sie lange an. »Und?«

Cordelia zuckte die Schultern und striegelte weiter. »Ich weiß nicht.« Sie überlegte, was sie anderes sagen sollte als *Er lacht jetzt* oder *Ich finde seine Augen irgendwie schön und das macht mich nervös.* »Er ist ein bisschen einschüchternd.«

Róisín lachte herzhaft. »Miss New York City lässt sich von Niall O'Connor einschüchtern? Wer hätte das gedacht. Na, dann komm, Mädchen, lass uns Brigid anspannen.«

»Brigid anspannen?«

»Ich fahre euch beide nach Dún Dúchathair«, sagte Róisín.

»Wir wollten nicht vor zwei Uhr los.«

»Was denkst du, Niall hat heute etwas Dringenderes zu tun, als Zeit mit einem hübschen Mädchen in einer düsteren Ruine zu verbringen? Nein, er wird zu Hause sitzen und auf sein Handy starren, genau wie du. Die jungen Leute von heute und ihre Telefone.« Sie schnalzte mit der Zunge und ging zum Schuppen, um Brigids Sattelzeug zu holen. »Ihr bleibt da liegen, ihr verdammten Möhren, ich bin gleich wieder da!« Sie sah zu Cordelia, die immer noch beim Pferd stand. »Worauf wartest du noch? Ich habe dir doch nicht gezeigt, wie man Brigid anspannt, um es dann selbst zu tun.«

Und so fand sich Cordelia zehn Minuten später neben Róisín auf dem Wagen wieder, unterwegs zum weißen Haus. Ohne sich die Mühe zu machen abzusteigen, rief Róisín: »He! Niall O'Connor! Wir sind hier, um dich abzuholen, also beweg deinen faulen Hintern, damit wir es nach Dún Dúchathair schaffen, bevor die Wolken zu Regen werden.«

Cordelia hörte Schritte von drinnen, dann wurde die Tür

aufgerissen, und Niall stand da, offensichtlich verwirrt, Colin grinsend hinter ihm.

»Hallo, Róisín«, rief er.

»Morgen, Colin. Schöner Tag für einen Ausflug zum Schwarzen Fort, nicht wahr?«

»Ein prächtiger Morgen«, sagte Colin und blickte in die graue Wolkendecke. Niall zog sich eilig einen weißen Strickpullover an. Als er ihn über den Kopf zog, rutschte sein T-Shirt hoch und entblößte ein Stück Haut über dem Bund seiner Jeans. Cordelia senkte den Blick und fummelte an ihrer Kamera herum. Was war nur los mit ihr? Es war ja nicht so, als hätte sie noch nie einen Männerbauch gesehen. Sie hasste es, wie leicht sie errötete. Liz meinte zwar, es sei charmant, aber Cordelia fand es einfach nur peinlich.

»Wir waren um zwei Uhr verabredet, Róisín«, sagte Niall und griff nach seiner Jacke.

»Das hat sie mir auch gesagt. Aber es gibt keinen Grund, etwas auf den Nachmittag zu verschieben, was man am Vormittag besorgen kann.«

»Lass mich raten«, sagte Niall zu Cordelia. »Sie hat dir keine Wahl gelassen.«

»Nicht die geringste«, erwiderte Cordelia.

Er lächelte, und Cordelia spürte einen seltsamen Ruck, eine Verkrampfung der Schultern, und gleichzeitig ein warmes Gefühl in der Brust. Niall wollte hinten auf den Wagen klettern, doch Róisín schimpfte: »Hol dein Fahrrad, du Trottel. Ich fahre euch nur hin, nicht zurück. Ich hab' schließlich noch mehr zu erledigen.«

Niall schüttelte den Kopf, dann holte er sein Fahrrad unter einer Plane an der Seite des Hauses hervor. Er hob es hinten auf den Wagen neben das von Cordelia und stieg dann auf.

»Okay, da bin ich. Genug von deinem Gejammer. Los geht's.«

»Redet man so mit alten Leuten?«, fragte Róisín, während sie Brigid zurück zur Cottage Road lenkte.

»So alt bist du auch wieder nicht.«

Róisín lachte. »Da hast du verdammt recht, Junge.«

Cordelia war froh, dass Niall die Sache so gelassen nahm.

Sie hatte schon befürchtet, er könnte sich wieder in den mürrischen Mann von vorher verwandeln. Brigid trottete durch das Zentrum von Kilronan, und Róisín grüßte jeden mit ihrer üblichen unverblümten Art, mal auf Englisch, mal auf Irisch. Sie kamen am Aran Sweater Market vorbei und bogen in eine Straße ein, die am Hafen vorbeiführte. Am zerklüfteten Ufer sammelte sich Seegras in großen, schleimigen Büscheln, und das Meer war heute melancholisch blau. Am anderen Ende des Hafens sah Cordelia Häuser in Weiß und Lila und Blassgelb, dahinter erhoben sich die sanften Hügel von Inishmore, grünes Gras, unterteilt durch endlose Steinmauern.

Sie erreichten eine Weggabelung, und es ging bergauf ins Inselinnere. Cordelia war beeindruckt von der rauen Schönheit der Landschaft. Mehr als einmal hob sie ihre Kamera, um Fotos zu machen – sie war zwar keine gute Landschaftsfotografin, aber sie war Touristin. Es musste nicht immer alles perfekt sein.

Und die ganze Zeit war ihr sehr bewusst, dass Niall hinter ihr saß. Hin und wieder kribbelte es in ihrem Nacken, und sie fragte sich, ob er sie vielleicht gerade ansah.

Wen kümmert es, ob er dich ansieht oder nicht? Ihr seid nur Freunde. Freunde sehen ihre Freunde ständig an.

»Ich habe gehört, dein Dad erlaubt dir, etwas für Pátrún auf die Speisekarte zu setzen«, sagte Róisín.

»Woher weißt du das?«, fragte Niall.

»Der Púca hat es mir erzählt«, sagte Róisín und zwinkerte Cordelia zu. »Na gut, nein, es war Fiona. Also.« Sie drehte sich zu ihm um und bedachte ihn mit einem strengen Blick. »Was kochst du denn? Und brauchst du einen Vorkoster, denn ich biete gern meine Dienste an.«

Niall lachte, und Cordelia warf einen Blick über ihre Schulter. Er hatte ein Knie auf der Bank und den Unterarm darauf gestützt, und sein schwarzes Haar wehte im Wind. Hinter ihm erstreckte sich die Straße, eine dünne schwarze Linie im satten Grün. Seine Augen waren heute marineblau.

Sie konnte nicht anders – sie zückte die Kamera und machte ein Foto. Er schenkte ihr ein schiefes Grinsen, das sie ebenfalls festhielt, bevor sie die Kamera senkte und sein Lächeln erwiderte.

»Macht der Gewohnheit«, sagte sie.

»Genug Fotos, ich will übers Essen reden«, sagte Róisín.

»Ich hab' mich noch nicht damit befasst«, erwiderte Niall.

»Dann solltest du besser damit anfangen. Du weißt, dein Vater wird nichts Geringeres als absolute Perfektion erwarten. Nicht zu ausgefallen. Nichts, was Leuten wie Darragh O'Grady Angst einjagt. Aber gut genug, um die Touristen zu beeindrucken.«

»Ach, ist das alles?«

»Nein. Das Wichtigste ist, dass du etwas kochst, das *ich* mag.«

»Du magst alles, was ich koche.«

Róisín winkte ab. »Nicht deine Version von Colcannon.«

Niall verdrehte die Augen. »Das liegt an deiner bizarren Abneigung gegen Grünkohl.«

»Warum muss er auch so zäh sein?«, fragte Róisín. »Außerdem schmeckt er wie Gras. Nein, danke. Für Brigid ist er in Ordnung, für Menschen nicht.«

»Ich mag Grünkohl«, schaltete Cordelia sich ein.

»Siehst du?«, sagte Niall.

»Sie ist Amerikanerin. Außerdem, hast du ihre Küche gesehen? Sie lebt von Käse und Schokolade. Ich glaube, ich habe ein einsames Ei gesehen. Kein Fleisch. Keine Kartoffeln. Ich würde ihr ja ein paar Karotten geben, aber sie wüsste nicht, was sie damit anfangen soll.«

»Hey«, sagte Cordelia. »Ich habe Äpfel.«

»Oh, sie hat Äpfel. Hast du das gehört, Niall?«

»Hab ich.«

»Was nützt dir ein Apfel? Aus Äpfeln und Schokolade kannst du kein Abendessen kochen.«

Cordelia schwor sich im Stillen, Róisín nie etwas von ihrer Leidenschaft für Fünfzig-Cent-Fertig-Ramen zu erzählen. Die Straße führte immer höher hinauf, und sie konnte den salzigen Geruch des Meeres wahrnehmen und das Rauschen der Wellen in der Ferne hören. Die Wolken wurden immer dichter und drückten wie dicke Rauchschwaden auf die Erde herab.

Sie hielten vor einem verblassten Holzschild mit irischer Aufschrift. Niall sprang ab und holte die Fahrräder. Cordelia hatte fast vergessen, dass Róisín nicht mit ihnen zur Festung kommen wollte und sie mit Niall allein sein würde.

Mit weichen Knien kletterte sie vom Wagen und versuchte sich einzureden, dass kein Grund zur Nervosität bestand. Sie fummelte an ihrem Haar, an ihrem Kameragurt, an den Knöpfen ihrer Jacke, bis ihr bewusst wurde, dass sie all das nur tat, um Niall nicht anzusehen.

Als sie sich wieder umdrehte, sah sie, dass Róisín sie aufmerksam beobachtete.

»Okay, Mädchen«, sagte sie. »Wir sehen uns später.« Dann schnalzte sie mit der Zunge, und Brigid trabte davon. Cordelias Herz schlug ihr bis zum Hals, flatternd wie eine Motte. Niall stand zwischen den Fahrrädern und wirkte besorgt. Wahrscheinlich war auch ihm gerade klar geworden, dass sie jetzt allein waren. Vielleicht bereute er es schon. Vielleicht sollte sie ihm klarmachen, dass kein Grund bestand, sich unbehaglich zu fühlen, denn *sie* fühlte sich ganz sicher nicht unbehaglich, nicht im Geringsten.

»Äh, sollen wir?«, fragte Niall.

»Ja. Ähm, los geht's«, sagte sie.

Er lehnte die Fahrräder gegen ein Straßenschild.

»Wir können sie hier abstellen«, sagte er.

»Okay.«

Niall deutete mit dem Kopf ruckartig in die Richtung, aus der das Wasserrauschen zu hören war. »Dann hier entlang.«

Sie folgte ihm von der Straße durch dichtes Gras, und ihre Gummistiefel schmatzten im Schlamm. Keiner von ihnen sagte etwas.

»Es ist so toll, dass ...« begann Cordelia im gleichen Moment, als Niall sagte: »Róisín hat dir also ...«

»Wie bitte, was?«, fragten beide unisono.

»Du zuerst«, sagte Cordelia und lächelte schüchtern.

Er grinste. »Róisín hat dir all ihre Geschichten erzählt, oder?«

»Ja. Ich mag sie sehr. Sie ist eine wunderbare Geschichtenerzählerin.«

»Das ist sie. Welche ist bisher deine Lieblingsgeschichte?«

»Ich mag den Púca. Weil es sich nicht wie eine Geschichte anfühlt. Es ist, als würde sie von einem alten Freund erzählen.«

Niall lachte. »Das stimmt! Manchmal frage ich mich, ob er nicht doch echt ist. Wer weiß das schon, oder? Sie hat uns als

Kindern eine Scheißangst eingejagt mit ihren Geschichten, aber ich habe sie geliebt. Sogar die, von denen ich Albträume bekommen habe.«

»Sie liebt *dich* jedenfalls sehr«, bemerkte Cordelia. »Als wärst du ihr Enkel.«

Nialls Wangen färbten sich rosa. »Ja, das tut sie. Ich liebe sie auch. Die Eltern meines Vaters sind gestorben, bevor ich geboren wurde, und die meiner Mutter leben in Cork. Sie war wie meine Großmutter, als ich aufwuchs.« Er seufzte. »Ich weiß, es verletzt sie, dass ich nicht mehr so oft zurückkomme. Vor allem nicht, seit … na ja.« Er rieb sich den Nacken. »Ich war so beschäftigt mit anderen Dingen. Anderen Menschen. Du weißt schon.«

Sie sah ihm an, dass es ihm leidtat, und das Letzte, was Cordelia wollte, war, schmerzhafte Erinnerungen wachzurufen.

»Ich mochte auch die Geschichte über die Kinder von Lir«, sagte sie. »Diese armen Kinder, die in Schwäne verwandelt werden.«

»Die ist ein bisschen düster.«

»Ich mag düstere Geschichten. Mein Vater hat uns vor dem Schlafengehen immer griechische Mythen vorgelesen. Und ich lese viel True Crime. Viel düsterer geht's nicht.«

Sie erreichten eine niedrige Steinmauer, und Niall stieg darüber. Cordelia folgte ihm und sah eine weite Fläche flacher schwarzer Steinplatten, die sich bis zum Horizont erstreckte, wie riesige Pflastersteine, die ein mythischer Riese zwischen die Grasbüschel gelegt hatte. Jetzt, da sich die Landschaft verändert hatte, gingen sie langsamer.

»Wie war er so?«, fragte Niall.

»Wer?«

»Dein Vater. Entschuldige, du musst nicht über ihn reden,

wenn du nicht willst. Ihr scheint euch ziemlich nahegestanden zu haben.«

»Das stimmt.« Sie stellte fest, dass die Frage ihr nichts ausmachte. Eine weitere Steinmauer kreuzte ihren Weg, und sie stiegen darüber zu einer weiteren Fläche aus schwarzen Steinen und Gras. »Er war kreativ, so wie ich. Er wollte Schauspieler werden. Er liebte Shakespeare. Er unterrichtete englische Literatur an der New York University, aber er sprach immer für kleine Inszenierungen in Westchester oder so vor. Ich erinnere mich, dass er, als ich vielleicht zehn war, die Rolle des Prospero in *Der Sturm* am Yonkers Community Theatre bekam. Ich glaube, das war der stolzeste Moment in seinem Leben – mehr noch als die Geburt von meinem Bruder und mir. Er hat uns nach Shakespeare-Figuren benannt.«

»Tatsächlich? Ich kenne nur *Romeo und Julia* und *Hamlet*.«

»Ja, ich bin nach der jüngsten Tochter von *König Lear* benannt – dem Lieblingskind, wie ich meinem Bruder Toby gern unter die Nase reibe. Er ist nach Sir Toby Belch in *Was ihr wollt* benannt.«

»Das ist cool«, sagte Niall.

»Was ist mit dir?«

»Ah, Niall ist ein Familienname. Der Großvater meines Vaters hieß Niall und vor ihm sein Großvater. Nichts Besonderes.«

»Hast du noch Geschwister?«, fragte Cordelia.

Niall schüttelte den Kopf. »Meine Eltern wollten mehr, aber … na ja, meine Mutter hatte viele Fehlgeburten. Es sollte nicht sein.«

Cordelia hielt inne. »Das muss sehr schwer für sie gewesen sein. Für alle beide.«

»Ja, sie lässt sich nicht unterkriegen, aber ich weiß, sie hätte am liebsten eine ganze Brut. Mein Vater auch. Wahrscheinlich wünscht er sich einen Sohn, der so ist wie er. Er wollte nie von Inishmore weg, wollte nie etwas anderes, als das O'Connor's weiterführen.«

»Er hat dich gebeten, an Pátrún zu kochen«, bemerkte Cordelia, die von einer Steinplatte stieg und in einer tiefen Schlammpfütze landete. »Uff.« Sie versuchte, ihr Bein herauszuziehen, aber der Schlamm saugte sich an ihren Stiefeln fest. »Oh nein, ich stecke fest.«

»Hier, gib mir deine Hand«, sagte Niall. Ein Schauer durchfuhr sie, als sie ihre Hand in seine legte – seine Handfläche rau und warm, sein Griff fest. Als er sie aus dem Schlamm zog, fiel sie an seine Brust. Ihre Gesichter waren sich so nahe, dass Cordelia der Atem stockte, gebannt von seinem aquamarinblauen Blick. Sie spürte harte Muskeln unter seinem Wollpullover, und ihr Herz geriet ins Stolpern.

»Danke«, sagte sie, atemlos. Niall ließ sie los, und sie versuchte schnell, etwas Abstand zu gewinnen. »Was wirst du machen? Oder weißt du es wirklich nicht?«, setzte sie das Gespräch fort, als wäre nichts geschehen.

»Ich weiß es wirklich nicht.« Er verzog das Gesicht. »Róisín hat recht. Ich muss die perfekte Balance finden.«

»Wenn es nur annähernd so gut ist wie gestern Abend, mache ich mir keine Sorgen.«

Sein Gesicht hellte sich auf, und sie machte den Fehler, ihm in die Augen zu sehen, sodass sie beinahe wieder den Halt verlor.

»Es hat dir also geschmeckt?«, fragte er.

»Geschmeckt? Ich hatte einen feuchten Traum von diesen Kartoffeln. O Gott. Tut mir leid. Das war unangebracht.« Ihre Haut kribbelte, als ihr das Blut in die Wangen schoss, aber Niall warf den Kopf zurück und lachte.

»Ich glaube, das ist die beste Kritik, die ich je bekommen habe«, sagte er. Sie erreichten eine weitere Steinmauer, die bisher höchste. Niall kletterte mühelos darüber und bot ihr erneut seine Hand an. Cordelia nahm sie begierig – sie brauchte schließlich Hilfe, sagte sie sich. Es hatte nichts mit der Art zu tun, wie sich seine Finger um ihre Handfläche schlossen. Es hatte überhaupt nichts damit zu tun, wie sich seine Haut auf ihrer anfühlte.

Der Wind frischte auf, und Cordelia landete mit einem Plumps.

Sie hatten den Rand einer hohen Klippe erreicht. Die Steine waren tief ins Gras gesunken, und die Steilküste von Inishmore erstreckte sich vor ihr in beiden Richtungen. Cordelia fühlte sich, als stünde sie auf einem Puzzleteil, das darauf wartete, in ein größeres Bild eingefügt zu werden. Das aufgewühlte Meer war so weit und grau wie der Himmel, doch direkt unter den Klippen leuchtete das Wasser in derselben Farbe wie die Augen des Mannes neben ihr.

Rechts von ihr erhoben sich die Ruinen von Dún Dúchathair, bröckelnde Mauern aus schwarzem Stein. Die hinteren Mauern der Festung waren größer und höher, und ganz vorne gab es eine Reihe von Halbkreisen, die Form längst vergessener Räume.

Cordelia hatte das Gefühl, in die Vergangenheit einzutauchen, als könnte sie, wenn sie genau hinhörte, das uralte Geflüster dieses Ortes hören, die Geheimnisse, die er noch immer barg. Inmitten der Ruinen aus der Eisenzeit hatte Cordelia das Gefühl, den Rand der Welt erreicht zu haben.

Und anders als in Dún Aengus waren sie hier vollkommen allein.

13

»Gefällt's dir?«, fragte Niall.

Er wusste nicht genau, warum er so nervös war. Er war schon den ganzen verdammten Tag nervös. Alle zwei Minuten hatte er das Handy gezückt, um abzusagen, und Colin damit in den Wahnsinn getrieben.

Er war sich ziemlich sicher, dass Cordelia es bereute, sich seine Gesellschaft aufgebürdet zu haben, obwohl die Situation nicht so unangenehm war, wie er erwartet hatte. Sie hatten noch nie Zeit allein miteinander verbracht, aber je länger sie sich unterhielten, desto entspannter wurde er. *Siehst du, Colin?*, dachte er. *Alles ganz entspannt.* Er versuchte, nicht daran zu denken, wie sich ihm der Magen zusammengezogen hatte, als ihre Hand in seiner lag, so klein und zart. Oder als sie in ihn hineingestolpert war.

Was spielte es für eine Rolle, ob sie diesen Ort so sehr liebte wie er? Keine. Doch er verband so viele Erinnerungen damit.

Cordelia ließ sich mit der Antwort Zeit.

»Oh ja«, sagte sie schließlich, ihre Stimme so andächtig, als wäre sie in einer Kirche. »Es gefällt mir sehr. Es ist atemberaubend.« Niall spürte einen Anflug von Stolz. Sie ließ den Blick über die Ruinen schweifen und fragte dann: »Darf ich sie anfassen?«

»Natürlich. Wir sind ja nicht im Museum«, scherzte er. Sie liefen zwischen den schwarzen Mauern entlang, und Cordelia ließ ihre Handfläche über die Steine gleiten.

»Es ist so *alt*«, murmelte sie. »Es hat so eine Aura … ich weiß es nicht. Fühlst du es auch? Oder bin ich verrückt?«

»Nein«, sagte er. »Ich spüre es auch. Ich liebe es hier. Als Kind habe ich hier immer gespielt. Ich war Aragorn, der Sohn von Arathorn, und zog los, um Sauron zu besiegen.«

Cordelia kicherte. »Moment mal, entschuldige, bist du etwa ein Nerd?«

»Was? Nein«, sagte Niall abwehrend.

»Du sagtest gerade Aragorn, Sohn des Arathorn. O mein Gott, Niall, ich habe dich nicht für einen Fantasy-Nerd gehalten!«

»Viele Leute mögen diese Bücher«, protestierte er. Sie strahlte ihn an.

»Wahnsinn«, sagte sie. »Ich schwöre, ich mache mich nicht lustig. Ich hätte es nur nie gedacht.«

Niall schob die Hände in die Hosentaschen und starrte aufs Meer hinaus. »Wenn ich hier oben allein war, hatte ich das Gefühl, ich könnte alles und überall sein. Am Hof von König Artus oder in Mittelerde. Wenn man auf einer so kleinen Insel aufwächst, wo jeder jeden kennt, wo jeder in die Angelegenheiten des anderen eingeweiht ist … es war eine Art Zuflucht. Ich konnte mich als Teil von etwas Größerem fühlen. Abenteuer erleben.«

Cordelias Lächeln verblasste, und ihr Blick wurde nachdenklich. »Das gefällt mir«, sagte sie. »Wenn man in New York aufwächst, ist man immer Teil von etwas Größerem. Aber es kann sich so anfühlen, als würde man davon mitgerissen. Oder zurückgelassen.« Sie schloss die Augen und atmete tief ein. »Ich wünschte, ich hätte einen Ort wie diesen gehabt. Es ist heilsam.«

Sie öffnete die Augen wieder, die ihm heute eher grün als braun erschienen.

»Ich wollte Deirdre hier einen Antrag machen.«

Verdammt. Warum hatte er das gesagt? Warum hatte er diesen Moment kaputtgemacht? Cordelia zog die Augenbrauen hoch.

»Oh.« Sie sah sich unbeholfen um und begann, das Muster der Flechten auf den Steinen nachzuzeichnen. »Das muss sehr romantisch gewesen sein.«

»War es nicht«, sagte er schnell. »Weil ich es nicht durchgezogen habe. Es hat ihr hier nicht gefallen.«

»Es hat ihr nicht *gefallen*?« Cordelia traute ihren Ohren nicht. »Aber es ist so … « Sie suchte nach dem richtigen Wort. »Zeitlos.«

»Aber auch kalt und windig«, sagte Niall. Er erinnerte sich lebhaft an diesen Tag. Es war das erste (und letzte) Mal, dass er Deirdre mit nach Inishmore genommen hatte, und zwar, um ihr hier auf eben dieser Klippe einen Heiratsantrag zu machen. Er erinnerte sich an den Ring, der ihm ein Loch in die Tasche brannte, und seine Vorfreude auf den Moment, in dem Deirdre von der ungezähmten Schönheit der Klippen überwältigt würde, damit er auf die Knie gehen und sie überraschen konnte. »Ich dachte, sie würde es hier genauso lieben wie ich. Aber sie hat sich nur beschwert, dass ihre Haare nass werden und ihr die Füße wehtun und es aussieht wie Dún Aengus, nur kälter.«

»Was?«, rief Cordelia. »Es ist überhaupt nicht wie Dún Aengus.«

Er nickte. »Ich weiß. Aber genau das hat sie gesagt. Deshalb habe ich es gelassen.« Bei der Erinnerung an das überwältigende Gefühl der Enttäuschung, das tapfere Gesicht, das er aufgesetzt hatte, damit sie keinen Verdacht schöpfte, schnürte sich ihm die Kehle zu. »Ich habe gewartet, bis wir wieder in Dublin waren und habe ihr den Antrag in einem schicken Restaurant gemacht.«

Cordelia presste die Lippen zusammen, und ihre Nasenflügel bebten. Sie sah aus, als müsste sie sich sehr beherrschen, und in Nialls Brust breitete sich ein zärtliches Gefühl aus.

»Schätze, am Ende war es egal«, sagte er. Die Wellen schlugen gegen die steilen Felswände, dass es nur so spritzte, und wirbelten das helle Blau der Buchten auf. Er mochte es, dass man am Fuß der Klippen immer türkisfarbene Strudel sehen konnte, egal wie bewölkt oder regnerisch es war.

»Ich wollte nicht nach Hause zurückkommen«, sagte er leise. »Meine Mutter hat gesagt, mein Vater bräuchte Hilfe im Pub, aber ich bin ziemlich sicher, dass sie sich nur Sorgen um mich gemacht hat, weil ich bei einem Freund untergekommen bin, ohne eigene Wohnung. Aber jetzt bin ich froh, dass ich hier bin. Ich musste einfach mal weg. Von Dublin, von all den Straßen und Parks und Pubs, die mich an sie erinnern. Alles dort scheint von Deirdre geprägt. In jeder Gasse verfolgt mich ihr Gesicht, jeder Song erinnert mich an sie. Selbst an Orten, an denen wir nie waren. Entschuldige«, sagte er und errötete. »Du musst dir das nicht anhören.«

»Nein, schon okay. Mir ging es ähnlich.« Cordelia setzte sich auf einen Steinvorsprung. »In New York erinnert mich alles an meinen Vater. Ich fühlte mich so festgefahren. Ich bin durch die Straßen der Stadt gelaufen, manchmal einen ganzen Tag lang, und habe versucht, einen Ort zu finden, der mich nicht an ihn erinnert.« Sie legte den Kopf schief. »Aber jetzt frage ich mich, ob ich nicht genau das Gegenteil hätte tun sollen. Die Orte besuchen, die er geliebt hat, die mich am meisten an ihn erinnern. Vielleicht sollte ich das tun, wenn ich zurück bin. Ich glaube, ich hatte Angst, ihn loszulassen, aber auch zu akzeptieren, dass er nicht mehr da ist. Hier habe ich den Raum, alles zu verarbeiten. Er ist nah und fern zugleich. Die Erinnerungen tun nicht weh.« Sie streichelte den Felsen. »Er hätte diesen Ort geliebt, da bin ich sicher. Sehr stimmungsvoll. Sehr Shakespeare.«

»Das stimmt«, sagte Niall. Er setzte sich neben sie, und für eine Weile lauschten sie dem Rauschen der Wellen und sahen zu, wie die Wolken über den Himmel zogen. Niall hatte das Gefühl, als wäre die Welt auf diese eine Klippe geschrumpft, und sie wären die einzigen Menschen, die darauf übrig waren. Er warf Cordelia einen verstohlenen Blick zu, um zu sehen, ob er in ihrem Gesicht lesen konnte, und fragte sich, wie er sie jemals nur hübsch gefunden haben konnte. Ihr Haar floss wie Honig über ihre Schultern, ihre hohen Wangenknochen waren zartrosa, ihre vollen Lippen zu einer Linie zusammengepresst. Ihr Blick war ganz leicht verengt, und sie drehte den Kopf dezent zur Seite. Sie verlagerte ihr Gewicht kaum merklich nach links, dann hob sie die Kamera ans Auge.

»Ich dachte mir schon, dass du das tust«, sagte Niall. »Hab' gemerkt, wie du dich ganz leicht bewegt hast.«

Cordelia lächelte. »Du erinnerst dich?«

»Ja.« Niall sah verlegen weg. Es war faszinierend, die Welt auf diese Weise zu betrachten. Natürlich erinnerte er sich.

»Ich muss noch die Fotos von dir und deiner Mutter machen«, sagte Cordelia.

»Stimmt«, meinte Niall, bevor er schnell das Thema wechselte. »Und was ist mit deiner Mutter?«

»Was soll mit ihr sein?«

»Du sprichst nicht viel über sie.«

»Oh.« Cordelia stand auf und streckte sich. »Keine Ahnung. Wir haben gerade eine schwierige Phase.«

Niall stand ebenfalls auf. »Inwiefern?«

Sie begannen, am Rand der Klippe entlangzuwandern, weg von den Ruinen.

»Na ja«, sagte Cordelia. »Sie hat jetzt einen Freund.«

Und ohne dass es einer weiteren Aufforderung bedurfte, fing Cordelia von einem Mann namens Gary an, dessen einziger Fehler, soweit Niall das beurteilen konnte, darin bestand, mit Cordelias Mutter zusammen und nicht Cordelias Vater zu sein.

»Toby sagt, ich sei schwierig. Er sagt, ich soll mich für sie freuen«, schnaubte sie. »Und das *tue* ich!«

Niall lachte. »Tut mir leid, aber wenn du das so sagst, klingt es eher nicht so.«

Cordelia schnaubte erneut. Das Schnauben war fast so hinreißend wie die Avocado-Socken.

Nicht hinreißend. Er musste dieses Wort aus seinem Wortschatz streichen.

»Sie ist es, die schwierig ist«, protestierte Cordelia. »Seit sie mit Gary zusammen ist, liegt sie mir damit in den Ohren, dass ich mir einen Freund suchen soll, bedrängt mich mit Dating-Apps und tut so, als würde eine Beziehung all meine Probleme lösen.« Cordelia trat gegen ein Grasbüschel.

»Hat es funktioniert?«, fragte Niall. »Ich habe noch nie eine Dating-App benutzt.«

Cordelia errötete bis zum Haaransatz.

»Nein«, sagte sie, ohne ihn anzusehen. »Hat es nicht. Deshalb lässt sie auch nicht locker. Weißt du, was sie mir neulich geschickt hat?« Sie holte ihr Handy raus und hielt ihm das

Display vor die Nase. Es war ein Artikel mit dem Titel »Zehn Wege, einen Mann zu finden und ihn zu behalten«.

»Wow«, sagte Niall.

»Genau.« Cordelia verzog das Gesicht zu einem Ausdruck komischer Wut.

»Toby sagt, ich *lebe mein Leben nicht*.« Sie malte Gänsefüßchen in Luft. »Er findet, ich verletzte Moms Gefühle, weil ich nicht zu hundert Prozent im Team Gary bin. Dass ich Mom das Leben nicht schwer machen soll, nur weil *ich* unglücklich bin. Ich meine, ja, meine letzte Beziehung ist schon drei Jahre her, aber Beziehungen sind keine Voraussetzung für Glück. Ich kann auch ohne glücklich sein.«

»Und bist du's?«, fragte Niall. »Glücklich?«

Cordelia öffnete den Mund und schloss ihn wieder. »Nein«, gab sie zu. Sie blieb stehen und starrte aufs Meer hinaus. »Aber das liegt nicht daran, dass ich keinen Freund habe. Gott, die beiden Freunde, die ich vor Dads Tod hatte … « Sie schauderte. »Nein danke. Da bin ich lieber Single.«

Niall spürte, wie sein Kiefer sich verspannte, und er fragte sich, wer diese Männer waren, die jemanden wie Cordelia schlecht behandeln konnten.

»So schlimm?«

»Liz sagt, ich habe kein Händchen für Männer.«

»Ich dachte, ich sei der Einzige, dem es so geht.«

»Aber du und Deirdre, ihr wolltet doch heiraten«, sagte Cordelia. Es war seltsam, Cordelia Deirdres Namen aussprechen zu hören.

»Ja, aber das war, bevor sie meinen Geschäftspartner gevögelt und mir den Pub geklaut hat. Tja. Ich glaube, in der Kategorie beschissene Beziehungen führe ich.«

Sie schenkte ihm ein breites Lächeln, und die Sommersprossen auf ihrer linken Wange tanzten. Niall wollte die Hand ausstrecken und sie mit der Fingerspitze berühren. Er wollte seine Hand an ihren Hals legen, sodass ihr Haar über seine Finger fiel. Cordelia wandte sich verlegen ab und hielt ihre Kamera ans Auge. Niall schob seine Hände wieder in die Taschen.

»Mach ruhig«, sagte er. »Ich weiß, dass du am liebsten Menschen fotografierst. Du kannst mich benutzen, wenn du willst – weil ich ja so ein gutes Motiv bin.«

Sie lachte. »Das hätte ich dir nie sagen dürfen«, sagte sie kopfschüttelnd. »Okay, stell dich da drüben hin.«

Niall gehorchte.

»Und jetzt geh einfach weiter«, rief sie. »Und unterhalte dich mit mir. Und denk nicht an die Kamera.«

»Du hast leicht reden«, rief Niall zurück. »Du stehst auch nicht davor.« Er bückte sich, hob einen kleinen runden Kieselstein auf und warf ihn über die Klippe. »Früher sind Colin und ich immer hergekommen, um zu sehen, wer am weitesten werfen kann.«

»Hat Colin so getan, als wäre er Frodo?«, fragte Cordelia.

Er schnaubte. »Das hätte ich *dir* nie sagen dürfen.«

Sie tippte sich an die Schläfe. »Alles hier drin.«

Er lachte, und sie hob die Kamera wieder an. Er versuchte, es zu ignorieren – er wollte kein Spielverderber sein. Und vielleicht war es auch schön zu wissen, dass sie ihn ansah und ihn in die Komposition einbezog, wenn sie sich bückte oder drehte oder zur Seite trat. Wolken zogen über ihnen auf, und es begann zu tröpfeln. Cordelia setzte ihre Kapuze auf.

»Willst du zurück?«, fragte Niall.

»Wieso?«, fragte sie. »Ist doch nur ein bisschen Regen.« Sie machte noch ein Foto und verstaute die Kamera dann in ihrer Jacke.

Ein angenehmes Kribbeln umspielte seine Rippen. Er rieb sich die Brust und ihm fiel die eiserne Feder ein, die sie bis vor kurzem noch umschlossen und ihm die Luft zum Atmen genommen hatte. Wann war sie verschwunden? Er konnte sich nicht genau erinnern.

Und während er über die Felsen kletterte, mit Cordelia scherzte und Steine ins Meer warf, vermisste er sie kein Stück. Er hielt sich jetzt selbst zusammen.

Heilsam, hatte Cordelia diesen Ort genannt.

Tja, dachte er, als er ihr dabei zusah, wie sie einen Stein aufhob und ihn ins Meer warf, *vielleicht hatte sie ja recht.*

Niall fiel auf, dass Cordelia in der folgenden Woche häufiger ins O'Connor's kam.

»Cordelia scheint endlich eingesehen zu haben, dass das O'Connor's das beste Lokal auf der Insel ist«, sagte Colin eines Abends. Sie war über ihr Buch gebeugt, blickte aber auf und ließ ihre Gabel über einem Teller mit Spaghetti und Muscheln schweben.

»Ja«, sagte Niall und wischte die Biergläser mit einem saube-ren Lappen ab.

»Jetzt schaut sie zu uns.«

»Hör auf, sie anzustarren«, sagte Niall und stieß ihn mit dem Ellbogen an.

»Mich sieht sie nicht an, so viel ist klar«, sagte Colin. »Wie läuft's so, Cordelia! Was liest du?«

Sie hielt ihr Buch hoch. Colin kniff die Augen zusammen, um den Titel zu erkennen.

»*Die Lazarus-Akten*«, las er. »Worum geht's da?«

»Um einen ungeklärten Fall aus den achtziger Jahren. Eine Frau wurde in ihrem eigenen Haus ermordet, und es dauerte dreißig Jahre, bis rauskam, dass es die Exfreundin ihres Mannes war, eine Polizistin.« Sie strahlte.

»Prächtig«, rief Colin zurück. »Mann, das ist ganz schön düster, oder?«, murmelte er Niall zu. »Ich dachte, Amerikaner sind immer vergnügt.«

Aber Niall lächelte nur, während er ein Bier einschenkte. »Sie mag düstere Geschichten.«

»Niall!«, brüllte sein Vater aus der Küche.

»Ich komme, Dad«, rief er und stellte das Bier vor Darragh ab, bevor er in die Küche ging. Er fand seinen Vater mit einem kleinen Notizblock und einem Stift in der Hand.

»Ich mach die Bestellung für Pátrún«, sagte er.

»Oh.« *Shit.* »Ich gebe dir meine Liste Sonntag. Beim Abendessen.«

Owen zog seine buschigen Augenbrauen hoch. »Allerspätestens. Und ich will das Gericht vorher probieren.«

»Klar«, sagte Niall. »Kein Problem. Ich koche es am Sonntag. Dann hat Mom mal Pause.« Er schnappte sich im Rausgehen einen Teller Muscheln und stellte ihn vor einem Gast an der Bar ab. »Scheiße, Scheiße, Scheiße«, murmelte er, als er wegging.

»Alles in Ordnung?« Cordelia sah ihn über ihr Buch hinweg an.

»Mein Vater muss die Bestellung für Pátrún aufgeben«, erklärte Niall.

»Und du weißt immer noch nicht, was du kochst.«

Er schüttelte den Kopf. Sie klappte ihr Buch zu und stützte das Kinn in die Hand. Ihr Haar glänzte im Licht der Deckenlampen wie geschmolzenes Gold.

»Irgendwie erinnerst du mich an mich selbst«, sagte sie.

Niall zog eine Augenbraue hoch. »Hast du eine Leidenschaft fürs Kochen entwickelt?«

Sie grinste. »Nicht im Geringsten. Aber du erinnerst mich daran, wie sehr ich mich selbst unter Druck gesetzt habe.« Sie tippte auf die Kamera, die neben ihrem Teller Spaghetti lag. »Das war ein Geschenk, weißt du. Ich bin froh, dass du mich angerempelt hast. Ich meine, Gott sei Dank kann man die Kamera meines Vaters reparieren. Aber seit ich eine neue habe, ist der Druck weg. Ich sehe wieder klar. Solltest du mal ausprobieren.«

»Ich weiß nicht, was du meinst«, sagte Niall. »Wenn ich ein Foto machen will, hol' ich mein iPhone raus.«

»Ich spreche von dem Druck, den du dir selbst machst«, sagte sie. »Ich meine, vergiss die perfekte Balance und das alles. Angenommen, du solltest nur für mich und Róisín kochen. Was würdest du für uns machen?«

»Ich würde Colcannon machen, so wie Róisín ihn mag. Damit sie sich nicht beschweren kann.«

Cordelia lachte. »Hervorragend, denn ich wollte diesen Colcannon schon immer mal probieren, nachdem ich so viel darüber gehört habe. Was noch?«

»Kommt drauf an«, sagte Niall. »Was für Fleisch magst du?«

»Lamm«, sagte Cordelia sofort.

»In Ordnung«, sagte Niall. »Wir haben also Colcannon und Lammfleisch. Brauchen wir noch ein Gemüse.«

Cordelia dachte kurz nach. »Was ist mit Karotten?«, fragte sie. »Róisín hat tonnenweise Karotten im Garten.«

Niall spürte, wie das Menü zusammenkam. Er brauchte Marinade für das Lamm – etwas Würziges, vielleicht indisch angehaucht. Eine Soße für die Karotten. Balsamico? Das war zu einfach. Das konnte er besser.

»O mein Gott, ich kann förmlich sehen, wie es in deinem Gehirn arbeitet«, sagte Cordelia. »Soll ich mitschreiben oder so?«

Er schüttelte den Kopf und tippte sich an die Schläfe. »Alles hier drin«, sagte er.

»Gehöre ich jetzt zu den Gefährten?«, fragte sie.

Niall warf ihr einen schiefen Blick zu. »Für jemanden, der behauptet, kein Nerd zu sein, scheinst du ziemlich viel über *Herr der Ringe* zu wissen.«

Sie errötete. »Mein Bruder hat die Bücher verschlungen.«

»Niall!«, rief Shauna vom anderen Ende der Bar. Cordelia widmete sich wieder ihrem Buch.

Lammkoteletts, Colcannon und Karotten, dachte Niall bei sich.

Er würde seine Mutter bitten müssen, Cordelia zum Sonntagsessen einzuladen.

14

Cordelia nippte an ihrem Tee und genoss den schwachen Sonnenschein, der durch die Fenster hereinfiel.

Während sie auf Tobys FaceTime-Anruf aus dem Urlaub wartete, bearbeitete sie einige der Fotos vom Schwarzen Fort. Auf dem, das ihr am besten gefiel, warf Niall einen Kieselstein, hinter ihm die aufgewühlten Wolken und die Gischt. Sie wollte es unbedingt auf Instagram posten.

Aber sie hatte sich noch nicht getraut, aus Sorge, dass sich danach alles ändern würde. Dass die neue Unbeschwertheit ihrer Fotos, das Gefühl der Freiheit, der Leichtigkeit dem Erwartungsdruck zum Opfer fallen würden.

Sie griff nach ihrem Handy und schrieb Liz eine SMS.

Ich möchte ein Foto, das ich von Niall gemacht habe, auf Instagram posten, schrieb sie.

Sofort erschien eine Sprechblase.

JA! Ich habe dir doch gesagt, du sollst deine Bilder hochladen, sie sind DER HAMMER. Schick sie mir!!! Ich MUSS wissen, wie Niall aussieht.

Cordelia hatte es bewusst vermieden, Liz Fotos von Niall zu schicken. Aber auf dieser Aufnahme war sein Gesicht nur teilweise zu erkennen. Also schickte sie es ihr. Dann wartete sie. Und wartete.

Schließlich antwortete Liz.

W O W

Cordelia stieß ein peinlich schrilles Kichern aus.

Cordie, das ist UNGLAUBLICH. Du MUSST es posten. Auch die Bilder aus dem Pub. Und von der Robbenkolonie. Du hast so viele phantastische Fotos gemacht.

Cordelia seufzte. *Okay.*

Kann ich jetzt bitte eins von Nialls Gesicht bekommen? Liz fügte das flehende Emoji hinzu.

Na gut, warte.

Sie durchsuchte ihre Fotos und fand eines, das ihr den Atem raubte. Niall in seiner Küche, über die Kartoffeln gebeugt, mit funkelnden Augen, das Grübchen kaum zu sehen. Das Haar fiel ihm in die Stirn.

Sie schickte das Bild an Liz, bevor sie darüber nachdenken konnte, und drehte dann ihr Handy um. Ihr Herz raste. Nach nur wenigen Sekunden begann ihr Telefon wie wild zu vibrieren.

»Herrgott, Liz«, murmelte Cordelia. Es war ein ganzer Nachrichtenschwall.

O

M

G

WHUAAAAAT

Cordie

NICHT DEIN ERNST

Ist der süß!!!!!

Ich meine, ich bin so lesbisch, wie es nur geht, aber dieser Mann ist GÖTTLICH. Hat er zufällig eine Zwillingsschwester, die auch lesbisch ist?

Cordelia lachte in sich hinein. *Leider ist er Einzelkind.*

Typisch.

Du hast doch Meena, konterte Cordelia. Sie erwartete eine schnippische Antwort und stutzte, als Liz nicht sofort zurückschrieb.

Liz? Keine Antwort. *O. k., jetzt flippe ich aus.*

Nicht ausflippen. Ich wollte dir deine Reise nicht verderben.

Was ist los?

Meena und ich haben Schluss gemacht. Aber ALLES GUT.

Cordelias Hand umklammerte das Handy. *WAS? Wann? Warum?*

Sie konnte Liz' Seufzen durch die winzigen Buchstaben auf ihrem Display praktisch hören.

Du warst noch keine Woche weg, als wir uns getrennt haben. Ich wollte nicht, dass du dir Sorgen machst. Denn ALLES IST GUT. Wir haben es beide nicht mehr gefühlt. Wir waren am Ende eher gute Freundinnen als ein Paar. Wir sind immer noch Freundinnen. Wir sind sogar am Donnerstag zum Abendessen verabredet. Sie schläft mit einem Finanztypen, der wahrscheinlich ihrem Vater gefällt.

Meena war bisexuell, aber Cordelia hatte das irgendwie vergessen, da sie schon so lange mit Liz zusammen war.

Bist du sicher, dass es dir gut geht?????

ES. GEHT. MIR. GUT. Eigentlich ganz schön, Single zu sein. Ich genieße es, mehr Zeit für mich zu haben.

Cordelia biss sich auf die Lippe. Sie fühlte sich schrecklich, weil Liz es ihr nicht gleich gesagt hatte.

Omg, ich kann deinen Stress durchs Telefon spüren. Hör auf damit. Mir geht's wirklich gut.

Ich liebe dich über alles, das weißt du doch, oder?

Das weiß ich.

Cordelia sah auf die Uhr.

Shit, muss gleich mit der Familie facetimen.

Grüß Gary von mir, schrieb Liz mit Zwinker-Emoji.

Cordelia schickte ein Augenrollen zurück.

Sei nett, schrieb Liz. *Gibt Schlimmeres, als dass deine Mutter mit ihrem Freund glücklich ist.*

Du klingst wie Niall.

O MEIN GOTT, ECHT???

Cordelia zog eine Grimasse. In diesem Moment kam eine SMS von Niall, und sie zuckte zusammen.

Schön, dass du heute Abend kommst. Ich denke, das Menü wird dir gefallen xx

Cordelia starrte auf die beiden kleinen X-e, und ihr Herz pochte hart gegen ihre Rippen. X-e standen für Küsse. Aber vielleicht war das auch nur so ein irisches Ding. Sollte sie X-e zurückschicken?

Ihr Telefon klingelte, und sie ging ran und lächelte, als das Gesicht ihrer Nichte auf dem Display erschien.

»Tante Cordie!«, kreischte Grace.

»Hi, Grace!«, sagte Cordelia. »O mein Gott, sieh dich an. Ich liebe diesen Haarreifen!«

Er hatte rosa Satinkatzenohren.

»Gary hat ihn mir geschenkt«, sagte sie strahlend.

Der erste Test, dachte Cordelia. »Wow. Das ist supernett von ihm.«

»Miles hat er eine Batman-Maske gekauft. Au, Miles, hör auf!«

Miles klaute seiner Schwester das Handy, und Cordelia lachte, als sie ihn mit der schwarzen Maske über den Augen sah. In seinem breiten Grinsen fehlte ein Vorderzahn.

»Hallo, Tante Cordie«, sagte er. »Guck mal, ich habe noch einen Zahn verloren!« Sein Grinsen wurde noch breiter.

»Wie cool«, sagte Cordelia. »Gefällt euch das Haus?«

»Ja!«, riefen beide im Chor.

»Es gibt einen Pool«, sagte Miles.

»Wir haben ein Reh gesehen«, fügte Grace hinzu.

»Also gut, ihr zwei, andere Leute wollen auch noch telefonieren.« Die Kamera wirbelte herum, sodass Cordelia einen Blick auf ein gemütliches Wohnzimmer mit viel Teakholz und karierten Kissen erhaschte, bevor Nikkis Gesicht auftauchte.

»Hey, Cord«, sagte sie. Sie sah müde aus.

»Hi, Nikki«, sagte Cordelia. »Wie geht's?«

»Es tut gut, mal aus der Stadt rauszukommen. Wie ist es in Irland?«

Cordelia warf einen Blick aus dem Fenster. »Nun, heute regnet es nicht.«

Nikki lachte. »Wir lieben die Fotos, die du uns geschickt hast. Die Kinder glauben, du hängst mit Kobolden rum.«

»Ich bin noch keinem begegnet«, sagte Cordelia. »Aber Róisín kann ihnen bestimmt ein paar Geschichten erzählen.«

»Ich will einen Kobold sehen!«, rief Miles im Hintergrund.

»Schhh, Miles, wo ist dein Vater? Toby, deine Schwester ist am Telefon!«, rief Nikki. Dann wandte sie sich mit gedämpfter Stimme an Cordelia. »Deine Mutter und Gary sind draußen am Pool. Soll ich sie holen oder lieber nicht?«

Cordelia wusste es zu schätzen, dass Nikki sie niemals drängte. »Nein, ist schon gut, ich sage ihnen gern Hallo. Beiden«, fügte sie hinzu.

Nikki blinzelte. »Alles klar. Kinder, holt Nana und Gary«, sagte sie, während sie das Telefon an Toby weiterreichte. Cordelia hörte schnelle Schritte und Kreischen, und dann schlug eine Tür zu. Tobys Gesicht erschien auf dem Display.

»Hey«, sagte er steif.

»Hi«, antwortete sie. Sie fühlte sich ein bisschen schuldig

wegen ihres Streits. Der Anblick ihrer Gesichter erinnerte sie daran, wie sehr sie ihre Familie vermisste. »Wie läuft's denn so? Sieht aus, als hätten die Kinder abgesahnt.«

Toby entspannte sich ein wenig. »Ja, Gary verwöhnt sie. Und Miles verliert ständig Zähne. Ich schwöre, der Junge treibt uns noch in den Ruin. Oh, da sind Mom und Gary.« Toby warf Cordelia einen warnenden Blick zu, der völlig unnötig war, da sie sowieso beschlossen hatte, nett zu sein.

Das Gesicht ihrer Mutter tauchte auf. Sie war brauner als sonst und trug einen geblümten Badeanzug und um die Schultern ein weißes Spitzentuch.

»Cordie!«, sagte sie mit einem breiten Lächeln.

»Hi, Mom«, erwiderte Cordelia. »Du siehst toll aus. Ist der Badeanzug neu?«

»Ja, ich habe ihn in der Toskana gekauft. Wie geht es dir, mein Schatz? Ist da drüben alles in Ordnung? Es sieht düster aus, wie spät ist es?«

»Kurz nach drei«, sagte sie. »Und eigentlich ist es heute sonnig.« Louise schürzte die Lippen. »Es sieht nicht sehr sonnig aus.«

Cordelia zwang sich, nicht pampig zu werden. »Wir sind in Irland, Mom. Man gewöhnt sich daran. Hey, kann ich Gary Hallo sagen?«

Am besten brachte sie es hinter sich, solange sie noch einigermaßen gute Laune hatte.

»Natürlich! Gary, komm und sag Hallo.«

Garys wettergegerbtes Gesicht erschien auf dem Display. Er war ein großer, kräftiger Mann mit einem wilden Schopf grauer Haare und einer großen Nase, die Cordelia an Darragh erinnerte.

»Hallo, Cordelia«, sagte Gary.

»Hi. Wie war Italien? Die Fotos sehen toll aus.«

»Es war phantastisch. Ich glaube, deine Mutter würde am liebsten dorthin ziehen.«

»Pst, das habe ich nie gesagt«, widersprach Louise und drängte ihr Gesicht ins Bild. »Jon ist ein reizender junger Mann, Cordelia. Du würdest ihn mögen. Und die Villa ist ein Traum. Weißt du, es ist so traurig, wenn man sich vorstellt, dass er dort ganz allein wohnt.«

Wollte ihre Mutter sie ernsthaft mit Garys Sohn verkuppeln?

»Tja, na ja, es ist eine Villa in der Toskana, ich bin sicher, er kommt zurecht«, sagte sie. »Wie gefällt euch das Haus in den Berkshires?«

»Es ist toll«, sagte Gary, während Louise zeitgleich sagte: »Ein bisschen klein, aber der Pool ist schön.«

»Schade, dass du nicht hier bist«, fügte Gary hinzu.

»Vielleicht können wir dich ja mal besuchen!«, sagte Louise plötzlich. »Gary, wäre das nicht schön, Cordelia zu besuchen auf – wie heißt die Insel noch mal, Schatz?«

»Inishmore«, sagte Cordelia mit zusammengebissenen Zähnen. »Mom, ich weiß nicht, ob … «

»Das ist eine super Idee, Louise«, sagte Gary.

Nikkis Gesicht tauchte hinter ihnen auf, die Augen weit aufgerissen, und Cordelia sah, dass sie versuchte, den Schaden zu begrenzen.

»Wisst ihr«, sagte sie, »das ist eine furchtbar lange Reise.«

»Nicht so weit wie Italien«, widersprach Louise.

»Es ist nicht nur der Flug«, sagte Cordelia. »Man muss den Zug nehmen und den Bus und die Fähre und … Ich weiß nicht, wo ihr wohnen würdet, Mom.«

»Wir würden natürlich bei dir wohnen. Hast du nicht ein Haus gemietet?«

»Ein Cottage. Im Grunde sind es drei Zimmer.«

Gary schien den Wink zu verstehen. »Louise, wir wollen doch nicht Cordelias Urlaub stören.«

»Es ist doch kein richtiger Urlaub, wenn sie drei Monate dort wohnt, oder?«, sagte Louise. »Jon hat sich über unseren Besuch gefreut.« Cordelia fragte sich, ob Jon das auch so formuliert hätte – ihre Mutter war ein ziemlich anstrengender Gast. »Führt diese Alison nicht eine Frühstückspension? Cordelia, hast du nicht gesagt, dass Alison ein …«

Doch bevor ihre Mutter den Satz beenden konnte, flog die Haustür auf, und Róisín stürmte herein, umweht von einem kühlen Luftzug und Thymianduft.

»Da bist du ja!«, rief sie. »Komm jetzt, ein paar Neuseeländer warten unten am Hafen auf dich.«

Cordelia blinzelte. »Hm? Róisín, ich telefoniere gerade mit meiner Familie.«

Róisín strahlte. »Tatsächlich«, sagte sie und kam an den Tisch. »Hallo, Cordelias Familie.«

Louise und Gary blickten verblüfft auf die wilde Frau in Latzhose.

»Hallo«, sagte Louise. »Ich bin Louise James. Und Sie müssen …«

»Ah, Sie sind also die anmaßende Mutter, ja? Dann müssen Sie der Freund sein, über den Cordelia sich so aufregt. Schön, wenn man den Namen Gesichter zuordnen kann.«

Cordelia spürte, wie ihr ein heißes Kribbeln über die Kopfhaut lief, als Nikki losprustete.

»Wie bitte?«, sagte Louise entgeistert. »Anmaßend?«

»Tut mir leid, keine Zeit zum Plaudern«, sagte Róisín. »Wir müssen runter zum Hafen. Wo ist deine Kamera? Die Neuseeländer werden nicht den ganzen Tag warten.«

»Ich hab keine Ahnung, wovon du redest, Róisín«, sagte Cordelia.

»Menschenskind, Mädel, ich meine, ich habe zahlende Kunden für dich! Ich habe ihnen ein paar deiner Fotos von mir und Brigid gezeigt, und sie waren ganz aus dem Häuschen. Ihre Cordelia ist eine gute Fotografin, Louise, wenn ich das mal so sagen darf. Wirklich sehr gut.«

Während Louise noch völlig verblüfft schaute, nahm Nikki das Telefon an sich.

»Hallo, Róisín, ich bin Nikki, Cordelias Schwägerin«, sagte sie.

»Ah, ja«, sagte Róisín. »Von dir habe ich auch schon gehört. Dich mag sie am liebsten. Aber wo ist der Bruder, hm? Wie heißt er noch mal?«

»Toby ist hier«, sagte Nikki vergnügt. Cordelia war froh, dass sich wenigstens einer amüsierte. Nikki hielt Toby das Telefon vor die Nase, und er winkte zaghaft.

»Äh, hallo«, sagte er.

Róisín musterte ihn. »Du bist also Toby. Cordelia, er ist gar nicht so hässlich, wie du gesagt hast. Oh, ich ziehe dich nur auf, Junge, sie liebt dich. Wenn ihr uns jetzt entschuldigt, wir müssen noch ein paar Neuseeländer fotografieren und dann zu Nialls Testessen. Ihr wisst natürlich Bescheid über Niall. Cordelia, hast du ihnen von Niall erzählt?«

Oh nein, dachte Cordelia, als ihre Mutter rief: »Wer ist Niall?«

»Tut mir leid, ich muss los, es warten Kunden«, sagte Cordelia. »Hab' euch lieb, tschüss!«

»Cordelia Marie, wer ist Nia…«

Cordelia unterbrach die Verbindung, und das Display wurde dunkel. Róisín lachte herzlich.

»Sympathischer Haufen. Und jetzt komm in die Gänge. Es ist ein herrlicher Tag für ein Fotoshooting.«

Cordelia hoffte, dass die Idee ihrer Mutter, sie zu besuchen, dank Róisín, vom Tisch war. Grinsend schnappte sie sich ihren Regenmantel und die Kamera.

»Wie läuft's da drinnen?«

Es war das fünfte Mal, dass sein Vater diese Frage von der der anderen Seite der Küchentür stellte.

»Alles gut, Dad«, rief Niall zum fünften Mal zurück.

»Owen, lass den Jungen in Ruhe«, rief Róisín aus dem Wohnzimmer. Niall bückte sich, um die Karotten aus dem Ofen zu holen, wendete sie und schob sie für weitere zehn Minuten rein.

»Es riecht köstlich, oder?«, hörte er Alison sagen. Dann klopfte es leise. Niall stürmte zur Tür, um seinem Vater ein für alle Mal die Leviten zu lesen, doch stattdessen stand er Cordelia gegenüber.

»Kann ich mich hier drin verstecken?«, flüsterte sie. »Dein Vater schleicht ständig um mich rum.«

»O Gott, das tut mir leid«, sagte Niall und bat sie herein.

»Schon gut, ich meine, ich versteh's«, sagte Cordelia. »Das letzte Mal, als ich hier war, habe ich ihm im Grunde gesagt, dass er ein beschissener Vater ist. Oooh, das riecht wirklich köstlich.«

Niall sah sich in der Unordnung um – normalerweise hielt er die Küche sauber, aber heute war er zu nervös, um sich darum zu kümmern. Er hob den Deckel vom Colcannon-Topf und vergewisserte sich, dass es noch schön warm war. Obwohl er ihr den Rücken zuwandte, konnte er Cordelias Anwesenheit spüren, als wäre sie eine Sonne, die ihn in ihre Umlaufbahn zog, und das lenkte ihn gewaltig ab.

»Könntest du die Zitrone für mich auspressen?«, bat Niall.

Sie zog die Augenbrauen hoch. »Das traust du mir zu?«

Er lachte. »Du schneidest sie einfach in zwei Hälften und drückst sie durch das Sieb da.«

Niall legte die Lammkoteletts zum Anbraten in die gusseiserne Pfanne. Als er sich wieder umdrehte, sah er, wie Cordelia sich der Aufgabe mit absoluter Konzentration widmete, ihre Lippen leicht geschürzt, die Falte zwischen ihren Augenbrauen eher eine Delle. Wie konnte das Auspressen einer gottverdammten Zitrone so tiefe Gefühle in ihm auslösen? Er wollte die Delle mit der Fingerspitze wegstreichen. Wollte fühlen, ob ihre Lippen so weich waren, wie sie aussahen.

Er musste aufhören, sie ständig anzusehen.

Cordelia war mit der Zitrone fertig und hielt den Saft in die Höhe, als hätte sie das Currach-Rennen gewonnen. »Ta-da!«, rief sie, und die Sommersprossen auf ihrer linken Wange tanzten, als sie lächelte. Niall wurde heiß und kalt zugleich.

Was auch immer sie in seinem Blick sah, veränderte ihr Gesicht. Ihre Augen wurden groß, und ihr Atem stockte. Niall schnappte sich schnell den Zitronensaft und machte sich an die Zubereitung der Soße. Konzentrierte sich darauf, Dijon-Senf, Honig und Olivenöl in den Zitronensaft zu geben.

»Kannst du das für mich verquirlen?«, fragte er und reichte ihr die Schüssel, ohne sie anzusehen.

Ihre Finger berührten sich, und Niall spürte, wie ein Schauer über seine Haut lief. Er hielt den Blick auf das Lammfleisch gerichtet. Als die Koteletts gut angebraten waren, wendete er sie.

»Okay«, sagte er schließlich und wischte sich die Hände an einem Handtuch ab. »Das war's.«

Das Problem war nur, dass er jetzt nirgendwo anders mehr

hinschauen konnte als zu ihr. Sie beobachtete ihn mit ihrem klaren, offenen Blick, die Lippen leicht geöffnet, und bewegte den Schneebesen in langsamen Kreisen. Wahrscheinlich sollte er ihr sagen, dass man so keine Soße verquirlte. Aber Worte waren ihm völlig abhandengekommen.

Niall spürte eine Energielinie zwischen ihnen, zart wie ein Spinnennetz, aber knisternd vor Hitze. Oder vielleicht war das nur der Herd. Er wusste es nicht. Es war ihm auch egal. Er konnte nicht aufhören, ihr in die Augen zu sehen. Er wollte ihre Gedanken lesen. Er wollte ihre Hand wieder in seiner spüren, so wie neulich auf den Klippen.

Sie machte einen Schritt auf ihn zu.

Die Tür flog auf, und Róisín stürmte herein. Cordelia zuckte so heftig zusammen, dass sie etwas Soße verschüttete.

»Warum zum Teufel dauert das so lange?«, fragte Róisín. »Wenn du etwas machst, das so gut riecht wie das hier, Niall, dann musst du schneller machen. Oh, Cordie, sieh mal, du hast Soße auf deinen Pullover gekleckert. Fiona! Cordelia hat gekleckert, hol ihr einen frischen Pullover. Den hier können wir waschen.«

In Nialls Kopf drehte sich alles. Er hatte kaum Zeit zum Nachdenken, bevor Cordelia aus der Küche gezerrt wurde. Doch Róisín blieb in der Tür stehen und zwinkerte ihm zu.

»Was?«, tat er ahnungslos.

»Ach, komm mir nicht *so*«, sagte sie. »In dieser Küche brodelt nicht nur das Lamm. Mein Gott, man könnte die Spannung hier drinnen mit einem Messer durchschneiden.« Sie grinste ihn an. »Ich sage Alison, sie soll dir mit den Tellern helfen.«

Der Abend war ein voller Erfolg.

Aber Niall schmeckte das Essen kaum.

Zu präsent war Cordelia, die in einem alten Hemd seiner Mutter neben ihm saß. Róisín warf ihm immer wieder bedeutungsvolle Blicke zu, die auch Colin bemerkte. Niall hatte fast vergessen, dass es an diesem Abend darum ging, seinen Vater zu beeindrucken, bis Owen Messer und Gabel ablegte.

»Also«, sagte Owen. »Was ist denn nun in der Lamm-Marinade?«

»Geräucherter Paprika, Kreuzkümmel, Chilipulver, etwas Thymian und Oregano, Salz und Pfeffer«, zählte Niall auf. Gott sei Dank hatte er sein eigenes Rezept nicht vergessen.

»Und in der Möhren-Soße?«

»Butter, brauner Zucker, Honig, Chiliflocken und Meersalz.«

»Mmh.«

»Der Colcannon ist *ausgezeichnet*«, fügte Róisín hinzu. »Gott sei Dank ohne Grünkohl.«

»Mmh«, sagte Owen wieder.

Colin streckte dezent den Daumen über die Tischkante.

»Einverstanden«, sagte Owen schließlich. »Wir setzen es auf die Karte.«

Alison klatschte, Róisín erhob ihr Glas, und Fiona rief: »Oh, wie schön!«

Er konnte der Versuchung nicht widerstehen, sich umzudrehen und Cordelias Blick zu suchen. Ihre Wangen waren muschelrosa, ihr Lächeln schüchtern, als sie ihr Weinglas erhob.

»Herzlichen Glückwunsch«, sagte sie.

Sie stießen an.

»Also«, sagte Colin, als sie an diesem Abend nach Hause gingen, Pocket an ihre Fersen geheftet. »Das war ja interessant.«

»Ich weiß«, sagte Niall. »Ich kann nicht glauben, dass mein

Vater mir erlaubt, etwas auf die Speisekarte zu setzen. Ich hätte nie gedacht, dass ich diesen Tag noch erlebe.«

»Dein Vater wäre ein Narr, wenn er es nicht täte«, sagte Colin.

»Aber das hab' ich nicht gemeint.«

»Sondern?«

»Cordelia.« Colin grinste ihn an.

»Wovon sprichst du?«, fragte Niall bemüht lässig.

»Na ja«, sagte Colin, während er die Haustür öffnete. »Sie konnte den ganzen Abend nicht aufhören, dich anzustarren.«

Niall blieb wie angewurzelt stehen, sein Herz klopfte ihm in den Ohren. Colin lachte leise über seinen Gesichtsausdruck, während er ins Haus ging und Niall wie eine Statue auf der Türschwelle stehen ließ.

15

Cordelia wachte am nächsten Morgen auf und starrte an die Decke.

Doch alles, was sie sehen konnte, waren Nialls Augen.

Hatte sie sich diesen Moment in der Küche nur eingebildet? Sie konnte nicht aufhören, an ihn zu denken. Die zerzausten tiefschwarzen Locken, der Bartstoppelschatten auf seinem markanten Kinn, die verführerisch geschwungenen Lippen …

Sie nahm ihr Handy, um Liz eine Nachricht zu schreiben, aber in New York war es jetzt mitten in der Nacht, und Cordelia war sich nicht ganz sicher, ob sie bereit war, sich anzuhören, was Liz vielleicht zu sagen hatte. Ihre Mutter hatte sie mit Nachrichten bombardiert, unzählige Variationen von *Wer ist Niall?*, die Cordelia ignorierte.

Liz würde sie sicher ermuntern – wahrscheinlich einen Freudentanz aufführen und ein Feuerwerk zünden, weil Cordelia James sich endlich mal wieder verknallt hatte. Aber Liz würde ihr wahrscheinlich auch sagen, sie solle »den ersten Schritt tun« oder »sich an ihn ranmachen«, und sie war noch nicht so weit. Außerdem, was, wenn Niall gar nicht wollte, dass sie den ersten Schritt tat?

Cordelia schlug die Decke zurück und ging in die Küche,

um Kaffee zu kochen. Mit unnötiger Wucht knallte sie Schubladen zu und eine Tasse auf den Tresen. Sie wollte sich nicht verknallen! Schon gar nicht in einen Typen, der noch einer anderen nachtrauerte.

Wir sind nur Freunde, nur Freunde, nur Freunde …

Doch sie wollte mehr als nur Freunde sein.

»Argh!«, stöhnte sie und fuhr sich mit den Fingern durch die Haare. Jemanden so zu wollen, war furchtbar. Warum taten die Leute das? Sie fühlte sich, als hätte sie einen Bienenschwarm in der Brust. Während sie wartete, dass das Wasser kochte, schweiften ihre Gedanken zurück zu diesem einen langen Moment in der Küche, als sie dachte, sie würde in Flammen aufgehen, wenn sie noch eine Minute länger dastand, ohne ihn zu berühren.

Sie goss das Wasser auf und klappte ihren Computer auf. Es war an der Zeit, ein paar Fotos zu posten – Colin, Alison und Róisín hatten ihr gestern Abend die Erlaubnis gegeben, ihre Bilder zu verwenden. Nur Niall hatte Cordelia noch nicht gefragt.

Sollte sie ihm eine SMS schicken? Sie schrieben sich nun schon seit einer Woche, es wäre also nichts dabei. Sie nahm ihr Handy in die Hand und legte es wieder weg.

Da klopfte es an der Tür, und Cordelia sprang auf. War das Niall? Würde er auf der anderen Seite stehen, mit seinen schönen blauen Augen, dem dichten schwarzen Haar und den breiten Schultern, um sie zu fragen, ob sie mit ihm rummachen wollte?

Scheiße, sie trug noch ihre Jogginghose und das Mets-T-Shirt. Es klopfte erneut, und sie eilte zur Tür. Bevor sie öffnete, atmete sie tief durch.

Vor ihr stand Alison. »Guten Morgen«, sagte sie fröhlich.

Die Luft wich aus Cordelias Lunge. »Oh. Hi.«

Alison lachte. »Erwartest du jemanden?«

»Nein! Nein. Tut mir leid. Komm doch rein. Willst du einen Kaffee?«

»Das wäre großartig.« Alison trat ein und zog ihre Jacke aus. »Granny ist gerade auf dem Weg hierher. Ich habe ihr gesagt, ich hol' sie ab, aber du kennst sie ja.«

Cordelia schenkte Alison eine Tasse Kaffee ein. »Ja, sie ist ein Sturkopf.«

»Ich hab's aufgegeben«, sagte Alison. »Jedenfalls solltest du dich fertig machen.«

Cordelia sah sie verwirrt an.

»Für das Treffen mit Cian Byrne«, sagte Alison. »Wegen der Fotos an Pátrún. Das ist dieses Wochenende, schon vergessen? Deshalb ja auch das köstliche Abendessen im Haus der O'Connors gestern Abend?«

Cordelia schlug sich die Hand vor die Stirn. »Ach ja. Gib mir zwei Minuten.«

»Lass dir Zeit«, rief Alison, als Cordelia ins Schlafzimmer eilte. »Granny liebt es, Cian Byrne zu verärgern.«

Cordelia lachte. Als sie in die Küche zurückkam, sah Alison sich auf ihrem Laptop gerade ein Foto von Niall an.

»Mein Gott«, sagte sie. »Du hast ihn wirklich getroffen.«

»Oh.« Cordelia verschränkte die Arme vor der Brust, damit sie nicht zitterten. »Ähm. Ja. Danke. Er ist … ja.«

Alison zog die Augenbrauen hoch. »Mein Gott, was machst du denn für ein Gesicht? Wir müssen nicht darüber reden, wenn du nicht willst.«

»Doch, ich … da gibt es nichts zu reden. Ich meine, es ist nichts passiert.«

»Aber du willst, dass etwas passiert«, sagte Alison wissend.

»Nun …« Cordelia kapitulierte. Sie brauchte Hilfe. »Ja. Ich denke schon. Aber offensichtlich ist er noch sehr aufgewühlt wegen seiner Ex.«

»Wegen Deirdre? Nein, glaube ich nicht«, sagte Alison. »Als er von der Fähre kam, hat mich die Wut, die von ihm ausging, fast umgehauen. Er war wütend, verbittert und traurig. Aber jetzt nicht mehr. Ganz im Gegenteil. Und dann gestern Abend, ich meine … Gott, da flogen die Funken.« Cordelias Kopf schnellte hoch. Alison grinste. »Ich glaube, alle haben es bemerkt, außer Owen – der kam nicht darauf klar, wie köstlich das Essen war. Oh, ich höre Granny kommen.«

»Warte, *alle* haben es bemerkt?«, fragte Cordelia panisch, als die Haustür aufflog und Róisín in die Küche stürmte.

»Na, sieh mal an, wer da angezogen und aus dem Bett ist. Es ist ein Wunder. Amerikaner«, sagte sie kopfschüttelnd.

»Ja, Granny«, sagte Alison. »Aber wie du siehst, sind wir beide startklar.«

»Nur noch einen Moment.« Róisín ging auf Cordelia zu und beugte sich so nah an ihr Gesicht heran, wie es ihre Größe zuließ. »Wie gesagt, Niall ist ein feiner Kerl. Und er ist ein guter Mann. Wenn du also irgendetwas tust, was ihn verletzt oder ihm das Herz bricht, werde ich dich im Schlaf töten. Ist das klar?«

Cordelia errötete. »Ich will ihm nicht wehtun, Róisín. Ich habe noch nicht mal … ich meine … es ist noch gar nichts passiert!«

»Ist es nicht? Mein Gott, Mädchen, worauf wartest du denn noch? Hast du nicht kapiert, dass er ein feiner Kerl ist? Den darfst du dir nicht durch die Lappen gehen lassen. Und jetzt los. Wenn ich Cian Byrne noch vor dem Mittag dazu bringe, sich die Haare zu raufen, ist ein guter Tag.« Gackernd verließ sie die Küche wieder. Alison kam auf Cordelia zu und legte ihr einen Arm um die Schultern.

»Das wird eine interessante Woche«, sagte sie.

Die Tage vergingen wie im Flug, und ehe Niall sich versah, war der Freitag gekommen, und Pátrún begann.

Im Pub war viel los, und er hatte Cordelia zweimal gesehen, als sie mit Alison zum Abendessen da war, aber kaum mit ihr sprechen können, so voll war es gewesen. Róisín war am Mittwoch auf einen Whiskey im O'Connor's gewesen und hatte ihn ziemlich direkt gefragt, ob er mit »diesem verdammten Flittchen«, wie sie Deirdre nannte, denn nun endgültig fertig sei.

Und das war er. Er grübelte nicht mehr über Deirdre nach. Sein Gehirn war nicht mehr daran interessiert. Während er sich zuvor an seinen Kummer geklammert hatte, spürte er jetzt, wie er ihn losließ – wie die Schnur eines davonschwebenden Ballons.

Und ihm wurde bewusst, dass er sich verzweifelt nach Cordelia James sehnte. Na ja, wahrscheinlich war ihm das schon klar gewesen, als sie sich in der Küche seiner Eltern mit Soße bekleckert hatte, aber trotzdem. Der Gedanke war da, und er ging nicht mehr weg. Niall wusste nur noch nicht, wie er damit umgehen sollte.

»Niall!«, rief sein Vater aus der Küche. Der Pub war noch geschlossen, aber es gab noch eine Menge zu tun, bevor sie zum Mittagessen öffneten. Niall musste heute Abend arbeiten, hatte aber die nächsten beiden Tage frei – sein Vater wollte nicht, dass er das Currach-Rennen verpasste. Er, Colin und Alison bildeten ein Team.

Niall eilte durch die Schwingtür. Auf dem Tresen stand eine große Schüssel mit einer Gewürzmischung.

»Da«, sagte er. »Ich habe die Marinade fürs Lamm gemacht.«

»Oh«, sagte Niall. »Super.«

»Na, dann los«, sagte Owen. »Probier mal. Ich muss wissen, ob sie genauso gut ist wie Sonntag.«

Niall konnte sich nicht erinnern, dass sein Vater ihn in dieser Küche je um seine Meinung gefragt hatte.

»Nur noch eine Prise Paprika, dann ist es perfekt«, sagte er.

Owen grunzte und schnappte sich den geräucherten Paprika aus dem Regal.

Colin steckte seinen Kopf in die Küche. »Niall, komm und hilf mir mal mit den Lichtern.«

Niall wusch sich die Hände und folgte ihm. Lichterketten säumten die Fenster und das Dach des Pubs. Colin hängte große Laternen an die Pfähle zu beiden Seiten der Straße. Die Cottage Road füllte sich bereits mit Menschen, Touristen blieben stehen, um die Speisekarte in dem Glaskasten neben der Tür zu studieren. Niall verspürte einen Anflug von Stolz, weil *sein* Gericht auf der Karte stand – Owen hatte gestern eine neue drucken lassen. Sie nannten seine Kreation St. Enda's Lamb.

»Das beste Essen auf ganz Inishmore«, rief Colin den Passanten zu. »Heute Abend Live-Musik!«

»Du rührst ja ganz schön die Werbetrommel«, sagte Niall lachend.

»Ich will, dass jeder Tourist in dieser Stadt dein Lamm probiert«, sagte Colin. »Und jeder Inselbewohner auch. Damit dein Vater was zum Nachdenken hat.«

Hinter ihm ertönte Hufgetrappel.

»Hallo, Róisín, Cordelia«, rief Colin. Niall ließ fast die Laterne fallen, die er in der Hand hielt. Cordelia trug eine orangefarbene Bluse mit kleinen weißen Blumen darauf, den Regenmantel auf dem Schoß, die Kamera vor der Brust. Niall konnte sich keinen schöneren Anblick vorstellen.

»Hi«, sagte sie. »Ich bin auf dem Weg zu den Sandburgen unten am Hafen.« War das Wunschdenken oder schien sie nur mit ihm zu sprechen?

»Super«, sagte er.

Sie lächelte kokett. »Róisín hat erzählt, eure Sandburgen früher hätten nicht viel getaugt.«

Colin lachte, und Niall warf Róisín einen vorwurfsvollen Blick zu. »So etwas solltest du ihr nicht erzählen.«

»Ich erzähle ihr, was ich will«, sagte Róisín und tätschelte Cordelias Knie. Der Wagen entfernte sich, aber Niall sah, wie Cordelia sich umdrehte und ihn ansah. Er hoffte, dass er sie heute Abend im Pub sehen würde. Zwischen all der Musik und guten Laune würde er dann vielleicht endlich den Mut aufbringen, seinen Gefühlen zu folgen.

»Unsere Sandburgen waren gar nicht so übel«, sagte Colin, als Niall ihm eine weitere Laterne reichte.

»Ich sag's dir nur ungern, Kumpel«, sagte Niall. »Aber sie waren unterirdisch.«

Cordelia hockte im Sand, während zwei Jungen vorsichtig einen bis zum Rand gefüllten Eimer auf die niedrige Plattform aus Sand kippten, die sie in der letzten halben Stunde fertiggestellt hatten. Es gab auch einige Erwachsene, die sich in der Kunst des Sandburgenbaus übten – eine Kreation in Form eines Wals war besonders beeindruckend –, aber die kichernde Begeisterung der Jungs war nicht zu toppen. Cordelia drückte den Auslöser, *klick-klick-klick*. Sie betrachtete das Display.

Perfekt, dachte sie. Dann warf sie einen Blick auf die Stadt hinter sich und hoffte törichterweise, dass Niall ihnen vielleicht an den Strand gefolgt wäre. Er *arbeitet*, erinnerte sie sich. Am Hafen standen ein paar Fischer mit Bierflaschen. Die Touristen drängten sich im Pulloverladen, und Róisín gestikulierte wild, während sie den versammelten Kindern die Geschichte von Finn McCool und dem Lachs des Wissens erzählte.

Überall am Hafen waren Fahnen gehisst, und auf einer Bühne spielten Musiker. Cordelia schlenderte hinüber und machte ein paar Aufnahmen von einer Frau und ihrem Sohn, die sich bei einer Art irischem Stepptanz an den Händen hielten. Mutter und Sohn beendeten ihren Tanz und das Publikum klatschte, aber die Musik spielte weiter. Ein Mann im Anzug stand auf und vollführte ein paar Schritte und Drehungen. Cordelia jubelte mit der Menge, als der Mann fertig war und sich verbeugte.

Róisín führte sie zu einer großen Wiese, wo ein Tauziehen stattfand. Danach ging es zur Wahl der Pátrún-Königin, und dann wollte Cian, dass sie Fotos von ihm und einigen Ruderern aus Galway machte. Er schleppte sie durch ganz Kilronan, und bis er sie in den Feierabend entließ, hatte das Wetter umgeschlagen, und sie war erschöpft und durchgefroren und ihre Jeans voller Schlamm.

Auf dem Heimweg kam sie am O'Connor's vorbei und hoffte auf eine Minute mit Niall. Sie begann, sich Sorgen zu machen, dass sie sich diesen Moment zwischen ihnen nur eingebildet hatte. Aber der Pub war zum Bersten voll, die Leute standen bis auf die Straße, und Colins Musik wehte in die kühle Abendluft. Vergeblich versuchte sie, einen Blick hineinzuwerfen, und stapfte schließlich enttäuscht zurück zum Cottage.

Der nächste Tag war grau und bewölkt.

Über Nacht war es noch kälter geworden. Cordelia trug gefütterte Leggings, einen grün gestreiften Pullover unter ihrem

Regenmantel und einen Wollschal, als sie mit Róisín zum Hafen runterging. Die Straßen waren heute noch voller.

»Alle sind gekommen, um das Currach-Rennen zu sehen«, sagte Róisín. »Die letzten drei Jahre hintereinander hat Inisheer gewonnen.«

»Was ist mit Nialls Team?«

»Ah, die sind am Arsch. Hast du Colin Doyles spindeldürre Arme gesehen? Die könnte ich für meine Handarbeit benutzen. Aber gut, dass Niall Alison ins Team geholt hat – sie liebt das Wasser, genau wie ihr Großvater. Manche Männer mögen es nicht besonders, wenn Frauen mitmachen.«

»Niall ist nicht so«, sagte Cordelia.

Róisín tätschelte ihren Arm. »Nein«, stimmte sie zu. »Allerdings nicht.«

Die Flaggen, die den Hafen säumten, flatterten wild im Wind, als Róisín und Cordelia ankamen.

»Sieh mal, sie holen gerade die Currachs raus«, sagte Róisín. Sie marschierte zur Kaimauer und rief: »Viel Glück, ihr Mistkerle!«

Viele Männer und eine Handvoll Frauen trugen die langen, schlanken Boote ins Wasser, jedes mit einer Nummer auf dem Bug. Doch Cordelia hatte nur Augen für Niall. Er, Colin und Alison schleppten das Currach mit der Nummer 4. Niall trug eine Trainingshose und einen kastanienbraunen Kapuzenpullover, sein schwarzes Haar vom Wind zerzaust. Cordelia spürte ein Ziehen in der Magengegend.

»Ich geh mal runter, ein paar Fotos machen«, sagte sie. Sie stieg die Stufen zum Strand hinunter, hockte sich hin und drückte ein paarmal auf den Auslöser, bevor sie zu Niall und den anderen ging.

»Hallo«, sagte Niall und lächelte.

»Hi«, sagte sie atemlos und umarmte Alison. »Viel Glück, Leute.«

»Das werden wir brauchen«, sagte Colin, der drei Schwimmwesten überm Arm trug. »Habt ihr die Typen von Inisheer gesehen? Gott, wir sind am Arsch.«

»Denk einfach an danach, Colin«, sagte Alison, »dann trinken wir im O'Connor's am Kamin einen Whiskey und können sagen, dass wir es wenigstens versucht haben.«

»Es könnte ruhig weniger kalt und weniger windig sein, aber so ist Inishmore eben«, sagte Colin. »Bringen wir es hinter uns.«

Cordelia musste zugeben, dass das Wetter nicht besonders einladend war. Sie sah zu Niall, der gerade seine Schwimmweste anzog. »Bitte fallt nicht rein. Das Meer sieht unheimlich aus.«

»Keine Sorge, siehst du den Schlepper da draußen?« Er deutete auf ein kleines weißes Boot. »Der wird uns die ganze Zeit folgen.«

»Bist du sicher?«, fragte sie.

Nialls Blick wurde weich. Seine Hand zuckte, als wollte er sie berühren, und Cordelia wollte das auch – sie wollte, dass er sie in seine Arme zog und seine Lippen auf ihr Haar presste und ihr sagte, dass alles gut werden würde. Aber dann rief Colin nach ihm, und der Moment war vorbei.

Cordelia blieb noch ein paar Minuten am Strand, um die Vorbereitungen für das Rennen aus verschiedenen Blickwinkeln einzufangen, aber ihr Objektiv wanderte immer wieder zu Currach Nummer 4. Dann ging sie zurück zu Róisín. Brogan, einer von Róisíns Nachbarn, stand am Ende des langen Piers mit einem Gewehr in einer Hand.

»Wofür ist das denn?«, fragte Cordelia.

»Er gibt den Startschuss«, erklärte Róisín. »Und dann feuert er noch einen Schuss ab, wenn der Sieger die Linie überquert.«

Fiona kam herbeigeeilt, ihre Locken im Wind noch wilder als sonst. »Ich hab' doch nichts verpasst, oder?«

»Nein, sie bereiten sich gerade vor«, sagte Róisín.

»Gut. Owen geht noch kurz beim Pub vorbei, dann kommt er auch.«

Es kam ihr ein bisschen seltsam vor, mit all ihren Gefühlen für Niall neben seiner Mutter zu stehen. Als Nialls Vater auftauchte, entschuldigte Cordelia sich unter dem Vorwand, Fotos vom Hafen machen zu wollen, um über diese neuen, seltsamen, wunderbaren und verwirrenden Gefühle nachzudenken.

Sie fühlte sich zu Niall hingezogen. Sie wollte mehr als nur mit ihm befreundet sein. Aber dieses Ding, das in ihrer Brust wuchs, war zerbrechlich wie eine Seifenblase – drohte zu platzen, wenn man es in Worte fasste. Was, wenn Niall nicht genauso empfand? Egal, was Alison oder Róisín sagten, sie konnten es nicht wissen.

Sie sprang auf die Hafenmauer. Die Currachs reihten sich an einem Seil auf, das vom Pier aus gespannt war – sie zoomte auf Nummer 4. Niall saß am Heck des Bootes, Alison in der Mitte und Colin am Bug. Das Meer war aufgewühlt und wurde von Minute zu Minute unruhiger. Sie warf einen Blick auf die Schaulustigen, die sich in Windjacken und dicken Wollmützen um den Hafen drängten. Man käme nie auf die Idee, dass Juni ist, dachte Cordelia.

Róisín winkte ihr, und sie kam gerade rechtzeitig, um zu sehen, wie Brogan den Startschuss gab.

»Los, Nummer vier!«, rief Fiona, als die Currachs begannen, durchs Wasser zu gleiten.

»Komm schon, Alison!«, rief Róisín.

»Schneller, Colin, du Klappergestell«, rief Owen.

»Mir gefallen diese Wellen nicht«, sagte Róisín düster.

»Die kommen schon klar«, sagte Owen. »Niall weiß, was er tut.«

»Ach, tatsächlich?«, meinte Róisín spitz. »Das solltest du ihm ab und zu mal ins Gesicht sagen.«

»Wo fahren sie hin?«, fragte Cordelia und suchte nach der Ziellinie. Ihr gefielen die Wellen auch nicht – sie wusste nichts über Currach-Rennen, aber die kippelnden Boote machten sie nervös.

»Sie umrunden den Hafen«, sagte Owen. »Und dann fahren sie um die Boje herum und dorthin zurück, wo Brogan steht.«

Es sah weit aus, und Nialls Boot bildete mit Abstand das Schlusslicht. Currach Nummer 2 lag weit vor den anderen, als sie die Boje erreichten.

»Die Jungs aus Inisheer werden dieses Jahr mal wieder gewinnen«, sagte Owen kopfschüttelnd. Er gab Fiona einen Kuss auf die Schläfe. »Ich gehe zurück in den Pub.«

Cordelias Finger wurden kalt, ihre Fingerknöchel steif. Sie pustete in die Hände, um sie aufzuwärmen, und hob dann die Kamera an ihr Auge, um Niall besser sehen zu können. Der Wind hatte aufgefrischt, und die Wellen waren schaumig, mit weißen Spitzen. Durch ihr Objektiv sah sie, wie er Alison etwas zurief. Alison drehte sich zu Colin um, als eine Welle gegen die Seite des Bootes schwappte. Wie gelähmt vor Entsetzen sah Cordelia, wie das Currach hinter einer Wasserwand verschwand.

Dann sank die Welle wieder ins Meer, und es saßen nur noch zwei Personen im Currach.

16

»*Niall!*«

Cordelia registrierte kaum, dass sie selbst es war, die schrie.

Adrenalin schoss durch ihre Adern, und sie glaubte, Fiona etwas rufen zu hören, aber da war Cordelia schon weg und drängte sich durch die Menge zum Pier. Sie stolperte gerade die Treppe hinunter, als sie jemanden rufen hörte: »Seht! Sie haben ihn!«

Sie sah, wie Colin und Alison Niall an seiner Rettungsweste aus dem Wasser zogen, der Schlepper neben ihnen, dann rannte sie wieder los. Ihre Stiefel klatschten auf den Zement, als sie den Pier entlangflitzte. Es schien eine Ewigkeit zu dauern, der Pier eine endlose Straße, die in den Ozean hineinragte. Der Schlepper legte an, und Brogan griff nach den Seilen, während andere Männer vom Boot sprangen, um es zu sichern – doch Cordelia hatte nur Augen für Niall.

Er war in eine schwere Decke eingewickelt, und Alison half ihm vom Schlepper auf den Steg.

»Niall!«, rief Cordelia, und ohne innezuhalten oder nachzudenken, stürzte sie sich in seine Arme und presste ihren Mund auf seinen. Er war eiskalt, sein Körper zitterte, und sie küsste ihn, als könnte sie ihre Wärme in ihn einatmen, ihre Finger in seinem kalten, nassen Haar. Seine Lippen waren eisig, doch sie verschmolzen mit ihren, weich und begierig. Er schmeckte nach Meer.

Von irgendwo am Rande ihres Bewusstseins hörte Cordelia Jubelschreie. Niall stieß einen tiefen, bebenden Atemzug aus, und Cordelia erstarrte. Es sahen Leute zu. Eine Menge Leute. Leute, die sie kannte. Leute, die Niall kannte. Nialls *Mutter*.

Cordelia spürte, wie sie vom Scheitel bis zu den Zehen errötete.

»Ich sollte öfter ins Wasser fallen«, hauchte Niall ihr ins Ohr, sodass ihr ein Schauer über den Rücken lief.

Fiona und Róisín eilten herbei, und Cordelia wich zurück und versuchte, sich in ihrem Schal zu verkriechen. Ihre Wangen brannten.

»Niall, mein Gott, geht es dir gut?«, fragte Fiona.

»Alles gut, Mom«, sagte Niall.

»Es war meine Schuld«, sagte Colin. »Ich habe die Welle nicht gesehen und bin nicht rechtzeitig ausgewichen.«

»Ist schon gut«, sagte Niall, während Fiona ihm die Arme massierte. »Es geht mir *gut*, Mom. Ich brauche nur trockene Sachen.«

»Dein Vater macht euch im Pub heißen Whiskey und Eintopf«, sagte Fiona. »Ich laufe nach Hause und hole dir ein paar frische Sachen.«

»Das wäre gut, danke, Mom.« Sein Blick huschte zu Cordelia, und sie wandte sich erschrocken ab. Was hatte sie sich nur dabei gedacht? Was dachte *er*? Warum hatte sie das vor so vielen Leuten getan?

Róisín umarmte Alison. »Sie hätten das Rennen heute absagen sollen«, sagte sie. »Bei diesen Wetterverhältnissen.«

»Sollte ich mich je wieder freiwillig melden, Róisín, gebe ich dir die Erlaubnis, mir eins über den Kopf zu ziehen«, sagte

Colin. »Das war absolut furchtbar.« Er wandte sich an Niall. »Tut mir echt leid, Kumpel.«

Niall winkte ab, während sie den Pier entlanggingen. Cordelia achtete darauf, neben Alison zu gehen, die immer wieder in Cordelias Richtung sah, ein breites Lächeln im Gesicht. Als sie die Straße am Hafen erreichten, brach erneut Jubel aus. Die Leute riefen Nialls Namen und wünschten ihm alles Gute. Cordelia ahnte, dass sie auch ihretwegen jubelten, aber sie versuchte, es zu verdrängen.

Das O'Connor's zu betreten war, wie an einem Wintertag in ein heißes zu Bad steigen. Owen hatte ihnen die Sofas und Sessel um das knisternde Feuer herum freigehalten. Cordelia hatte einen kurzen Moment der Panik – wo sollte sie sitzen? Wollte Niall neben ihr sitzen? –, bevor er in der Küche verschwand, um die nassen Sachen auszuziehen.

»Tja«, sagte Róisín und setzte sich in den Sessel, der dem Feuer am nächsten war. »Das war ein denkwürdiges Currach-Rennen.«

Keiner hatte den Kuss erwähnt, aber Róisín lächelte süffisant, und auch Alison konnte sich ein Grinsen nicht verkneifen.

»Geht es euch allen gut?« Shauna kam herbeigeeilt. »Niall hat uns gerade erzählt, was passiert ist. Ich habe ihm Handtücher gegeben, und jetzt kümmere ich mich um den Whiskey. Owen bringt gleich den Eintopf raus.«

»Super«, sagte Colin, als Fiona mit einem Kleiderstapel in den Händen hereinstürmte.

»Ihr seid das Gesprächsthema der ganzen Stadt«, sagte sie. »Aoife hat alles auf Video.« Cordelia errötete. *Auf Video?* »Cordelia, sei so lieb und bring das zu Niall, ja? Für euch habe ich auch Pullover mitgebracht«, sagte sie zu Alison und Colin.

Cordelia hatte gerade erst ihre Jacke ausgezogen, als sie den Kleiderstapel in die Hand gedrückt bekam. »Okay«, sagte sie wie betäubt.

Sie warf Alison einen unsicheren Blick zu, die mit dem Kopf in Richtung Küche deutete. »Geh schon.« Cordelia stolperte hinter die Theke. Sie war noch nie in der Küche gewesen. Sie schob sich durch die Schwingtür und sah, wie Owen den Eintopf in flache Schalen schöpfte. Cordelia bekam weiche Knie, aber Owen blickte auf, sah die Kleidung in ihren Händen und sagte: »Er ist im Hinterzimmer.«

»Okay«, sagte Cordelia wieder und fühlte sich, als würde sie durch Wasser waten. Links von ihr befand sich eine Tür – sie klopfte an und schaute sich verstohlen um. Owen marschierte gerade mit dem Eintopf aus der Küche.

»Ja?«, rief Niall. Cordelia öffnete die Tür und schlüpfte hinein.

»Deine Mutter hat frische Sachen für dich …« Ihr Gehirn schaltete sich ab, als sie Niall vor sich stehen sah, oberkörperfrei, ein Handtuch in den Händen. Die nasse Trainingshose klebte an seinen Beinen.

Seine Brust war mit feinen schwarzen Haaren bedeckt, seine Schultern breiter als gedacht. Die Wölbung seines Bizeps glitzerte feucht, die flache Ebene seines Bauches lief zu einem V aus Muskeln zusammen, das unter dem Hosenbund verschwand. Cordelia musste sich zwingen, den Blick auf sein Gesicht zu richten. Ihre Wangen brannten.

»Sie erröten ja, Miss James«, sagte Niall.

»Ich werde immer rot«, krächzte sie.

Niall lachte. »Sind die für mich?«

Cordelia sah auf die Sachen in ihren Händen. »Ach ja. Hier.« Ihre Arme zitterten.

Niall war so schön anzuschauen, dass ihre Augen schmerzten.

Er nahm ihr die Kleider ab, seine Brust so nah. Sie wollte die Hände ausstrecken, um zu spüren, wie sich die Härchen anfühlten. Sie wollte den Umriss seiner Taille nachzeichnen, und die scharfen Kanten seiner Hüftknochen fühlen. Und gleichzeitig wollte sie weglaufen und sich irgendwo verstecken. Die Gefühle waren so überwältigend, dass ihr Verstand sie nicht einordnen konnte. Alles war Niall.

»Das war sehr schön, was du da draußen gemacht hast«, sagte er leise.

Sie versuchte es mit einem lockeren Lachen, doch es klang eher wie Husten. »Du meinst, dich vor der ganzen Stadt blamieren?«

»Du hast mich nicht blamiert.«

Ihr stockte der Atem. Seine Augen waren heute Saphire, dunkel und glitzernd und unendlich tief. Sie spürte ihren Puls am ganzen Körper, vom Flattern in ihren Zehen bis zum schwachen Pochen zwischen ihren Schenkeln.

»Oh«, sagte sie. »Das ist … gut.«

Niall legte die Kleidung auf einem Hocker ab und trat noch einen Schritt näher an sie heran. Cordelia verspürte Panik und Verlangen zugleich. Ihre Haut prickelte, sehnte sich nach ihm, jede Haarsträhne in Flammen.

Er beugte sich vor, sodass ihre Münder nur noch Zentimeter voneinander entfernt waren.

»Ich bin ganz kalt und nass«, sagte er. »Sonst würde ich dich noch mal küssen.«

In ihrem Kopf drehte sich alles. Er roch nach Salzwasser und Treibholz.

»Ich habe dich schon mal geküsst, als du kalt und nass warst«, protestierte sie schwach.

»Das hast du«, flüsterte er, und dann war sein Mund auf ihrem. Sie schmolz ihm entgegen, schloss die Arme um seine Taille, ließ die Hände über die glatte, feuchte Haut seines Rückens gleiten. Ihre Lippen öffneten sich für seine Zunge, und sie spürte, wie sich eine Flamme in ihrer Brust entzündete. Sie wollte mehr von ihm, von dem hier, von allem. Sein Mund war warm und sicher, und sie fröstelte, als sie seine kalte Hand an ihrem Hals spürte.

»Ach ja, tut mir leid«, sagte er und zuckte zurück.

»Nein.« Sie zog ihn wieder an sich, und er küsste sie erneut, bis …

»Oh je!«, rief sie. Ihr Pullover hatte das Wasser von seiner Haut aufgesaugt. Auf den grünen Streifen zeichnete sich ein dunkler Fleck ab. »Oh Scheiße!«

Niall fing an zu lachen.

»Hör auf, das ist nicht lustig.« Cordelia lehnte sich an seine Brust, hin- und hergerissen zwischen Verlegenheit und Verlangen. »Deine *Mutter* ist da draußen!«, zischte sie. »Sie wird es sehen.«

Er ergriff ihre Hände und drückte sie an sich, sodass sie sein Herz spüren konnte. »Was sehen?«, tat er unschuldig.

»Dass wir uns … du weißt schon … geküsst haben!«

»Ich bin mir ziemlich sicher, die Katze ist aus dem Sack, seit du mich auf dem Pier angesprungen hast«, sagte Niall und presste seinen Mund erneut auf ihren. Sie ließ es geschehen, strich mit den Handflächen über seinen Bauch, seine Lippen im perfekten Rhythmus mit ihren.

»Ich dachte, du seist tot«, murmelte sie, als er eine Spur aus Küssen über ihre Wange bis zu ihrer Ohrmuschel zog.

»Es war sehr herzerwärmend zu sehen, wie sehr man mich vermisst hätte.« Er knabberte an ihrem Ohrläppchen, und sie fürchtete, hier in dieser Besenkammer in Ohnmacht zu fallen.

»Warte, nein, im Ernst«, sagte sie und schob ihn weg. So konnte sie den Leuten nicht gegenübertreten. »Ich muss salonfähig sein. Du musst aus dieser Hose raus.«

Sie schlug die Hände vor den Mund, und Niall lachte laut auf. »Ich mag die kopflose Cordelia«, sagte er und reichte ihr das Handtuch. »Aber du hast recht, wir sollten nicht im Hinterzimmer rummachen wie Teenager. Geh schon vor. Ich komme gleich nach.«

Sie bemühte sich den dunklen Fleck auf ihrem Pulli mit einer trockenen Ecke seines Handtuchs rauszukriegen.

»Absolut salonfähig«, sagte Niall.

»Ich werde *eine Menge* Whiskey brauchen«, sagte Cordelia.

»Wir beide.«

Er wirkte aufgewühlt, und Cordelia wusste, dass sie ihn wieder küssen würde, wenn sie noch länger blieb, also flüchtete sie in die Küche. Auf dem Tisch standen eine Schale Eintopf und ein dampfendes Glas Whiskey mit einer dicken Zitronenscheibe für sie bereit.

»Cordie, du hast da was auf deinem Pullover«, sagte Róisín, und Colin schnaubte in sein Getränk. Cordelia senkte den Blick, ihr Gesicht glühte.

»Mein Gott, ich habe noch nie jemanden so rot werden sehen«, sagte Colin. »Róisín, hast du schon mal jemanden so rot werden sehen?«

»Kann ich nicht behaupten, Colin.«

»Hört auf, ihr beiden«, schimpfte Alison, während Cordelia begann, sich löffelweise Eintopf in den Mund zu schaufeln, zum einen, um woanders hinzusehen, zum anderen, weil sie wirklich hungrig war.

»Niall ist da«, sagte Róisín nach ein paar Minuten, und Cordelia verschluckte sich fast an einer Kartoffel. Die Gäste an der Bar applaudierten kurzzeitig.

»Alles klar, Junge?«, rief Darragh.

»Bestens, Darragh«, sagte Niall. »Herrlicher Tag zum Schwimmen, findest du nicht auch?«

Das brachte die Bar zum Lachen. Draußen prasselte Regen gegen die Fenster, und der Wind pfiff. Cordelia bemerkte, dass viele sie anstarrten, also versteckte sie ihr Gesicht hinter ihrem Getränk.

»Hier ist etwas zu essen für dich, Niall«, sagte Alison, als Niall sich neben Cordelia setzte.

»Gott sei Dank, ich verhungere gleich«, sagte er. Er wirkte so entspannt, als er sich dem Eintopf widmete, dass Cordelia sich fragte, ob ihm ihr Auftritt vielleicht tatsächlich nicht peinlich war.

»Fast zu ertrinken macht Appetit«, sagte Róisín.

»Er war nur etwa zehn Sekunden im Wasser, bevor wir ihn rausgezogen haben«, protestierte Colin.

»Nächstes Mal schmeißen wir dich rein, mal sehen, was du dann sagst.«

»Niall, das musst du dir ansehen«, sagte Fiona und eilte herbei. Sie streckte ihnen ein iPhone entgegen, und Cordelia sah, wie sich die ganze Szene auf dem kleinen Display wiederholte. Beschämt sah sie zu, wie sie den Steg entlangrannte, und hörte die Stimme von Aoife hinter der Kamera sagen: »Oh, sieh mal, da ist Cordelia«, bevor Cordelia direkt in Niall hineinlief und ihn zu küssen begann. »Aaaawwww, wie süß«, sagte Aoife, über das Johlen und die Pfiffe, die im Hintergrund zu hören waren. »Es geht ihm gut! Er ist auf dem Pier«, rief Aoife jemandem hinter ihr zu.

Fiona lächelte sie an. Sie klopfte Cordelia auf den Arm und sagte: »Bist ein gutes Mädchen.« Dann begann sie, viel Aufhebens um Niall zu machen, bestand darauf, dass er mehr Eintopf aß, und holte ihm noch ein heißes Getränk.

Wegen des Regens gab es nicht viel zu fotografieren, und so fand sich Cordelia eine Stunde später allein mit Niall in Fionas Auto wieder, auf dem Weg nach Hause. Sie hatte vorgeschlagen, ihn zu begleiten, weil sie dachte, sie bräuchten einen Moment für sich allein, und außerdem war sie genervt von den Blicken der Leute in der Bar. Aber jetzt, wo sie und Niall allein waren, wusste sie nicht, was sie sagen sollte. Wahrscheinlich sollte sie sich zurückhalten. Aber das war nicht gerade ihre Stärke.

»Du bist furchtbar still«, sagte Niall, als er am Ende der Einfahrt hielt. Der Regen prasselte gegen die Windschutzscheibe.

»Mir geht's gut«, sagte Cordelia mit zu hoher Stimme. »Du solltest reingehen. Du hattest einen anstrengenden Tag.«

»Das hatte ich«, sagte er. Er drehte sich zu ihr um. »Kommst du?«

Sie nickte, dann eilten sie ins Haus. Niall hängte ihre Jacken auf, und Pocket kam schwanzwedelnd angelaufen. Die Stille schien sich um sie herum auszudehnen. Niall kraulte Pocket hinter den Ohren. Dann lehnte er seine Stirn an Cordelias.

»Tja«, sagte er.

»Tja«, antwortete sie. Es gab so viel, was sie sagen wollte, aber sie konnte nicht aufhören, auf seinen Mund zu starren. Ihre Finger zitterten. Sie wollte ihn so sehr küssen, dass es ihr Angst machte. »Ähm, warum setzt du dich nicht? Ich mache uns Tee.«

Niall zögerte, als versuchte er, ihre Reaktion zu deuten. Dann sagte er: »Gute Idee. Na komm, Pocket.«

Der Hund folgte ihm fröhlich zur Couch, während Cordelia den Flur hinunterging. In der Küche lehnte sie sich mit dem Rücken an die Tür und presste die Hände an die Brust. Ihr Herz schlug wie wild gegen ihre Rippen. Es war verwirrend, als hätte sie die Haut der Person abgestreift, die sie gestern noch gewesen war, und wäre als jemand völlig Neues geschlüpft. Sie füllte den Wasserkessel und holte Tassen, als ein anderer Gedanke aufblitzte.

Sex. Sie und Niall waren ganz allein in diesem Haus. Erwartete er, dass sie miteinander schliefen? Sollten sie? War sie dazu bereit? Ihr letztes Mal war fast drei Jahre her. Was, wenn sie es verlernt hatte?

Das schrille Pfeifen des Wasserkessels riss sie aus ihren Gedanken. Mit zitternden Händen füllte sie die Tassen und ging ins Wohnzimmer zurück.

Bleib cool, sagte sie sich.

Doch sie hätte sich keine Sorgen machen müssen.

Niall schnarchte leise, als sie das Wohnzimmer betrat, Pocket an seine Seite gekuschelt. Cordelia lächelte und stellte die Tassen auf dem Couchtisch ab, dann griff sie nach einer Decke, die über einer Sessellehne hing. Sie legte sie vorsichtig über Nialls Beine und streichelte Pocket zum Abschied, bevor sie sich verdrückte.

17

Niall erwachte am nächsten Morgen mit dem Gefühl, noch halb zu träumen.

Die gestrigen Ereignisse fielen ihm wieder ein. Cordelia war schon weg gewesen, als Colin ihn aufweckte, weil er auf der Couch eingeschlafen war, aber er hatte eine SMS von ihr auf seinem Handy – *Kann es kaum erwarten, dich morgen zu sehen.* Niall grinste und las sie erneut, nur um sich zu vergewissern, dass alles real war. Was ein Monat doch für einen Unterschied machen konnte. Blinzelnd schaute er sich um und sah alles mit neuen Augen. Er konnte sich ein Lächeln nicht verkneifen, als er duschen ging.

Heute schien die Sonne, ein Spiegel seiner Seele. Er fühlte sich wie ein Kind an Weihnachten und konnte es kaum erwarten, Cordelia wiederzusehen.

Er probierte fast jedes Hemd in seinem Kleiderschrank an, bevor er sich für ein blau-kariertes und eine dunkle Jeans entschied und dann nach unten ging, um Kaffee zu kochen. Bis Colin auftauchte, noch ganz verschlafen, hatte Niall schon ein komplettes englisches Frühstück zubereitet: Eier, Würstchen, Bohnen, gebratene Tomaten und geröstetes Brot.

»Mein Gott«, sagte Colin, als Niall ihm Kaffee einschenkte. »Erwarten wir die ganze Stadt?«

Niall zuckte die Schultern. »Hatte Lust zu kochen.«

»Sieh dich nur an, mit deinem dämlichen Grinsen«, sagte Colin. »Was ist gestern passiert, nachdem ihr gegangen seid? Ehrlich gesagt, dachte ich, Cordelia ist noch da, wenn ich nach Hause komme.«

»Ich bin eingeschlafen.«

»Ich weiß. Ich war es, der dich die verdammte Treppe rauf ins Bett geschleppt hat. Also.« Colin setzte sich auf einen der Hocker, stützte das Kinn in die Hände und klimperte mit den Wimpern. »Das war eine interessante Vorstellung auf dem Pier.«

»Es war keine *Vorstellung*«, sagte Niall, während er die Eier servierte.

»Na gut, aber es war wie im Film. Und dann macht ihr zwei im Hinterzimmer rum – wie alt seid ihr, siebzehn?«

Niall errötete. »Wer sagt denn, dass wir im Hinterzimmer rumgemacht haben?«

»Bitte, Bruder. Ihr Pullover war ganz nass, und sie war rot wie eine Tomate.« Er stand auf und nahm Niall in den Arm. »Ich freue mich für dich.«

»Danke, Colin«, sagte Niall. »Ich freue mich auch.«

»Offensichtlich. Du kriegst dieses verdammte Grinsen ja gar nicht mehr aus dem Gesicht. Na dann.« Er setzte sich wieder und schnitt in ein Würstchen. »Das sieht phantastisch aus. Oh, welch Freude, so recht zu haben. Ich wusste es. In dem Moment, als sie ins O'Connor's kam und dich Arschloch genannt hat, dachte ich: Das ist die Richtige für Niall.«

Niall verdrehte die Augen. »So ein Quatsch.«

»Wohl!« Colin steckte sich ein Stück Würstchen in den Mund. »Ich habe gesagt, sie ist hübsch.«

»Das ist nicht dasselbe.«

»Na, wenn ich gesagt hätte: *Niall, das ist das Mädchen, das in einem Monat dein gebrochenes Herz flicken wird*, hättest du mich wohl aus dem Fenster geworfen.«

Niall grinste. »Möglicherweise«, räumte er ein.

Nach dem Frühstück verließen sie gemeinsam das Haus. Nichts zeugte von der Kälte und dem Wind des gestrigen Tages – Inishmore leuchtete wie ein Smaragd. Niall atmete tief ein, Gras und Meer dufteten in einer berauschenden Kombination. Gott, heute schien wirklich alles eitel Sonnenschein.

»Ich geh mal zum Cottage rüber«, sagte er zu Colin, doch Colin zeigte hinter sich.

»Nicht nötig«, sagte er. Róisín und Cordelia kamen im Wagen die Straße entlang.

Cordelia lächelte ihn so breit und strahlend an, dass es Niall die Sprache verschlug. Sie trug ein weißes Sommerkleid mit goldenem Aufdruck unter einer hellgelben Strickjacke.

»Gut siehst du aus heute Morgen, Niall O'Connor«, sagte Róisín, als Cordelia vom Wagen heruntersprang. Niall hatte sich gefragt, ob sie in der Öffentlichkeit Abstand halten würde, aber sie lief auf ihn zu und schlang die Arme um ihn, als hätte sie darauf genauso gewartet wie er.

»Dir auch einen guten Morgen«, sagte Niall und zog sie noch enger an sich.

»Gut geschlafen?«, fragte sie.

»Allerdings. Ungefähr zwölf Stunden. Tut mir leid, dass ich eingeschlafen bin.«

»Du hattest es nötig. Hey, Colin.«

»Morgen. Bereit für das Guinness-Rennen heute?«

»Das was?«

»Wir müssen uns erst um die Huker kümmern«, sagte Róisín. »Die *was*?«, fragte Cordelia.

Niall half ihr hinten in den Wagen, und Colin stieg vorne auf.

»Das sind Boote«, erklärte Niall.

Róisín drehte sich um und bedachte Niall und Cordelia mit einem ernsten Blick.

»Ich sage euch beiden mal was – macht euch auf was gefasst. Ihr beide seid *das* Gesprächsthema in Kilronan. Aoife hat das Video auf SnapFace oder so gepostet.«

»Hätte nicht gedacht, dass du dich auf den sozialen Medien rumtreibst«, sagte Niall.

»Tu ich auch nicht! Aber der verlorene Sohn und das amerikanische Mädchen, na ja, darüber wird man sich in Kilronan das Maul zerreißen.«

»Hey, Niall, wo wir gerade von sozialen Medien sprechen …« Cordelia holte ihr Handy aus der Tasche. »Ich fange wieder an, auf Instagram zu posten. Und es kostet mich echt Überwindung, nach so langer Zeit. Aber es gibt ein Bild, das ich unbedingt zuerst hochladen möchte.«

»Okay«, sagte Niall zögernd.

»Wärst du damit einverstanden?« Sie hielt ihr Handy hoch.

Es war ein Foto von ihm beim Schwarzen Fort, im Profil, wie er vor rauchgrauen Wolken einen Stein über die Klippen warf. Kurz war Niall sprachlos. Sie hatte es geschafft, mit dem Bild die Zeitlosigkeit der Klippen einzufangen, und er fühlte sich sofort an diesen Tag zurückversetzt. Es löste einen Schmerz in seiner Brust aus, den er nur als Heimweh beschreiben konnte, denn Cordelia hatte genau das abgelichtet, was er nicht nur an Dún Dúchathair, sondern an Inishmore selbst liebte.

»Wow«, sagte er. »Cordelia, das ist … das ist phantastisch.«

»Wenn du dich damit nicht wohlfühlst, poste ich es nicht«,

sagte sie schnell. »Ich weiß, du magst es nicht, wenn man dich fotografiert.«

»Vielleicht ändere ich meine Meinung.«

Cordelias Gesicht hellte sich auf. »Wirklich?«

»Nun, man hat mir gesagt, dass ich ein gutes … «

»Sag's nicht.« Sie kniff seine Lippen zusammen und grinste.

»Okay. Ich mach's.« Sie holte tief Luft, als wollte sie sich von den Klippen stürzen.

»Das fällt dir wirklich schwer, oder?«, sagte Niall.

Sie verzog den Mund, und zwischen ihren Brauen bildete sich eine kleine Delle. »Ich habe aufgehört zu posten, als Dad starb. Und das Erste, was ich dann gepostet habe, vielleicht ein Jahr nach seinem Tod, ging ins Leere. Es war nur ein nichtssagendes Foto aus meinem Lieblingscafé – nichts Weltbewegendes. Aber es war mir so wichtig, dass es den Leuten gefällt, weißt du? All die Klicks, all die Likes, das ständige Pling, haben mir das Gefühl gegeben, etwas wert zu sein. Und du kennst das Internet, es ist brutal. Niemand mochte meine neuen Sachen, und das ließ mich noch mehr an mir und meiner Arbeit zweifeln, als ich es ohnehin schon tat. Aber ich habe meine Benachrichtigungen ausgeschaltet. Ich möchte das hier posten, weil es ein schönes und bedeutungsvolles Bild von jemandem ist, der für mich schön und bedeutungsvoll ist.« Sie warf ihm einen schüchternen Blick zu. »Es geht nicht darum, Likes von Fremden zu bekommen. Es geht darum, meine Kunst zu teilen.«

Niemand hatte Niall je als schön oder bedeutungsvoll bezeichnet. Cordelia sah Dinge in ihm, die er selbst nicht sah. Das Gefühl explodierte in seiner Brust – er empfand genau dasselbe für sie. Sie war schön und bedeutungsvoll und noch so viel mehr.

Er beugte sich vor und küsste sie zärtlich.

»He! In meinem Wagen wird nicht geküsst«, rief Róisín.

»Himmel, hast du Augen im Hinterkopf?«, sagte Niall.

Cordelia machte sich daran, das Bild zu posten. Sie nannte es *Niall beim Schwarzen Fort* und fügte einige Hashtags über Inishmore und Straßenfotografie hinzu. Dann holte sie tief Luft.

»So«, sagte sie und stieß die Luft aus. »Geschafft!«

»Glückwunsch.« Niall nahm sie in den Arm und küsste sie auf die Schläfe, sein Herz erfüllt von Stolz. Er hoffte, dass diese dummen Leute auf Instagram zu schätzen wussten, wie unglaublich sie war, wie viel Liebe und Sorgfalt in ihren Fotos steckte.

»Okay.« Cordelia packte ihr Handy weg und rieb sich die Hände. »Her mit den Hukern.«

Niall lachte.

Sie verbrachten den Vormittag und den größten Teil des Nachmittags am Hafen. Man hätte sich kein besseres Wetter für den letzten Pátrún-Tag wünschen können. Überall spielte Musik, und eine warme Brise lag in der Luft. Die roten Segel der Fischerboote prangten auf dem Wasser, das heute veilchenblau leuchtete. Cordelia war immer in Bewegung, stand auf der Steinmauer, die den Hafen umgab, oder hockte bei den Musikern, um die Kinder beim Céilí, einem traditionellen irischen Volkstanz, zu fotografieren. Aber sie kehrte immer wieder zu ihm zurück. Tatsächlich schienen sie, wie Róisín gesagt hatte, so etwas wie ein Promi-Paar geworden zu sein. Selbst diejenigen, die nicht aus Kilronan stammten, lächelten wissend, klopften Niall auf die Schulter oder wünschten ihnen alles Gute. Am Guinness-Rennen nahm Niall nicht teil – für diese Saison hatte er genug von Rennen, doch er half seinem Vater beim Bierzapfen.

»Was hat es damit auf sich?«, fragte Cordelia, während sie Fotos von den beiden schoss. »Muss man so viel Guinness trinken, wie man kann?«

»Nein«, sagte Owen mit Nachdruck. »Siehst du diese Tabletts hier?« Cordelia nickte. »Jeder bekommt ein Tablett und ein volles Bier, das jeder Teilnehmer einhändig bis zur Ziellinie balancieren muss. Dort wartet schon Fiona.«

»Oh, das muss ich mir ansehen!«, rief Cordelia.

Sie ließ die beiden allein. Niall schenkte noch ein Bier ein, während sein Vater die Tabletts abwischte.

»Also«, sagte Owen schließlich. »Du und die Amerikanerin, was?«

Niall hätte wohl darauf gefasst sein müssen. »Ihr Name ist Cordelia, Dad.«

»Ich weiß, wie sie heißt.«

Niall verkniff sich eine Retourkutsche. Er wollte nicht mit seinem Vater streiten. Es spielte keine Rolle, was Owen über Cordelia dachte, so oder so.

»Ich hätte nie gedacht, dass eines Tages jemand Fremdes in mein Haus kommt und mir sagt, wie ich meinen Sohn lieben soll«, sagte Owen nach einer Pause. Niall hielt inne.

»Bist du immer noch sauer deswegen?«

»Das war ich nie und bin es auch jetzt nicht«, sagte Owen. »Sieh mich nicht so an, es ist wahr. Nicht *sauer* – das ist nicht das richtige Wort. Eher bestürzt.« Er stellte das Tablett ab, das er gerade abgewischt hatte, und seufzte. »Ich weiß, ich war hart zu dir, Niall. Aber du musst wissen, als du weggegangen bist, war das wie eine Ohrfeige für mich. Als würdest du auf alles herabsehen, was ich getan und wofür ich gearbeitet habe –

diesen Ort, diese Stadt, diese Insel, alles. Das O'Connor's bedeutet mir alles. Es gehört zur Familie. Und für mich hat es sich angefühlt, als würdest du darauf spucken.«

»Dad, ich …«

»Lass mich ausreden.« Owen hob eine Hand. »Du bist ein sehr begabter junger Mann. Und ich glaube, ich wollte das nicht zugeben, weil ich mir im Vergleich wie ein Trottel vorkomme, der nichts als Eintopf kochen kann. Aber es geht hier nicht um mich. Du bist mein Sohn. Du bist mein einziges Kind. Und was diese Ame… was Cordelia neulich gesagt hat, klingt mir seitdem in den Ohren.«

Owen klopfte Niall auf die Schulter und fixierte ihn mit seinem Blick. »Ich bin stolz auf dich, Niall. Ich bin stolz auf den Mann, der du geworden bist. Ich bin stolz darauf, dass du gegangen bist und versucht hast, in Dublin dein eigenes Ding zu machen, und ich bin stolz darauf, dass du zurückgekommen bist, als du Hilfe gebraucht hast. Und du bist ein verdammt guter Koch. Verdammt gut. Deshalb dachte ich, wir könnten vielleicht noch mehr von deinen Gerichten auf die Speisekarte setzen.«

Niall klappte die Kinnlade runter.

»Dad«, sagte er verblüfft.

»Bleib auf dem Boden.« Owen errötete und griff wieder nach dem Tablett. »Setzt du jetzt noch mehr Gerichte auf die Speisekarte oder nicht?«

»Natürlich«, sagte Niall schnell und versuchte, den Moment zu genießen, bevor er verging. »Nichts lieber als das.«

»Also abgemacht.«

Niall schenkte das letzte Bier ein und stellte es neben die anderen. »Das warst du, weißt du«, sagte er leise.

»Was war ich?«

»Du warst es, der mich zum Kochen inspiriert hat. Ich bin dir immer wie ein Schatten durch die Küche gefolgt und hab' zugesehen, wie du Suppe kochst oder Muscheln dünstest. Du strahlst dieses Selbstvertrauen aus, als hättest du alles im Griff. Du hast geschnippelt, geschmort, geköchelt, gerührt, und plötzlich war das Essen fertig. Es war wie Magie.« Endlich sah er Owen an. »Du bist der Grund, warum ich überhaupt mit dem Kochen angefangen habe, Dad.«

Owen schluckte schwer. »Also«, sagte er. »Das wusste ich nicht.«

»Wie läuft's hier drin?«, fragte Colin, der durch die Tür gestürmt kam.

»Immer mit der Ruhe, Colin Doyle, sonst werfe ich *dich* gleich ins Hafenbecken«, sagte Owen.

Colin hob den Blick zur Decke. »Das wird man mir wohl nie vergessen, oder?«

»Nö«, meinte Niall fröhlich. »Ruf die Jungs rein, das Bier ist eingeschenkt.«

Draußen wartete Cordelia auf ihn. »Dein Dad schien mich nicht dabeihaben zu wollen. Ich glaube, er hasst mich wirklich.«

»Das tut er definitiv nicht«, sagte Niall und erzählte ihr dann, was passiert war, nachdem sie gegangen war.

»Niall, das ist ja phantastisch!«, sagte sie. »Ich meine, klar, dein Essen ist wahnsinnig lecker, aber ich bin so froh, dass dein Vater das endlich auch anerkennt.«

Niall schloss sie in seine Arme. »Danke«, murmelte er.

»Roger, sieh mal, das ist das süße Pärchen vom Rennen gestern«, sagte eine amerikanische Touristin im Vorbeigehen zu ihrem Mann. »Ihr seid entzückend!«

»Róisín hat nicht übertrieben«, sagte Cordelia, als Darragh hinter ihnen auftauchte.

»Hallo, ihr Turteltauben!«, sagte er. »Normalerweise halte ich nichts davon, wenn irgendwelche Ausländerinnen kommen und sich unsere prächtigen jungen Iren schnappen, aber für dich, Cordelia, mache ich eine Ausnahme.«

»Sehr großzügig von dir, Darragh«, meinte Niall trocken.

Colin und einige andere Männer stellten sich mit ihren Guinness-Tabletts auf. Alison eilte mit geröteten Wangen auf sie zu. Ihr kastanienbraunes Haar löste sich aus ihrem Pferdeschwanz.

»Hallo«, sagte sie. »Ich hab's doch nicht verpasst, oder? Cordie, ich habe das Foto gesehen, das du von Niall gepostet hast, meine Güte, ist das schön. Oh, schau, es geht los!«

Niall drehte sich um und sah Colin losmarschieren, den Blick auf das Bier auf seinem Tablett fixiert.

»Los, Colin!«, rief Niall, während Alison johlte und Cordelia klatschte. Einer der Jungen aus Inisheer war ihm dicht auf den Fersen, aber Colin war immer einen Schritt voraus. Das Tablett eines anderen Teilnehmers kippte, aber er fing es auf, bevor es fiel. Das Bier schwappte über den Rand des Glases, und alle jubelten. Der Mann verbeugte sich, brach das Rennen ab, und exte das Bier im Weggehen.

»Gefällt mir viel besser als das Currach-Rennen«, sagte Cordelia.

»Ich weiß nicht«, murmelte er ihr ins Ohr. »Wenig wahrscheinlich, dass hier jemand aus dem Wasser gezogen und von einem hübschen Mädchen geküsst wird.« Sein Blick wanderte zu der Stelle, wo ihr Haar über die Schulter fiel. »Entschuldige, aber … sind das Ananas auf deinem Kleid?«

»Gut erkannt.«

»Lass mich raten – Liz hat es dir geschenkt.«

Cordelia lachte. »Nein, das hier habe ich selbst gekauft.«

»Du hast gern Essen auf deinen Klamotten, oder?«

»Mache ich dir Appetit?«, fragte sie kokett.

Er stöhnte auf. »So viel ist sicher.«

Ihr Mund verzog sich zu einem verruchten Grinsen, das Nialls Puls in die Höhe trieb.

»Er hat gewonnen!«, rief Alison plötzlich.

Cordelia warf die Arme siegessicher in die Höhe.

»Ja, Colin!«, rief sie.

Colin stand am Ende der Straße neben Fiona und hielt sein Bier in die Höhe. Die Menge johlte, und Niall sah zu, wie Colin sein Glas in einem Zug leerte.

»Geben wir uns die Kante!«, rief Colin, und die Menge jubelte erneut.

»Oje«, sagte Niall und drehte sich zu Cordelia um. »Bereit für eine Runde *Craic*?«

»So was von«, sagte Cordelia und legte ihre Hand in seine.

Der Nachmittag ging in den Abend über, und Niall konnte sich nicht erinnern, sich je besser gefühlt zu haben.

Endlich hatte er aufgehört, sein Leben in die Zeit vor Deirdre und nach Deirdre einzuteilen, und er konnte sich einfach nicht erinnern, je glücklicher oder zufriedener gewesen zu sein. Wer hätte gedacht, dass er dieses Gefühl ausgerechnet auf Inishmore finden würde? Er saß an einem Tisch neben Cordelia und grinste genauso wie am Morgen nach dem Aufwachen.

»Noch eine Runde für alle?«, fragte Shauna. »Und was zu essen?«

»Lamm!«, riefen Cordelia, Alison und Róisín im Chor, und brachen dann in Gelächter aus.

»Dann habe ich schlechte Neuigkeiten«, sagte Shauna mit gespielter Ernsthaftigkeit. »Lamm ist aus, fürchte ich.«

»Nicht dein Ernst«, keuchte Alison.

Róisín leerte ihren Whiskey und knallte das Glas auf den Tisch.

»Das höre ich gern«, sagte sie.

Cordelia berührte sein Knie unter dem Tisch und strahlte. »Ich wusste es.«

Shauna zwinkerte ihnen zu. Sie bestellten etwas anderes, aber Niall war nicht am Essen interessiert. Am liebsten hätte er Cordelia aus dem Pub in eine dunkle Ecke von Kilronan entführt, um ganz allein mit ihr zu sein. Das Ananas-Kleid machte ihn wahnsinnig, die langen, schlanken Beine unter dem Rock, der tiefe Ausschnitt, der den Ansatz ihrer Brüste entblößte.

Immer wieder suchte sie seinen Blick, als würde sie dasselbe denken. Colin spielte eine Coverversion von Taylor Swifts *I Forgot That You Existed*, und Róisín begann mit einer ihrer Geschichten. Heute ging es darum ging, wie der Púca Brigid das Leben gerettet hatte, weil er Róisín gesagt hatte, sie solle nicht zum Wormhole gehen, und dann war ein schlimmer Sturm aufgezogen, bei dem mehrere Schafe verloren gingen.

»Ihr seht also«, sagte Róisín, als Shauna ihnen die Getränke brachte, »er ist kein schlechter Púca. Nicht so wie der auf Inishmaan. Der ist eine richtige Plage. Sitzt immer auf der linken Seite.« Sie nahm einen Schluck von ihrem frischen Whiskey. »Ich wünschte, er hätte mich auch vor Aidan gewarnt«, sagte sie, und ihre Augen wurden trüb.

»Mein Großvater«, erklärte Alison.

»Er liebte das Meer. Ich konnte ihn nicht davon abbringen, selbst wenn ich es versucht hätte.« Róisín schenkte Niall und Cordelia ein melancholisches Lächeln. »Ihr seid wirklich ein sehr hübsches Paar«, sagte sie. »Die Liebe ist etwas Kostbares. Wir denken, dass sie ewig währt, aber das stimmt nicht. Ihr müsst sie gut festhalten.«

»Lass gut sein, Granny«, sagte Alison.

»Was? Jeder in der Stadt sagt, was für ein schönes Paar sie sind. Nicht, dass ich tratschen möchte.«

Niall lachte. »Was redest du da, du tratschst doch immer.«

»Du kennst mich zu gut. Oh, seht mal! Gleich wird getanzt. Hab mich schon gefragt, wann Colin endlich mal richtige Musik spielt und nicht diesen Scheiß.«

»Taylor Swift«, sagte Alison.

»Wer? Wer ist das? Ist doch egal, Alison, hilf mir auf.« Róisín sprang auf, bevor Alison reagieren konnte. Die Türen des Pubs wurden aufgestoßen, und die Leute strömten mit ihren Getränken auf die Straße, während Colin draußen aufbaute. Fergus war mit seiner Bodhran gekommen, und Eoghan hatte sein Melodeon dabei. Cormac holte gerade seine Geige aus dem Koffer.

»Ich sehe nur kurz nach Dad«, sagte Niall.

Er ging hinter die Bar, wo Shauna gerade zwei Whiskey einschenkte. Sie drückte ihm einen in die Hand.

»Auf deinen Erfolg«, sagte sie. »*Sláinte.*«

»*Sláinte*«, erwiderte Niall grinsend.

Der Whiskey brannte in seiner Brust, und die Band begann, irische Folk Music zu spielen – Niall erkannte *The Auld Triangle*. Er sah Alison und Cordelia nach draußen gehen und eilte zurück in die Küche. Im Vorbeigehen schnappte er sich die Kiste mit dem schmutzigen Geschirr.

»Alles klar, Dad?«, fragte er.

Sein Vater wischte die Arbeitsflächen.

»Das war's mit dem Essen«, sagte er. »Ab jetzt gibt es nur noch Getränke. Wird schon getanzt?«

»Ja«, sagte Niall, räumte den Geschirrspüler ein und ging wieder nach draußen. Er sah, wie Alison versuchte, Cordelia einen der Céilí-Tänze beizubringen. Ihre Haut leuchtete im Licht der Laternen, ihr goldenes Haar fiel ihr über den Rücken, und Nialls Unterleib schmerzte, wenn er sie nur ansah.

»Niall!«, rief Alison und winkte ihn zu sich. »Colin spielt gleich *The Walls of Limerick*. Du bist Cordies Partner. Ich bin schon an diesen jungen Herrn vergeben, stimmt's, Liam?«

Sie deutete auf einen kleinen Jungen von etwa zehn Jahren, der grinsend neben ihr stand.

»Du warst gestern beim Currach-Rennen!«, rief Liam.

»Stimmt«, sagte Niall.

»Du bist ins Wasser gefallen.«

»Stimmt auch.«

Liam zeigte auf Cordelia. »Und sie hat dich geküsst!«

»Du wärst ein guter Berichterstatter«, sagte Niall und verwuschelte sein Haar. Liam blähte seine Brust auf. »Ich werde selbst Rennen fahren, wenn meine Mom sagt, dass ich alt genug bin. Und ich werde gewinnen!«

»Daran zweifle ich nicht.«

»Also dann, Leute, stellt euch auf!«, sagte Colin ins Mikro. Niall hielt Cordelia eine Hand hin.

»Ich werde das hier gründlich vermasseln«, warnte sie ihn.

»Es ist Jahre her, dass ich selbst einen Céilí getanzt habe, also sind wir im Grunde gleichauf.« Ihre Hand war so klein und weich. Niall hätte sie am liebsten geküsst.

Die Musik setzte ein, und Niall und Cordelia drehten sich zu Alison und Liam um.

»Okay, zuerst geht's vorwärts«, sagte Niall.

»Ich kapiere diesen Hüpfschritt nicht«, sagte Cordelia, als sie auf das gegenüberliegende Paar zutanzten.

»Schon okay, denk dir einfach was aus«, sagte Niall. »Jetzt zurück. Und jetzt wieder vorwärts.«

»Und Seitenwechsel!«, sagte Alison, und sie und Cordelia drehten sich umeinander, sodass Alison neben Niall stand. »Ich bin total durcheinander«, sagte Cordelia lachend. Niall wechselte mit Liam die Seite, sodass er wieder neben Cordelia stand.

»Nimm Liams Hand«, sagte Niall, der Alisons Hand nahm. Sie tanzten von Cordelia und Liam weg, dann wieder auf sie zu. »Und jetzt drehen wir uns«, sagte er grinsend. Er hielt ihre beiden Hände in seinen und wirbelte sie im Kreis herum.

»Ahhh!«, schrie Cordelia, als sie ihm auf den Fuß trat.

»Alles gut«, sagte er. »Bleib stehen.«

Er positionierte sie neben sich, während Alison und Liam den Tanz mit einem anderen Paar wieder aufnahmen. Er ließ seine Handfläche an ihrer Taille verweilen. Sie sah zu ihm auf, die Lippen leicht geöffnet. Ihre Augen funkelten, und er spürte, wie sich etwas in seiner Brust zusammenzog. Dann endete das Lied, und alle klatschten.

Colin rief: »Okay, als Nächstes kommt der *Haymaker's Jig*!«

»Willst du noch einen tanzen?«, fragte Niall.

Sie antwortete mit einem strahlenden Lächeln. »Ja, bitte!«

Männer und Frauen stellten sich in zwei Reihen auf. Cordelia konnte sich die Schritte bei seiner Mutter und Darragh abgucken, bevor sie und Niall an der Reihe waren. Und obwohl sie ihm auf den Fuß trat, konnte sich Niall nicht erinnern, jemals mehr Spaß bei einem Tanz gehabt zu haben. Sie tanzten noch einen und noch einen, und nach dem *Fairy Reel* war Niall vor lauter Lachen ganz außer Atem.

»Okay, gehen wir es mal langsamer an«, sagte Colin und lehnte sich dicht an das Mikrofon. »Gönnen wir euch Tänzern eine Pause und allen Verliebten hier draußen die Chance, sich ein wenig näherzukommen. Versetzen wir uns zurück ins Jahr 1964 in Amerika.«

Er stimmte Otis Reddings *These Arms of Mine* an, und Niall drehte sich zu Cordelia um. Ihre Augenbrauen wölbten sich zu einem Fragezeichen, und er lächelte als Antwort. Sie hob die Arme, und er zog sie an sich, seine Hand an ihrem Rücken. Ihre Finger verschränkten sich, und Cordelia sah an sich herunter.

Niall legte den Kopf schief und murmelte: »Was tust du da?«

»Ich versuche, dir nicht auf die Füße zu treten«, sagte sie.

»Cordelia.« Konnte sie das Zittern in seiner Stimme hören?

»Ja?«

»Es ist mir egal, ob du mir auf die Füße trittst.«

Alles, was er wollte, war, ihr Gesicht zu sehen. Langsam drehten sie sich im Kreis. Niall nahm die anderen Tänzer nur vage wahr, als verschwommene Formen und Farben – für ihn gab es nur Cordelia, die Rundung ihrer Wange, die Krümmung ihrer Nase, die Wärme ihrer Handfläche. Er dirigierte sie weg von den Lichtern, der Menschenmenge, zur gegenüberliegenden Straßenseite. Sie tanzten in die Dunkelheit hinein, bis Niall sich plötzlich mit dem Rücken gegen einen Baum wiederfand. Die Lichter vom O'Connor's funkelten hinter Cordelia und verwandelten sie in eine Fee aus Róisíns Geschichten. Sie hatten aufgehört, sich zu bewegen, die Finger ineinanderverschlungen, seine andere Hand an ihrem unteren Rücken. Er spürte ihren weichen Atem an seinem Hals, das Pochen ihres Herzens an seinem.

»Niall«, flüsterte Cordelia. Und endlich gab er nach.

Ihr Mund war weich und warm, als ihre Lippen mit seinen verschmolzen. Dann öffnete sie sich ihm mit einem leisen Stöhnen. Sie schmeckte süß und herb, wie Honig und Rotwein. Niall drehte sie herum, drückte sie gegen den Baum und vertiefte den Kuss. Sie ließ seine Hand los, um die Finger in sein

Haar zu graben, und er wollte, dass sie jeden Teil von ihm berührte, seinen Geist, seinen Körper, seine Seele.

Er legte seine Hand an ihren Hals, neigte ihren Kopf zurück, knabberte an ihrer Unterlippe und saugte sanft daran. Ihr Haar war wie Seide auf seinen Fingerknöcheln, ihr Bergamotte-Kiefern-Duft überall.

Sie wich zurück, schnappte nach Luft, und er wanderte mit dem Mund zu ihrer Kehle, unfähig, aufzuhören, unfähig, sie nicht zu berühren. Sein Herz schlug in einem schweren Rhythmus, und jede Faser seines Körpers brannte für sie. Er küsste die Vertiefung an ihrem Schlüsselbein, hinterließ eine Spur aus Küssen zu ihrem Kinn, bis sie seinen Mund wieder zu ihrem zog. Niall fuhr mit dem Finger am Träger ihres Kleides entlang bis zu ihren Brüsten. Cordelia stöhnte erneut leise auf, und Niall glaubte, vor Verlangen noch verrückt zu werden.

»Bringst du mich nach Hause?«, flüsterte Cordelia ihm ins Ohr. »Ja«, flüsterte er zurück.

18

Der Weg zurück zum Cottage dauerte viel länger als sonst, aber Cordelia beschwerte sich nicht.

Dieser ganze Tag war wie ein Traum gewesen, vom Aufwachen bis zu dem Moment, als Niall sie gegen diesen Baum gedrückt hatte. Sie wollte sich kneifen. War es physisch überhaupt möglich, so viel Glück zu empfinden? Sie fürchtete, in tausend Stücke zu zerspringen.

Alle fünf Schritte blieben sie stehen und küssten sich. Sie brauchten keine Worte, ihr Dialog bestand aus Berührungen – Nialls Mund auf ihrem, ihre Finger in seinem Haar, seine Hände an ihrer Taille. Sie fühlte sich auf eine ganz neue Weise lebendig, als würde sie von innen leuchten und das Licht durch jede Pore hindurchschimmern.

Doch als sie das Cottage erreichten, waren aus der warmen Glut sprühende Funken geworden. Sie kannte sich selbst gut genug, um zu wissen, dass sie erst wissen musste, wo sie standen, bevor sie weitergehen konnte. Als Niall sie an der Eingangstür küsste, nahm sie all ihre Willenskraft zusammen und schob ihn weg.

»Warte«, hauchte sie atemlos.

»Okay, Entschuldigung«, sagte er schwer atmend. Eine Sekunde lang war sie versucht, ihn wieder an sich zu ziehen, sich in den Kuss hineinfallen zu lassen. Ihr Blick schwebte über seinem Mund.

»Cordelia?«, sagte Niall besorgt. »Alles okay?«

»Was tun wir hier?«, platzte sie heraus.

Niall zog die Augenbrauen hoch. »Äh …« Er sah sich um. »Wir sind im Cottage.«

»Nein, ich weiß, wo wir sind, aber was wird das hier?« Sie gestikulierte zwischen sich und ihm hin und her.

»Wir küssen uns?«

»Niall. Im Ernst.«

»Das ist mein voller Ernst.« Er legte den Kopf schief. »Fragst du etwa, was meine Absichten sind?«

Ihre Handflächen kribbelten, und sie zupfte am Saum ihrer Strickjacke. »Ja. Ich denke schon. Ich meine, das klingt ein bisschen altmodisch, aber … Ich kann nicht einfach so mit jemandem schlafen, okay? Das funktioniert für mich nicht.«

»Gut«, sagte Niall und beugte sich vor, um ihren Hals zu küssen. »Für mich funktioniert das auch nicht.«

»Okay.« Cordelia spürte, wie sie ein Schauer durchlief. »Ich hab' so was noch nie gemacht.«

Er zeichnete mit der Nase die Linie ihres Halses nach und liebkoste ihr Ohr. »Was meinst du?«

»Ich meine … du bist mein Nachbar.« Sie schnappte nach Luft, als seine Hand unter ihre Strickjacke glitt und über die glatte Haut ihres Rückens strich. »Deine Eltern sind meine Nachbarn. Wir sind in dieser winzigen Stadt, in der jeder alles über jeden weiß …«

»Das ist wahr«, sagte Niall. Er runzelte die Stirn und wich zurück. »Ist es dir … peinlich? Zeit mit mir zu verbringen?«

»Was? Nein!«, sagte Cordelia schnell. »Ganz und gar nicht. Ich will *mehr* Zeit mit dir verbringen.«

Die Worte rutschten ihr raus, bevor sie sie zurückhalten konnte. Ihrer Erfahrung nach schlug man jeden Mann in die Flucht, wenn man seine Gefühle so offen aussprach. Aber Niall lächelte nur. Der Mond leuchtete hell über seinem Kopf, die Sterne funkelten an einem schwarzen Himmel.

»Ich will auch mehr Zeit mit dir verbringen«, sagte er sanft.

Alle Luft wich aus ihren Lungen. »Ist das wahr?«

Er zog eine Augenbraue in die Höhe. »Ist das nicht offensichtlich?«

»Wir haben uns nur geküsst«, sagte sie. »Das heißt nicht, dass … Ich weiß es nicht. So funktioniert das in New York nicht.«

Seine Mundwinkel zuckten. »Ich sage es dir nur ungern, aber wir sind *nicht* in New York.«

»Ich weiß.« Sie senkte den Blick, legte die Hände an seine Brust und fummelte an einem der Knöpfe herum. Sie wollte ihn so sehr, dass es wehtat. »Ich hab dir ja gesagt, dass es echt lange her ist, seit ich mit jemandem zusammen war. Und ich bin aus der Übung in allem, was mit Beziehungen zu tun hat. Und wahrscheinlich vermassele ich gerade alles. Ich bin nicht leicht zu haben. Ich verliebe mich nicht leichtfertig.«

Sie holte tief Luft. Sie konnte es genauso gut direkt sagen und hinter sich bringen.

»Aber ich bin mir ziemlich sicher, dass ich mich in dich verliebt habe. Durch dich habe ich mich zum ersten Mal seit Jahren wieder lebendig gefühlt – zum ersten Mal seit dem Tod meines Vaters, wenn ich ganz ehrlich bin. Aber wenn du noch nicht so weit bist oder wenn es dir Angst macht, dann solltest du es mir jetzt sagen. Ich werde es verstehen.«

Schließlich traute sie sich, ihn anzusehen. Er strich ihr eine

Haarsträhne hinters Ohr, sein Blick nachdenklich, aber auch amüsiert.

»Als wir uns das erste Mal begegnet sind«, sagte er, »war ich so deprimiert, dass ich dachte, ich könnte mich nie wieder jemandem öffnen. Du hast mich da rausgeholt.« Er lehnte seine Stirn an ihre. »Dass du es ernst meinst, macht mir keine Angst«, flüsterte er. »Es macht mich an.«

Cordelia spürte, wie sich ihre Brust öffnete – wie eine Blume, die ihre Blütenblätter der Sonne zuwendet. »Wirklich?«

»Wirklich. Ich wollte dich schon seit unserem Ausflug zum Schwarzen Fort unbedingt küssen.«

Sie atmete scharf ein. »Ehrlich?«

Er nickte. »Aber ich wusste nicht, was du empfindest.«

Sie zuckte zusammen. »Ich denke, das ist deutlich geworden.«

»Das ist es. Und es war wunderschön. Ich werde nie vergessen, wie du auf dem Pier auf mich zugerannt bist.«

Ihr Herz raste. Sie konnte nicht glauben, dass es wirklich geschah. Konnte nicht fassen, dass er genauso empfand wie sie. »Aber ich bin doch nur bis Ende August hier«, sagte sie. »Was dann?«

»Ich glaube nicht, dass wir uns darüber jetzt schon Gedanken machen müssen«, sagte Niall. »Vielleicht magst du mich in ein paar Monaten gar nicht mehr.«

»Ich mochte dich schon vorher nicht«, sagte sie. »Und sieh nur, wohin das geführt hat.«

Niall lachte. »Auch wieder wahr.« Er hob ihr Kinn an, sodass ihre Blicke sich trafen. »Habe ich dir meine ernsten Absichten jetzt bewiesen? Oder muss ich dir einen Claddagh-Ring besorgen? Willst du vielleicht meine Schuljacke tragen?«

»Hast du denn eine Schuljacke?«

»Nein. Aber wenn ich eine hätte, würde ich sie dich tragen lassen.« Er klimperte mit den Wimpern. »Cordelia James, willst du mit mir gehen?«

Jetzt war sie es, die lachte, und die Sterne schienen in diesem Moment noch heller zu leuchten. »Ja«, sagte sie und beugte sich vor, um ihn zu küssen, seine Lippen schon so vertraut. Sie ließ eine Hand über seine Brust gleiten, und Niall stieß einen sonoren Laut aus, der an der Schnur zerrte, die mit einem tiefen Verlangen in ihrem Innern verbunden war. Jede Angst verschwand, und es blieb nur noch ein warmes Kribbeln zurück.

»Willst du mit reinkommen?«, fragte sie kokett.

Im Haus war es dunkel.

Niall war seit Jahren nicht mehr hier gewesen. Unter dem Geruch nach Holzpolitur und Wolle nahm er Cordelias Bergamotte-Duft wahr. Cordelia stellte ihre Tasche ab und schloss die Tür, und im Nu war Niall bei ihr, seine Hände in ihrem Haar, sein Mund auf ihren Lippen. Gott, er würde nie müde werden, sie zu küssen. Ihre Lippen waren so weich – er knabberte an ihrer Unterlippe, was ihr wieder dieses kleine Stöhnen entlockte. Mit einer schnellen Bewegung streifte er ihr die Strickjacke von den Schultern, die zu Boden fiel. Er drückte Cordelia mit dem Rücken gegen die Tür, und sie ließ ihre Hand sinken, um mit den Fingernägeln über die Ausbuchtung in seinem Schritt zu fahren.

Er stöhnte an ihrem Mund und ließ eine Hand von ihrer Hüfte über die Taille bis zu ihrer Brust wandern, strich mit dem Daumen über den weichen Stoff und fühlte ihre Brustspitze darunter. Sie trug keinen BH. Cordelia grub ihre Finger in seinen Rücken, und ein kleiner Schauer durchlief sie.

»Ich will dich in meinem Mund«, sagte Niall schroff, und sie schnappte nach Luft, als er den Träger ihres Kleides nach unten schob und am Ausschnitt zerrte, sodass eine perfekte, satinweiche Brust freigelegt wurde, die förmlich darum bettelte, geküsst zu werden. Er nahm sie in den Mund, saugte daran und liebkoste die Brustwarze mit seiner Zunge, bis Cordelia aufschrie. Dann schob er den Träger behutsam zurück, um die Brust wieder zu bedecken.

»Was tust du da?«, keuchte sie.

Sein Mund wanderte zu ihrem Ohr. »Ich lasse mir Zeit«, murmelte er.

Sie war so unfassbar schön. Er wollte nichts überstürzen. Er wollte an ihr nippen, jeden einzelnen Tropfen auskosten. Er wollte sich an ihr laben, bis die Sonne aufging, und immer noch hungrig nach mehr sein. Er schob die andere Hand unter ihren Rock und streichelte die zarte Haut ihres Schenkels. Ihr Atem stockte, als er ein Bein hochzog und sich zwischen ihre Schenkel schob. Mit dem Mund erkundete er die Länge ihres Schlüsselbeins und tauchte hinab in das Tal zwischen ihren Brüsten. Dann packte er ihren Hintern und hob sie hoch.

»Du bist so hart«, flüsterte sie ihm ins Ohr, und pure Ekstase schoss durch seine Adern. Sie begann, an seinen Knöpfen herumzufummeln, aber als er ihr helfen wollte, wies sie ihn zurecht. »Lass die Hände schön da, wo sie waren«, befahl sie, und er lachte atemlos, weil er es genoss, dass sie ihn herumkommandierte.

Erneut streichelte er ihre Brust, spürte den harten Nippel, der immer noch nach ihm rief. Er musste sich der anderen Brust widmen. Es kostete ihn all seine Selbstbeherrschung, ihr das dünne Baumwollkleid nicht vom Leib zu reißen.

Cordelia war beim letzten Knopf angelangt und streifte ihm das Hemd von den Schultern. Dann spürte er ihre Hände auf seiner Haut, und er konnte nicht mehr denken, er konnte nichts mehr sehen, konnte kaum noch atmen … alles war Cordelia. Sie küsste seine Schulter, biss ihn sanft in den Nacken. Mit den Fingernägeln fuhr sie durchs Haar auf seiner Brust, dann ließ sie einen Zeigefinger unter den Bund seiner Jeans gleiten, während sie ihn mit der anderen Hand umfasste und mit der Handfläche in gleichmäßigen Bewegungen auf und ab strich, dass ihm die Knie weich wurden.

»Du bringst mich um den Verstand«, stöhnte Niall.

»Zieh mir das Kleid aus«, flüsterte sie.

Niall brauchte keine weitere Aufforderung. Seine Hände fanden den Reißverschluss an ihrem Rücken, und dann stand Cordelia im Mondlicht vor ihm, nackt bis auf ein Baumwollhöschen mit Wassermelonenmuster.

»Oh.« Sie grinste verlegen, als ihr auffiel, dass sie noch mehr Lebensmittel trug. »Das war keine Absicht. Heute ist Waschtag.«

Niall kicherte, fuhr mit den Finger über den Stoff und spürte, wie sie eine Gänsehaut bekam. »Mal sehen, ob es so gut schmeckt, wie es aussieht«, sagte er und ging auf die Knie. Er küsste sie knapp unterhalb ihres Bauchnabels und sah dann zu ihr hoch. Beide Brustspitzen waren in der kühlen Luft aufgerichtet, und Niall konnte nicht widerstehen, eine der kecken Knospen zwischen den Fingern zu zwirbeln. Sie sog scharf die Luft ein und biss sich auf die Lippe, und Niall wurde so hart, dass es wehtat. Sie strich ihm eine Haarsträhne aus dem Gesicht und legte die Hand sanft an sein Kinn. Er drehte den Kopf, um ihre Handfläche zu küssen, dann sah er wieder zu ihr auf. »Cordelia James«, sagte er. »Du bist wunderschön.«

Ihre Augen weiteten sich ein wenig, und ihre Lippen öffneten sich, doch Niall konnte nicht warten. Zärtlich küsste er ihren Schoß und genoss das Stöhnen, das ihr entwich, lauter und animalischer als zuvor, und er konnte es kaum erwarten, sie in voller Ekstase zu sehen.

Mit einem Finger zog er den Wassermelonenstoff zur Seite, um sie endlich zu schmecken. Sie war feucht und bereit, und er ließ die Zunge über ihre Klitoris gleiten, spürte, wie ihre Schenkel bebten, und drückte eine Hand flach gegen ihren Bauch, um sie aufrecht zu halten. Er leckte und saugte an ihr, spürte, wann sie sich zusammenzog und wann ihre Säfte flossen, ließ die Zunge kreisen und wanderte immer tiefer zu ihrer Öffnung.

»Niall«, stöhnte sie, als er einen Finger in sie schob. »Warte.«

»Ich kann nicht«, murmelte er erstickt.

»O Gott«, sagte sie, und als er leicht den Kopf hob, sah er, dass sie mit einer Hand ihr Haar festhielt. »Ich glaube, ich kippe um.« Sie begegnete seinem Blick. »Schlafzimmer.«

Es war wohl das einzige Wort, das ihn dazu bewegen konnte, seine Position aufzugeben, die er für die perfekteste auf der ganzen Welt hielt. Seine Knie knackten, als er aufstand und sie leidenschaftlich küsste. Dann bückte er sich unvermittelt, um sie in seine Arme zu heben.

Sie kreischte. »Du Mistkerl!« Kichernd schlug sie ihm auf die Brust.

»Und ein starker Mistkerl noch dazu«, sagte er grinsend. Sie schlang die Arme um seinen Hals und richtete sich auf, um ihn zu küssen.

»Mehr davon bitte«, flüsterte sie.

»Oh ja«, murmelte er zustimmend. Er war noch nicht fertig mit ihr. Noch lange nicht. Er trug sie durch das kleine Wohnzimmer.

»Warte, das Licht«, sagte sie.

»Scheiß aufs Licht«, brummte Niall.

Cordelia war ein einziges, verworrenes, sich windendes Bündel der Lust.

Ihre Haut stand in Flammen. Ihr Herz pochte gegen ihr Brustbein. Die empfindliche Stelle zwischen ihren Schenkeln schien einen eigenen Herzschlag zu besitzen, und Cordelia sehnte sich nach Nialls Mund. Er stieß die Tür zum Schlafzimmer auf und legte sie sanft aufs Bett. Dann stand er über ihr, seine Haut im schwachen Licht, das durchs Fenster fiel, glänzend wie Perlmutt, die Augen dunkel wie Lapislazuli.

»Du hast deine Hose noch an«, sagte sie und setzte sich auf. »Das ist nicht fair.« Sie knöpfte seine Jeans auf, zog eine Spur aus Küssen über seinen Bauch und spürte, wie sich die Muskeln unter ihren Lippen spannten und zitterten. Sie lehnte sich zurück und wartete, bis er Schuhe, Socken und Jeans ausgezogen hatte, bevor er sich neben sie aufs Bett legte, den Kopf in die Hand gestützt.

Er ließ die Fingerspitzen von ihrem Hals zwischen ihren Brüsten hindurch, über ihren Bauch, bis zu ihrer Klitoris gleiten. Sie schnappte nach Luft, während er sanft darüberstrich, als hätte er alle Zeit der Welt. Er machte kreisende Bewegungen wie zuvor mit dem Mund, und Cordelia stöhnte, als Lichtblitze an ihrem Blickfeldrand zuckten. Er tauchte ab, um wieder an ihrer Brust zu saugen, biss ganz sanft in ihre Brustwarze, und Cordelia hätte fast aufgeschrien vor Lust.

Niall nahm die andere Brust in den Mund, und Cordelias Kopf drehte sich, die Empfindungen ein zartes Summen auf ihrer Haut. Eine unsichtbare, straffe Schnur zog sich von ihren Brustspitzen bis zwischen ihre Beine, und gerade als sie dachte, sie würde in Ohnmacht fallen oder zerspringen, steckte er seine Finger erneut in sie.

Sie schrie auf, und Niall verlagerte seine Position, sodass er, auf den Unterarm gestützt, über ihr schwebte, während er ihren G-Punkt erkundete, um seine Finger dann erneut kreisen zu lassen. Sie zog seinen Mund auf ihren, während sie ihm die Hüften entgegenwölbte. Sie stand kurz vor der ultimativen Erlösung, aber sie war noch nicht so weit. Sie wollte keinen einzigen Fetzen Stoff zwischen sich und Niall spüren, wenn sie kam.

»Zieh sie aus«, flehte sie, und er brauchte keine weitere Aufforderung. Mit einem Ruck zog er die Wassermelonenhose an ihren Beinen hinunter und warf sie zur Seite.

»Deine auch«, flüsterte sie an seiner Wange. Sie spürte, wie er sich bewegte, und hörte dann das leise Geräusch seiner Boxershorts, die zu Boden fiel.

Cordelia hatte gedacht, dass sie, sobald sie sich wieder wohl genug fühlte, um Sex zu haben, schüchtern und unbeholfen sein würde, sich ihrer Nacktheit schämen oder an sich zweifeln. Aber nicht mit Niall. Er sah sie an wie ein verdurstender Mann einen Krug Wasser, als wäre sie ein kostbarstes Juwel. Sie *fühlte* sich kostbar. Kostbar und sexy und lebendig und glücklich. Noch nie hatte sie ein so reines Hochgefühl verspürt. Es war, als würde sie schweben, das Gesetz der Schwerkraft außer Kraft gesetzt.

Sie ließ ihren Blick über seine Schultern wandern, über seine Brust, hinunter zu dem V der Muskeln, das sie gestern im Hinterzimmer bewundert hatte. War das wirklich erst gestern gewesen? Niall war groß und hart, und als sie ihn in die Hand nahm, staunte sie, wie weich die Haut über dem harten Muskel sich anfühlte. Sie hörte, wie ihm der Atem stockte, und lächelte verrucht.

»Du bringst mich noch ins Grab«, flüsterte er.

Cordelia packte ihn fester, und er stöhnte auf. »Hoffentlich nicht heute Nacht.«

In einem plötzlichen Anflug von Tollkühnheit, derer sie sich nicht fähig geglaubt hatte, drückte sie ihn aufs Bett, setzte sich rittlings auf ihn, drückte ihre Brüste an seine Brust und ließ ihre Zunge wieder in seinen Mund gleiten, während sie ihn weiter streichelte, mal fest, mal sanft.

»Ich will dich in mir spüren«, hauchte Cordelia. »Ich brauche dich.«

»Oh *shit*«, murmelte Niall. Cordelia setzte sich auf und fragte sich, ob dies der Moment war, in dem ihr Traum zerplatzte. Niall sah den Schock in ihrem Gesicht und setzte sich ebenfalls auf. »Ich habe keine Kondome«, erklärte er. »Früher hatte ich immer welche in meinem Portemonnaie, aber seit … «

Ein Gefühl der Erleichterung durchflutete sie. »Oh«, sagte sie. »Ich nehme die Pille, und ich bin getestet.«

»Ich auch«, sagte er, und sie war dankbar, dass es hier nicht zu Ende war, dass sie ihrem unstillbaren Hunger nachgeben konnten.

Cordelia lag auf dem Rücken, Niall über ihr und strich ihr das Haar aus dem Gesicht.

Ihre Brustwarzen streiften seine Brust, als er langsam in sie eindrang, sich Zeit ließ, sich vergewisserte, dass sie sich wohlfühlte. Sie konnte es spüren, wie er bei jeder Bewegung, jeder Regung an *sie* dachte. Er wusste, wie lange es her war. Er kannte ihre Vorbehalte und Unsicherheiten, ihre Ängste. Aber als er in sie eindrang, stieß Cordelia einen Laut aus, wie sie selbst ihn noch nie aus ihrem Mund gehört hatte, ein Ausdruck völliger Ekstase.

Niall ließ den Kopf auf ihre Brüste sinken. »O Gott«, sagte er. »Cordelia.«

»Mehr«, stöhnte sie, und er drang noch tiefer in sie ein. Er füllte sie ganz aus, und sie grub die Fingernägel in seinen Rücken. Cordelia spürte, wie sich ihr Universum ausdehnte und zusammenzog, jede Faser ihres Seins konzentriert auf den Punkt zwischen ihren Beinen. Während er sich in ihr bewegte, strich Niall mit den Fingern über ihre Klitoris, und Cordelia dachte, sie würde explodieren, in eine Million Glitzerpartikel zerplatzen und vom Wind weggefegt werden.

Immer härter und schneller stieß er in sie. Cordelia wimmerte, ihr Rücken wölbte sich, und er nutzte den Moment, um mit der Zunge über ihre Brustspitzen zu fahren, erst die eine, dann die andere. Cordelia stieß ein Stöhnen aus, das durch ihren ganzen Körper hallte, und Niall murmelte ihr etwas ins Ohr, aber sie hörte nichts, sie konnte nicht denken, konnte nichts sehen, war nur pulsierendes Verlangen. Sie spürte, wie sich der Orgasmus aufbaute, wie sie immer feuchter wurde. Und sie spürte es auch bei ihm, wie er härter wurde, noch tiefer in sie stieß, und gerade als sie dachte, sie könnte es nicht mehr aushalten, gerade als sie um Erlösung betteln wollte, spürte sie, wie sie in zwei Teile zerriss, wie die Lust in heißen, endlosen Wellen durch ihren Körper schoss. Sie schrie seinen Namen, während ihr Körper erbebte, ein Gefäß purer Ekstase, und sie konnte spüren, wie auch er kam, wie er sich in sie ergoss, was einen weiteren prickelnden, alles verzehrenden Schauer auslöste.

Ihr Körper bäumte sich noch einmal auf, dann lagen sie beide ganz still. Nialls Haar war feucht vom Schweiß, seine Brust hob und senkte sich. Cordelia fühlte sich seltsam gelöst, als hätten sich ihre Gelenke gelockert. Ein Schauer durchlief ihn, als sie ihm durchs Haar strich, und sie hielt ihn fest, weil sie es plötzlich mit der Angst bekam, obwohl sie nicht sagen konnte, warum oder wovor sie Angst hatte. Nur, dass sie nicht wollte, dass er wegging.

»Ich wasch mich nur schnell, mein Liebling«, murmelte er, und ihr Herz überschlug sich bei diesem Wort, das so klein und einfach und doch so mächtig war. Er zog sich aus ihr zurück, und sie spürte die Sehnsucht, die er hinterließ. Sie fühlte sich wund, doch sie wollte ihn schon wieder. Sie hörte leise Geräusche aus dem Bad, und dann war er wieder da und drückte sie an seine Brust.

Sie spürte, wie er seine Lippen auf ihr Haar presste, während sie träge Muster auf seiner Haut nachzeichnete. Sein Herz schlug schwer gegen ihre Wange, und es war das schönste Geräusch, das sie je gehört hatte. Ihr Körper war schwerelos, ihre Beine wie Wackelpudding. Sie fühlte sich, als hätte man sie eingeschmolzen und in eine neue Form gegossen.

»Geht es dir gut?«, flüsterte Niall nach einer Weile. Sie legte den Kopf schief und blickte in diese verblüffend blauen Augen, die sie so sehr zu lieben gelernt hatte.

»Es könnte mir nicht besser gehen«, sagte sie.

19

Als Niall am nächsten Morgen aufwachte, schmerzten seine Glieder. Sein Körper fühlte sich gummiartig an, aber auf gute Art, wie ein Karamellbonbon.

Das zweite, was ihm auffiel, war der wunderschöne goldene Kopf in seiner Armbeuge. Cordelia sah so friedlich aus, während sie schlief, ihr Atem langsam und gleichmäßig. Unter der Bettdecke lugte eine blassrosa Brustwarze hervor. Der Anblick ließ ihn gleich wieder hart werden.

Er wollte sie nicht wecken, musste aber dringend auf die Toilette. Vorsichtig schälte er sich unter ihr hervor und eilte ins Bad. Als er herauskam, war sie wach und beobachtete ihn, ein leises Lächeln um den Mund, die eine Brust noch immer entblößt. Er fuhr sich mit der Zunge über die Lippen und erinnerte sich daran, wie gut sie geschmeckt hatte.

»Guten Morgen«, sagte Cordelia.

»Morgen.« Niall kroch zurück ins Bett und küsste sie. Sie schlang die Arme um ihn, fuhr mit den Fingern seinen Rücken entlang. Niall ließ seine Zunge in ihren Mund gleiten, und sie erwiderte seinen Kuss. Er ließ seine Hand an ihrer Taille hinuntergleiten und hob ihren Oberschenkel an, um es sich zwischen ihren Beinen gemütlich zu machen. Sie grub die Ferse in seinen Rücken und schlang ihr anderes Bein um ihn.

»Jetzt habe ich dich«, sagte sie grinsend. »Du kannst nirgendwo hin.«

Es gab keinen Ort auf der Welt, wo Niall lieber sein wollte. »Dann bin ich dein Gefangener«, sagte er und legte seine Handgelenke über ihrem Kopf ab. »Tu mit mir, was du willst.«

Sie kicherte, und er spürte es im ganzen Körper. Sein Schwanz stieß gegen ihren Oberschenkel, und sie stöhnte leise, nicht die orgiastischen Laute der vergangenen Nacht, sondern ein zartes, lustvolles Gurren.

»Ich hab' Hunger«, sagte er.

»Ich kann nachsehen, was ich zu essen habe …«

»Keinen Hunger auf Essen«, stöhnte Niall ihr ins Ohr, dann schob er die Bettdecke beiseite und rutschte mit dem Kopf zwischen ihre Beine.

Schwer atmend fielen sie zusammen aufs Bett. »Heilige Scheiße«, keuchte Niall.

»Heilige Scheiße«, murmelte Cordelia zustimmend. Einen seligen Moment lang war alles auf der Welt genau am richtigen Platz. Die Planeten hatten sich ausgerichtet, die Ordnung des Universums war wiederhergestellt, und Cordelia James lag in seinen Armen.

Dann knurrte ihr Magen.

»Oh«, sagte sie verlegen, und Niall lachte an ihrem Hals.

»Soll ich uns Frühstück machen?«, fragte er.

»Ja, bitte!«, sagte sie erfreut. Er zog seine Jeans über und ging in die Küche. Der Tag war wolkenverhangen, aber hier und da blitzte die Sonne hervor. Niall hatte keine Ahnung, wie viel Uhr es war. Er hatte keine Ahnung, welcher Tag heute war. Er konnte sich vorstellen, für immer in diesem Haus zu leben und sich nur von Luft und Cordelia zu ernähren.

Er öffnete den Kühlschrank und schnappte nach Luft. »Was zum Teufel …«

Cordelia kam in gestreiften Schlafshorts und Hoodie in die Küche, die Haare zu einem lockeren Dutt hochgesteckt. Nur ihr bezaubernder Anblick konnte ihn von diesem Gräuel ablenken – wenn auch nur für einen kurzen Moment.

»Cordie«, sagte er, »was ist das?«

Sie strahlte. »Du hast mich noch nie Cordie genannt.« Sie sah an ihm vorbei in den offenen Kühlschrank, und ihr Lächeln erstarb. »Oh.«

»Ich dachte, Róisín übertreibt«, sagte Niall. Im Kühlschrank befanden sich ein einsamer Apfel, drei verschiedene Käsesorten und zwei Mars-Riegel.

»Ich hab' dir doch gesagt, dass ich nicht kochen kann«, sagte sie und schlang die Arme um seine Taille.

»Aber du weißt, wie man isst, oder?«, sagte Niall.

»Dafür gehe ich ins O'Connor's.«

»Okay«, sagte er und machte die Kühlschranktür wieder zu. »Wir gehen heute einkaufen. Kochen ist keine Raketenwissenschaft. Ich kann dir ein paar ganz einfache Gerichte beibringen.«

»In Ordnung«, sagte sie fröhlich, beugte sich vor, um ihm einen Kuss auf die Lippen zu geben, und tänzelte dann ins Wohnzimmer davon. »Ich hoffe, niemand war sauer, dass wir gestern Abend einfach verschwunden sind.«

»Das nennt man einen irischen Abgang«, sagte Niall, füllte Kaffee in die Cafetière und setzte Wasser auf. »Ich verspreche dir, niemand war überrascht. Aber ich wette, Róisín wird dich heute damit aufziehen. Ich auch, wenn ich es mir recht überlege.« Im Wohnzimmer herrschte Stille. »Cordelia?«, rief Niall. »Alles okay?«

Wieder Stille. Niall eilte aus der Küche und fand Cordelia, die mitten im Zimmer stand und mit leerem Blick auf ihr Handy starrte. An der anderen Hand hing schlaff ihre Handtasche herab.

»Was?«, fragte er und trat neben sie. »Was ist passiert?«

»Liz hat mir gestern Abend noch geschrieben«, sagte sie verwirrt. Niall beugte sich vor und sah die Nachrichten auf dem Display.

Cordelia!!!!

CHECK DEIN INSTA

JETZT

Hallo??? Mädel, das Bild geht viral

Die Leute lieben es!! Du musst mehr posten. Und zwar sofort. SO SCHNELL WIE MÖGLICH.

Hi, lebst du noch? Bitte antworte mir.

»Hast du nachgesehen?«, fragte Niall. Cordelia schüttelte den Kopf. Sie sah blinzelnd zu ihm auf. Er küsste sie lächelnd auf die Schläfe. »Dann mach.«

Sie schickte eine kurze SMS an Liz, in der stand: *Sorry, ich lebe, ich sehe es mir gleich an!* Dann ging sie auf Instagram. Niall warf einen Blick auf den Namen ihres Accounts – @cordjamesshoots – dann starrte er auf das Foto von sich beim Schwarzen Fort. Neben dem kleinen Herzen in der linken Ecke stand eine Zahl – 20.300.

»Heilige Scheiße«, sagte er. »Das ist ganz gut, oder?«

Cordelia starrte wortlos auf die Zahl.

»Cord?«, fragte er. »Das ist doch gut, oder?«

Sie sah ihn mit Tränen in den Augen an. »Es sind so viele«, sagte sie. »Ich habe noch nie … All diesen Leuten gefällt mein Foto? Niall!« Sie schlang die Arme um ihn. »O mein Gott! O mein Gott!«

Dann wich sie zurück und starrte wieder aufs Display, wo die Anzahl der Likes stetig wuchs. Professionelle Fotografen kommentierten die Farbe, die Komposition und das Licht, andere kommentierten den Ort. Niall las einige davon mit.

Ich wollte schon immer mal auf die Aran-Inseln! Das ist Dún Dúchathair.

Seht euch diese Wolken an! 😎

»Sie lieben es«, sagte Niall stolz.

»Sieh mal, da geht es um dich«, sagte Cordelia.

Halloooooo, irischer Hottie!

Ein schöner Mann auf einer schönen Klippe.

Ein anderer Kommentar bestand nur aus einer Reihe von Feuer-Emojis.

»Ah«, sagte Niall und rieb sich den Nacken. »Tja. Hm.« Cordelia drückte ihr Gesicht an seine Brust und begann zu lachen.

Sie lachte und lachte, und Niall hielt sie fest und grinste.

»Findest du das lustig?«, stichelte er. »Dein Mann ist ziemlich beliebt bei den Instagram-Leuten, wie es scheint.« Es war ein bisschen seltsam, aber das war Niall egal. Hauptsache, Cordelia war glücklich und bekam die Anerkennung, die sie verdiente.

»Mein irischer Hottie«, sagte sie und reckte sich auf die Zehenspitzen, um ihn zu küssen.

Es klopfte an der Tür. »He!«, rief Róisín.

»Scheiße«, sagte Niall und beeilte sich, sein Hemd vom Boden aufzuheben. Er knöpfte es gerade zu, als Cordelia die Tür öffnete.

»Ich bin überrascht, dass du geklopft hast«, meinte sie trocken.

»Ich wollte nicht stören«, sagte Róisín.

»Du willst immer stören.«

Róisín kicherte. »Na ja, ich war nicht scharf darauf, Niall im Adamskostüm zu sehen.«

Cordelia wurde knallrot, und Niall stöhnte. »Lass gut sein, Róisín, das musst du dir ansehen.«

»Mein Foto«, sagte Cordelia und klang immer noch fassungslos, als sie Róisín das Handy reichte.

»Das ist aber ein schönes Foto von unserem Niall.« Sie klopfte Niall auf die Schulter. »Ist das beim Schwarzen Fort? Ach ja, warte, jetzt sehe ich den Titel: Niall beim Schwarzen Fort.« Sie runzelte die Stirn. »Ist das nicht ein bisschen einfallslos, Cordie?«

»Die Leute mögen es«, sagte Cordelia.

»Natürlich tun sie das, sie wären ja blind, wenn sie es nicht täten.« Róisín gab das Handy zurück. »Na los, stell ein Foto von mir ein. Das ist es, was die Leute wirklich sehen wollen.«

Niall lachte, und Cordelia sah sie blinzelnd an. »Soll ich?«

»Ja!«, rief Róisín, und Niall nickte.

»Okay«, sagte sie, und Niall zog sich der Magen zusammen beim Anblick, der puren, unverfälschten Freude auf ihrem Gesicht, als sie durch die Fotos scrollte. Sie wählte das Schwarz-Weiß-Foto von Róisín und Brigid, das erste Bild von ihr, das Niall je gesehen hatte.

»Vielleicht kannst du dazu eine von Róisíns Geschichten erzählen«, schlug er vor.

»Ja!«, rief Cordelia aus. »Wie *Humans of New York*. Nur dass es *Humans of Inishmore* sind. Ich könnte eine ganze Serie machen! Róisín, erzähl mir noch mal die Geschichte, wie der Púca Brigid gerettet hat.«

»Nun, es war ein kalter und windiger Tag«, begann Róisín, während Cordelias Finger über die Tastatur flogen. »Und er hatte die Gestalt eines Hasen, eines großen braunen Hasen mit goldenen Augen und spitzen Ohren …«

Cordelia drehte sich noch immer der Kopf, als sie Róisín zum Haus auf dem Hügel folgte.

Niall war nach Hause gegangen, um zu duschen und sich umzuziehen. Die Farben waren endlich da, und Róisín war ganz erpicht darauf, dass Cordelia sich wieder an die Arbeit machte. Sie mischte gerade das perfekte Gelb für das Johanniskraut, als ihr Handy klingelte.

»Wer ist das?«, fragte Róisín, die ihr gegenüber am Tisch saß und gerade Erbsen pulte.

»Es ist Liz«, sagte Cordelia und nahm den FaceTime-Anruf entgegen.

»Hi hi hi!!« Liz' Gesicht erschien auf dem Display. »Sieh mal einer an, du gibst ja richtig Gas auf Instagram. Ich liebe es. Das Bild von Róisín ist großartig. Und diese Geschichte ist der …«

»Niall und ich sind zusammen«, platzte Cordelia heraus. Róisín grinste vor sich hin und tat so, als wäre sie sehr mit den Erbsen beschäftigt.

Liz' Augenbrauen schossen in die Höhe. Ihr rot geschminkter Mund formte ein O. Sie blinzelte, atmete tief ein und rief dann: »WAS?! Wann? Wie? Cordie!! Ich will Einzelheiten. Hast du ihn geküsst? Hast du mit ihm geschlafen? War es gut? Wann ist das passiert?«

»Der Tatsache nach zu urteilen, dass ich ihn vor nicht mal einer Stunde oberkörperfrei bei ihr zu Hause angetroffen habe, würde ich sagen, es läuft ganz gut«, sagte Róisín.

»Ist das Róisín?«, fragte Liz begierig. »Hallo, Róisín!«

»Hallo zurück«, sagte Róisín und kam um den Tisch herum, damit Liz sie sehen konnte.

»Er war nicht oberkörperfrei«, widersprach Cordelia.

»Sein Hemd war ganz schief geknöpft«, konterte Róisín. »Ich sage dir, Liz, die beiden scharwenzeln schon seit ihrem ersten Tag auf der Insel umeinander herum …«

»Oder?«, erwiderte Liz.

Róisín erzählte die Geschichte vom Curragh-Rennen und dem Kuss auf dem Pier.

»Cordelia Marie James«, sagte Liz und betonte jede Silbe. »Das ist ja noch besser als die Sache mit Instagram!«

»Es ist ziemlich verrückt«, gab Cordelia zu.

»Nicht verrückt. Es ist eine glückliche Fügung. Oh, Cordie. Keiner hat das mehr verdient als du. Ich freue mich so für euch.«

»Danke«, sagte Cordelia und grinste. »Ich freue mich auch.«

»Das sieht man dir an, du strahlst förmlich! Hast du es deiner Mutter schon gesagt?«

Cordelia verzog das Gesicht. »Nein.« Sie senkte den Blick.

»*Shit*. Das hätte ich nicht sagen sollen. Lass dir diesen Tag nicht von ihr verderben! Du musst ihr nichts sagen, wenn du nicht willst.«

»Sie würde es nur kaputtmachen«, sagte Cordelia. »Wahrscheinlich würde sie es als Argument gegen mich verwenden.«

»Du gibst viel zu viel auf deine Mutter«, sagte Róisín und wandte sich wieder ihren Erbsen zu.

»Sehe ich genauso«, sagte Liz. »Ist doch egal, was sie denkt. Sie hat nichts mit dir und Niall zu tun. Niall und Cordelia! Sogar eure Namen klingen perfekt zusammen.«

»Du hast recht«, sagte Cordelia und richtete sich auf.

Sie wollte sich ihr Glück nicht von ihrer Mutter kaputtmachen lassen, weder indem sie sich damit brüstete, dass sie die ganze Zeit recht gehabt hätte, noch indem sie Cordelia drängte, zu heiraten und Kinder zu bekommen. Nein, Cordelia war endlich voll und ganz glücklich, und sie würde nicht zulassen, dass Louise James ihr reinredete.

20

Der Juli war der bisher glücklichste Monat in Cordelias Leben.

Sie verbrachte jede freie Minute mit Niall. Er zeigte ihr die Insel und ließ sie weitere Fotos von sich für Instagram machen. Ihre Fangemeinde wuchs von Tag zu Tag, und jedes neue Foto und jede Geschichte brachte ihr mehr und mehr Aufmerksamkeit und Anerkennung. Seit Róisín angefangen hatte, mit Cordelias Beiträgen zu prahlen, schien es, als hätte sich die ganze Insel bei Instagram angemeldet. Und diejenigen, die es noch nicht getan hatten, drängten Niall während seiner Schichten, ihnen die Bilder auf seinem Handy zu zeigen. Es schien ihn aber nicht zu stören. Wann immer jemand fragte, bemerkte Cordelia den stolzen Glanz in seinen Augen. Sie war noch nie mit einem Mann zusammen gewesen, der sie so sehr aufrichtete, der durch und durch an sie glaubte.

Die Inselbewohner rissen sich darum, in ihrem Feed vorgestellt zu werden, und Cordelia hatte alle Hände voll zu tun – jeder Einheimische hatte eine Menge Geschichten zu erzählen. Aber sie hatte ihre Geduld und Leichtigkeit wiedergefunden und entlockte allen ihre Geschichten, ob es nun um den Tod von Aoife O'Sheas Mann ging oder um Liam Sullivans Leidenschaft fürs Rudern. Colin war ein beliebtes Thema, sehr zu seiner Freude, ebenso wie Pocket – jedes Bild, auf dem der Border Collie zu sehen war, wurde sofort mit Likes und Kommentaren überschüttet.

Aber Niall war der heimliche Star. Ihre Liebe zu ihm schimmerte in jeder Aufnahme durch.

»Du erweckst die Insel zum Leben«, sagte er einmal zu ihr. »Ich glaube, ich bin zum ersten Mal stolz auf meine Heimat.«

Da hatte Cordelia ihn geküsst. Wenn es nach ihr gegangen wäre, hätte sie neunzig Prozent ihrer Zeit damit verbracht, Niall zu küssen. Oder mit Niall im Bett. Oder nackt mit Niall. Sollte die Welt untergehen, wollte sie ihre letzten Sekunden in Niall O'Connors Armen verbringen.

Im Hinterkopf nagte die Angst, tickte die Uhr, die ihre Zeit auf Inishmore auszählte. Doch noch war Juli, und sie versuchte, sich nicht verrückt zu machen, wie Róisín es ausgedrückt hätte.

Sie hatte Nikki und Toby von Niall erzählt, aber sie hatte es noch nicht geschafft, mit ihrer Mutter darüber zu sprechen. Louise hatte ein paar Nachrichten mit Links zu weiteren Artikeln und noch einer Dating-App (Luck of the Irish) geschickt, also vermutete Cordelia, dass Toby dichtgehalten hatte. Sie hatte ihrer Mutter nicht geantwortet. Sie wollte nicht lügen, aber sie wollte auch nicht die Wahrheit sagen. Doch es war nur eine Frage der Zeit. Ihre Mutter hatte angefangen anzurufen, einmal letzte Woche und dann dreimal diese Woche. Cordelia konnte ihr nicht ewig aus dem Weg gehen.

Doch heute konzentrierte sich Cordelia auf etwas anderes: Niall brachte ihr das Kochen bei. Er schlief jetzt jede Nacht im Cottage, und ihr Kühlschrank war immer mit frischem Gemüse, Eiern, Milch, Geflügel und Käse gefüllt.

Jedenfalls versuchte sie, sich darauf zu konzentrieren. Das

war nicht leicht, denn Niall sah wahnsinnig sexy aus, als er ein weiteres Ei aufschlug und in die Schüssel gab.

»Ein Omelett ist eine einfache Sache«, sagte er, während er begann, die Eier mit dem Schneebesen zu einer gelben Masse zu schlagen.

»Mmhm.« Cordelia stellte sich hinter ihn und tat, als würde sie aufmerksam zuhören.

»Es geht schnell und ist eine gute Gemüse- und Eiweißquelle.«

»Gemüse- und Eiweißquelle, ja.«

Sie nahm den schwachen Treibholzduft wahr, der ihr einen leichten Schauer über den Rücken jagte. Sein Hemd war am Kragen offen, und sie lehnte ihren Kopf an seinen Arm, als er ihr zeigte, wie man einen Pilz putzt. Sie ließ die Hände zu seiner Taille wanderten und fuhr am Bund seiner Jeans entlang.

»Hörst du mir überhaupt zu?«, fragte Niall amüsiert.

»Hm?« Sie schob die Hand zwischen seine Schenkel und spürte, wie er sich unter ihren Fingern versteifte.

»Du bist ein sehr ungezogenes Mädchen«, murmelte er, während er hart wurde.

»Wer, ich?« Sie klimperte mit den Wimpern und strich mit den Fingernägeln über seine Jeans. Er schnappte nach Luft.

»Verdammt«, sagte er und drehte sich in ihren Armen, um sie zu küssen. Sie schmolz an seiner Brust, eine Hand an seinem Schwanz und drückte ihn an die Arbeitsplatte. Ihre Zunge spielte mit seiner, während sie seine Jeans aufknöpfte und in seine Boxershorts griff, um ihn mit bloßen Händen zu umfassen. Sie liebte es, zu spüren, wie er sich unter ihren Fingern ausdehnte. Und heute wollte sie die Kontrolle haben, deshalb sank sie auf die Knie und nahm ihn in den Mund.

Niall stöhnte vor Lust und packte ihren Hinterkopf. Sie ließ seinen Schwanz ganz verschwinden, zog ihn dann heraus und leckte einmal von der Wurzel bis zur Spitze. »Ogott«, keuchte er, als sie mit ihrem Finger um die Spitze fuhr, bevor sie daran saugte, erst sanft, dann kräftiger, und ihn wieder in ihrem Rachen versenkte, wobei ihre Zunge jeden Zentimeter erforschte. Niall zog sein Hemd über den Kopf und bückte sich dann, um ihr Oberteil auszuziehen. Aus diesem Grund liebte sie es neuerdings, im Haus ohne BH herumzulaufen. Sie hob ihre Brüste an, um sie an ihm zu reiben, bevor sie ihn erneut zum Mund führte. Sie leckte und saugte, bis sie sich plötzlich auf dem Rücken liegend auf dem Küchenboden wiederfand.

»Verdammt«, murmelte Niall wieder. Er riss ihr die Shorts runter und drang in sie ein. Doch sie wollte die Kontrolle behalten.

»Leg dich auf den Rücken«, flüsterte sie ihm ins Ohr.

Er befolgte ihre Anweisungen. Sie setzte sich rittlings auf ihn und packte seine Handgelenke, um seine Handflächen über ihre Brüste zu legen.

»*Fuck*«, stöhnte Niall, als sie ihn wieder in sich einführte, und strich über ihre Brustwarzen. Sie nahm ihn ganz tief in sich auf, tiefer als je zuvor, und sie schrien beide gleichzeitig auf. Niall massierte ihre Brüste, und Cordelia begann im Takt seiner Hände zu wippen. Ihre Brustwarzen spannten sich, als er sie zwischen seinen Fingern rollte, und Blitze der Lust schossen zwischen ihre Beine. Sie rieb sich an ihm, und er packte ihre Hüften. Sie legte eine Hand auf seine Brust, während sie ihn ritt und dem entfesselten Verlangen freien Lauf ließ. Sie fühlte es kommen, ein Kitzeln in ihrem Hals, ein Kribbeln auf ihrer Kopfhaut – er traf … genau … *den Punkt*, und sie war verloren, ihr Körper bebte in Ekstase, und Niall griff nach ihren Brüsten, als er in ihr kam.

Sie fiel nach vorne und küsste ihn auf die Nase.

»Geiles ... Luder«, keuchte er und strich ihr das Haar hinters Ohr.

»Ist das eine Beschwerde?«

»Keinesfalls.«

Er küsste sie, und dann löste sie sich von ihm und griff nach einem Taschentuch, um sich zu säubern.

»Okay«, sagte Niall, zog seine Jeans wieder an und stand auf.

»Ich zeige dir, wie man dieses verdammte Omelett macht, und dann gehe ich duschen. Ich kann doch nicht so durchgefickt in den Pub gehen.«

Cordelia lachte. »Ja, das ist eher ein Look für zu Hause.«

Ein paar Stunden später hatte Cordelia ein Omelett gemacht, das ihr, wie sie wusste, ohne Nialls Hilfe nie wieder gelingen würde, und sie waren beide frisch geduscht und angezogen auf dem Weg ins O'Connor's.

»Hm«, sagte Cordelia. »Ich habe zwei verpasste Anrufe von Toby.«

»Willst du ihn zurückrufen?«

»Später«, sagte sie und legte ihre Hand in seine. Ihr Telefon klingelte erneut. »O Gott, Toby«, murmelte Cordelia und schaltete es aus.

»Ruf ihn an«, sagte Niall.

»Mach ich ja. Ich brauche nur erst ein Glas Wein. Ich habe das Gefühl, es kommt eine weitere Standpauke auf mich zu.«

»Das lässt sich einrichten, denke ich«, sagte Niall und öffnete die Tür zum Pub.

An der Theke neben Róisín stand eine große Frau mit dem Rücken zu ihnen, die einen großen Pelzhut und eine Cabanjacke trug.

»Ah, da ist sie«, sagte Róisín und zeigte auf sie. Die Frau drehte sich um.

»Cordelia!«, rief sie aus.

Cordelia blieb der Mund offen stehen. »Mom?«

»Cordelia, sieh mal, deine Mutter ist extra aus Russland angereist, um dich zu besuchen«, sagte Róisín und warf einen hämischen Blick auf Louises Hut. »Wie ist das Wetter in Moskau, Louise?«

Niall unterdrückte ein Lachen, aber Cordelia stand unter Schock.

»Komm und umarme deine Mutter«, sagte Louise. Shauna hinter der Bar starrte ungeniert und wischte immer wieder dasselbe Glas ab. »Gary ist gerade auf der Toilette. Und du«, sagte Louise und musterte Niall von oben bis unten. »Du musst Niall sein.«

Cordelia hatte sich immer noch nicht bewegt. Niall stupste sie sanft in den Rücken und nahm dann ihren Ellbogen, als das nicht funktionierte. Cordelia fühlte sich, als würde sie auf Holzbeinen gehen.

»Der bin ich«, sagte Niall. »Freut mich sehr, dich kennenzulernen.«

»Ganz meinerseits«, sagte Louise.

»Was tust du hier?«, wollte Cordelia wissen, die endlich ihre Stimme wiederfand.

»Ich habe doch gesagt, dass wir dich besuchen wollen«, sagte Louise.

»Hast du nicht«, sagte Cordelia. »Mom, das hast du mir nicht gesagt.«

»Wir haben darüber gesprochen, als ich mit Nikki und Toby im Urlaub war.«

»Das … das war vor einem Monat!«, rief Cordelia.

»Weißt du, wenn du tatsächlich mal ans Telefon gehen würdest, wenn ich anrufe, wärst du jetzt vielleicht nicht so überrascht«, sagte Louise säuerlich. Dann wandte sie sich mit einem dicken Grinsen an Niall. »Also, Niall«, begann sie.

»Woher weißt du überhaupt von Niall?«, fragte Cordelia.

»Cordelia, ich folge dir auf Instagram«, sagte Louise. »Außerdem hat dein Bruder es mir erzählt. Toby kann doch kein Geheimnis für sich behalten.«

»Verräter«, murmelte Cordelia.

»Ich sollte wahrscheinlich …«, begann Niall, doch Louise unterbrach ihn.

»Oh, aber Niall, du musst Gary kennenlernen. Gary!« Louise wies auf einen korpulenten Mann mit dickem grauem Haar. »Gary, das ist Niall, Cordelias Freund.«

»Mom!«, sagte Cordelia laut. »Ich … Hatte ich dir nicht gesagt, du sollst nicht kommen?«

»Ja, aber das war damals und jetzt ist jetzt. Du hast einen Freund, den ich kennenlernen wollte! Außerdem habe ich bei Groupon ein fabelhaftes Angebot für das Hotel gefunden. Oh, mach nicht so ein Gesicht, wir sind nur für eine Nacht hier, dann fahren wir weiter nach Dingle.«

»Dingle ist wunderschön«, sagte Niall. »Es wird euch gefallen.«

»So ein netter junger Mann!«, rief Louise aus. »Ich weiß nicht, warum du ihn vor mir versteckt hast.«

»Ich habe ihn nicht versteckt«, widersprach Cordelia.

»Und so gutaussehend!«, trällerte Louise.

»*Mom!*«, blaffte Cordelia.

»Bleibt ihr zum Abendessen?«, fragte Róisín. »Sie müssen hier zu Abend essen, stimmt's, Cordie? Eins von Nialls Gerichten probieren«, sagte sie stolz.

»Oh, du bist also Koch?« Louise strahlte. »Wir bleiben natürlich gern.«

»Dann besorgen wir euch mal einen Tisch.« Róisín grinste, als sie Cordelias Blick sah und dirigierte Louise und Gary zu einem der Tische.

»Ich sag nur kurz meinem Vater Bescheid«, sagte Niall.

»Lass mich nicht allein«, zischte sie.

Er gab ihr einen flüchtigen Kuss. »Bin gleich wieder da. Komm mit, Róisín. Mein Vater wollte dich sprechen.«

Es war keine besonders gute Lüge, doch Róisín folgte ihm artig zurück in die Küche.

»Ach, ist das süß.« Louise ließ sich auf einen der Stühle sinken und nahm ihren albernen Hut ab. »Er sieht sehr gut aus, Cordelia. Und er scheint nett zu sein. Ein Koch! Was für ein schöner Beruf.«

Cordelia war damit beschäftigt, Toby unter dem Tisch eine SMS zu schreiben.

MOM IST HIER.

Ich weiß, deshalb rufe ich dich ja ständig an. Geh das nächste Mal an dein verdammtes Telefon, Schwesterherz.

Uff. Nicht hilfreich. Cordelia war froh, als Shauna herbeieilte.

»'n Abend, Cordie«, sagte sie und beäugte Louise und Gary neugierig. Cordelia seufzte.

»Shauna, das ist meine Mutter, Louise«, sagte sie. »Und das ist Gary.«

»Wie geht's?«, fragte Shauna. »Wir freuen uns sehr, Ihre Tochter hier auf unserer kleinen Insel zu haben, Mrs. James.«

»Das ist lieb von Ihnen.« Louise strahlte.

»Was kann ich Ihnen bringen?«, fragte Shauna.

»Wein«, sagte Cordelia. »Viel Wein. Am besten, alles, was da ist.«

»Cordie, sei nicht albern«, sagte Louise lachend und gab ihr einen Klaps auf den Arm. »Ich hätte gern ein Glas Weißwein, Shauna.«

Gary bestellte ein Guinness, und Shauna eilte davon.

»Also«, sagte Cordelia und setzte ein falsches Lächeln auf. »Wann genau habt ihr diesen Plan gefasst?«

»Wir haben deine Bilder gesehen – sie sind wirklich schön, Cordie – und ich dachte, was für eine wunderbare Insel das zu sein scheint. Und dann hat Toby uns von Niall erzählt, obwohl ich natürlich schon einen Verdacht hatte – ich meine, er schien wirklich sehr präsent zu sein, und ich gebe zu, ich hatte gehofft, dass er vielleicht …«

»Ja, ja, aber wann hast du die Tickets gekauft? Wo wohnt ihr überhaupt?« Cordelia fragte sich, warum Shauna so lange mit den Getränken brauchte. Immer wieder sah sie zur Küchentür, in der Hoffnung, dass Róisín oder Niall zu ihrer Rettung kamen.

»Killarney House oder so, Gary, wie hieß das noch mal?«

»Kilmurvey House?«, fragte Cordelia.

»Genau«, rief Louise aus.

Kilmurvey House war eines der schönsten Hotels auf der Insel. »Wir wollten nicht stören«, sagte Gary. »Aber deine Mutter wollte unbedingt sehen, wo du wohnst.«

Er sah genauso erleichtert aus wie Cordelia, als die Getränke kamen.

Sie fragte sich, ob auch er von ihrer Mutter überrumpelt worden war.

»Wir stören nicht, wie könnten wir stören, wir sind nur für eine Nacht hier«, winkte Louise ab. »Erzähl mir mehr von …« Sie sah sich um und senkte die Stimme. »Niall.«

»Du brauchst nicht zu flüstern, Mom«, sagte Cordelia. »Jeder weiß, dass wir zusammen sind.«

»Also … ist er dein Freund?« Sie biss sich auf die Lippe, ihre Augen leuchteten.

Cordelia stöhnte. »Ja, er ist mein Freund.«

Louise klatschte in die Hände und strahlte Gary an. »Ich wusste es! Ich wusste, dass sie hier jemanden finden würde. Gary, habe ich es dir nicht gesagt? Ich hab' gesagt, sie ist so traurig und einsam, vielleicht hilft ihr diese Reise.«

»Nein, das hast du nicht«, sagte Cordelia genervt. »Das ist das Gegenteil von dem, was du gesagt hast.«

»Louise, komm schon, bring das arme Mädchen nicht in Verlegenheit«, sagte Gary, während Cordelia die Hälfte ihres Weins in zwei großen Schlucken hinunterstürzte und Shauna signalisierte, ein weiteres Glas zu bringen.

Louise schien verwirrt. »Ich will doch nur, dass du glücklich bist, Cord.«

»Tatsächlich?«, fragte Cordelia. »Wenn du wirklich wolltest, dass ich glücklich bin, hättest du auf mich gehört, als ich dich gebeten habe, nicht zu kommen.«

»Ich verstehe nicht, warum du so schwierig bist«, sagte Louise.

»Ich *bin* nicht schwierig!«, rief Cordelia. All die Wut, der Groll und der Schmerz, die sich in ihr aufgestaut hatten, kochten an die Oberfläche. »*Du* bist diejenige, die durch die Welt jettet und sich wie ein Teenager aufführt. *Du* bist diejenige, die durch jedes Gespräch pflügt, als wüsstest du alle Antworten. *Du* bist diejenige, die versucht, mir einen Mann aufzudrängen, als ob das irgendwie all meine Probleme lösen würde. *Du* bist diejenige, die so tut, als hätte Dad nie existiert. Ich meine, Herrgott, Mom, hast du ihn überhaupt geliebt?«

Jetzt starrten die Leute definitiv. Cordelia nahm aus dem Augenwinkel wahr, dass Niall und Róisín sich an der Küchentür herumdrückten. Aber das war ihr egal. Ihr Puls hämmerte in ihren Ohren.

Das ganze Blut wich aus Louises Gesicht. »Wie kannst du es wagen?«, sagte sie. »Wie kannst du es wagen, mich das überhaupt zu fragen?«

Gary betrachtete interessiert die Poster an den Wänden. Cordelia hatte genug.

»Entschuldigt mich.« Sie sprang auf und stürmte nach draußen. Die Luft war kühl und feucht. Cordelias Gesicht war heiß, ihre Augen füllten sich mit Tränen, die ihr über die Wangen liefen.

»Cordelia.«

Sie drehte sich um, und ihre Mutter stand da, die Arme vor der Brust verschränkt. »Glaubst du wirklich, dass ich deinen Vater nie geliebt habe?«

Cordelia rang die Hände. »Keine Ahnung, du bist ziemlich schnell über ihn hinweggekommen.«

»Wie bitte?« Louise blähte die Nasenflügel. »Cordelia Marie, ich habe deinen Vater seit seinem Tod jeden einzelnen Tag vermisst und werde ihn bis zu meinem Tod jeden einzelnen Tag vermissen. Er war die Liebe meines Lebens. Stell das nie wieder infrage, hast du verstanden?«

»Wie kommt es dann, dass du so schnell mit Gary angebandelt hast? Und warum drängst du mich ständig, mir einen Freund zu suchen, als wäre ich eine Packung Milch, die bald abläuft?«

Louises ganzes Gesicht veränderte sich, und sie schien plötzlich in sich zusammenzusinken. »Ich hab's vielleicht ein bisschen übertrieben mit den Dating-Apps und so.«

»Meinst du?«

»Aber Cordie …« Louise stockte der Atem, und in ihren

Augen glitzerten Tränen. »Ich dachte, ich würde so viel mehr Zeit mit Chris haben. Ich dachte, wir hätten noch eine ganze Ewigkeit. Und dann war er einfach *weg*. Mein ganzes Leben, wie ich es kannte, verschwand in einem einzigen Augenblick. Dein Vater ging an einem normalen Mittwoch zur Arbeit und kam nie zurück. Und mir wurde klar, wie wenig Zeit uns bleibt. Ich wollte immer nur, dass auch du diese Art von Liebe erfährst, und dass sie dir so lange wie möglich erhalten bleibt. Ich wollte, dass du dich so geliebt fühlst, wie du es verdienst. Aber ich scheine nichts richtig machen zu können, oder?«

Cordelia wusste nicht, was sie sagen sollte. Sie hatten noch nie wirklich über den Tag gesprochen, an dem ihr Vater gestorben war.

»Und was Gary angeht, nun … es hat sich nicht schnell angefühlt. Jedenfalls nicht für mich. Ich war so einsam, Cord. So schrecklich einsam. Und glaubst du wirklich, du würdest irgendjemandem deinen Segen geben, mit dem ich zusammen bin, egal ob jetzt oder in zehn Jahren?« Cordelia schürzte die Lippen, antwortete aber nicht. »Nein, das würdest du nicht. Und um ehrlich zu sein, bin ich nicht gerne allein. Ich mag es, in einer Beziehung zu sein, Teil eines Teams. Aber vielleicht hätte ich bedenken sollen, dass das, was für mich funktioniert, nicht für jeden funktioniert. Also …« Sie zuckte die Schultern. »So. Das war's. Denk, was du willst. Wir werden die Hotelreservierung stornieren und heute Abend abreisen. Ich wollte dich wirklich nicht verärgern. Aber zweifle *niemals* an der Liebe, die ich für deinen Vater empfunden habe.«

»Oh, Mom«, sagte Cordelia. Sie schlang ihre Arme um Louise und atmete den Duft von Chanel No. 5 und Kaschmir ein. Cordelia erinnerte sich daran, wie ihre Mutter früher heißen Kakao gemacht hatte und Cordelia so viele Marshmallows hineinfüllen durfte, wie sie wollte. Sie erinnerte sich an die Zeit, als Louise sich gegen die Eltern eines Mädchens gewehrt hatte, das Cordelia gemobbt hatte. Es war, als hätte Cordelia seit dem Tod ihres Vaters alle guten Erinnerungen an ihre Mutter ausgeblendet und sich nur noch auf ihren vermeintlichen Verrat konzentriert. Aber sie war diejenige, die ihren Anrufen immer auswich oder das Gespräch beendete. Sie hatte ihre Mutter weggestoßen, statt offen mit ihr zu reden.

»Ich hab' dich lieb, Mom«, murmelte Cordelia an der Schulter ihrer Mutter.

»Ich hab' dich auch lieb, meine Süße.« Louise strich Cordelias Haar zurück.

»Ich glaube, ich wollte einfach nur, dass alles wieder so ist wie vorher«, sagte Cordelia. »Bevor Dad gestorben ist. Aber das ist nicht möglich, oder? Und ich hatte das Gefühl, dass du mich nicht für voll nimmst, nur weil ich nicht in einer Beziehung bin.«

»Aber das tu ich«, sagte Louise mit Nachdruck. »Du bist für mich schon immer eines der wunderbarsten Geschenke in meinem Leben. Sieh dir an, was du alles erreicht hast! Wie könnte eine Mutter da nicht stolz sein?«

»Ich wünschte, du würdest das öfter sagen«, sagte Cordelia leise.

Ihre Mutter hielt inne. »Das sollte ich. Du hast recht.«

Cordelia biss sich auf die Lippe. »Ich habe nicht daran gedacht, dass du einsam sein könntest. Irgendwie seltsam, sich seine Eltern als Menschen mit Wünschen und Bedürfnissen vorzustellen.«

Louise lachte. »Ich zerstöre nur ungern die Illusion, aber das sind wir.«

»Ich freue mich für dich«, sagte Cordelia. »Dass Gary dich

glücklich macht. Er ist ein netter Kerl. Ich weiß, ich war ein bisschen … voreingenommen.«

»Ein bisschen?« Louise zog die Augenbrauen hoch.

»Okay, ziemlich. Aber ich werde versuchen, mich von nun an zu bessern.«

Louise lächelte. »Ich auch.«

»Gut, seid ihr fertig mit Streiten?«, fragte Róisín, die Hände in die Hüften gestemmt. »Mütter und Töchter müssen ab und zu streiten, aber jetzt gibt es Essen – ich glaube, wenn der arme Gary nicht bald einen guten irischen Eintopf bekommt, kippt er um. Cordie, Niall isst mit uns zu Abend. Owen hat Rory McDermott gebeten, im Pub auszuhelfen. Also, worauf wartet ihr, es ist kalt, und die Wolken gefallen mir gar nicht.«

Ohne eine Antwort abzuwarten, drehte sie sich um und ging wieder rein.

»Sie ist ein bisschen penetrant, oder?«, sagte Louise. Cordelia lachte schallend.

»Das ist sie«, bestätigte sie und hakte sich bei ihrer Mutter ein. »Ihr beide werdet euch gut verstehen.«

21

Nach dem Abendessen gingen Niall und Cordelia schweigend zurück zum Cottage.

Er hielt ihre Hand und ließ sie alles verarbeiten, was an diesem Abend geschehen war. Louise war ein Wirbelwind aus frenetischer Energie und sprang mit schwindelerregender Geschwindigkeit von einem Thema zum nächsten. Gary war wie ein Fels in der Brandung, sicher und beständig und immer da, um sie sanft auf den richtigen Weg zurückzustupsen. Sie schienen gut zusammenzupassen. Das behielt Niall allerdings lieber für sich.

»Gary ist eigentlich ziemlich nett«, sagte Cordelia, als das Cottage in Sichtweite kam.

»Genau das habe ich auch gerade gedacht«, sagte Niall lächelnd.

»Ja, ich weiß, ich konnte sehen, dass ihr euch gut versteht.« Sie lehnte ihren Kopf an seine Schulter. »Meine Mom nervt. Aber ich bin froh, dass sie gekommen ist. Wir mussten reinen Tisch machen. Ich kann sie jetzt verstehen. Und ich glaube, sie mich auch.«

»Ich bin froh, dass ich sie kennenlernen durfte«, sagte Niall. Es war ein gutes Gefühl, Teil ihres Lebens in Amerika zu sein. Er hatte über FaceTime mit Liz gesprochen, aber das war nicht dasselbe. Er wollte Toby kennenlernen und Nikki und die Kinder. Bei dem Gedanken, dass ihre gemeinsame Zeit auf Inishmore bald enden würde, zog sich ihm der Magen zusammen. Was dann? Keiner von ihnen hatte das Thema je angesprochen, und Niall wollte bestimmt nicht der Erste sein. Er hatte schon darüber nachgedacht, ob es eine Möglichkeit gäbe, mit ihr nach Amerika zu gehen, aber Visa waren schwer zu bekommen und teuer. Dass er ihr folgte, schien die beste Option zu sein – sie hatte ein Leben in New York, zu dem sie zurückkehren musste. Niall hatte nichts, was ihn in Irland hielt.

»Ich bin auch froh, dass du sie kennengelernt hast«, sagte Cordelia, schloss die Tür auf und betrat das Haus. »Wie selbstzufrieden sie uns beim Essen die ganze Zeit angegrinst hat …«

»Sie freut sich, dass du glücklich bist.« Niall küsste ihren Hals und zog sie an seine Brust.

»Ich bin mehr als glücklich«, sagte Cordelia und ließ sich in seine Umarmung sinken, während seine Hand unter ihren Pullover glitt. »Ich bin überglücklich. Ich bin beschwingt. Ich bin …«

»Du bist ein verdammter Thesaurus, das bist du«, sagte Niall und streichelte ihren Bauch.

Sie drehte sich in seinen Armen. »Lass uns ins Bett gehen«, flüsterte sie.

Am nächsten Tag fuhren sie mit Róisín im Wagen los, um Louise und Gary für ein wenig Sightseeing abzuholen, bevor die Fähre am Nachmittag ablegte. Róisín brachte sie zu den Sieben Kirchen, dann nach Dún Aengus und hielt schließlich am Wormhole.

»So«, sagte Róisín, nachdem sie über die grasbewachsene Klippe geklettert waren, um auf das rechteckige Loch hinunterzusehen, in dem das Meer toste. »Es wird auch Schlangenhöhle genannt, aber eigentlich heißt es Poll na bPéist. Sieht aus wie von Menschenhand gemacht, oder?«

Sie kletterten hinunter, um es sich genauer anzusehen, und Niall blieb stehen, um Louise seine Hand anzubieten. »Vielen Dank«, sagte Louise. »Du bist ein richtiger Gentleman, Niall. Ich bin so froh, dass meine Tochter dich getroffen hat.«

»Ich bin auch froh, dass ich sie getroffen habe«, sagte Niall.

»Ich habe sie schon lange nicht mehr so glücklich gesehen.« Louise blickte hinüber zu Róisín, die Cordelia und Gary etwas zeigte. »Sie und ihr Vater standen sich sehr nahe.«

»Sie hat mir von ihm erzählt«, sagte Niall. »Er scheint ein guter Mensch gewesen zu sein.«

»Das war er«, sagte Louise und schluckte. »Meine Cordie ist schon so lange allein.« Sie sah ihn mit haselnussbraunen Augen an, die genau denselben Farbton hatten wie die ihrer Tochter. »Habt ihr schon darüber gesprochen, was passiert, wenn dieser Sommer zu Ende ist?«

»Oh, äh, noch nicht, nein«, sagte Niall und kratzte sich im Nacken. »Aber ich verspreche Ihnen, Mrs. James, ich würde ihr gerne folgen, wohin auch immer sie geht.«

Louise straffte ihren Seidenschal und lächelte betrübt. »Gut«, sagte sie. »Das wollte ich hören.«

Róisín fuhr sie zurück zum Hotel, und sie verabschiedeten sich. Niall sah, wie Cordelia sich leise mit ihrer Mutter unterhielt und ein wenig genervt aussah, aber dann umarmte sie sie fest.

Als Niall die schlafende Cordelia in dieser Nacht in seinen Armen hielt, dachte er darüber nach, was er zu Louise gesagt hatte, und die Wahrheit seiner Worte schien in der Dunkelheit um ihn herum zu schimmern.

Er würde ihr überallhin folgen. Er musste nur einen Weg finden.

Die Tage vergingen wie im Flug, und ehe Niall sich versah, stand die zweite Augustwoche vor der Tür.

Je mehr er sich wünschte, die Zeit würde langsamer vergehen, desto mehr schien sie zu rasen. Und trotzdem verloren er und Cordelia kein Wort darüber. Es wurde zu diesem hässlichen, pulsierenden Ding zwischen ihnen, das sie beide zu ignorieren versuchten, während es immer mehr Raum einnahm und sie zu erdrücken drohte.

Schließlich wurde Niall klar, dass er etwas unternehmen musste, bevor der einunddreißigste August kam. Er bat sie, am Nachmittag zum Schwarzen Fort kommen, dann bereitete er eilig ein Picknick vor und packte eine Plane ein, um sie unter die Decke zu legen, falls der Boden feucht war. Es war ein schöner Tag, die Luft war warm, die Sonne schien, und er suchte sich einen Platz abseits der Festung, wo sie vor neugierigen Blicken geschützt waren.

Sie kam in dem Hemdkleid, das sie bei ihrem ersten gemeinsamen Sonntagsessen getragen hatte, auf ihn zu, zog ihre Gummistiefel aus und kniete sich hin, um ihn zu küssen.

»Was ist das alles?«, fragte sie.

»Ich habe uns ein kleines Picknick gemacht«, sagte Niall, öffnete die Flasche Wein und schenkte zwei Plastikbecher ein. Er hatte Käse- und Gurkensandwiches, eine Tüte Essigchips und etwas frisch geschnittenes Obst mitgebracht. Eine Zeit lang aßen und tranken sie und unterhielten sich. Niall spürte das Bedürfnis zu sagen, weswegen er hergekommen war, in seiner Brust zucken, bereit herauszuplatzen wie in der Szene in *Alien*. Aber Cordelia wirkte bemerkenswert entspannt und hielt ihre

Kamera hoch, um einen Schnappschuss von ihm mit vollem Mund zu machen.

»Das kommt nicht auf dein Instagram«, sagte er, während er sich den Mund mit einer Serviette abwischte.

»Nö«, sagte sie und grinste. »Das ist nur für mich.« Seufzend blickte sie aufs Meer. »Ich werde diesen Ort vermissen.«

Und das war sein Stichwort. »Cordie«, sagte er, und sie drehte sich um, weil seine Stimme so ernst klang. »Wir müssen über das Ende des Sommers sprechen.«

Ihr Gesicht wurde blass, und er sah, wie sehr das Thema auch an ihr nagte.

»Pst«, sagte sie und presste ihre Lippen auf seine. »Nicht jetzt.«

»Doch, jetzt«, sagte Niall und versuchte, sich nicht ablenken zu lassen.

»Ich hab' nichts drunter«, flüsterte sie.

»Ogott«, murmelte er und wurde hart. Er drehte sie auf den Rücken, und sie quietschte vor Vergnügen. Ihr Haar ergoss sich wie ein Fluss aus Sonnenlicht über die Decke, und sie sah ihn verführerisch an, während sie ihr Kleid aufknöpfte und einen verlockenden Blick auf die Rundung ihrer Brust freigab. Niall beugte sich vor, um diese Rundung zu küssen.

»Wir müssen darüber reden«, sagte er, die Lippen an ihrem Brustbein.

»Mmhm«, murmelte sie. Er knöpfte einen weiteren Knopf auf und schob den Stoff zur Seite, sodass eine Brust in der Sonne lag.

»Du wirst bald abreisen«, sagte er und zog einen Kreis aus Küssen um ihre Brustspitze. »Und wir können nicht weiter so tun, als wäre das nicht so.«

»Mmhm«, murmelte sie wieder, und er küsste die Unterseite

ihrer Brust, wo die Haut weich und zart war. »Du bringst mich um.«

»Wir führen ein Gespräch«, sagte Niall, während er ihr Kleid bis zum Bauchnabel aufknöpfte und eine Spur aus Küssen über ihren Bauch zog. Sie wand sich unter ihm, die Hände in seinem Haar. »Versuch nicht, mich abzulenken.«

»Das würde ich nie tun. Hast du einen Vorschlag?«

Niall wandte sich wieder ihren Brüsten zu und zwirbelte eine Spitze zwischen Daumen und Zeigefinger. »Einen Vorschlag wofür?«, hauchte er ihr ins Ohr, während seine Finger zu den letzten beiden Knöpfen wanderten. Das Kleid fiel auseinander, und Cordelia lag nackt vor ihm, gebadet von der Nachmittagssonne. Nialls Schwanz schmerzte bei ihrem Anblick.

»Einen Vorschlag, wie es weitergehen soll, wenn der Sommer vorbei ist«, sagte Cordelia und wölbte den Rücken. Er rutschte hinunter, küsste ihre Hüfte, ihr Leiste, drückte die Nase zwischen ihre Beine. Sie war bereits feucht, und Niall musste sich zusammenreißen, sie nicht auf der Stelle zu nehmen.

Stattdessen streckte er die Zunge aus, um sie zu schmecken, und sie gab dieses wohlige Gurren von sich, das er so sehr liebte.

»Ich will dich nicht verlieren«, murmelte er.

»Ich will dich auch nicht verlieren – ohhh…« Niall leckte, saugte und zog kleine Kreise mit der Zunge. Cordelia spreizte die Beine und rang nach Luft, als er mit einem Finger in sie eindrang, sie erfühlte, jedes Mal ein bisschen tiefer. Verdammt, sie machte ihn so hart, ihr Stöhnen, ihr süßer Geschmack, die Art, wie sie die Pomuskeln anspannte, wenn er eine bestimmte Stelle traf. Er packte sie, nahm sie ganz in den Mund, stöhnte an ihrer empfindlichsten Stelle, und sie schrie auf und klammerte sich an sein Haar. Er spürte, wie sie sich zusammenzog, wie sie immer feuchter wurde, hörte auf und küsste wieder die Innenseite ihres Oberschenkels, die Hände immer noch an ihrem Hintern.

»Bitte«, stöhnte sie. »Ich will dich in mir spüren.«

»Noch nicht«, brummte er und genoss, dass sie wie Wachs in seinen Händen war. Er nahm eine Brust in den Mund, so keck und perfekt, und saugte daran, bis er spürte, wie sich ihre Fingernägel in seinen Rücken gruben. Sie biss ihn fest in die Schulter. »Hey!«, sagte er und kam wieder nach oben, um sie zu küssen. »Das tat weh.«

»Du … bringst mich um«, keuchte Cordelia. Niall ließ seine Hand nach unten gleiten und fingerte sie.

»Du willst also mit mir zusammen sein«, sagte er, um sich zu vergewissern, dass sie sich in diesem einen Punkt einig waren. »Auch wenn der Sommer vorbei ist?«

»Ja«, stöhnte sie und rieb sich an ihm. Sie krallte die Finger in sein T-Shirt und zog es hoch. Niall hielt inne, damit sie es ihm über den Kopf ziehen konnte, dann packte er ihren Hintern, um sie an sich zu drücken. »Ich will mit dir zusammen sein, egal was passiert«, sagte sie. »Egal wo, egal wie. Ich liebe dich, Niall.«

Kaum hatte sie das gesagt, spürte er, wie sie erstarrte. Er hob den Kopf und sah sie an, ihre zarten Gesichtszüge, ihre großen, erschrockenen Augen.

»Ich liebe dich auch«, sagte er, und sie schien in seinen Armen zu schmelzen. Niall konnte nicht länger warten. So hatte er sich das nicht vorgestellt, aber es war so viel besser, als er es sich je hätte träumen lassen. Er liebte Cordelia, und sie liebte ihn.

Er konnte es nicht abwarten, seine Jeans auszuziehen, und knöpfte sie stattdessen einfach nur auf. Dann drehte er Cordelia auf die Seite und schob ihr Kleid hoch. Gott sei Dank hatte er diesen versteckten Platz ausgesucht. Aber vielleicht hatte er auch insgeheim gewusst, dass er sich nicht würde zurückhalten können, sie auf dieser, ihrer Klippe zu nehmen.

Sie drückte ihren Hintern an ihn, während er die Hand wieder zwischen ihre Schenkel schob. Sie stöhnte auf, und als er in sie eindrang, sogen sie beide scharf die Luft ein. Er glitt in sie hinein, als wären sie füreinander geschaffen, und mit jedem Stoß wurde er größer.

»Härter«, stöhnte sie, und er kam ihr gerne entgegen, versank noch tiefer in ihrer warmen Feuchtigkeit, spürte, wie sich ihre Muskeln um ihn zusammenzogen und ihn mit ihren winzigen Erschütterungen liebkosten. Er zog den Kragen ihres Kleides herunter, saugte an ihrer Schulter, und Cordelia packte seinen Hintern, zog ihn näher, tiefer, und während er sie mit sicheren, schnellen Bewegungen streichelte, fühlte er, wie sich der Orgasmus in ihr aufbaute, und pumpte schneller, unfähig aufzuhören, unfähig, sich auf irgendetwas anderes zu konzentrieren als auf die glitschige Perle zwischen seinen Fingern und die samtweiche Höhle um seinen Schwanz. Sie war unglaublich, sie war alles, seine Liebe für sie war reiner und tiefer, als er es je zuvor empfunden hatte, und er flüsterte es ihr ins Ohr, immer und immer wieder, während sie gemeinsam kamen. Cordelia stieß einen wilden Schrei aus, und er spürte ihn an seinem Schwanz, an seinen Fingern, an seiner Brust, fühlte, wie sie losließ und wieder und wieder kam, während er sich in ihr ergoss.

Atemlos lagen sie da, ihre Körper glänzend vor Schweiß. Niall wusste nicht, ob er sich jemals wieder würde bewegen können. Sein Herz hämmerte gegen ihren Rücken, und sie zitterte in seinen Armen. Sie nahm seine Hand, die immer noch zwischen ihren Beinen lag, führte sie zum Mund und küsste seine Finger.

»Ich liebe dich«, sagte sie leise.

»Ich liebe dich«, flüsterte er zurück.

Sie blieben einfach so liegen, und die warme Augustluft streichelte ihre Haut.

»Was sollen wir tun?«, fragte sie. »Ich meine, wie sollen wir …«

»Ich weiß es nicht genau. Wir könnten heiraten, schätze ich.« Kaum hatte er das gesagt, versteifte sie sich. »Tut mir leid, ich wollte nicht …«

»Ist das dein Ernst?« Sie drehte sich in seinen Armen, sodass sich ihre Nasen fast berührten. Niall hatte nicht wirklich nachgedacht, als er es gesagt hatte, aber obwohl die Idee verrückt schien, war sie auch … verlockend. Die Antwort auf alle Fragen.

»Ich meine … ja?«, sagte er. »Ich weiß, es ist verrückt, aber … es ist eine Option. Dann könnte ich mit dir nach New York gehen.«

Sie blinzelte. »Du willst mit mir nach New York gehen?«

Er lachte. »Hast du mich nicht sagen hören, dass ich dich nicht verlieren will?«

»Ja, aber ich dachte …« Sie runzelte die Stirn. »Ich dachte, du willst in Irland bleiben.«

Niall beugte sich vor, um sie zu küssen. »Du bist manchmal ganz schön blöd, weißt du das? Wozu sollte ich in Irland bleiben? Du hast ein ganzes Leben in New York. Ich dachte, vielleicht hättest du nichts dagegen, wenn ich ein Teil davon wäre.«

»Nichts dagegen?«, sagte Cordelia und setzte sich blitzschnell auf. »Niall, ist das dein Ernst?«

»Du musst aufhören, mich das zu fragen«, sagte Niall lachend und zog seine Jeans wieder über die Hüfte, bevor er sich auf den Ellbogen stützte.

»Aber … aber was würdest du in New York machen?«

»Keine Ahnung. Mir einen Job suchen. Ich habe gehört, dass es da drüben auch Restaurants und Pubs gibt.« Er beugte sich hinunter und küsste ihre Kniekehle. »Cordelia, ich möchte Teil deines Lebens sein. Ich möchte nirgendwo sein, wo du nicht bist.«

Sie schlug die Hände vor den Mund, und ihre Augen füllten sich mit Tränen.

»Hier«, sagte Niall und rupfte einen langen, zähen Grashalm aus. Er wickelte ihn zu einem Ring und steckte ihn an ihren Finger. Sein Herz klopfte, seine Kehle war wie zugeschnürt, und auch in seinen Augen brannten Tränen. »Cordelia Marie James, willst du mich heiraten?«

Cordelia starrte auf den Grasring. »Kann ich darüber nachdenken?«, fragte sie leise. »Nur eine Nacht. Ich möchte mit dir zusammen sein«, sagte sie und beugte sich vor, um ihn zu küssen. »Aber das ist, ich meine … die Ehe ist eine große Sache, Niall.«

»Das ist mir bewusst«, frotzelte er. »Ich war schon einmal verlobt.«

»Und wir sind erst seit einem Monat zusammen.«

»Kommt mir länger vor«, sagte Niall verlegen. Er stand auf, griff nach seinem Hemd und zog es hastig über. Wie dumm von ihm. Sie hatte recht, es ging viel zu schnell.

»Warte, stopp«, sagte sie, knöpfte ihr Kleid zu, stand ebenfalls auf und drückte ihre Wange an seine Brust. »Ich sage nicht Nein. Und es fühlt sich wirklich so an, als wären wir schon viel länger als einen Monat zusammen. Und ich *will*, dass du mit mir nach New York kommst. Hundertzehnprozentig. Ich brauche nur eine Sekunde, um das alles zu verarbeiten. Ist das okay?«

Niall wusste, dass es töricht von ihm war. Nur weil er bereit war für diesen Schritt, hieß nicht, dass sie es auch war. Und sie freute sich, dass er mit ihr nach New York kommen wollte. Wenn es sein musste, würde er einen anderen Weg finden. Er würde alles tun, um mit Cordelia zusammen zu sein. Noch nie hatte er sich in einer Beziehung so wohlgefühlt, so sehr er selbst. Noch nie hatte er jemanden mit Liebe überschüttet und genauso viel zurückbekommen. Bei Cordelia fühlte er sich zu Hause.

In einem Punkt war er sich sicher: Er wollte nicht ohne Cordelia James leben. Wenn sie also eine Nacht zum Nachdenken brauchte, sollte sie die haben. Eine Nacht war nichts im großen Plan der Ewigkeit.

Er küsste sie auf den Kopf und drückte sie an sich. »Natürlich«, sagte er. »Das verstehe ich vollkommen.«

Während seiner Schicht an diesem Abend war er abgelenkt.

»Wo ist Cordelia?«, fragte Colin ihn in einer Pause.

Niall zog ihn zur Seite und erzählte ihm, was auf den Klippen passiert war.

»Du hast ihr einen *Antrag* gemacht?«, brüllte Colin.

»Nicht so laut«, sagte Niall. Er wollte nicht, dass diese Nachricht in Kilronan die Runde machte. »Sie hat noch nicht Ja gesagt.«

»Aber das wird sie«, sagte Colin mit einem Funkeln in den Augen. »Wie könnte sie nicht? Verdammt, darauf hätte ich selbst kommen sollen, statt an der Lotterie teilzunehmen.«

Niall zog die Augenbrauen hoch. »Ich wusste nicht, dass du an der Green-Card-Lotterie teilgenommen hast«, sagte er.

Colin zuckte die Schultern. »Deine Methode ist jedenfalls besser.«

»Meinst du?«, sagte Niall. »Meinst du nicht, dass es zu schnell geht?«

Colin klopfte ihm auf die Schulter. »Ich sag's dir nur ungern, Kumpel, aber Commitment war nie dein Problem.«

»Was ist dann mein Problem?«

»Die Wahl des richtigen Mädchens, verdammt. Aber Cordelia *ist* die Richtige.«

Glücksgefühle schwelten in Nialls Brust. »Das ist sie.«

»Komm her, du«, sagte Colin und umarmte ihn fest. »Ich freue mich so für dich, Nie. Wahrhaftig.«

»Sag das nicht zu früh«, warnte Niall.

Colin tat, als würde er seine Lippen verschließen und den Schlüssel wegwerfen.

Am nächsten Morgen versuchte Niall, beim Kaffee die *Irish Times* zu lesen, konnte aber nicht aufhören, auf sein Handy zu starren. Würde Cordelia ihm eine Nachricht schicken? Würde sie einfach vorbeikommen? Es war die erste Nacht, die er seit Pátrún allein verbracht hatte. Es hatte ihm nicht gefallen, aber sein Entschluss stand umso fester. Natürlich würde er Cordelia heiraten. Er wollte nie wieder eine Nacht ohne sie verbringen.

Es klopfte an der Tür, und Niall sprang auf. Er konnte es kaum erwarten, Cordelias Gesicht wiederzusehen, egal, wie sie sich entschied.

»Du bist früh auf«, sagte er, als er die Tür öffnete, und dann blieb ihm das Herz stehen.

Die Frau, die vor ihm stand, trug einen Burberry-Trench und Prada-Stiefel, ihr glatter kastanienbrauner Bob war genauso, wie er ihn in Erinnerung hatte.

»Hallo, Niall«, sagte Deirdre. »Darf ich reinkommen?«

22

Für einen kurzen Augenblick konnte Niall sich nicht bewegen, nicht denken, nicht atmen.

»Was zum Teufel machst du hier?«, fragte er, als er endlich seine Stimme wiederfand.

»Ich muss mit dir über etwas reden«, sagte Deirdre.

»Nein, musst du nicht«, sagte Niall. »Es gibt absolut nichts auf der Welt, was du sagen könntest, das ich hören möchte.«

Deirdres Augen weiteten sich unter der dichten Linie ihres Ponys. »Das hab' ich verdient«, sagte sie. »Aber bitte, Niall …«

»Wenn du hier bist, um dich zu entschuldigen, Deirdre, kommst du drei Monate zu spät.«

»Bin ich nicht«, konterte Deirdre. »Ich meine, schon, aber das ist nicht … Es gibt da etwas, worüber ich mit dir reden muss. Ich hatte gehofft, du würdest mich anhören.«

»Tja, da hast du falsch gehofft«, sagte Niall und wollte die Tür wieder schließen, doch Deirdre hielt die Hand dazwischen.

»Fünf Minuten«, sagte sie. »Das ist alles, worum ich dich bitte. Fünf Minuten deiner Zeit, damit ich es dir erklären kann. Wenn dir nicht gefällt, was ich zu sagen habe, wirst du nie wieder von mir hören. Versprochen.«

Niall knirschte mit den Zähnen. Er wusste, wie dickköpfig Deirdre sein konnte, und er sah ihr an, dass sie den ganzen

Tag vor der Tür warten würde. Es war besser, die Sache hinter sich zu bringen, bevor Cordelia auftauchte.

»Fünf Minuten«, sagte er.

Cordelia hatte sich das Kissen in den Rücken gestopft, den Ring aus Gras auf ihrem Knie.

Sie hatte in dieser Nacht kaum geschlafen. Und das lag nicht nur an dem Hamsterrad der Gedanken, die in ihrem Kopf kreisten. Sie hasste es, ohne Niall neben sich zu schlafen. Ihr Bett hatte sich riesig und einsam angefühlt. Sie hatte wach gelegen und an die Decke gestarrt, während sie hin und her überlegte.

Sie liebte Niall, da war sie sich sicher. Aber heiraten? Das war etwas, das andere Leute taten. Leute, die schon seit Jahren zusammen waren. Das war nichts, was man am Ende eines Sommers beschloss, damit man mit dem Mann, den man liebte, zusammenbleiben konnte.

Oder doch?

Sie hatte der Versuchung widerstanden, Liz um Rat zu bitten, und fragte sich heimlich, was ihre Mutter wohl sagen würde. Aber am Ende war es ihre Entscheidung. Es klang verrückt, aus einem Urlaub verlobt zurückzukommen. Sie konnte sich gut vorstellen, wie sie selbst reagieren würde, wenn es jemand anderen beträfe. *Das ist doch verrückt. Das wird niemals funktionieren. Zu früh. Warte nur, bis sie sich wirklich kennenlernen. In sechs Monaten sind sie geschieden.* Aber wenn die abfälligen Bemerkungen anderer Leute das Einzige waren, was sie davon abhielt, Ja zu sagen … nun, das schien kein besonders guter Grund zu sein.

War Cordelia bereit, sich auf eine Ehe mit Niall einzulassen? Sie wusste nichts über die Ehe. Und kaum etwas über Beziehungen. Mit Niall zusammen zu sein, war so mühelos. Es war, als würde sie am Ende eines langen Tages in ein weiches Bett sinken. Jeden Morgen, wenn sie aufwachte, dachte sie an ihn. Freute sich darauf, den Tag mit ihm zu verbringen. Er war ihr sicherer Hafen. Wie könnte sie das aufgeben?

Aber was, wenn es nicht klappt? Was, wenn ihr nach New York geht und er dich verlässt? Oder du merkst, dass du ihn gar nicht so sehr magst. Oder er betrügt dich. Oder du betrügst ihn. Oder ihr entwickelt euch auseinander. Oder er fängt an, dich in den Wahnsinn zu treiben, weil er sein schmutziges Geschirr in der Spüle stehen lässt.

Doch je mehr sie diese Möglichkeiten in Betracht zog, desto unwahrscheinlicher schienen sie. Klar, sie könnten sich auseinanderleben und getrennte Wege gehen. Aber das passierte auch bei Paaren, die schon viel länger zusammen waren als sie und Niall – es konnte in jeder Beziehung passieren. Was das Fremdgehen anging, so würde sie Niall das niemals antun. Und bei seiner Vergangenheit konnte sie sich auch nicht vorstellen, dass er ihr das jemals antun würde. Was das schmutzige Geschirr in der Spüle betraf, so klang das eher wie etwas, das *sie* tun würde.

Natürlich würde er Macken haben, die sie störten und andersrum. Lag das nicht in der Natur der Sache? Und was war die Alternative? Vielleicht eine Fernbeziehung, aber ehrlich gesagt, glaubte sie nicht, dass sie damit klarkäme. Für eine Weile wäre es vielleicht okay, doch sie wusste, dass sie Nähe brauchte. Eine Fernbeziehung funktionierte für sie nicht. Und sie glaubte auch nicht, dass es für Niall funktionieren würde.

Blieben also zwei Möglichkeiten. Sie konnte sich von der eigenen Angst oder gesellschaftlichen Regeln oder der Meinung anderer Leute vorschreiben lassen, was sie mit ihrem Leben anfing. Oder sie konnte mit ihm den Sprung ins kalte Wasser wagen. Sie konnte Ja sagen. Wahrscheinlich könnten sie hier auf Inishmore heiraten – ein schöner Gedanke. Alison und Colin könnten Trauzeugen sein. Nialls Eltern waren hier. Und sie könnten eine weitere Feier in New York ausrichten. Keine große weiße Hochzeit, Gott nein, aber eine kleine Party für Freunde und Familie. Ihre Mutter würde begeistert sein. Sie konnte es sich schon bildhaft vorstellen: Miles und Grace fein herausgeputzt, Toby und Niall beste Freunde.

Und dann Niall in ihrer kleinen Wohnung in Morning Side Heights. Gemütliche Sonntage im Bett mit Kaffee und dem Kreuzworträtsel der *New York Times*, während sich draußen im Park das Laub verfärbte. Pasta im Il Cantante, ihrem Lieblingsitaliener am Ende der Straße. Vielleicht fand Niall jemanden, mit dem er im Central Park Fußball spielen konnte. Er würde problemlos einen Job in einem irischen Pub finden. Sie könnte den Job annehmen, den Liz angeboten hatte. Sie könnten ein gemeinsames Leben aufbauen, und Cordelia sah es plötzlich deutlich vor sich, sie konnte es förmlich schmecken.

Mit erschreckender Gewissheit erkannte sie, dass sie keine Angst davor hatte, den Rest ihres Lebens mit Niall zu verbringen – im Gegenteil, es klang wie der absolute Himmel auf Erden, mehr Traum als Wirklichkeit. Und genau das war die Ehe. Ein Versprechen fürs Leben.

Sie steckte sich den Grasring an den Finger, und ein Schauer durchlief sie.

Habe ich mich gerade verlobt?

Moment, sie musste es erst Niall sagen. *Ja.* Ein weiterer Schauer. Sie sprang aus dem Bett und warf sich irgendetwas über. Der Morgen war neblig und kühl, und sie ging den langen Weg mit klopfendem Herzen zu Fuß. Ihr ganzer Körper kribbelte vor Aufregung, als sie das Haus erreichte, doch als sie gerade klopfen wollte, hörte sie deutliche Stimmen hinter der Tür.

Sie erstarrte, und das Blut gefror ihr in den Adern. Denn es war eine Frau, die mit Niall sprach, und Cordelia wusste instinktiv sofort, wer sie war, obwohl sie die Stimme der Frau noch nie im Leben gehört hatte.

»Danke«, sagte die Frau.

»Bedank dich nicht bei mir, Deirdre«, sagte Niall schroff. »Du hast fünf Minuten. Was willst du?«

Cordelia lauschte.

Niall hatte die Arme so fest vor der Brust verschränkt, dass er fürchtete, die Blutzufuhr zu unterbrechen.

Deirdre verzog den rosa geschminkten Mund. Niall kannte diesen Blick.

»Ich hab's versaut, okay?«, sagte Deirdre. Wenigstens gab sie es zu. »Ich war ein totales Arschloch. Es tut mir sehr, sehr leid. Ganz ehrlich, Niall. Ich glaube nicht, dass ich mir je verzeihen werde, was ich dir angetan habe.«

»Du hast doch gesagt, du bist nicht hier, um dich zu entschuldigen«, sagte Niall. »Weiß Patrick, dass du hier bist?«

»Patrick und ich sind nicht mehr zusammen«, sagte Deirdre mit fester Stimme. Sie seufzte und rang die Hände. »Er war ein verfluchter Albtraum, ehrlich. Herrschsüchtig und verschwenderisch und … na ja, das willst du wahrscheinlich nicht hören.«

»Nö.«

»Ich habe ihn ausgezahlt und mir einen neuen Partner gesucht. Der Pub läuft richtig gut. Du wärst so stolz. Wir sind die ganze Saison ausgebucht. Und mein neuer Partner, nun ja … er ist der Grund, warum ich hier bin.«

»Fickst du ihn auch?«, fragte Niall.

Deirdre schürzte die Lippen. »Nein«, sagte sie. »Es ist Ritchie Malcolm.«

»Was?« Niall schnappte nach Luft und vergaß vorübergehend, dass er wütend war. »*Der* Ritchie Malcolm?« Ritchie Malcolm war einer der bekanntesten Gastronomen Großbritanniens. Er hatte in der ganzen Welt Restaurants eröffnet. Und jetzt war er Teilhaber von Nialls Pub?

Es ist nicht dein Pub, erinnerte er sich.

»Genau der«, sagte Deirdre zufrieden und wirkte erleichtert. Niall riss sich zusammen, weil er Deirdre die Genugtuung nicht gönnte. »Und die Sache ist die, Nie …«

»Nenn mich nicht so«, schnauzte Niall.

Wenigstens hatte Deirdre den Anstand, beschämt dreinzuschauen. »Du hast recht, tut mir leid.« Sie holte tief Luft. »Er will in London einen zweiten Standort eröffnen. Und er hat bereits das perfekte Objekt gefunden. Der Grundriss ist im Grunde identisch, und alle stehen auf Abruf bereit, um mit den Renovierungsarbeiten zu beginnen.«

»Ein zweiter Standort?«, fragte Niall verblüfft. »In London? Ist das dein Ernst?«

»Ja«, sagte Deirdre. »Ritchie würde am liebsten noch dieses Jahr eröffnen. Aber es gibt einen Haken.« Sie kaute an ihrer Unterlippe. »Er will, dass du mitmachst, Niall. Deine Küche war der Grund, warum er überhaupt eingestiegen ist. Er will ein paar neue Gerichte auf die Karte setzen, du weißt schon, um die Londoner Szene anzulocken. Und er will dich als Küchenchef. Davon hast du doch immer geträumt …«

»Erzähl mir nicht, wovon ich träume, Deirdre«, fuhr Niall sie an.

Deirdres Gesichtsausdruck wurde schwermütig. »Ich weiß«, sagte sie. »Ich weiß, wie sehr ich dich verletzt habe.«

»Ach, ja?«

Sie schien nicht zu wissen, was sie darauf erwidern sollte. »Ich kann es nicht rückgängig machen«, sagte sie leise. »Aber die Gelegenheit ist zu gut, um sie dir entgehen zu lassen, Niall, und das weißt du auch. Chefkoch in deiner eigenen Küche, dein eigenes Essen servieren, in London! Und du verdienst es. Es tut mir so leid, dass ich dir das alles versaut habe. Ich weiß, dass der Fallen Star dein Baby war. Ich will es wiedergutmachen.«

»Und was spielst du dabei für eine Rolle?«, fragte Niall säuerlich. »Wirst du auch in London sein und die Eröffnung organisieren?«

»Ja«, sagte Deirdre. »Aber ich werde dir nicht im Weg sein. Denk doch mal nach! *Ritchie Malcolm!* Er ist ein Riesenfan von dir, Niall. Er hatte in der *Times* etwas über den Pub gelesen und kam eines Abends einfach vorbei. Patrick und ich hatten da bereits, ähm, Probleme.«

Sie hustete und rieb sich den Nacken, aber Niall war es scheißegal, was zwischen ihr und Patrick vorgefallen war. Er konnte nur daran denken, dass Ritchie Malcolm sein Essen mochte.

»Jedenfalls haben wir uns auf Anhieb gut verstanden, und er hat von dieser Immobilie erzählt, die er in Camden besitzt, und wie perfekt sie sich für einen zweiten Standort eignen würde, und wie gut die Speisekarte dazu passt. Wir haben den Sommer über an einem Deal gefeilt, und es gibt nur noch ein letztes Detail zu klären.«

»Mich«, sagte Niall.

»Dich«, bestätigte Deirdre.

Einen Moment lang standen sie schweigend da.

»Du kannst hier nicht einfach so auftauchen und mich damit überrumpeln, Deirdre«, sagte Niall. »Wie hast du mich überhaupt gefunden? Woher wusstest du überhaupt, dass ich auf Inishmore bin?«

Sie errötete. »Jemand hat mir den Instagram-Account von dieser Fotografin gezeigt. Sie hat Unmengen von Fotos von dir.«

Niall strich sich mit der Hand übers Gesicht. Wie absurd, dass ausgerechnet Cordelia Deirdre unwissentlich in seine Umlaufbahn zurückgeholt hatte.

Deirdre räusperte sich leise. »Ist sie deine Freundin?«

»Das geht dich nichts an«, sagte Niall.

Sie schluckte schwer. »Na gut. Du hast recht. Natürlich. Sieh mal, hier sind alle Informationen, dein Gehalt und die Anteile, die du bekommen würdest, der Vertrag, einige Skizzen des Gebäudes, eine vorläufige Weinkarte …« Sie griff in ihre Tasche und holte einen großen Ordner heraus. »Überleg es dir. Aber Ritchie muss bald Bescheid wissen, wenn er grünes Licht geben soll.«

»Wie bald?«, fragte Niall.

»Innerhalb der nächsten zwei Tage. Wenn du einverstanden bist, brauchen wir dich sofort in London.«

»Verdammter Mist«, sagte Niall und schnappte sich den Ordner. »Kein Druck, was? Keine Eile. Hättest du nicht anrufen können, verdammt?«

»Wärst du rangegangen?«

»Nein«, gab er zu.

»Du verdienst das, Niall«, sagte Deirdre. »Ich werde mir nie

verzeihen, was ich dir angetan habe. Ich möchte es wiedergut-
zumachen. Oder es zumindest versuchen.« Ihre Augen füllten
sich mit Tränen. »Es tut mir wirklich leid.«

»Ich will deine Entschuldigungen nicht, Deirdre.«

Sie zog den Kopf ein. »Na gut. Ich werde jetzt gehen. Du
kannst mich im Kilmurvey House erreichen. Ich habe versucht, mich von Kilronan fernzuhalten – wenn Róisín erfährt,
dass ich hier bin, wird sie mich wahrscheinlich von einer
Klippe stürzen.« Sie lachte schwach, aber Nialls Mund war ein
gerader Strich.

»Das ist nicht fair«, sagte er. »Das ist dir doch klar, oder?
Du kommst ohne Vorwarnung zurück und bietest mir …« Er
wedelte mit der Mappe. »All das. Ich habe ein Leben, weißt
du. Und jetzt kommst du und machst wieder alles kaputt. Du
wolltest mir schon einmal meinen Traum erfüllen, weißt du
noch? Und was ist daraus geworden?«

Sie schenkte ihm ein sprödes Lächeln. »Nun, es besteht
keine Gefahr, dass ich mit Ritchie schlafe – er ist stockschwul.«

»Es ist mir scheißegal, mit wem du schläfst. Das meine ich
nicht.«

Sie blinzelte. »Okay.«

Niall rieb sich mit dem Handballen die Schläfe. »Ich brauche
Zeit, um darüber nachzudenken.«

»Natürlich.« Sie drehte sich um und öffnete die Tür, und
Niall blieb das Herz stehen, als er Cordelia auf seiner Türschwelle stehen sah.

Deirdre war die Art Frau, die aussah, als wäre sie direkt der
Vogue entsprungen.

Wäre die Situation eine andere gewesen, hätte Cordelia sich
vielleicht für ihre verwaschenen Jeans und das Tank-Top mit

der Aufschrift *It's Guac O'Clock* geschämt. Doch dies war die Frau, die Niall das Herz gebrochen hatte. Cordelia riss sich zusammen und kehrte die New Yorkerin in sich hervor.

»Hi«, sagte sie säuerlich und schaute Deirdre direkt in die dunkelbraunen Augen. »Ich bin Cordelia. Nialls Freundin.«

Deirdre zog die perfekt gezupften Augenbrauen hoch. »Oh, hi!«, trällerte sie mit viel zu hoher Stimme. »Ich bin Deirdre. Freut mich, dich kennenzulernen.«

Tut es das?, dachte Cordelia, während Niall sagte: »Deirdre wollte gerade gehen.«

»Genau«, sagte Deirdre und schaute abschätzend zwischen Cordelia und Niall hin und her. Dann rauschte sie an Cordelia vorbei und hinterließ nur den Duft von Jasmin.

»Tut mir leid«, sagte Niall und trat einen Schritt zurück, um Cordelia reinzulassen. »Ich wusste nicht, dass sie … sie wollte mit mir über … «

»Ich weiß«, sagte Cordelia. »Ich hab's gehört.«

Niall blinzelte. »Hast du?«

Er hielt einen dicken Ordner in den Händen, voll mit all den Dingen, die Deirdre erwähnt hatte. Cordelia dachte über die Worte *Vertrag*, *Gehalt* und *Anteile* nach. Sie verstand nicht viel von Gastronomie, aber sie konnte an Nialls Reaktion erkennen, dass es sich um eine große Sache handelte.

»Sie will also, dass du ein weiteres Restaurant eröffnest?«, fragte Cordelia.

»Ja«, sagte Niall. »Ein Fallen Star in London.«

»Und dieser Ritchie macht es nicht ohne dich?«

»Sieht ganz so aus.« Er schüttelte den Kopf. »Ich kann nicht. Das ist verrückt. Außerdem hätte ich dann ständig mit Deirdre zu tun, also nein danke. Komm her.« Er schlang den Arm um ihre Taille und gab ihr einen Kuss. »Das eben tut mir leid. Ich war schockiert, sie hier zu sehen.«

Cordelia erwiderte den Kuss mechanisch, während ihre Gedanken rasten. »Wie meinst du das, du kannst nicht?«, fragte sie und löste sich aus seinen Armen. »Das klingt doch nach einer einmaligen Gelegenheit.«

»Na ja, natürlich, ich meine, Ritchie Malcolm ist einer meiner Helden. Er ist quasi ein Gott in der Welt der Restaurants. Aber Cordie, ich kann doch nicht einfach nach London abhauen. Wie soll das überhaupt gehen?«

»Keine Ahnung, aber ich wette, du findest einen Weg«, sagte Cordelia. »Ist es nicht das, was du immer wolltest? Du hättest deinen Pub zurück, und mehr. Du würdest buchstäblich mit deinem Helden zusammenarbeiten.« Was kapierte er daran nicht? »Dein eigenes Restaurant in London, Niall! Ich meine, mein Gott. Wie kannst du da Nein sagen?«

»Dann komm mit mir«, sagte Niall. Darauf hätte Cordelia wohl vorbereitet sein müssen. Und für einen flüchtigen Moment versuchte sie, es sich vorzustellen. Aber die Bilder waren verschwommen und unvollständig, ganz anders als die kristallklare Zukunft, die sie in New York für sie beide gesehen hatte.

Denn es gab keine Zukunft für Cordelia in London.

»Ich kann nicht«, sagte sie. »Ich muss zurück in die Staaten, wenn mein Visum ausläuft. Das weißt du doch.«

»Du könntest dir ein neues Touristenvisum besorgen. Bleib noch drei Monate.«

»Ich muss mir einen Job suchen, wenn ich zurück bin, Niall«, sagte Cordelia. »Und was soll ich in London überhaupt machen? Ich dürfte ja nicht arbeiten.«

»Du könntest weiter dein Instagram-Ding machen.«

»Das ist kein Job.«

»Ich sorge für dich.«

»Das kann ich nicht zulassen.« Als sie sah, dass er widersprechen wollte, fügte sie hinzu: »Das will ich nicht. Ich will für mich selbst sorgen können.«

»Aber was ist mit uns?«, fragte Niall.

Und plötzlich sah Cordelia mit grausamer Klarheit, dass sie ihn anlügen musste. Sie musste ihn vor den Kopf stoßen. Denn sie konnte nicht zulassen, dass er in New York in irgendeiner Kneipe jobbte, während er hier die Chance hatte, sich einen Namen zu machen, sein eigenes Lokal, seine eigene Küche zu führen. Sie würde nicht zulassen, dass er ihretwegen seine Träume aufgab. Und sie konnte ihre Unabhängigkeit nicht aufgeben, um ihm nach London zu folgen. Der Gedanke, ihn zurückzuweisen, war wie ein heißer, stechender Schmerz, der ihre Brust durchbohrte. Aber der Gedanke, dass er sich diese Chance entgehen lassen könnte, war inakzeptabel.

Sie presste die Zähne zusammen und zwang sich zu einem neutralen Gesichtsausdruck.

»Ich kann dich nicht heiraten, Niall.«

Sie sah den Schmerz über sein Gesicht flackern und hasste sich dafür.

»Warum nicht?«

»Es ist zu früh. Es ist zu viel. Heiraten? Wirklich? Wir kennen uns kaum.«

»Aber …« Niall blinzelte. »Ich dachte, du empfindest dasselbe wie ich.«

Sie hatte ein flaues Gefühl im Magen und konzentrierte sich darauf, dass ihre Stimme nicht brach. »Du kannst dir eine solche Chance nicht wegen eines Sommerflirts entgehen lassen. Das wäre doch Wahnsinn.«

Niall sah aus, als hätte sie ihm eine Ohrfeige verpasst. »Sommerflirt?«

»Wir hatten doch Spaß, oder? Belassen wir es einfach dabei.« Sie blinzelte die Tränen zurück. Sie musste da durch. Sie durfte nicht zusammenbrechen, sonst würde er sie durchschauen. Er würde sie durchschauen. Und bleiben. Wenn es eine Sache gab, die ihr in diesem Moment schmerzlich klar wurde, dann, dass sie Niall zu sehr liebte, um ihm im Weg zu stehen. »Du solltest nach London gehen.«

Nialls Augen füllten sich mit Tränen, und es brach Cordelia das Herz. »Was sagst du da, Cord?«, fragte er leise.

Cordelia holte tief Luft.

»Ich *will* nicht, dass du mit mir nach New York kommst, okay? Wir hatten einen schönen Sommer, aber unsere Leben sind einfach zu verschieden. Du solltest deine Karriere vorantreiben, und ich finde endlich wieder zur Fotografie zurück.«

»Es ist mir egal, dass unsere Leben unterschiedlich sind«, widersprach Niall. »Es wäre mir egal, wenn wir von verschiedenen Planeten kämen. Du hast mich vom Abgrund zurückgeholt, Cord. Du machst mein Leben lebenswert. Glaubst du, ich würde nicht alles, wirklich *alles*, aufgeben, um mit dir zusammen zu sein?«

Der Schmerz wütete in ihr wie ein brutales geiferndes Monster. Sie wusste, was sie zu tun hatte, obwohl das Monster an ihren Rippen zerrte und ihr Herz zerfetzte.

»Das sagst du jetzt, aber du kannst es nicht wirklich wissen, Niall. Nachher nimmst du es mir doch übel, und es wird hässlich. Das ist das Risiko nicht wert. Ich habe schon ein Leben in New York, und da würdest du nicht … hineinpassen.« Ihre Stimme brach fast, so bösartig war die Lüge.

»Du willst mich nicht«, sagte er.

Sie wappnete sich für den finalen Schlag.

»Nein. Ich will dich nicht heiraten. Es hält dich also nichts auf. Geh. Geh nach London, Niall.« Sie wagte einen Blick in seine Augen, und es war das traurigste Blau, das sie je gesehen hatte. Sie musste hier weg, weg von ihm, bevor sie zu seinen Füßen zusammenbrach und ihn anflehte, alles, was sie gesagt hatte, zu vergessen. Sie warf noch einen letzten Blick auf sein betroffenes Gesicht, bevor sie sich umdrehte und floh.

Róisín fand sie eine Stunde später im Cottage, wo sie in ihr Kissen schluchzte.

»Mein Gott!«, rief sie aus. »Cordie, Liebes, was ist passiert?«

Cordelia legte den Kopf in Róisíns Schoß, den Grasring in der Hand, während sie die ganze Geschichte von Nialls Antrag bis zu Deirdres Besuch erzählte.

»Du darfst ihm niemals verraten, dass ich eigentlich Ja sagen wollte«, sagte Cordelia und setzte sich abrupt auf. »Er darf es nicht erfahren. Denn dann wird er Deirdres Angebot ablehnen, und er muss nach London gehen, Róisín. Das hat er verdient. Er … «

»Sei still, Kindchen, ich werde nichts sagen.« Róisín musterte sie mit dunklen, scharfsichtigen Augen. »Du liebst ihn wirklich.«

»Das tue ich«, sagte Cordelia. Wieder schluchzte sie auf, dann weinte sie in Róisíns Schoß, ihr Herz weit aufgerissen, die Ränder so scharf und zerklüftet, dass ihr das Atmen wehtat. Vor ihr lag endlose Leere, eine Welt ohne Farbe, weil kein Niall mehr darin war. Erst jetzt begriff sie, wie bunt er ihr Leben gemalt hatte.

Ihr Handy vibrierte, und sie ignorierte es. Doch dann rührte sich Róisín und sagte: »Wer ist Kate Sarkesian?«

Cordelia setzte sich auf. »Was?«

Róisín hielt das Hady hoch. »Du hast eine E-Mail von ihr bekommen.« Cordelia wurde schwindelig, als sie nach dem Handy griff. »Sie hat meinen Bildband rausgegeben«, sagte sie und öffnete die E-Mail. »Ich habe seit Jahren nichts mehr von ihr gehört. Ich frage mich, was sie ...«

Ihre Stimme verstummte, während sie las.

Hallo Cordelia,

ich hoffe, es geht dir gut. Ich folge dir auf Instagram und finde die Bilder und Geschichten, die du dort postest, einfach toll! Meinem Team und mir gefallen sie sogar so gut, dass wir gerne ein weiteres Buch mit dir machen würden – mit deinen Arbeiten von Inishmore. Ich weiß nicht, wann du wieder im Land bist, aber ich würde gerne einen Termin vereinbaren, um alles Weitere zu besprechen.

Der Rest der E-Mail verschwamm vor ihren Augen. Ein neues Buch. Sie wollten ein neues Buch. Hätte sie diese E-Mail gestern erhalten, wäre Cordelia die Straße runtergerannt, um es Niall zu erzählen. Jetzt konnte sie nur dasitzen und auf die winzigen Buchstaben auf dem Bildschirm starren, ihre Glieder schlaff und kraftlos.

»Sie will, dass ich noch ein Buch mache«, sagte Cordelia mit belegter Stimme. »Mit Fotos von hier.«

»Nun«, sagte Róisín und legte eine schrumpelige Hand auf Cordelias Schulter. »Das ist doch wundervoll, oder?«

Cordelia nickte, und wieder liefen ihr Tränen über die Wangen. Róisín wischte sie zärtlich weg. »Was für ein Tag«, sagte sie. »Ich mache dir einen Tee.«

Cordelia sank wieder in ihr Kissen, als Róisín in die Küche ging. Ihre Welt war völlig aus den Fugen geraten, und Cordelia konnte sich nicht vorstellen, dass sie je wieder in Ordnung kommen würde.

23

»Hat sie nicht«, sagte Colin zum fünften Mal.

»Doch, hat sie«, sagte Niall müde. Seit Cordelia vor Stunden gegangen war, saß er auf dem Sofa und starrte in den leeren Kamin, einen Whiskey in der Hand. Colin hatte ihn dort gefunden, in gequälter Stille. Er weinte nicht, nein, das würde erst später kommen. Niall war einfach nur … leer.

»Das ergibt überhaupt keinen Sinn«, sagte Colin. »Ihr zwei seid füreinander bestimmt! Ich glaube ihr nicht, Niall. Es muss eine andere … sie kann nicht … ich meine, ihr seid … verdammt noch mal, muss Deirdre alles kaputtmachen?«

»Aber Cordelia hat recht«, sagte Niall dickköpfig. »Ich muss nach London.«

»Klar, ja, da stimme ich dir zu, auch wenn Deirdre, das verdammte Flittchen, Teil der Abmachung ist. Aber Cordie könnte mit dir gehen!«

»Sie will nicht, Colin, du dummes Arschloch, hast du nicht zugehört? *Sie will mich nicht.*« Niall knallte seinen Whiskey auf den Beistelltisch und sprang auf. »Ich hätte ihr nie einen Antrag machen sollen. Bin ich eine Art kosmischer Scherz? Ist das die Art des Universums, mir zu sagen, dass ich in Sachen Liebe das Handtuch werfen sollte? Ich *liebe* Cordelia, Colin. Ich liebe sie so sehr, dass es wehtut. Und ich habe sie verloren, nur weil ich meinen verdammten Mund nicht halten konnte und ihr einen Antrag machen musste. Wer macht schon nach einem Monat einen Antrag? Niemand. Natürlich hat sie Nein gesagt.«

»Aber es hat sich angefühlt, als wärt ihr beide schon seit Ewigkeiten zusammen«, widersprach Colin. »Ich habe dich noch nie so mit jemandem gesehen, nicht einmal mit Deirdre.«

Niall ließ sich wieder auf die Couch sinken. »Ach, lass mich in Ruhe«, murmelte er. »Ich will nicht darüber reden.«

»Bist du sicher?«

»Geh, Colin!«

»Na gut«, sagte Colin und ging den Flur hinunter zur Treppe. Niall hörte seine Schritte, dann schloss sich eine Tür.

Und endlich gestattete Niall sich zu weinen.

Es gab noch eine Sache, die er tun musste, bevor er Deirdres Angebot annahm.

Am nächsten Tag ging Niall früh aus dem Haus, nicht ohne einen sehnsüchtigen Blick in Richtung Cottage zu werfen. Von Cordelia keine Spur. Er trottete zum gelben Farmhaus, und der Gesichtsausdruck seiner Mutter, als sie die Tür öffnete, sagte alles.

»Wer hat es dir erzählt?«, fragte er unverblümt.

»Róisín war gestern Abend hier.« Fiona schloss ihren Sohn in die Arme. »Oh, mein Süßer. Ich verstehe das nicht. Was ist nur passiert? Ihr zwei wart doch so perfekt zusammen.«

»Wo ist Dad?«, erwiderte Niall. Er wollte nicht über Cordelia sprechen. Er konnte es nicht. Er wollte diese Tür in seinem Herzen fest verriegeln und nie wieder öffnen.

»In der Küche«, sagte Fiona. Niall drängte sich an ihr vorbei in die Küche, wo sein Vater gerade Eier und Würstchen briet.

»Róisín hat es euch also erzählt«, sagte Niall ohne Vorrede. Sein Vater wirbelte herum.

»Mein Gott, hast du mich erschreckt«, sagte er. Dann sah er das Gesicht seines Sohnes. »Aye. Sie hat es uns erzählt. Allerdings keine Details.«

Niall schnürte sich die Kehle zu, und der Geist der Stahlfeder schloss sich um seine Brust. »Hat sie euch auch von Deirdre erzählt?«

»Sie meinte, sie habe dir ein Angebot gemacht. Irgendwas mit London?«

Niall ließ sich am Küchentisch nieder, und die ganze Geschichte sprudelte aus ihm heraus. Sein Vater war nie jemand gewesen, dem er das Herz ausschüttete, aber er brauchte seinen Rat. Am liebsten hätte er Deirdre gesagt, sie soll sich zum Teufel scheren, und Cordelia angefleht, ihn zurückzunehmen.

»Was soll ich tun, Dad?«, fragte er düster. »Ich will nicht mit Deirdre arbeiten, aber es geht um Ritchie Malcolm. Ich meine …«

»Du musst gehen, mein Sohn«, antwortete Owen. Er stellte einen Teller vor Niall hin und setzte sich zu ihm an den Tisch. Zwei Spiegeleier starrten Niall an wie gelbe Augen. »Cordelia hat recht. Du musst nach London gehen.«

Niall starrte auf den Teller. Eigentlich sollte er Luftsprünge machen.

»Ich hasse es, dich so zu sehen«, sagte Owen. »Vor allem, weil du endlich die Chance bekommst, die du verdienst. Ich weiß nicht genau, warum Cordelia Schluss gemacht hat, und ich wünschte, sie hätte es nicht getan. Ich wünschte, sie hätte Ja gesagt und wäre mit dir gegangen. Aber es ist, wie es ist. Dies ist deine Chance, Niall.«

»Was ist mit dem O'Connor's?«, fragte Niall.

»Das O'Connor's kommt auch ohne dich zurecht«, sagte Owen. »Deine Mum wollte einfach, dass du nach Hause kommst. Wie du dir sicher schon gedacht hast. Aber es wird hier immer einen Platz für dich geben, Niall. Egal, was passiert. Und, na ja …« Sein Gesicht lief rot an, und er rutschte auf seinem Stuhl hin und her. »Ich bin nicht gut darin, Beziehungsratschläge zu erteilen, aber ich glaube, wenn zwei Menschen füreinander bestimmt sind, werden sie ihren Weg zueinander finden. Ihr seid ja nicht tot, keiner von euch.«

»Das klang ziemlich optimistisch, bis auf den letzten Satz, Dad.«

Owen lachte. »Ich sagte doch, ich bin kein guter Beziehungsratgeber. Aber jetzt musst du tun, was das Beste für dich ist. Auch wenn das bedeutet, mit diesem Flittchen zu arbeiten, wie deine Mutter sagen würde.«

Niall ließ den Kopf in die Hände sinken. »Ja«, sagte er. »Du hast recht.«

»Wow, das trage ich mir besser im Kalender ein«, sagte Owen. »Hätte nie gedacht, dass ich diese Worte mal aus deinem Mund hören würde.«

Niall lächelte grimmig. »Dann bringe ich es mal hinter mich«, sagte er und stand vom Tisch auf. Jetzt, da die Entscheidung gefallen war, wollte er so schnell wie möglich von Inishmore verschwinden. Er wollte sich bewegen, bewegen, bewegen, damit er keine Zeit zum Nachdenken hatte. Nachdenken war wie Treibsand, der ihn in die Tiefe zog und verschlang.

Er lieh sich das Auto seiner Mutter und fuhr zum Kilmurvey House. Deirdre saß im Salon. Sie lächelte breit, als sie ihn sah, dann zügelte sie sich ein wenig.

»Guten Morgen«, sagte sie. »Möchtest du einen Kaffee?«

»Ich bin dabei«, sagte Niall knapp. »Wann fahren wir los?«

Cordelia erfuhr von Alison, dass Niall gleich am nächsten Tag abgereist war. Alison hatte versucht, mit ihr über das Geschehene zu reden, aber Cordelia konnte nicht. Sie konnte es nicht laut aussprechen. Sie schickte ihrer Mutter nur eine flüchtige SMS und schaffte es kaum, mit Liz zu facetimen.

In den nächsten zwei Wochen fühlte sie sich wie in Watte gepackt. Ihre Augen juckten unentwegt. Ihre Brust war zu eng. Sie konnte nicht schlafen.

Auf diese tiefe Trauer war sie nicht vorbereitet gewesen. Es war, als hätte man ihr die Hälfte ihrer Eingeweide entfernt. Nicht einmal die Aussicht auf einen neuen Bildband, auf eine zweite Chance, konnte den stechenden Schmerz bei jedem Herzschlag mindern. Sie fand in nichts mehr Trost, weder in der Fotografie noch in ihren True-Crime-Geschichten noch in den Kutschfahrten mit Róisín.

Niall war weg.

Sie ging nicht mehr ins O'Connor's. Sie konnte den Pub ohne Niall nicht ertragen – und Owen hasste sie wahrscheinlich für das, was sie getan hatte. Stattdessen aß sie wieder Nudeln, allein im Cottage. Einmal hatte sie versucht, ein Omelett zu machen, doch die Erinnerungen, die es weckte, waren so brutal, dass sie schluchzend auf dem Küchenboden zusammenbrach. Hundertmal am Tag griff sie zum Telefon, um Niall eine Nachricht zu schreiben. Oder nachzusehen, ob er sich gemeldet hatte. Aber er meldete sich nie und sie sich auch nicht.

Sie wusste, dass sie nie wieder von ihm hören würde. Sie hatte ihn zu sehr verletzt. Warum sollte er mit ihr reden wollen? Sie hatte ihn ausgeweidet und entsorgt. Sie hoffte, er würde sich in London amüsieren. Nicht mit Deirdre – nein, dafür war sie zu egoistisch. Aber sie hoffte, dass es für ihn gut lief. Róisín versorgte sie mit Informationshäppchen, die Cordelia gierig hortete.

Niall war in London angekommen.

Niall hatte eine Wohnung in Camden gefunden.

Niall hatte sich mit Ritchie Malcolm getroffen.

Niall arbeitete an neuen Gerichten.

Das war's. Vier kleine Details. Cordelia malte sich heimlich aus wie er nach Inishmore zurückkam, im Cottage auftauchte und erklärte, dass ihre Liebe wichtiger war als alles andere auf der Welt. Aber das hatte er bereits getan, und *sie* hatte *ihn* zurückgewiesen! Sie allein war schuld. Sie verdiente ihr eigenes Elend.

Am Abend, bevor sie Inishmore verlassen und nach New York zurückkehren sollte, kamen Alison und Róisín vorbei. Alison kochte ein Hühnercurry, und die kleine Küche füllte sich mit dem Geruch von Kreuzkümmel und Koriander – wodurch Cordelia sich nur noch elender fühlte. Die Küchendüfte und -geräusche waren besonders qualvoll. Róisín drückte Cordelia ein Glas Whiskey in die Hand.

»Also«, sagte sie. »Ich möchte einen Toast aussprechen. Als du das erste Mal hier aufgetaucht bist, Kindchen, war ich, wie du dir denken kannst, nicht gerade begeistert.«

»Ist das wahr, Granny?«, sagte Alison. »Meine Güte, was für ein Schock.«

Róisín grinste sie an. »Aber ich muss sagen, Cordie, es war mir eine Freude, dich kennenzulernen. Und ich hoffe, du lässt mal von dir hören. Die ganze Insel würde sich freuen, dich wiederzusehen.«

Cordelia war sich da nicht so sicher – sie nahm an, dass

Nialls Eltern nicht ihre größten Fans waren. Sie hatte keinen von beiden mehr gesehen, seit Niall fort war.

»Das würden wir«, sagte Alison und erhob ebenfalls ihr Glas. »Und bitte meld dich mal, Cord.«

»Das mach' ich«, sagte Cordelia und spürte die Leere des Versprechens. »Ihr wart beide so wunderbar zu mir.« Sie bekam einen Kloß im Hals. »Ich werde euch vermissen.«

Cordelia war innerlich hin- und hergerissen. Einerseits konnte sie es kaum erwarten, Inishmore und all die Erinnerungen an Niall hinter sich zu lassen. Auf der anderen Seite waren diese Erinnerungen alles, was ihr blieb. Sie liebte diese Insel, mehr als sie es jemals für möglich gehalten hatte. Seit ihrer Ankunft im Juni hatte sich so vieles verändert, und Cordelia wollte sich am liebsten unter der Bettdecke verstecken, bis sich alles von selbst geregelt hatte.

Aber das Leben regelt sich nicht von selbst. Cordelia musste ihr Schicksal in die Hand nehmen, so wie Niall seines. Sie musste in die Zukunft blicken, so sehr es ihr auch widerstrebte.

Ein paar Leute kamen am nächsten Tag zur Fähre, um sich von ihr zu verabschieden – Darragh und Brogan, Aoife und Fergus. Und, zu Cordelias großer Überraschung, auch Fiona mit Colin und Pocket. Fiona schien überhaupt nicht wütend, sondern zog Cordelia in eine Umarmung.

»Ich habe dir Proviant eingepackt«, sagte sie und drückte Cordelia eine warme Papiertüte in die Hand.

»Fiona, ich …«, begann Cordelia, aber Fiona winkte ab.

»Pass auf dich auf«, sagte sie mit Tränen in den Augen.

»Lass mal von dir hören«, sagte Colin und umarmte sie fest.

»Das mach' ich«, sagte Cordelia.

Pocket schnüffelte an ihrer Hand, und Cordelia kraulte den Hund hinter den Ohren.

»Danke, dass ihr mich so nett aufgenommen«, sagte sie. »Ihr wart wie eine Familie für mich.«

Sie stieg auf die Fähre, und die Erinnerung an ihre erste Begegnung mit Niall war plötzlich so klar und deutlich, als wäre es gestern gewesen. Sie verstaute ihre Tasche und ließ sich auf einen Sitz sinken. Der Regen wurde stärker, als die Fähre ablegte. Pocket rannte den Steg hinunter und bellte wie verrückt. Cordelia drückte ihre Hand an das Fenster.

»Mach's gut«, flüsterte sie.

Die Reise war lang und anstrengend. Von der Fähre in den Bus, vom Bus in den Zug, vom Zug ins Flugzeug. Sie nahm kaum wahr, wo sie war oder was um sie herum geschah. Immer wieder holte sie den Grasring aus ihrer Tasche und steckte ihn sich an den Finger. Er stand für ein ganzes Leben, das für sie bestimmt gewesen war – sie konnte sich nicht überwinden, ihn wegzuwerfen.

Als ihr Flug in JFK landete, fühlte sich Cordelia wie aus einer anderen Welt, einem anderen Jahrhundert, einer anderen Dimension. Sie wartete inmitten der Menschenmenge an der Gepäckausgabe und zuckte jedes Mal zusammen, wenn sie einen irischen Akzent hörte. Sie war so sehr in ihr eigenes Elend vertieft, dass sie die Luftballons – und das Schild mit ihrem Namen – zunächst nicht bemerkte.

Am Ausgang stand ihre Familie: ihre Mutter und Gary, Toby und Nikki, Miles und Grace, die ein selbstgebasteltes Schild hochhielten: *Willkommen zu Hause Tante Cordie!* Liz war auch da und kam auf sie zugerannt, noch bevor die Kinder reagieren konnten.

»O mein Gott, ich hab' dich so sehr vermisst«, sagte sie in Cordelias Ohr, während Miles sich um Cordelias Beine schlang.

»Tante Cordie!«, rief er. »Hast du uns was mitgebracht?«

»Miles«, mahnte Nikki, die Cordelia umarmte, nachdem Liz sie endlich losgelassen hatte. »Sei nicht so unhöflich.«

»Natürlich hab' ich euch was mitgebracht«, sagte Cordelia und lächelte zum ersten Mal seit so langer Zeit, dass sie fürchtete, ihre Wangen könnten platzen. »Ich habe Aran-Pullover für alle besorgt. Aber Leute … Ich hatte keine Ahnung, dass ihr hier sein würdet!«

»Wir mussten dich doch gebührend willkommen heißen, oder?«, sagte Louise und küsste ihre Tochter auf die Wange. »Wie geht es dir?«

Cordelia zuckte die Schultern. »Keine Ahnung, Mom. Können wir ein andermal darüber reden?«

»Natürlich, mein Schatz, natürlich.«

»Die Kinder haben den ganzen Tag an dem Schild gearbeitet.« Toby grinste und massierte ihr die Schultern. »Schön, dass du wieder da bist, Schwesterherz.«

Cordelias gebrochenes Herz schmerzte, erfüllt von so viel Liebe, aber auch von Traurigkeit, denn die eine Liebe fehlte. Und Cordelia glaubte nicht, dass sie sie je wiederfinden würde.

»Wir dachten, wir fahren dich und Liz nach Harlem«, sagte Gary.

»Nach Harlem?« Cordelia sah Liz an. »Kommst du mit zu mir?«

Liz strahlte und hielt eine große Tragetasche hoch. »Ich habe Wein. Ich habe Popcorn. Ich habe Ramen – ja, ich weiß, gern geschehen. Ich dachte, wir könnten einen Filmabend machen – *Notting Hill* für mich, *Lost Girls* für dich.« Sie verdrehte die Augen.

Cordelia spürte, wie ihr die Tränen in die Augen stiegen, und erst jetzt wurde ihr bewusst, wie sehr sie sich davor gefürchtet hatte, allein in ihrer Wohnung zu sein.

»Tante Cordie, erzähl uns von deiner Reise«, sagte Grace und zupfte sie am Ärmel. »Hast du Kobolde gesehen? Miles glaubt ja, aber ich habe gesagt, dass es die nicht gibt.«

»Doch, die gibt es!«, widersprach Miles.

»Ich habe keine Kobolde gesehen.« Cordelia, nahm Grace an der Hand und ging zum Ausgang. »Aber ich kann dir von dem Púca erzählen, der auf Inishmore lebt. Und der *ist* echt. Róisín spricht die ganze Zeit mit ihm.«

»Wow!«, sagte Miles und fügte dann hinzu: »Was ist ein Púca?«

Cordelia lachte und trat hinaus in die feuchte New Yorker Luft. Sie schaffte es, ihre gute Laune zu bewahren, als sie sich von Toby und den Kindern verabschiedete und versprach, sie diese Woche noch zu besuchen, dann stiegen sie und Liz in Garys Jeep. Ihr stockte der Atem, als sie den ersten Blick auf die Skyline von New York City erhaschte – es wurde nie langweilig, aus der Ferne zu sehen, wie die Sonne auf den Wolkenkratzern glitzerte, das Empire State Building wie ein Pfeil gen Himmel gerichtet.

Liz half ihr mit dem Gepäck, und gemeinsam stolperten sie in ihre Wohnung. Alles war genauso, wie sie es verlassen hatte. Ihr kleiner Fenstergarten mit Sukkulenten. Gerahmte Bilder an den Wänden. Die Kücheninsel erinnerte sie an Niall, und sie wandte sich ab. Auf ihrem Bett lag noch dieselbe Paisley-Decke. Auf der Kommode standen Fotos von ihrer Familie. Sie legte die Kamera ihres Vaters auf den Nachttisch.

Und daneben den Grasring.

Sie duschte und zog sich einen Pyjama an. Liz hatte einen Topf auf dem Herd, in dem sie Ramen kochte, und die Popcorn-Tüte füllte sich ploppend in der Mikrowelle.

»Hier«, sagte sie und drückte Cordelia ein Glas Wein in die

Hand. Sie servierte das Essen, und Cordelia verschlang die Ramen so schnell, dass sie sich fast die Zunge verbrannte. Dann leerte sie ihr Glas und schenkte sich ein neues ein.

»Also«, sagte Liz. »Wie geht es dir?«

Cordelia spürte, wie ihr die Ramen hochzukommen drohten. »Ich bin …« Sie brach in Tränen aus, und es traf sie völlig unvorbereitet. »Wann hört es endlich auf wehzutun?«, schluchzte sie. »Ich hasse es, Liz. Ich wünschte, ich wäre ihm nie begegnet. Ich wünschte, ich hätte mich nie verliebt.«

»Nein, Babes, sag so was nicht«, sagte Liz. »Du hast das Richtige getan – für dich *und* für ihn. In London wärst du nicht glücklich geworden. Ich meine, denk doch mal nach. Wahrscheinlich arbeitet er die ganze Zeit, und dann auch noch mit seiner durchgeknallten Ex. Das hätte nur Probleme gegeben. Und was würdest du dort den ganzen Tag machen? London ist nicht Inishmore – es gibt dort keine Róisín, die dich rumkutschiert. Und was ist mit dem neuen Buch, hm?«

»Daran könnte ich doch von überall aus arbeiten«, meinte Cordelia mit einem kleinen Schluckauf.

»Ja, aber ist es nicht besser, hier zu sein, wo du dich mit Kate zusammensetzen kannst? Ich erinnere mich, dass es beim letzten Mal eine Menge Hin und Her gab.«

»Du versuchst doch nur, mich zu beruhigen.«

»Ding ding ding! Was hat sie gewonnen, Johnny? Nun, Leute, ich verrate es euch, Cordelia James hat einen Abend mit ihrer besten Freundin gewonnen, die sie mit Alkohol und Komplimenten überschütten wird! Aber wartet, da ist noch mehr …« Sie eilte zum Kühlschrank und kramte darin herum. »Guacamole und Käse-Dip!«, verkündete Liz und hielt zwei Behälter hoch.

»Etwa aus der Cantina?«, rief Cordelia aus.

»Allerdings.« Liz öffnete die beiden Behälter und holte eine Tüte Chips aus dem Schrank. »Leider kann ich nicht zaubern. Sonst würde ich Niall zwingen, dich anzuflehen, ihn zurückzunehmen.«

»Nein, Liz, er muss ...«

»Ich weiß, ich weiß, es ist seine große Chance, bla bla bla. Ich muss nicht so edelmütig sein. Meine Priorität ist es, dafür zu sorgen, dass du dich geliebt fühlst. Indem ich dich mit mexikanischem Essen vollstopfe. Das gab es auf Inishmore nicht oft genug, nehme ich an.«

Cordelia lächelte halbherzig. »Nein, definitiv nicht.«

»Er wird schon noch zur Vernunft kommen«, sagte Liz und schaufelte Guacamole auf ihren Chip. »Er muss. Ihr beide wart ...«

»Bitte«, sagte Cordelia und hob die Hand. »Bitte hör auf. Es ist vorbei.« Sie tunkte einen Chip in den Käsedip. »Ich konnte es sehen, weißt du«, sagte sie leise, ohne Liz in die Augen zu sehen. »Ich konnte es so deutlich sehen. Dass er hierherzieht. Unser gemeinsames Leben. Ich weiß, die Ehe ist eine große Sache, und es ist ziemlich verrückt, dass er mir einen Antrag gemacht hat ...«

»Ja, allerdings«, meinte Liz. »Ich weiß nicht, was ich gesagt hätte, wenn du mich um Rat gefragt hättest.«

Cordelia stand auf und verließ das Zimmer. Sie kam mit dem Grasring zurück und steckte sich ihn an den Finger.

»Ist das ...?«, fragte Liz.

Cordelia nickte. »Er hat ihn für mich gemacht. Ich glaube ... ich würde ihn gern tragen. Nur heute Abend. Ist das okay?«

»Natürlich«, sagte Liz. »Warum sollte das nicht okay sein? Du kannst ihn so lange tragen, wie du willst.«

Sie schüttelte den Kopf. »Nein, kann ich nicht. Es ist nicht ...

gut für mich. Ich muss das alles hinter mir lassen. Aber heute Abend möchte ich so tun, als ob. So tun, als würde er ... « Ihre Stimme brach, und Tränen liefen ihr über die Wangen. »Nur heute Abend«, flüsterte sie und ballte ihre Hand zur Faust.

»Dann nur heute Abend«, flüsterte Liz und legte den Arm um sie.

24

»Fünf Vorspeisen für Tisch vierzehn!«, rief Niall seinem Sous-Chef zu. »Und ich brauche zwei Pavlova und ein Zitronensorbet für die zweiundzwanzig.«

»Ja, Chef«, antwortete Michel. In der Küche herrschte das reinste Chaos – Flammen züngelten, Fleisch brutzelte, Geschirr klirrte, Messer hackten. Es gab bunte Reihen von Soßen in Quetschflaschen und durchsichtige Plastikbehälter mit Gemüse. Die Köche scherzten miteinander. Dies war der einzige Ort, an dem sich Niall noch lebendig fühlte.

Deirdre steckte den Kopf in die Küche. »Gerade ist eine Gruppe von neun Leuten gekommen«, sagte sie. »Macht euch auf was gefasst.«

»Ah putain, Deirdre«, beschwerte sich Michel. »Wir sind total überlastet.«

»Tut mir leid, ich dachte, ihr wolltet heute Abend Geld verdienen«, erwiderte Deirdre. »Soll ich ihnen sagen, dass sie sich verpissen sollen?«

»Michel, hör auf zu jammern und kümmere dich um die Vorspeisen. Deirdre, gib ihnen Champagner, um Zeit zu gewinnen«, sagte Niall.

Sie lächelte ihn an. »Klar doch.« Dann verschwand sie durch die Küchentür.

»Im Ernst, Chef«, sagte Michel, während er zwei Steaks in eine Pfanne klatschte. »Du und sie? Sehe ich nicht.«

»Genau, weil da nichts ist«, sagte Niall. »Weniger reden, mehr anbraten.«

In einem Restaurant gab es keine Geheimnisse. Jeder, vom Kellner bis zum Tellerwäscher, kannte die ganze schmutzige Geschichte von Niall, Deirdre und dem Fallen Star.

Aber sie wussten nichts von Inishmore. Es war über drei Monate her, dass Niall die Insel verlassen hatte, und seit er im August in Heathrow aus dem Flugzeug gestiegen war, hatte er diesen Teil seines Lebens unter Verschluss gehalten. Nicht daran zu denken, war der einzige Weg zu überleben. Was ziemlich leicht gewesen war, als er erst mal Ritchie kennenlernte und sie anfingen, an der neuen Speisekarte zu arbeiten, die Räumlichkeiten zu renovieren und Personal einzustellen. Niall musste sich eine Wohnung suchen und sich in London zurechtfinden. Und Ritchie erwartete nichts weniger als hundertprozentige Hingabe an den Pub. Nicht, dass Niall seit diesem ersten verrückten Monat noch viel von Ritchie gesehen hätte. Aber er hatte nichts dagegen, zeitlich so eingespannt zu sein. Er wollte in seinem Kopf keinen Platz mehr für etwas anderes lassen.

Der Rest des Abends verging wie im Flug. Der Pub hatte vor einer Woche offiziell eröffnet und war jeden Abend voll, die Küche platzte aus allen Nähten. Die Arbeit war herrlich anstrengend. Niall war nur damit beschäftigt, dass das richtige Essen zur rechten Zeit an den richtigen Tisch kam.

Es war genauso, wie er es sich gewünscht hatte.

Na ja, nicht ganz, aber es war die einzige Möglichkeit, ein halbwegs normales Leben zu führen. Denn Niall fehlte ein Stück seiner selbst, ein Stück, so groß, dass er nicht begriff, warum es niemand bemerkte – manchmal hatte er das Gefühl, nur mit einem halben Oberkörper rumzulaufen.

Gegen zehn Uhr ließ der Ansturm auf das Abendessen endlich nach. Niall überließ die Küche Michels fähigen Händen und ging nach der Bar sehen.

»Hallo, Gemma«, sagte er zu der Barkeeperin, einer nüchternen Frau mit Cat-Eye-Brille.

»'n Abend, Chef«, sagte sie, während sie die Folie von einer Weinflasche entfernte, den Korkenzieher fachmännisch ansetzte und die Flasche öffnete.

»Ich mach das schon«, sagte Niall. Es gefiel ihm, hinter der Bar zu stehen, nachdem die Küche sich beruhigt hatte. Es erinnerte ihn an seine Wurzeln. Er unterhielt sich gern mit den Gästen, lernte die Stammgäste kennen. »Für wen ist das?«

Gemma machte eine ruckartige Kopfbewegung. »Platz sieben. Alles unter Kontrolle, Chef? Ich wollte gerade eine kurze Zigarettenpause einlegen.«

»Geh ruhig«, sagte Niall. Es gab nur noch zwei Tische und eine Handvoll Gäste an der Bar. Niall schenkte den Wein ein. Es war ein Cabernet – ihm zog sich der Magen zusammen. *Ihr Lieblingswein.* Er stellte die Flasche zurück und brachte der Frau das Glas. Sie war blond, und Nialls Herz setzte für einen Schlag aus, doch als sie sich umdrehte, war sie es natürlich nicht. Ihr Haar war kürzer und ihre Augen blau.

»Danke. Will, möchtest du auch was trinken?«, fragte sie den Mann, der seinen Mantel ablegte und sich neben sie setzte.

»Gott, ja«, sagte er. Er hatte einen amerikanischen Akzent. »Und auch etwas essen, wenn die Küche noch offen ist.«

»Ist sie«, sagte Niall. »Noch dreißig Minuten.«

»Sind Sie der Küchenchef?«, fragte der Mann.

»Bin ich«, sagte Niall.

»Ich sehe nicht oft einen Koch, der Getränke serviert«, sagte der Mann. Er streckte die Hand aus. »Will Kincaid.«

»Niall O'Connor«, sagte Niall und schüttelte ihm die Hand. Er bemerkte, dass Deirdre ihn beobachtete. »Ich komme gerne raus, wenn der Ansturm vorbei ist. Ich habe meine Karriere hinter einer Bar begonnen.«

»Das gefällt mir«, sagte Will. »Die meisten Köche, mit denen ich arbeite, haben Egos so groß wie Heißluftballons. Sie würden sich nie hinter einer Bar erwischen lassen.«

»Sie arbeiten also auch in der Gastronomie?«, fragte Niall.

»Ich bin Investor«, sagte Will. Er sah sich um. »Mir gefällt, was Ritchie aus dem Laden gemacht hat.«

»Sie kennen Ritchie?«

»Oh, bitte lassen Sie ihn aus dem Spiel«, stöhnte die Frau. »Die beiden sind wie kleine Jungs, die sich ständig gegenseitig übertrumpfen wollen.«

»Ritchie ist ein Freund«, sagte Will mit Nachdruck, und die Frau verdrehte die Augen.

»Um Himmels willen, bestell dir einen Drink, Will. Übrigens, ich bin Jules«, sagte sie. »Und ich habe nichts mit Restaurants zu tun, außer dass ich dort esse, wenn Will sie empfiehlt.«

»Ich freue mich, dass Sie hier sind«, sagte Niall.

Jules legte den Kopf schief. »Sie kommen mir bekannt vor, sind wir uns schon mal begegnet?«

»Ich glaube nicht. Ich bin erst im August hierhergezogen.«

»Ich nehme einen Sazerac«, erklärte Will. Niall schob ihm die Speisekarte hin und machte sich an die Zubereitung des Cocktails. Zwei weitere Gäste kamen herein, um sich an die Bar zu setzen, und Niall schenkte ihnen Wasser ein und reichte ihnen ebenfalls Speisekarten.

»Du musst nicht hinter der Theke arbeiten«, sagte Deirdre, die an einem Mineralwasser nippte. »Das hier ist nicht das O'Connor's.«

Niall spürte, wie ihm das Blut aus dem Gesicht wich. Er hatte Deirdre in aller Deutlichkeit gesagt, dass das Thema Inishmore für ihn tabu war, als er sich auf dieses Projekt eingelassen hatte.

»Ich weiß«, brummte er. »Ich tue es, weil es mir Spaß macht.«

Sie schürzte die Lippen. »Okay. Tut mir leid. Hey, wer war der Mann, mit dem du dich unterhalten hast?«

»Will Kincaid«, sagte Niall.

Ihre Augen weiteten sich. »Im Ernst?«

»Du kennst ihn?«

»Er ist so etwas wie die amerikanische Hetero-Version von Ritchie. Gerade hat er einen Laden in Tokio eröffnet, glaube ich.« Niall konnte sehen, wie es in ihrem Gehirn arbeitete. »Das ist phantastisch. Ich muss Ritchie erzählen, dass er hier war. Sag mir, was er bestellt, ja? Wir sollten ihnen ein Dessert ausgeben.«

Niall nickte, als Will ihn zu sich winkte.

»Haben Sie sich entschieden?«, fragte Niall.

»Ja«, sagte Will und rieb sich die Hände. »Vorweg teilen wir uns die Muscheln.«

»Und ich nehme das Hummerrisotto«, sagte Jules.

»Ich schwanke noch zwischen Lachs und Lamm«, sagte Will. »Ich glaube, ich nehme das Lamm. Ich liebe Hasselback-Kartoffeln.«

»Ausgezeichnete Wahl«, meinte Niall.

»Ich wette, das sagen Sie bei jedem Gericht«, scherzte Jules.

Niall lächelte schmal. »Nein. Das Lamm liegt mir ganz besonders am Herzen.«

»Ach wirklich?« Will beugte sich vor. »Steckt da eine Geschichte dahinter?«

Niall erkannte die Falle, in die er getappt war. »Nicht wirklich, nein«, sagte er schnell. »Es erinnert mich nur an zu Hause, das ist alles.«

»Woher kommen Sie in Irland?«, fragte Will.

»Oh, äh, Inishmore? Das ist eine der Aran ...«

»O mein Gott«, sagte Jules. »Du bist *Niall*! Dieser Niall von Instagram!«

Niall spürte, wie er innerlich erstarrte. Jules zückte ihr Handy.

»Diese Fotografin hat eine ganze Serie über Inishmore gemacht. So cool! Will, das musst du sehen.«

»Ich will nicht ...«, begann Niall, aber sie scrollte schon weiter. »Da!«, sagte sie und hielt das Handy hoch. »Das sind Sie!«

Nialls Sicht verschwamm, als er sich selbst auf dem Display sah. Es war ein Foto, das sie gemacht hatte, als er mit seinem Vater an Pátrún Bier für das Guinness-Rennen gezapft hatte. Niall schnürte sich die Kehle zu, als er sich an den Abend danach erinnerte, an den Spaziergang zum Cottage, an ...

Nein. Er verdrängte die Erinnerung.

»Ja, das bin ich«, sagte er.

»Ich liebe ihre Fotos«, sagte Jules, ohne zu merken, dass Niall kurz vor einem Nervenzusammenbruch stand. »Sie ist aus New York«, erklärte sie Will, »und sie war den Sommer über auf der Insel und hat die Einheimischen interviewt. Da ist diese eine alte Frau, ich hab ihren Namen vergessen ...«

»Róisín«, sagte Niall.

»Ja! Sie ist so witzig. Wie verrückt, dich kennenzulernen! Die Welt ist klein. Oh!«, sagte sie und sah wieder auf ihr Handy. »Ich glaube, sie veröffentlicht ein Buch über ihre Zeit dort.«

Sie hielt Niall das Display vor die Nase, und er sah einen Post mit der Buchankündigung.

»Oh«, sagte Niall hölzern. »Cool.«

Will schien sein Unbehagen zu bemerken. »Wir wollen Sie nicht aufhalten, wenn die Küche bald schließt.«

»Ach ja, richtig. Ich gebe dann mal die Bestellungen auf. Danke.«

Niall tippte schnell die Bestellung ein, dann eilte er hinter der Bar hervor, den Flur entlang und an der Küche vorbei. Er lehnte sich neben einem Wischmopp an die Wand, und sein Herz hämmerte. Er hatte sich geschworen, sich diese Bilder nie wieder anzusehen. Die Erinnerungen waren zu stark und befreiten sich aus ihren Käfigen. Er presste sich die Fingerknöchel auf die Augen, als könnte er sie mit Gewalt in die dunklen Tiefen seines Gehirns zurückdrängen.

»Niall?« Deirdre tauchte neben ihm auf. »Alles okay?«

»Kannst du Gemma wieder an die Bar holen?«, fragte Niall mit gepresster Stimme.

»Natürlich. Was ist passiert?«

»Nichts«, sagte Niall. »Nichts. Ich … ich muss los. Ich muss sofort nach Hause.«

»Okay.« Sie sah besorgt aus und legte ihm sanft eine Hand auf die Schulter. »Bist du sicher, dass alles okay ist?«

»Es geht mir gut. Michel kann die letzten Bestellungen übernehmen, ja?«

»Natürlich.«

»Danke.«

Niall schnappte sich seinen Mantel und ging, ohne sich zu verabschieden. Normalerweise blieb er nach Ladenschluss noch auf einen Drink mit dem Personal. Aber heute Abend wollte er allein sein.

Er lief durch die kalten Straßen Londons in Richtung seiner Wohnung. Drei Monate. Inzwischen sollte er darüber hinweg sein. Er hatte gedacht, es ginge ihm gut. Er hatte gedacht, er hätte den Sommer hinter sich gelassen. Was für ein Witz. Er hatte ihn nur hinter einem Vorhang versteckt, und jetzt war der Schleier gelüftet, und er konnte an nichts anderes mehr denken als an sie. Es war, als hätte er unterbewusst die ganze Zeit nur an sie gedacht, auch wenn er sich so sehr anstrengte, es nicht zu tun.

Es war Dezember, und Camden hatte sich für Weihnachten herausgeputzt. Niall ging an den festlich dekorierten Schaufenstern vorbei, bis zu seiner Wohnung, eine bescheidene Einzimmerwohnung mit geräumiger Küche. Aber im Moment gab es nur einen Ort, an dem er sein wollte – in einem kleinen Bett, in einem kleinen Cottage, auf einer kleinen Insel. Doch das hätte ebenso gut auf dem Mond sein können. Außerdem war es nicht das Cottage, nach dem er sich sehnte. Es war die Frau, die darin gewohnt hatte. Und die wollte ihn nicht.

Aber sie brachte ein Buch raus, dachte er, als er das Licht anschaltete und sich einen Whiskey einschenkte. Das war gut. Bestimmt war sie sehr glücklich. Das war es, was sie sich gewünscht hatte – ihre Arbeit wieder mit der Welt zu teilen. Niall leerte seinen Whiskey und schenkte sich noch einen ein. Er holte sein Handy heraus. Vielleicht sollte er ihr eine SMS schicken. Um ihr zu gratulieren. War doch nichts dabei, oder nicht?

Stattdessen schrieb er Colin eine SMS.

Sie macht ein Buch.

Ein paar Augenblicke später erschien eine Sprechblase.

Ich brauche schon etwas mehr Informationen, Kumpel.

Niall schluckte schwer. Colin wusste, dass Niall es vermied, ihren Namen auszusprechen. Oder ihn zu tippen. Oder ihn zu denken.

Aus ihrem Instagram.

Sein Handy klingelte.

»Scheiße«, sagte Colin, als Niall abnahm. »Geht's dir gut?«

»Nicht wirklich«, sagte Niall mit brüchiger Stimme.

»Scheiße«, sagte Colin wieder.

»Du solltest mich doch vorwarnen.«

»Ja, aber es ist ewig her, dass sie etwas gepostet hat – oh, jetzt sehe ich es«, sagte Colin. »Sie hat es erst gestern verkündet.« Gestern. Die Vorstellung, dass sie in New York ihr Leben lebte, zog ihn jedes Mal runter. Hatte sie überhaupt jemals an ihn gedacht? Musste sie wohl, wenn sie ein Buch über Inishmore herausbrachte. Sie würde sich zumindest seine Fotos ansehen müssen. Ob sie etwas dabei fühlte?

Hör auf damit, ermahnte er sich. *Sie will dich nicht.*

»Niall?«

»Ja. Tut mir leid.«

»Hör zu, ich dachte …«

»Ich muss Schluss machen«, sagte Niall schnell, dann legte er einfach auf. Er ließ sich aufs Sofa sinken und starrte mit zitternden Händen auf sein Handy.

»Scheiß drauf«, fluchte er und öffnete Instagram.

Und da war sie. Haare wie die Sonne. Kleine Kaninchennase. Sie hielt ein Champagnerglas in die Höhe, um mit der Person, die die Kamera hielt, anzustoßen – Liz, wie Niall anhand der neongelben Nägel erleichtert vermutete. Er glaubte nicht, dass er es verkraftet hätte, wenn sie schon mit einem anderen zusammen wäre. Die Vorstellung, dass sie diese Fotos, ihre gemeinsame Zeit, mit einem anderen Mann teilte, hätte ihm den Rest gegeben.

Ihr Name durchbrach den Damm, den er um sich herum errichtet hatte, und floss wie Wasser in seinen Kopf.

»Cordelia«, flüsterte er. *Cordelia, Cordelia, Cordelia ...*

Er saß da und scrollte durch die Bilder der glücklichsten Zeit seines Lebens – bis zum allerersten Bild, das sie gepostet hatte.

Niall beim Schwarzen Fort.

Niall spürte, wie etwas in seiner Brust zerriss. Er stützte den Kopf in die Hände und wünschte sich mehr als alles andere, wieder auf dieser Klippe zu sein.

25

»Cordelia?«

»Hm?« Cordelia schreckte hoch und blinzelte. Kate sah sie erwartungsvoll an.

Cordelia war in letzter Zeit oft abwesend. Es war, als würden ihre Gedanken ständig davonschweben.

»Wir brauchen mehr Fotos von Niall«, sagte Kate. »Es sind kaum welche von ihm dabei.«

»Das beim Schwarzen Fort«, sagte Cordelia.

»Darauf kann man kaum sein Gesicht erkennen. Die Frauen lieben ihn, Cord. Er ist der Aufhänger.«

»Okay«, sagte Cordelia. Es war nicht das erste Mal, dass sie dieses Gespräch führten.

Letzte Woche war das Buch offiziell angekündigt worden. Cordelia war froh, dass alle auf Inishmore Verzichtserklärungen für die Verwendung ihrer Fotos unterschrieben hatten, sodass sie jetzt nicht mehr um Erlaubnis bitten musste. Über ihre Website verkaufte sie Drucke, und sie hatte den Teilzeitjob angenommen, den Liz ihr angeboten hatte. Es ging in vielerlei Hinsicht aufwärts.

Aber glücklich war sie nicht.

Sie versuchte es. Sie tat so als ob. Sie wusste, dass sie dankbar sein sollte. Und sie *war* dankbar. Aber nichts war so, wie sie es sich vorgestellt hatte. Alles wirkte farblos, wie eine schlechte Kopie des Lebens.

Sie hätte längst über Niall hinweg sein sollen. Es war töricht, um nicht zu sagen geradezu masochistisch, sich so sehr an die Erinnerungen mit ihm zu klammern. Aber sie konnte nicht anders, als in jeder freien Sekunde an die gemeinsame Zeit zurückzudenken. Oder während wichtiger Meetings, in denen ihre Aufmerksamkeit gefordert war.

»Was hast du von Pocket dabei?«, fragte Kate, und Cordelia rief die Fotos auf ihrem Computer auf.

»Sie ist so süß«, schwärmte Kates Assistentin Miriam. »Ist sie wirklich frei auf der Insel rumgelaufen?«

»Ja«, sagte Cordelia und schaute kläglich auf ein Foto von Pocket, die mit heraushängender Zunge auf einer Steinmauer saß, eine Schafherde im Rücken. »Einmal stand sie vor meiner Tür und hat mich zum Abendessen zu Niall geführt.«

Bei der Erinnerung daran brannten ihre Augen, und ihre Kehle schnürte sich zu. Sie wünschte, sie hätte es nicht erwähnt. Aber dazu war sie ja hier – um die Erinnerungen an diesen Sommer wieder und wieder und wieder durchzukauen.

»Oh! Das ist ja entzückend«, sagte Miriam. Cordelia zwang sich, für den Rest des Treffens geistig anwesend zu bleiben. Aber sie war dankbar, als Kate sagte: »Okay, ich denke, das ist ein guter Anfang. Bring uns nächste Woche mehr Bilder von Niall mit, ja?«

»Kein Problem«, sagte Cordelia. Es fühlte sich an, als würde sich eine riesige Faust um ihre Lunge schließen, und je länger sie die Fotos aus jenem Sommer betrachtete, desto schwerer fiel ihr das Atmen. Sie sammelte ihre Sachen zusammen und sah auf die Uhr. Sie war mit ihrer Mutter zum Mittagessen in Brooklyn verabredet.

Es war einer dieser kalten, klaren Dezembertage in New York, an denen es auf der Sonnenseite der Straße fast warm war. Cordelia steckte ihre Ohrstöpsel ein und machte sich auf den Weg zur U-Bahn, vorbei an einem Hotdog-Verkäufer und einer Gruppe von Touristen, die sich den Baum am Rockefeller Center ansehen wollten.

Ihr Handy klingelte, und ihr Herzschlag beschleunigte sich. Sie musste aufhören, so zu reagieren. Man sollte meinen, nach drei Monaten hätte sie endlich begriffen, dass Niall sich nicht melden würde. Und doch klammerte sie sich immer noch an diese Hoffnung.

Warum kam sie nicht darüber hinweg? Sie würde sich nie wieder auf eine Beziehung einlassen. Kein Wunder, dass sie es all die Jahre vermieden hatte. Es war diesen Schmerz nicht wert.

Wie ist es gelaufen?, hatte Liz geschrieben.

Gut, schrieb Cordelia zurück.

Geh später mit mir und Meena aus! Wir wollen ins Trailer Park. Cordelia hielt vor der U-Bahn-Station inne. Es war schön, dass Meena und Liz noch befreundet waren, aber Cordelia fühlte sich immer wie das fünfte Rad am Wagen.

Ich kann förmlich spüren, wie du nach einer Ausrede suchst, schrieb Liz. *Ich werde dir kein einziges Wort glauben. Wir sehen uns um 19:30 Uhr* 😊.

Cordelia seufzte. Es war ja nicht so, als hätte sie was Besseres vor.

Bis dann, schrieb sie zurück.

Sie stieg in der Smith Street aus und ging in Richtung des Cafés, in dem sie sich mit Louise treffen wollte. Es war ein nettes kleines französisches Lokal, die Eingangstür verpackt wie ein

Geschenk, die Theke mit Stechpalmenzweigen geschmückt. Aus den Lautsprechern ertönte leise Weihnachtsmusik. Louise saß an einem Tisch in der Ecke, trank einen Milchkaffee und winkte Cordelia.

»Hi, Mom.« Cordelia wickelte ihren Schal ab und küsste ihre Mutter auf die Wange.

»Wie ist das Meeting gelaufen?«, fragte Louise gespannt.

»Gut. Sie wollen mehr Fotos von Niall.« Allein seinen Namen laut auszusprechen, tat schon weh.

»Natürlich wollen sie das, die Fotos, die du von ihm gemacht hast, sind phantastisch.« Louise schürzte die Lippen. »Wie geht es dir, Herzchen? Und sag nicht, gut. Wie geht es dir wirklich?«

Cordelia zuckte die Schultern. »Furchtbar?«, schlug sie vor. »Ich meine, ich hab' alles bekommen, was ich wollte. Ich bin nach Inishmore gefahren, um meine Batterien wieder aufzuladen, und jetzt kommt ein neues Buch, und mein Online-Shop läuft gut, aber …«

»Aber du hast auch etwas verloren«, sagte Louise. »Es ist okay, dem nachzutrauern.«

Seit sie wieder zu Hause war, trafen sich Cordelia und ihre Mutter immer öfter. Louise war von ihrem Verkupplungswahn geheilt und zum größten Fan ihrer Tochter mutiert. Cordelia hatte mit einem neuen Projekt begonnen – Orte, an denen sich ihr Vater für sie lebendig anfühlte. Um seine Geschichte in Fotos zu erzählen. Und Louise half ihr dabei, indem sie sich an Orte erinnerte, die Christopher James geliebt hatte. Cordelia war froh darüber – froh, sich dem einzigen Elternteil nahe zu fühlen, den sie noch hatte.

»Hab' ich die falsche Entscheidung getroffen?«, fragte sie. »Hätte ich nach London gehen sollen?«

»Zunächst einmal, Liebling, glaube ich nicht, dass eine überstürzte Hochzeit das Beste für dich gewesen wäre. Ich weiß, dass ich es war, die darauf gedrängt hat, aber wir haben alle dazu gelernt, oder?« Sie lächelte und drückte Cordelias Schulter. »Ich glaube nicht, dass du in London glücklich geworden wärst. Du brauchst deine Unabhängigkeit, Cordie.«

»Ja«, sagte Cordelia. »Vermutlich.«

»Was ich nicht verstehe, ist, warum du ihn nicht anrufst«, sagte Louise. »Oder ihn besuchst! London ist von New York aus leicht zu erreichen.«

»Mom, ich kann doch nicht einfach in London auftauchen«, sagte Cordelia.

»Warum nicht? Ist doch romantisch.«

»Es ist peinlich. Wenn er mit mir reden wollte, meinst du nicht, er hätte sich längst gemeldet?«

»Nun, hast du dich denn bei ihm gemeldet? Nein. Vielleicht geht es ihm genau wie dir. Ich habe euch beide zusammen erlebt. Ich habe die Verbindung zwischen euch gesehen. So etwas gibt es nicht alle Tage.«

»Aber du hast doch gerade gesagt, dass es die richtige Entscheidung war, nach Hause zu kommen!«, protestierte Cordelia.

»Ich fühle mich geschmeichelt, dass du plötzlich so viel Wert darauf legst, was ich sage«, erwiderte Louise. »Ich habe aber nicht gesagt, dass ihr nicht zusammen sein sollt. Ich habe gesagt, es gibt keinen Grund zu heiraten. Cordelia, es ist dein Leben. Wenn du ihn willst, dann schnapp ihn dir. Wo ist das Problem?«

»Wenn Gary wegziehen würde, würdest du dann auch ins Flugzeug steigen, um ihn dir zu schnappen?«, wollte Cordelia wissen.

»Ohne zu zögern«, sagte Louise.

»Oh.« Cordelia schnaubte verärgert.

»Wo wir gerade dabei sind«, sagte Louise und spielte mit ihrer Serviette. »Es gibt da etwas, worüber ich mit dir reden wollte.«

»Was, willst du Gary heiraten?« Cordelia wollte einen Witz machen, aber Louise schwieg. »Mom? Warte, wollt ihr heiraten?«

»Wir überlegen, uns zu verloben«, sagte Louise leise.

»Ernsthaft?«

»Ich wollte erst mit meinen Kindern sprechen«, sagte sie. »Und er wollte natürlich auch mit Jon sprechen. Aber … na ja, er macht mich so glücklich, Cord. Wir sind jetzt fast ein Jahr zusammen, und wir sind nicht mehr jung. Wir wissen, was wir wollen. Aber ich möchte nicht, dass du denkst, ich …«

Doch Cordelia schlang die Arme um ihre Mutter. »Mom, das ist ja wundervoll!«

»Ist es das?«, fragte Louise verwirrt.

»Komm schon, du weißt doch, dass ich schon seit Ewigkeiten über den ganzen Gary-Blödsinn hinweg bin«, sagte Cordelia. »Er ist ein toller Kerl, der dich liebt und dich zu nehmen weiß.«

»Ach, hör auf«, sagte Louise, aber sie strahlte. »Mein Gott, ich hatte solche Angst, es dir zu erzählen! Toby meinte, das sei Quatsch, aber ich dachte, du seist sauer.«

»Du hast es Toby zuerst gesagt?«, fragte Cordelia. »Okay, jetzt *bin* ich sauer.« Sie grinste. »Ach, Mom. Ich freue mich wirklich für dich. Wo ist der Ring?« Sie musterte die Hände ihrer Mutter.

»Ich brauche keinen Ring«, sagte Louise. »Ringe sind nicht wichtig. Das Versprechen ist genug.«

Cordelias Lächeln erstarb, und sie dachte an den Grasring auf ihrem Nachttisch zu Hause. Sie brachte es nicht über sich, ihn wegzuwerfen.

Das Thema Beziehungen war vorerst abgehakt, und den Rest des Mittagessens unterhielten sie sich über das Treffen mit Kates und Louises neuem Buchklub. Cordelia wünschte, sie könnte ihrer Mutter glauben, dass es nur eines Fluges nach London bedurfte, um Niall zu sagen, was sie wirklich fühlte. Aber sie war sicher, dass er den Sommer hinter sich gelassen hatte. Sie wettete, dass sich die Mädchen um ihn rissen. Und wie auch nicht? Er war hinreißend, wie Kate ihr immer wieder vor Augen führte.

Später am Abend machte sich Cordelia auf den Weg ins Trailer Park, eine kleine Bar in der 23rd Street, mit Leuchtreklamen im Fenster und Girlanden an der Decke. Die Tische hatten alle Resopalplatten und die Sitze bunte Plastikpolster. An den Wänden hingen Nummernschilder und gerahmte Schwarz-Weiß-Fotos. Am Ende der Bar stand eine knallrote Zapfsäule aus den fünfziger Jahren.

Liz und Meena saßen an einem Tisch im hinteren Bereich, zwischen sich ein Krug Margarita.

»Cordie!«, sagte Meena und stand auf, um sie zu umarmen. Meena hatte langes glänzendes schwarzes Haar und blassgrüne Augen. »Ich bin so froh, dass du kommen konntest.«

»Du siehst toll aus«, schwärmte Liz. Cordelia wurde sofort misstrauisch.

»So ein Quatsch«, sagte sie und ließ sich auf einen Stuhl sinken, während Meena ihr eine Margarita einschenkte. »Ich sehe ganz normal aus.«

»Du siehst immer toll aus«, sagte Meena und warf Liz einen scharfen Blick zu.

»Wie war das Mittagessen mit Louise?«, fragte Liz.

»O mein Gott, Leute, wisst ihr was – Mom ist *verlobt*.«

»Was?«, kreischte Liz, und Meena rief: »Das gibt's doch nicht!«

Nachdem Cordelia die ganze Geschichte erzählt hatte, erhob Liz ihr Glas. »Auf Louise und Gary«, sagte sie. »Wer hätte das gedacht.«

»Ich«, sagte Meena, während sie anstießen. »Ich hab's gewusst.«

»Hast du nicht«, sagte Liz.

»Doch! Nichts für ungut, Cord, aber deine Mutter ist nicht ohne. Als sie die Sechs-Monats-Marke erreicht hatten, wusste ich, dass Gary bleibt.«

Liz verdrehte die Augen. »Ja, ja. Oh, Meena, erzähl Cordelia die Geschichte von dem Kunden, der versucht hat, dich anzubaggern.«

Meena arbeitete für eine hochkarätige Anwaltskanzlei und hatte vor allem mit Anzugtypen zu tun, die der Veruntreuung und ähnlicher Dinge beschuldigt wurden.

»Was ist passiert?«, fragte Cordelia. Meena erzählte von einem fünfundsiebzigjährigen Mann, der sie ständig »Schätzchen« nannte und sagte, sie sehe »exotisch« aus.

»Igittigitt«, sagte Cordelia.

»Oder?«, bekräftigte Liz. Sie sah auf und machte große Augen. »Hör mal, Meena, ist das nicht Jeremy aus deinem Büro?«

Cordelia drehte sich um und sah einen Mann im Anzug, der auf ihren Tisch zukam, das braune Haar auf einer Seite zurückgekämmt.

»Hey«, sagte er.

»Jeremy«, sagte Meena. »Schön, dass du uns Gesellschaft leistest.«

Gesellschaft leistest? Cordelia warf Liz einen Blick zu, den diese geflissentlich ignorierte.

»Du erinnerst dich an Liz?«, fragte Meena. »Und das ist Cordelia.«

»Hi«, sagte Jeremy und streckte die Hand aus. »Schön, dich kennenzulernen.« Cordelia ignorierte ihn. »Liz, kann ich dich kurz sprechen?«

Sie gab Liz keine Gelegenheit zu antworten, sondern ging schnurstracks zur Zapfsäule hinüber.

»Okay, sei mir nicht böse …«, begann Liz, aber Cordelia kochte.

»Ist das dein Ernst? Willst du mich mit diesem Kerl verkuppeln?«

»Nein«, sagte Liz. »Ich meine, nicht wirklich.«

Cordelia zog die Augenbrauen hoch.

»Ich dachte, es könnte lustig werden!«, sagte Liz. »Kein Druck oder so … Ich dachte nur, es wäre vielleicht gut für dich, mal wieder mit anderen Typen zu reden.«

»Wie kommst du auf so was, Liz?« Cordelia stiegen Tränen in die Augen.

»Weil du unglücklich bist, Cord. Es ist, als würdest du ertrinken, und ich stehe da und sehe zu, wie du untergehst.«

»Und du dachtest, Jeremy könnte mir das Leben retten?«

»Nein! Aber dich ablenken vielleicht. Du musst den Kerl ja nicht heiraten …« Sie verstummte und schlug die Hand vor den Mund. Cordelia spürte, wie das Blut aus ihrem Gesicht wich. »Scheiße. Cordie, das habe ich nicht so gemeint.«

»Ich fühl mich nicht gut«, sagte Cordelia. »Ich gehe nach Hause.«

»Bitte bleib«, flehte Liz. »Ich werde Jeremy bitten, zu gehen. Es tut mir leid, Cord. Ich hab's versaut.«

»Ja, das hast du«, sagte Cordelia. Sie ging zurück zum Tisch, schnappte sich ihren Mantel und verließ die Bar, ohne einen Blick zurück.

Später in der Nacht lag Cordelia im Bett und starrte an die Decke. Sie fragte sich gerade, wie Nialls Tag gewesen war und was er gerade tat und was er morgen tun würde, als ihr Handy vibrierte. Und wieder einmal, obwohl sie wusste, dass es völlig sinnlos war, konnte sie nicht anders, als zu hoffen, Nialls Namen auf dem Display zu sehen.

Ich bin die absolut schlechteste Freundin in der Geschichte der Menschheit, schrieb Liz. *Kannst du mir verzeihen? Ich verspreche, dass ich so etwas nie wieder tun werde. Ich werde auf die Knie gehen und betteln. Ich werde über Glasscherben kriechen. Das war der Inbegriff von Dummheit, und ich kann nicht fassen, dass ich dich so verletzt habe.*

Cordelia lächelte spröde. *Für eine Entschuldigung ist das nicht schlecht.*

Sofort begann ihr Telefon zu klingeln.

»Oh, Cord, ich kann nicht glauben, was ich für ein Arschloch war«, sagte Liz.

»Schon gut«, sagte Cordelia. »Ich hätte nicht einfach so gehen sollen.« Sie drehte sich auf die Seite. »Wirkt es auf dich wirklich so, als würde ich ertrinken?«

Liz zögerte. »Hast du denn nicht das Gefühl, zu ertrinken?«

Eine heiße Träne lief an Cordelias Nase hinunter. »Doch. Aber ich dachte, ich würde es besser überspielen.«

Liz lachte. »Du warst nie eine besonders gute Schauspielerin.«

»Nein. Ich schätze nicht.« Sie spielte mit dem Rand ihres Kopfkissenbezugs. »Was glaubst du, was er gerade macht?«

»Nun, er schläft wahrscheinlich. Wenn man bedenkt, dass er uns fünf Stunden voraus ist.«

»Meinst du, er denkt manchmal an mich?«

»Ja, du Spinner! Wie könnte er nicht?«

Cordelia schluckte schwer. »Ich wünschte, es würde nicht so wehtun.«

»Ich auch, Babes«, sagte Liz. »Ich auch.«

Es entstand eine lange Pause. »Wahrscheinlich hast du recht«, sagte Cordelia. »Ich sollte wieder anfangen auszugehen.«

»Nee«, sagte Liz. »Ich hab' dich unnötig unter Druck gesetzt. Außerdem ist Jeremy total langweilig. Mir ist nur sonst niemand eingefallen. Alle Männer, mit denen ich arbeite, sind schwul. Ich dachte, ein bisschen Flirten würde dir vielleicht guttun. Aber so bist du nicht. Tut mir leid. Ich hätte es besser wissen müssen.«

»Schon gut«, murmelte Cordelia. Die Wahrheit war, es gab nichts, was irgendjemand tun oder sagen konnte, um es besser zu machen.

Sie musste ganz allein über Niall hinwegkommen.

26

Niall konnte das Ende der Feiertage kaum erwarten.

Überall glückliche Paare, die Händchen hielten, Glühwein tranken oder mitten auf der Straße stehen blieben, um sich zu küssen, sodass er ihnen ausweichen musste. Diese Zeit des Jahres erzeugte immer einen gewissen Druck, glücklich verliebt sein zu müssen, und davon war Niall denkbar weit entfernt.

Er hatte vor, sich Weihnachten Bœuf Bourguignon zu kochen und die Flasche fünfzehn Jahre alten Redbreast zu trinken, die er aufbewahrt hatte.

Als er Heiligabend ins Restaurant kam, musste er sich räuspern, damit ihn die beiden Menschen, die sich vor der Glastür tief in die Augen starrten, vorbeiließen. Was hatte es nur mit dem verdammten Weihnachten auf sich? Warum wurde es mit Romantik gleichgesetzt? Deirdre hatte einen Mistelzweig über die Eingangstür gehängt, weil das angeblich *cute* war und die Gäste es *liebten*.

Deirdre saß an der Bar und prüfte die Zahlen. »Wie geht's?«, fragte sie. »Hat es schon angefangen zu schneien?«

»Noch nicht.« Niall nahm seinen Schal ab und ging ins Büro, um seine Sachen aufzuhängen, bevor er in die Küche schaute. Michel war mit den Vorbereitungen beschäftigt.

»Salut, Chef«, sagte er. Michel war äußerst kompetent, und

Niall hatte selten etwas zu kritisieren, also machte er sich einen Kaffee und setzte sich zu Deirdre.

»Wie läuft das Geschäft?«, fragte er.

»In ein paar Monaten schreiben wir vielleicht schon schwarze Zahlen«, sagte sie und grinste. »Nicht schlecht, oder? Ich habe Ritchie gesagt, wir sollten expandieren.«

»Expandieren?«, sagte Niall. »Wir haben doch gerade erst eröffnet.«

»Ja, aber wir müssen aus unserem Erfolg Kapital schlagen. Das nächste Ziel ist Amerika, denke ich. Wäre es nicht unglaublich, einen Laden in San Francisco zu haben? Oder in New York?«

Niall drehte sich der Magen um, und ein dummer Hoffnungsschimmer leuchtete am Horizont auf, der jedoch sofort wieder erlosch. *Auch wenn du nach New York gehst, ändert das nichts an der Tatsache, dass sie dich nicht will.* Außerdem erschöpfte ihn ehrlich gesagt schon der Gedanke, einen weiteren Standort zu eröffnen. Niall war noch immer dabei, sich an sein Leben in London zu gewöhnen.

Aber so war Deirdre nun mal. Immer auf der Suche nach dem nächsten Kick. Immer höher, immer weiter. Er konnte sich des Gefühls nicht erwehren, dass der Fallen Star eher Ritchies und Deirdres Ding war.

Sie legte ihm eine Hand auf den Arm, und er zuckte zusammen. »Wo warst du denn gerade?«, fragte sie lächelnd.

»Wie bitte?«

»Du hast diesen verträumten Blick in die Ferne«, sagte sie. »Den habe ich früher nur gesehen, wenn wir einkaufen waren. Weißt du noch, wie du in der Gemüseabteilung ewig auf dieselbe Zucchini gestarrt hast?«

Das tat sie jetzt oft – gemeinsame Erinnerungen wachrufen.

Es ging Niall langsam auf die Nerven. Mit ihr zusammenzuarbeiten war zwar nicht so schlimm wie befürchtet, aber sie verhielt sich für seinen Geschmack ein bisschen zu vertraulich.

»Keine Ahnung, ich denke nur nach«, sagte er. »Ich mach' mich mal an die Vorbereitungen.«

»Darum kann Michel sich doch kümmern.«

»Ich will es aber machen, Deirdre.«

»Na gut«, sagte sie steif und wandte sich wieder den Büchern zu.

Niall verlor sich eine Weile im Putzen und Schneiden von Pilzen, während Michel sich mit einem der Köche auf Französisch unterhielt.

Abgesehen von den beiden neuen Gerichten war alles so wie im Fallen Star in Dublin, bis hin zum Küchenboden, auf dem Patrick und Deirdre gefickt hatten. Und da Niall keines der beiden Restaurants gehörte, empfand er keinerlei Besitzerstolz. Kaum zu glauben, dass er sich das eingestand, aber er vermisste die Arbeit im O'Connor's. Er vermisste die Art, wie Darragh ihn stichelte, er vermisste Colins Musik, er vermisste Shaunas Lächeln. Er vermisste sogar den Missmut seines Vaters.

Tja, wer hätte das gedacht.

Es sind nicht nur sie, die du vermisst, dachte er säuerlich.

Auch die Klientel in London war ganz anders als auf Inishmore.

Niall hatte es satt, dass Leute ihr Essen zurückgehen ließen, die keine Ahnung hatten, hatte die Nase voll von Sonderwünschen und Veganern. Doch was war die Alternative? Wo sollte er sonst hin? Er war der Chefkoch. Er sollte verdammt noch mal dankbar sein. Er hatte alles bekommen, was er sich gewünscht hatte.

Es fühlte sich nur nicht so an, wie er es sich vorgestellt hatte.

»Alles in Ordnung, Chef?«, fragte Michel.

»Bestens«, sagte Niall.

Das Restaurant öffnete, und Niall verlor sich in den Abläufen der Küche. Es war ein geschäftiger Abend – er konnte sich das kontrollierte Chaos vorstellen, das vorn herrschte.

»Roger, ich brauche mehr Muscheln«, rief er einem der Köche zu. »Luis, wag es ja nicht, dieses verdammte Risotto so mit rauszunehmen – Michel, wo ist die Garnitur für das Risotto?«

»Hier, Chef!«

»Oui, Chef.«

»Die Muscheln sind fertig, Chef.«

Deirdre kam in die Küche gestürmt. »Niall, du hast Besuch!«

Niall hätte sie am liebsten erwürgt – sah sie denn nicht, dass er zu tun hatte? Doch dann spähte ein vertrautes Gesicht über ihre Schulter.

»Geh mir aus dem Weg, du verdammtes Flittchen«, schimpfte Róisín und erntete einen Lacher von Michel. »Niall O'Connor, mein Lieber, *o mein Gott*. Nun sieh einer an!«

»Róisín!«, rief Niall. »Was machst du denn hier?«

»Wir sind hier, um uns dein Restaurant anzusehen, du Dämlack, was denkst du denn?«

»Wir?«, fragte Niall, und sogar Róisín hörte die Hoffnung in seiner Stimme. Sie schürzte die Lippen.

»Deine Eltern sind auch da«, erklärte sie. »Owen hat gesagt, ich soll dich nicht in der Küche stören, wenn viel los ist. Ha! Als würde ich jemals stören. Ooooh, das riecht aber köstlich«, sagte sie, als ein Kellner mit Risotto und Muscheln vorbeirauschte.

Niall wusste nicht, ob er lachen oder weinen sollte. »Róisín, du wundervolles Wesen«, sagte er und schloss sie in die Arme. »Hör zu, ich hab viel zu tun, lass mich …«

»Mach du nur deinen Job.« Róisín winkte ab. »Ich komme

dir nicht in dir Quere. Aber wenn du ein paar von diesen Muscheln an unseren Tisch bringen lassen könntest, wäre ich dir sehr verbunden.«

»Ich lasse euch von allem etwas bringen«, sagte Niall. »Mom und Dad sind auch da?«

Róisín beugte sich näher. »Deinem Dad sind fast die Knöpfe von seinem Mantel geplatzt, als er reinkam«, sagte sie. »So stolz ist er.«

Niall spürte, wie sich eine Wärme in seiner Brust ausbreitete. Róisín machte auf dem Absatz kehrt, bedachte Deirdre mit einem vernichtenden Blick und verschwand wieder.

»Ein Freundin von dir?«, fragte Michel.

Niall lächelte. »Sie gehört zur Familie.«

Später am Abend, als der Ansturm vorbei war, konnte Niall endlich seine Eltern begrüßen.

»Mein Süßer«, sagte Fiona und umarmte ihn.

»Warum habt ihr mir nicht gesagt, dass ihr kommt?«, fragte Niall.

»Wir wollten dir keine Umstände machen«, sagte Fiona.

»Wir wollten dir keine Gelegenheit geben, Nein zu sagen«, sagte Róisín.

Niall sah seinen Vater an, plötzlich nervös.

»Wie war das Essen, Papa?«, fragte er.

Owen schüttelte langsam den Kopf. »Mein Gott, Niall«, sagte er.

»Was für ein Triumph.«

Róisín und Fiona lächelten sich hinter Owens Rücken zu.

Niall errötete. »Es hat dir also geschmeckt?«

»Geschmeckt? Es ist ein einwandfreies Lokal mit einwandfreiem Essen. Das Risotto ist für meinen Geschmack etwas zu reichhaltig, aber den Lachs hast du gut hinbekommen.«

»Nur das Flittchen stört«, meinte Róisín.

»Ach, man gewöhnt sich an sie«, sagte Niall. Róisín bedachte ihn mit einem prüfenden Blick. »Tatsächlich?«

»Ich mein ja nur …«

»Lass den Jungen in Ruhe, Róisín«, sagte Owen.

»Ich hoffe, es ist eine schöne Überraschung«, sagte Fiona besorgt. »Wir haben dich so sehr vermisst, und es ist ewig her, dass wir Weihnachten zusammen verbracht haben.«

»Es ist eine wundervolle Überraschung, Mom«, sagte Niall. »Ich freu' mich wirklich.«

»Du siehst nicht so aus, als würdest du genug essen«, sagte Fiona.

»Ich esse reichlich«, sagte Niall und verdrehte die Augen. »Ihr solltet morgen zu mir kommen. Ich mache Bœuf Bourguignon.«

»Oh, du hast Freunde zu Besuch?«, fragte Fiona fröhlich.

Niall räusperte sich. »Äh, nein«, gestand er. »Mir war nur einfach danach.«

»Wir kommen gern«, sagte Róisín. »Schließlich bist du der Grund, warum wir überhaupt hier sind. London«, grummelte sie. »Keine Ahnung, was alle daran finden.«

Niall gab ihnen seine Adresse, erklärte ihnen, wie sie vom Hotel dort hinkamen, und umarmte sie zum Abschied. Er war auf dem Weg zurück in die Küche, als er ein vertrautes Gesicht an der Bar entdeckte.

Will Kincaid winkte ihm zu.

»Will«, sagte Niall und schüttelte ihm die Hand. »Schön, Sie wiederzusehen! Frohe Weihnachten.«

»Ihnen auch frohe Weihnachten«, sagte Will. »Ich fliege morgen in die Staaten, aber ich musste wegen des Lamms noch mal herkommen.«

»Das freut mich«, sagte Niall. »Haben Sie schon den gebratenen Ziegenkäse probiert?«

Will lachte. »Habe ich nicht, aber das klingt phantastisch. Oh hey, hier ist meine Karte.« Er reichte Niall eine dicke cremefarbene Visitenkarte. »Wenn Sie mal in den Staaten oder in Tokio oder Lissabon sind, statten Sie meinen Läden einen Besuch ab. Mich würde interessieren, was Sie davon halten.«

»Sehr gern«, sagte Niall und steckte die Karte ein. »Ich kümmere mich sofort um den Ziegenkäse und das Lamm. Gemma!« Die Barkeeperin sah auf. »Mr. Kincaids Drinks gehen heute Abend auf mich.«

»Das ist doch nicht nötig …«, begann Will, aber Niall bestand darauf. Ihm war leichter ums Herz, was vielleicht daran lag, dass er seine Eltern und Róisín gesehen hatte. Ein kleiner Hauch von Inishmore.

Nachdem das Restaurant geschlossen hatte, versammelte sich das Personal für ein paar Drinks an der Bar. Niall liebte die Zeit, in der das Licht gedämpft war, die Stühle auf den Tischen standen und die Schnapsflaschen in Reih und Glied verlockend glitzerten. Er nippte an seinem zweiten Jameson und spürte das angenehme Summen, das der Whiskey mit sich brachte, eine Aufweichung am Rand der Wahrnehmung, eine sanfte Wärme in der Mitte seiner Brust. Michel wirbelte Gemma herum. Zwei der Kellnerinnen knutschten in der Küche.

Seinem Vater gefiel der Laden. Niall hatte seinen Vater auf seine eigene Art und Weise stolz gemacht, ohne sich zu verbiegen.

Er wünschte, er könnte es Cordelia erzählen.

Scheiß drauf, der Jameson machte ihn mutig. Er holte sein Handy raus und begann zu tippen.

Hi, Cord … Nein, das klang zu vertraut. *Also, mein Dad war heute Abend im Restaurant.* Das war doch Mist – er konnte nicht so tun, als hätten sie nicht seit Monaten keinen Kontakt.

»Na gut«, sagte Deirdre und stellte ihr Champagnerglas ab. »Ich bin weg. Niall, du gehst doch auch Richtung U-Bahn, oder?«

»Hm?« Niall blickte auf. »Oh, äh, ja.«

»Könntest du mich begleiten?«

»Klar«, sagte er und stand auf. Es war sowieso Zeit, nach Hause zu gehen.

Michel warf ihm einen Blick zu, während er seinen Mantel anzog, und Niall wurde bewusst, dass alle anderen bereits gegangen waren.

»Joyeux Noël, Chef«, sagte Michel im Rausgehen und zog sich die Strickmütze in die Stirn. Deirdre knöpfte sich den Mantel zu. Niall holte seine Sachen und ging mit ihr zur Tür, als sie ihn plötzlich am Ellbogen packte.

»Was?«, fragte er.

Sie kicherte und deutete an die Decke. »Mistelzweig«, sagte sie.

Dann beugte sie sich vor und küsste ihn.

»Warte … verdammt … Deirdre, hör auf«, sagte Niall und wich stolpernd zurück.

»Was?«, fragte sie mit großen Augen.

»Ist das dein verdammter Ernst?«, fragte Niall.

»Ich dachte … «

»Du dachtest was?«

»Ich meine … « Deirdre gestikulierte vage. »Das ist unser Laden, Niall. Ich dachte, du wolltest … Wolltest du nicht? Warum bist du dann nach London gekommen?«

»Ich bin nach London gekommen, weil ich in meinem eigenen verdammten Restaurant arbeiten wollte«, rief Niall. »Ich habe dir von Anfang an gesagt, dass es hier nicht um dich und mich geht.«

»Oh bitte«, sagte Deirdre. »Das sagen Männer doch immer.«

»Aber ich hab' es auch so gemeint«, sagte Niall, und in seinem Kopf drehte sich alles. »Herrgott, hast du mich etwa nur gefragt, damit wir wieder zusammenkommen?«

»Nein«, sagte Deirdre. »Ich meine, nicht *nur*.«

Niall wartete. Er kannte sie zu gut – sie verheimlichte ihm etwas.

Deirdre wirkte verlegen. »Ritchie wollte dich wirklich an Bord haben. Nachdem ich ihm gesagt hatte, wie talentiert du bist.«

»Nachdem?«, sagte Niall, und in seinem Nacken breitete sich Hitze aus. »Willst damit sagen, … er hat gar nicht darauf bestanden?«

»Na ja, nein, aber ich wollte dich unbedingt dabeihaben. Du bist so talentiert, Niall, und ich wusste, wenn Ritchie dich erst kennengelernt hat, würde es ihm genauso gehen, aber du bist so stur. Wenn ich es nicht so formuliert hätte, wärst du niemals mitgekommen.«

Niall dachte, er müsste sich übergeben. »Das glaub ich jetzt nicht«, sagte er. »Das glaub ich verdammt noch mal nicht. Andererseits doch. Es geht immer nur um dich, oder, Deirdre? Um das, was du willst. Und du bekommst immer, was du willst, nicht wahr? Von deinem Vater, von Ritchie, von Patrick, von allen. Aber mich bekommst du nicht.«

»Geht es um sie?«, fragte Deirdre. »Das Mädchen aus Inishmore? Carla oder so ähnlich?«

»Cordelia«, sagte Niall mit zusammengebissenen Zähnen. »Ihr Name ist Cordelia. Und nein. Selbst wenn es sie nie gegeben hätte, selbst wenn ich ihr nie begegnet wäre und du mit derselben Lüge nach Inishmore gekommen wärst, um … Verdammt, Deirdre. Du lügst dir alles zurecht und erwartest, dass die anderen mitspielen. Mir reicht's, okay? *Mir reicht's.*«

»Niall …«, flehte Deirdre, aber Niall war so wütend, dass ihm die Ohren klingelten.

»Ich kündige«, zischte er. »Such dir einen neuen Küchenchef.«

Und damit machte er auf dem Absatz kehrt und stürmte hinaus in den Schnee.

»Du hast was?«, kreischte Fiona.

»Ich habe gekündigt«, sagte Niall zum dritten Mal.

»Oh, Nie«, sagte seine Mutter. »War das … glaubst du wirklich, das war notwendig?«

»Ja, Mom, das glaube ich«, sagte Niall. »Das sollte *meine* Chance sein, nicht Deirdres Chance, sich wieder an mich ranzumachen. Hätt' ich mir denken können.«

»Dummes Flittchen«, murmelte Róisín.

»Owen, sag doch was«, sagte Fiona. Sein Vater stand neben ihm in der Küche und schälte die Perlzwiebeln für das Bourguignon. Niall sah ihn an, aber Owen zuckte nur die Schultern.

»Du kannst den Mann nicht zwingen, zu tun, was er nicht tun will, Fiona.«

»Aber du hast doch selbst gesagt, dass der Laden perfekt ist.«

»Ja, aber nur, wenn Niall sich da wohlfühlt, was er nicht tut. Zumindest nicht mehr.« Owen deutete mit einem Messer in Nialls Richtung. »Und sieh ihn dir jetzt an. Er hat einen guten Ruf. Er hat Erfahrung. Die ganze Welt steht ihm offen.«

Nicht die *ganze*, dachte Niall bitter. Er war sich nicht sicher, was er jetzt tun sollte. Sein Telefon vibrierte erneut, was er ignorierte. Deirdre hatte den ganzen Tag über angerufen und Nachrichten geschrieben. Aber es gab nichts, was sie sagen konnte, um seine Meinung zu ändern.

Nachdem Niall die Karotten fertig gehackt hatte, wischte er das Messer ab.

»Was ist mit dir, Róisín?«, fragte er. »Du bist verdächtig still.«

Róisín saß in ihrer Latzhose auf seinem Sofa, ein Glas Redbreast in einer Hand. »Fiona hat mir ausdrücklich gesagt, dass ich meine Meinung für mich behalten soll«, erklärte sie.

Niall runzelte die Stirn. »Und wann hat dich das jemals davon abgehalten, sie zu teilen?«

»Tu es nicht«, warnte Fiona.

»Tu was nicht?«, fragte Niall und sah zwischen den beiden hin und her.

»Oje«, murmelte Owen, und dann knallte Róisín ihr Glas auf den Couchtisch und stand auf.

»Sie wollte *Ja* sagen, du Idiot!«, rief Róisín. »Gott, es frisst mich innerlich auf. Aber sie hat es nicht getan, damit er nach London geht, und in London hat es nicht geklappt, nicht wahr, Fiona?«

»Aber du hast ihr versprochen, dass du es für dich behältst«, sagte Fiona.

Róisín schnaubte verächtlich. »*Dir* hab' ich es ja auch erzählt, oder?«

»Das ist etwas anderes, und das weißt du auch.«

»Wartet mal kurz«, sagte Niall. Sein Puls raste, aber er war nicht sicher, dass er richtig verstanden hatte. »Was redet ihr da?«

»Cordelia wollte Ja sagen«, sagte Róisín. »An dem Tag, als das blöde Flittchen vor deiner Tür aufgetaucht ist. Kapierst du, was ich sage, Junge? Sie wollte Ja sagen.«

Niall blinzelte. Er verstand die Bedeutung ihrer Worte, aber sein Gehirn konnte die Information nicht verarbeiten. »Aber ... sie hat doch gesagt, sie will mich nicht.«

Fiona verzog das Gesicht, und Róisíns Nasenlöcher bebten.

»Na, das war ja wohl ein Haufen Mist«, sagte Róisín. »Sie wusste, dass du nicht gehen würdest, wenn sie Ja sagt. Ich werde nie verstehen, warum ihr beide dachtet, ihr müsst unbedingt heiraten, und das in der heutigen Zeit, aber so war's – sie wollte Ja sagen und hat nur Nein gesagt, weil sie dich so sehr liebt.« Sie kniff die Augen zusammen. »Hast du wirklich geglaubt, dass sie dich nicht will? Herrgott, Niall, ich dachte, du wärst schlauer!«

Niall war immer noch zu verwirrt, um zu antworten. Er blickte Hilfe suchend zu seinem Vater.

Owen zuckte die Schultern. »Ich hab's dir gesagt«, sagte er. »Ihr seid ja nicht tot, keiner von euch. Es gibt immer Hoffnung.«

»Habt ihr alle davon gewusst?«, fragte Niall. »Habt ihr alle davon gewusst?«

»Nur Róisín«, sagte Fiona schnell. »Sie hat es uns erst kurz vor der Abreise erzählt.«

»Ich habe Cordelia ein Versprechen gegeben«, sagte Róisín. »Aber ich glaube nicht, dass ich irgendjemandem einen Gefallen tue, wenn ich es halte.«

»Und was soll ich jetzt tun, Róisín?«, fragte Niall.

»Verdammt noch mal, Niall, du bist doch kein Anfänger. Du steigst in ein Flugzeug und fliegst nach New York, um Himmels willen.«

»Ich kann doch nicht einfach nach New York fliegen«, protestierte Niall, auch wenn ihn die Idee reizte.

»Oh, tut mir leid, musst du dich hier in London um eine

andere dringende Angelegenheit kümmern? Soweit ich weiß, hast du deinen Job gekündigt.«

»Aber – sie wollte mich doch nicht«, sagte Niall düster, und es tat weh zu begreifen, wie sehr er sich an diesen Gedanken geklammert hatte. Er spürte, wie er ihm entglitt, wie an seiner Stelle Hoffnung aufkeimte, und er konnte die Vorstellung nicht ertragen, erneut verletzt zu werden. Róisín schien seine Gedanken zu lesen, denn sie kam zu ihm und streichelte ihm die Wange.

»Hör zu«, sagte sie. »Ich war bei ihr, nachdem alles passiert ist, und sie hat eimerweise Tränen in meinem Schoß vergossen. Sie hat dich damals geliebt und sie liebt dich immer noch. Ich spüre es in den Knochen. In diesen Dingen hab' ich immer recht, stimmt's, Fiona?«

»Das hast du«, sagte Fiona.

»Und ich sehe ganz deutlich, dass du sie auch noch liebst«, sagte Róisín. »Du bist hier nicht glücklich. Sieh dir diese Wohnung an. Kein Charakter, kein Niall. Es ist, als würde hier ein Geist leben. Du kannst überall arbeiten. Aber es gibt nur eine Cordelia. Und du weißt, wo sie ist. Hol sie dir.«

Niall sah wieder zu seinem Vater. Owen brutzelte das Fleisch in einer Pfanne.

»Ich streite mich nicht mit Róisín«, sagte er.

Niall sah zu seiner Mutter, die versuchte, ihr Lächeln zu unterdrücken, was ihr nicht gelang.

»Na los, Nie«, sagte sie. »Du willst es doch. Das sehe ich in deinen Augen.«

Niall war schwindlig. Der Gedanke, Cordelia wiederzusehen, dehnte sich wie ein Ballon in seiner Brust aus. Die Rippen drückten gegen seine Haut, als würde sein Herz jeden Moment herausspringen.

»Kann ich?«, sagte er, mehr zu sich selbst als zu jemand anderem. »Kann ich … nach New York fliegen?«

Sie wollte Ja sagen.

»Natürlich kannst du!«, sagte Róisín und klatschte in die Hände. »Niall, hol deinen Computer. Fiona, schenk uns noch etwas Whiskey ein.«

Niall fand sich auf der Couch zwischen seiner Mutter und Róisín wieder, und gemeinsam suchten sie nach Flügen.

»Das ist doch verrückt«, sagte er. »Ich weiß nicht mal, wo sie in New York wohnt.«

»Ich habe ihre Adresse«, sagte Róisín mit einem Augenzwinkern. »Ihr beide redet zwar nicht mehr miteinander, aber ich habe sie ein paarmal angerufen, und Alison hat auch noch Kontakt. Sie scheint genauso Trübsal zu blasen wie du, um ehrlich zu sein. Wenn ich in New York leben würde, hätte ich sie längst zur Vernunft gebracht.«

Sie wollte Ja sagen. Ja zu ihm. Ja zu ihnen. Niall hatte immer noch Schwierigkeiten, die Information zu verarbeiten.

»Verdammt«, sagte Fiona. »Es sieht so aus, als wäre der nächste Flug erst am 31. Dezember.«

»Na, dann buch ihn!«, sagte Róisín zu Niall. »Das ist doch nur noch ein paar Tage hin.«

»Na los, Junge«, sagte Owen aus der Küche.

Niall schnappte sich seine Brieftasche. Ein paar Minuten später war er stolzer Besitzer eines Flugtickets von London nach New York.

27

Alles in allem war Cordelia ziemlich stolz auf sich.

Heiligabend hatte sie mit Liz Wein getrunken und Weihnachtsfilme gesehen. Am ersten Weihnachtstag war sie nach Carroll Gardens gefahren. Sie genoss es, Weihnachten mit den Kindern zu feiern – Nikki hatte für alle Rentierpyjamas besorgt, und Cordelia hatte den ganzen Tag darin verbracht, während Grace praktisch nicht von ihrer Seite wich. Sie hatte sich vorgenommen, sich zu amüsieren, und das tat sie auch.

Die Woche zwischen den Jahren fühlte sich wie immer bizarr zeitlos an, so als wäre sie in ein Wurmloch gefallen. Die Tage gingen nahtlos ineinander über, bis Silvester kam, und Cordelia hoffte, das alte Jahr endgültig hinter sich zu lassen. Ein neues Jahr. Ein neuer Anfang.

Sie hatte sogar zugestimmt, auf die Silvesterparty zu gehen, die Liz gab. Cordelia hasste Silvesterpartys grundsätzlich, doch dieses Jahr war sie bereit, eine Ausnahme zu machen – allein zu Hause zu bleiben, wäre noch deprimierender. Außerdem war Liz' Wohnung nur drei U-Bahn-Stationen entfernt. Bei Bedarf konnte Cordelia jederzeit fliehen.

Sie kam um acht Uhr und hätte fast sofort wieder kehrtgemacht. Die Wohnung war voll, die Musik war laut, und Cordelia sah niemanden, den sie kannte. Allmählich erinnerte sie sich, warum sie Silvesterpartys mied. Es war alles zu viel – zu viel Druck, sich zu amüsieren, sich zu betrinken, um Mitternacht jemanden zu küssen.

»Cordie!«, rief Liz, die offensichtlich schon reichlich Champagner intus hatte. »Komm rein, ich möchte dir ein paar Leute vorstellen.«

Sie ließ sich rumführen und den anderen Innenarchitektinnen vorstellen, mit denen Liz zusammenarbeitete, und dann war Meena da und drückte ihr einen Gin Tonic in die Hand.

»Sie hat sich selbst übertroffen, oder?«, sagte Meena und deutete auf die Dekoration. Liz hatte riesige goldene Luftballons mit der Aufschrift HAPPY NEW YEAR aufgehängt, und jeder Gast bekam bei Ankunft eine lustige Brille und eine Party-Tröte. An den Türen hingen glitzernde Perlenvorhänge, und eine Discokugel warf regenbogenfarbenes Licht auf Wände und Teppich.

»Kann man wohl sagen«, meinte Cordelia, kippte die Hälfte ihres Drinks runter und ging dann in die Küche, um sich einen neuen zu machen. Sie musste sich an einem Pärchen vorbeischieben, das am Herd knutschte. Konnten die Leute nicht bis Mitternacht warten? Sie schüttete etwas Eis in ihr Glas und griff nach der Ginflasche.

Eine Stunde später amüsierte sich Cordelia kein bisschen mehr als bei ihrer Ankunft. Es war laut und heiß in Liz' Wohnung, und außer Meena kannte sie eigentlich niemanden. Die Leute tanzten, lachten und küssten sich, und Cordelia fühlte sich, als wäre sie von einem anderen Planeten. Es machte sie auf einmal so traurig. Als würde sie nicht dazugehören, schlimmer noch, als könnte sie nie dazugehören.

Steh auf, geh raus und genieße den Tag.

Ich hab's versucht, Dad, dachte sie resigniert. In diesem Moment rempelte sie ein Typ an, sodass ihr Drink überschwappte.

»Oh Scheiße, tut mir leid«, sagte der Typ, aber er lachte und das Mädchen, mit dem er zusammen war, lachte auch. Cordelia hatte einfach. Die Schnauze. Voll.

»Schon gut«, sagte sie mit zusammengebissenen Zähnen, machte auf dem Absatz kehrt, schnappte sich ihren Mantel und ging hinaus in die kalte Dezembernacht. Sie beschloss, zu Fuß nach Hause zu gehen – sie würde dreißig Minuten brauchen, aber das war immer noch besser, als mit all den Silvesterpartygängern auf die U-Bahn zu warten. Sie verwandelte sich in einen echten Grinch. Sie schrieb Liz, dass sie gegangen war, und entschuldigte sich, dass sie sich nicht verabschiedet hatte.

Wie hatte Niall das genannt? Einen irischen Abgang.

Als sie zu Hause ankam, taten ihr die Füße in den hochhackigen Stiefeln weh. Sie hinterließ im Ausziehen eine Kleiderspur und ging ins Bad, um zu duschen.

Was macht Niall jetzt gerade?

Sie musste damit aufhören, aber die Frage kam alle fünf Minuten wieder hoch, wie ein Springteufel in ihrem Kopf. Es spielte keine Rolle, was Niall tat. Sie hatte endlich in den sauren Apfel gebissen und Kate fast alle Fotos von ihm geschickt (sollte sie selbst entscheiden, welche sie verwenden wollte), sodass sie all das hoffentlich hinter sich lassen konnte, sobald das Buch fertig war.

Sie stellte das Wasser ab und zog sich den Rentierpyjama an, den Nikki ihr geschenkt hatte. Er war wirklich kuschelig, ein Einteiler mit einem Reißverschluss auf der Vorderseite, und Cordelia war es egal, dass sie lächerlich aussah, oder dass sie eine Silvesterparty verlassen hatte, um allein zu Hause in einem albernen Weihnachtspyjama auf dem Sofa zu sitzen. Sie machte eine Folge *Murder in the Heartland* an, schenkte sich Wein ein und kochte Wasser für Ramen.

Sie konnte so Silvester feiern, wie sie wollte. Das hier war genauso gut wie eine Party. Sogar besser. Denn allein in ihrer Wohnung musste sie nicht so tun, als wäre alles gut.

Ein Gedanke schoss ihr durch den Kopf – sie zögerte, dann gab sie ihm nach. Egal. Sie war ohnehin erbärmlich.

Cordelia ging ins Schlafzimmer, nahm den Grasring vom Nachttisch und steckte ihn sich an den Finger. Sie starrte ihn an und fragte sich, wie ihr Leben wohl aussehen würde, wenn sie Ja gesagt hätte.

»Sei nicht albern«, sagte sie laut. Ihre Mutter hatte recht, Heiraten war keine Lösung. Sie wollte nur eine Welt, in der sie mit Niall zusammen sein konnte. Das war alles. Aber passiert ist passiert, wie ihr Vater zu sagen pflegte. Sie seufzte. Es würde das letzte Mal sein, dass sie seinen Ring trug. Sie musste ihn wegwerfen. Es war an der Zeit, die Vergangenheit hinter sich zu lassen.

Aber heute trage ich ihn noch mal, dachte sie trotzig und stapfte zurück in die Küche, um die Gewürzmischung in ihre Ramen zu kippen. Sie schlürfte gerade vor dem Fernseher ihre Nudeln, als es an der Tür klingelte. Sie runzelte die Stirn und blieb sitzen – vielleicht gab jemand im Haus eine Party, und die Gäste hatten sich in der Tür geirrt. Jedenfalls erwartete sie niemanden.

Es läutete erneut. Wollte Liz sie überreden, zurück auf die Party zu kommen? Obwohl Liz ziemlich beschwipst gewirkt hatte, als Cordelia sich verdrückt hatte. Andererseits konnte gerade die betrunkene Liz sehr forsch sein.

Wieder läutete es an der Tür.

»Ich komm' ja schon«, schnauzte Cordelia, stürmte zur Tür und riss sie auf.

Und dort … vor ihrer Haustür … in New York … stand Niall.

»Hallo«, sagte er leise.

Cordelia starrte ihn nur an. Er sah genauso aus wie immer – volles schwarzes Haar, das ihm in die Stirn fiel, ein Stoppelschatten auf dem Kinn, seine Augen noch blauer, als sie es in Erinnerung hatte. Er roch sogar wie Niall: nach Treibholz und Wolle.

Oh, verdammt. Jetzt halluzinierte sie schon.

Niall runzelte die Stirn. Gott, wie sie das vermisst hatte.

»Cordelia?«, sagte er.

»Bist du real?«, platzte sie hervor.

Er blinzelte und lächelte dann so, dass sein Grübchen sich abzeichnete. Cordelia spürte, wie etwas in ihrer Brust zerriss. »Ja«, sagte er. »Ich bin real.«

»Wie … wieso bist du hier?«, fragte sie. Ihre Beine begannen zu zittern, ihr Atem wurde flach.

Niall zuckte verlegen die Schultern. »Róisín«, sagte er. »Sie, ähm, hat es mir erzählt. Bitte sei ihr nicht böse, sie hätte es nicht getan, wenn ich den Job in London nicht gekündigt hätte. Außerdem hat sie gesagt, es sei dumm von mir zu glauben, dass du mich nicht willst. Tja, sie hatte einiges zu dem Thema zu sagen, wie du dir vorstellen kannst. Jedenfalls hat sie gesagt, ich soll ins Flugzeug steigen und dir sagen, was ich fühle, und das habe ich getan, auch wenn es vor heute keinen Flug mehr gab, und ich dachte, du seist vielleicht auf einer Party oder so, aber ich …« Er verstummte und trat von einem Fuß auf den anderen. »Mist, hab' ich's vermasselt? Komme ich zu spät? Ich verstehe, wenn du willst, dass ich gehe.«

»Gehen?« Cordelia versuchte immer noch zu verstehen, was Niall gesagt hatte. »Warum sollte ich wollen, dass du gehst?«

Nialls Wangen färbten sich rosa. »Ich weiß ja nicht, ob du einen anderen hast, oder …«

Cordelia brach in ein Gelächter aus, das an Hysterie grenzte.

»Cord?« Niall sah nun wirklich besorgt aus, und sie konnte es ihm nicht verdenken, aber sie konnte auch nicht aufhören. Cordelia lachte, bis ihr die Seite wehtat, und dann sah sie ihn endlich an. Niall war real, und er war *hier*, und es fühlte sich an, als würde die Sonne in ihr aufgehen, es fühlte sich an, als wäre die Welt in Technicolor, fast unerträglich bunt.

Sie hielt ihre Hand mit dem Grasring hoch, und bei seinem Anblick zuckten starke Emotionen über Nialls Gesicht.

»Ich habe keinen anderen«, sagte sie, und ihre Stimme brach. »All die Monate konnte ich an nichts anderes denken als an dich, Niall. Ich war so unglücklich, ich war …«

Doch sie kam nicht dazu, zu Ende zu sprechen, denn mit einem Schritt war er in ihrer Wohnung, und die Tür fiel hinter ihm zu. Er schloss sie in die Arme, sein Mund fand ihren, und Cordelias Herz klopfte so heftig, dass sie dachte, es würde zerspringen.

Sie küsste ihn, als würde verhungern und er wäre ihre letzte Mahlzeit. Ihr Mund verzehrte sich nach ihm, ihre Lippen gierig und beharrlich. Sie schmiegte sich an ihn, klammerte sich an seinen Mantel, als wollte sie ihn mit bloßen Händen zerfetzen. Sie wollte Nialls Körper spüren, seine Brust, seine Hüften, seine Schultern. Sie wollte seine Kehle und seinen Nacken schmecken. Sie wollte ihn ganz in sich aufnehmen. Er grub die Finger in ihr Haar, während sie mit den Knöpfen seines Mantels hantierte. Dann riss sie ihn einfach auf, und er fiel zu Boden.

Sie wich kurz zurück, nahm Nialls Anblick in sich auf, immer noch nicht ganz sicher, ob er real war.

»Warum siehst du mich so an?«, flüsterte er. Seine Stimme war rau und jagte ihr einen Schauer über den Rücken.

»Ich versuche zu entscheiden, ob du eine Halluzination bist.«

Er lachte leise, und sie konnte es zwischen ihren Schenkeln spüren. »Ich verspreche dir, dass ich echt bin«, murmelte er. »Lass es mich dir beweisen.«

Dann küsste er sie zärtlich, seine Lippen geduldig und gewiss. Er zog eine kleine Spur aus Küssen zu ihrem linken Ohr und knabberte an ihrem Ohrläppchen. Cordelia schnappte nach Luft, denn es löste eine wahre eine Flut von Erinnerungen aus.

»Das ist ein sehr schöner Schlafanzug«, murmelte er an ihrem Hals.

Cordelia hatte völlig vergessen, was sie anhatte, und sie wurde so rot, dass ihre Kopfhaut kribbelte.

»Oh!«, keuchte sie und schlug die Hände vor den Mund, aber Niall stöhnte nur.

»Ich habe vergessen, wie schön du bist, wenn du rot wirst«, sagte er und fand erneut ihren Mund. Er öffnete ihren Reißverschluss ein Stück, legte eine Hand auf ihre Brust und strich mit dem Daumen darüber, sodass Cordelia scharf die Luft einsog.

»Ich spüre dein Herz«, murmelte Niall an ihrem Ohr. »Mein Gott, es schlägt wie ein Kolibri.«

»Ich will deins auch spüren«, flüsterte sie.

»Wie Sie wünschen«, sagte er, und mit einer fließenden Bewegung war sein Pullover ausgezogen. Er stand mit freiem Oberkörper vor ihr, die elfenbeinfarbene Haut von feinen schwarzen Härchen bedeckt, und Cordelia dachte, das sei zu viel, das könne unmöglich wahr sein. Sie fürchtete, zu einer Pfütze zu schmelzen oder sich in einer Rauchwolke aufzulösen. Die Gefühle waren zu groß für ihren kleinen Körper. Sie legte eine Hand an seine Brust und spürte das gleichmäßige Pochen. Er atmete schwer.

»Eigentlich«, sagte Niall, »hatte ich eine ganze Rede geplant.«

»Ehrlich?«, fragte Cordelia und bewunderte seine Muskeln, während sie mit den Nägeln über seinen Bauch strich. Sie schob die Finger unter den Bund seiner Jeans.

»Ja, ich wollte – o Gott«, stöhnte Niall, als sie ihre Hand zwischen seine Schenkel schob. Sie konnte sich nicht zurückhalten. Die Rede konnte warten.

»Ich will dich anfassen«, sagte sie. »Ich will … «

»Ich auch.« Niall hob sie in seine Arme, wie in jener ersten Nacht. »Wo ist das Schlafzimmer?«

»Den Flur runter«, sagte sie.

Niall trug Cordelia, ohne auf die Umgebung zu achten. Er hatte nicht erwartet, dass sich die Dinge so entwickeln würden, zumindest nicht so schnell.

Doch er beschwerte sich nicht. Ganz im Gegenteil. Cordelia sehen und sterben. Er stellte sie sanft auf die Füße und öffnete den Reißverschluss ihres albernen Rentierpyjamas ganz, und er fiel zu Boden. Darunter war sie splitternackt.

Niall schob sie aufs Bett – sie war wunderschön, ihre Haut wie Satin, das Haar um ihr Gesicht wie ein Fächer. Er kniete sich so hin, dass ihre Knie auf Höhe seiner Nase waren, und küsste die zarte Haut ihrer Innenschenkel. Er spürte, wie sie unter seinen Händen zitterte, während sein Mund immer weiter nach oben wanderte. Verdammt, sie war schon so feucht. Niall zog mit der Zunge eine lange, langsame Spur, bis sie nach Luft schnappte. Und er wusste, dies war nicht die Zeit für Spielchen, nicht die Zeit für Neckereien. Dies war reines, unverfälschtes Verlangen.

Er entledigte sich seiner restlichen Kleidung, dann kroch er neben sie und streichelte ihre Brust. Sie ließ die Hand zwischen seine Beine gleiten und umfasste ihn mit festem Griff. Er stöhnte auf, als sie ein Bein um ihn schlang.

»Ich will dich in mir spüren«, sagte sie, und er gehorchte.

Mit einer Hand packte er ihren Hintern, die andere legte er um ihren Hals, sodass sie mit dem Gesicht zueinander auf der Seite lagen, als er in sie eindrang. Er knabberte an ihren Lippen, ihren Wangenknochen, ihrem Kinn, während das Feuer immer heißer brannte.

»Niall«, wimmerte sie, und seine Willenskraft brach. Er nahm sie hart und schnell und doch war es nicht genug, und Cordelia schrie nach mehr, als er sie auf den Rücken drehte. Sie wand sich unter ihm, ihre Hände auf seiner Haut.

Er kam, als würde ein Damm brechen, und spürte, wie Cordelias Nägel sich in seinen Rücken gruben, als auch sie zum Höhepunkt kam. Alles fühlte sich weit weg an, während er in einen Strudel gezogen wurde, wo nichts existierte außer Cordelia, dem Duft ihrer Haut, dem Gefühl ihrer Haare, dem heißen, dunklen, pulsierenden Ort, an dem sie beide eins wurden.

Er atmete ein letztes Mal zitternd ein und sank dann in sich zusammen, sein Kopf auf dem Kissen neben ihr, die warme Form ihres Körpers unter ihm. Ihre Herzen klopften wie wild gegeneinander, Cordelias Atem ein sanfter Hauch auf seiner Schulter.

»Niall«, krächzte sie schließlich. »Du erdrückst mich.«

»*Shit*.« Niall sprang auf.

»Nein, komm zurück«, flehte sie.

»Ich bin doch hier«, sagte er und drückte sie an seine Brust. Sie schlang die Beine um ihn, als könnte sie ihn nicht fest genug halten. Die hellen Lichter der Stadt drangen durchs Fenster. Cordelia legte den Kopf schief, sah zu ihm auf und strich mit den Fingern über sein Kinn.

»Ich hätte mich wahrscheinlich rasieren sollen«, meinte Niall. »Aber ich bin direkt vom Flughafen gekommen.«

»Du bist hier«, flüsterte sie. »Meinetwegen.«

»So ist es.« Er küsste sie sanft.

»Ich war mir so sicher, dass du dich in London amüsierst.« Sie setzte sich so schnell auf, dass er erschrak. »Warte, aber … aber das Restaurant! Was ist passiert?«

»Lass uns nicht jetzt darüber reden«, sagte Niall und zog sie wieder an sich. »Jedenfalls war es anders als gedacht, und ich habe gekündigt. Ich werde dir die ganze Geschichte erzählen, ich … Ich brauch nur einen Moment. Um anzukommen. Bei dir.« Er vergrub die Nase in ihrem Haar. »Ich hab gedacht, ich würde dich nie wieder so halten. Gott, ich hab gedacht, ich würde dein Gesicht nie wiedersehen.«

Sie war eine Weile still, und dann spürte er, wie etwas Nasses an seinem Schlüsselbein runterlief. »Cordelia, weinst du etwa?«

Sie setzte sich wieder auf, mit Tränen in den Augen. »Ich hätte nie sagen dürfen, was ich gesagt habe«, schluchzte sie. »Es tut mir so leid, Niall, ich habe es nicht so gemeint, ich wollte nur das Beste für dich. Ich … «

»Hey.« Niall setzte sich auf und nahm ihr Gesicht in die Hände. »Es ist alles in Ordnung. Ich verstehe das. Gott sei Dank gibt es Róisín. Ich weiß nicht, wie sie es geschafft hat, so lange den Mund zu halten.« Er lächelte. »Das erste Mal in ihrem Leben, dass sie ein Geheimnis für sich behalten hat.«

Cordelia lachte. »Ich vermisse sie.«

»Sie vermisst dich auch. Und sie ist sehr aufgeregt, weil sie in einem Buch vorkommen wird.«

Er konnte ihre geröteten Wangen in der Dunkelheit förmlich spüren. »Du weißt davon?«

»Allerdings.«

Sie stöhnte und ließ sich aufs Bett zurückfallen, die Hände vor den Augen. »Weißt du, meine Lektorin hat mich wochenlang wegen der Fotos von dir genervt. *Die Frauen lieben Niall*, hat sie immer gesagt. Und ich so, ja, ich weiß, ich bin eine von ihnen.« Sie sah ihn zwischen ihren Fingern hindurch an. »Und jetzt bist du hier. Nackt in meinem Bett. Bist du sicher, dass das kein Traum ist? Ich kann sehr lebhafte Träume haben, weißt du.«

Niall beugte sich zu ihr und küsste sie. »Es ist kein Traum. Ich verspreche dir, wenn du morgen aufwachst, bin ich immer noch hier. Ich werde so lange hier sein, wie du mich willst.«

»Ich will dich für immer«, flüsterte Cordelia.

Niall nahm die Hand, an der der Grasring steckte, den er vor all den Monaten gebastelt hatte. Er drückte seine Lippen darauf und lächelte sie an.

»Gut«, erwiderte er. »Weil ich dich auch für immer will.«

EPILOG

Als Cordelia aufwachte, strömte graues Licht durch die Fenster.

Zuerst dachte sie, sie sei wieder auf Inishmore. Wegen des Lichts, vielleicht, aber hauptsächlich wegen des Mannes, der leise neben ihr schnarchte. Dann fiel ihr die Schlafzimmereinrichtung auf. Es war nicht Inishmore. Es war New York.

Und Niall war hier.

Sie drehte sich um und sah ihn an, sein Haar zerzaust, die Augen geschlossen.

Er war so absolut perfekt. Es fiel ihr immer noch schwer zu glauben, dass es ihn wirklich gab, dass er den ganzen Weg hierhergekommen war. Ihretwegen.

Eines seiner Augen öffnete sich und enthüllte einen winzigen aquamarinblauen Schlitz. »Siehst du mir beim Schlafen zu?«

»Absolut.«

Das andere Auge öffnete sich. »Das ist ein bisschen unheimlich, weißt du.«

Sie grinste. »Ich hab dich gewarnt.«

Er strich ihr lachend das Haar zurück. »Woran denkst du gerade?«

»Ich liebe dich«, sagte sie.

Er fuhr mit dem Daumen die Konturen ihrer Unterlippe entlang. »Ich liebe dich auch.«

Sie schmiegte sich an seine Schulter, und er legte sein Kinn auf ihren Kopf. »Und jetzt?«, fragte sie.

»Ich finde, Frühstück wäre ein guter Anfang.«

Sie verdrehte die Augen. »Ich meine … wie viel Zeit bleibt mir mit dir?« Ihr Puls beschleunigte sich.

»Cordie, ich geh nirgendwo hin«, murmelte Niall.

Cordelia blieb fast das Herz stehen. »Nicht?«

»Nein. Wo sollte ich denn hingehen? Wo könnte es besser sein als hier?«

Sie lächelte an seiner Brust. »Wirklich?«

»Ich wollte schon immer in New York leben.«

»Wolltest du nicht.«

»Na ja, ich habe nicht *nicht* in New York leben wollen.«

Cordelia drehte sich so, dass sie sein Gesicht sehen konnte. »Ist das dein Ernst? Ich meine, wie denn? Wir sind immer noch in derselben Situation, und ich glaube nicht, dass die Ehe …«

»Psst«, sagte Niall. »Ein Schritt nach dem anderen. Du hast recht, wir müssen nichts überstürzen. Aber es muss doch einen anderen Weg geben. Ich hab' drei Monate Zeit, um mir was zu überlegen. Und wenn nicht, fahre ich für eine Woche nach Irland und komme dann zurück. Mir fällt schon was ein, Cordelia. Nicht bei dir zu bleiben, ist jedenfalls keine Option.«

Cordelia fühlte sich so leicht, als würde sie abheben und an die Decke schweben. Sie sprang auf, sodass sie auf den Knien hockte, ihre Handflächen auf seiner Brust.

»Oh, Niall!«, rief sie, beugte sich hinunter, um ihn zu küssen, und tauchte wieder auf. Er lachte. »Sollen wir brunchen gehen? Das macht man so in New York. Neujahrsbrunch. Wir könnten mit Liz gehen! Wenn sie nicht zu verkatert ist. O mein Gott, sie wird ausrasten, wenn sie dich sieht.«

Niall lachte immer noch, als er sich bückte, um seine Kleidung vom Boden aufzusammeln. »Es macht dir also nichts aus, dass ich bei dir wohne? Da ich keine eigene Wohnung habe?«

»Machst du Witze? Ich würde nicht zulassen, dass du woanders wohnst. Das ist … das … ahhh!« Sie schlang die Arme um ihn und küsste ihn erneut. »Wir finden garantiert einen Job für dich. Vielleicht kennt Meena jemanden – sie kennt so ziemlich jeden. Oder vielleicht … «

Aber Niall sah stirnrunzelnd auf seine Brieftasche.

»Was?«, fragte Cordelia.

»Ich glaube«, sagte er langsam. »Ich glaube, ich habe gerade eine Idee.«

Und er hielt eine Visitenkarte hoch, auf der der Name *Will Kincaid* stand.

»Wer ist das?«, fragte sie.

»Das erzähle ich dir beim Brunch«, sagte Niall und ließ den Blick über ihren Körper wandern, bevor sie sich beide wieder aufs Bett fallen ließen.

Cordelia spürte, wie alle Narben und Brüche der Vergangenheit durch die Berührung von Nialls Hand, das Flüstern seines Atems an ihrer Wange geglättet wurden.

Ihre Welt war endlich wieder im Lot.

Sie sah Niall an, und sie war zu Hause.

DANK

Ich habe dieses Buch auf dem Höhepunkt der Pandemie geschrieben, als ich – wie so viele von uns – sehr düsterer Stimmung war. Es hat mir so viel Licht, Hoffnung und Trost gebracht, aber ich hätte nie gedacht, dass es tatsächlich veröffentlicht wird. Natürlich bin ich überglücklich, dass es seinen Weg in die große, weite Welt gefunden hat, und ich hoffe, dass es auch Ihnen, liebe Leserin, lieber Leser, etwas Freude und Trost gebracht hat.

Kein Buch entsteht jedoch in einem Vakuum, und ich muss so vielen Menschen danken, die mir geholfen haben, die Geschichte von Niall und Cordelia an die Öffentlichkeit zu bringen. Zuallererst: Jess Verdi, die beste Lektorin, die sich eine Autorin wünschen kann. Ich danke dir für deine unendliche Unterstützung, deinen scharfen Blick und deine Geduld bei der Beantwortung all der Millionen von Fragen, mit denen ich dich bei meinem Versuch, dieses Buch so perfekt und ausgefeilt wie nur möglich zu gestalten, überhäuft habe. Du bist die Beste, und ich werde dich ewig lieben. Und weil ich die Tradition aufrechterhalten muss … Stefans weinendes Gesicht.

Ein großes Dankeschön an alle bei Alcove Press: Thai Fantauzzi Pérez und Rebecca Nelson, mein phantastisches Herstellungsteam; Dulce Botello und Mikaela Bender vom Marketingteam; Megan Matti und Stephanie Manova, die dieses Buch in die Hände ausländischer Verlage gebracht haben; und Laura Apperson und Matt Martz. Und Ana Hard, danke für das unglaubliche Cover! Ich hätte mir keine bessere Verpackung für dieses Buch wünschen können.

Charlie Olsen, meine unglaubliche Agentin, danke, dass du in den harten Jahren der Pandemie zu mir gehalten hat. Es war ein wahres Geschenk, dich immer auf meiner Seite zu haben.

Marlies Hartmann, vielen Dank, dass du dir die Zeit genommen hast, dein umfangreiches Wissen über Fotografie mit mir zu teilen und mir geholfen hast, Cordelias Perspektive auszuleuchten. Es war ein Privileg, von dir zu lernen – und Grüße nach London!

Caela Carter, ich glaube nicht, dass ich irgendetwas schreiben kann, ohne dass du es vorher liest. Danke, dass du mich so unglaublich ermutigt hast, während ich am Imposter-Syndrom litt.

Pep Funcia, mi Pepito abejito, du hast so viel Freude in mein Leben gebracht, dass ich gar nicht weiß, wo ich anfangen soll, dir zu danken. Von deiner bedingungslosen Unterstützung über die Art und Weise, wie du mich zum Lachen bringst, bis hin zu deinen Ermahnung *relaja la raja*, wenn es mir schlecht geht – ich bin einfach unglaublich glücklich, dich zu kennen und jeden Tag Zeit mit dir verbringen zu können. Ich liebe dich, corazón.

Ali Imperato, was wäre dieses Buch ohne dich? Von Anfang an warst du da und hast mich angetrieben. Du hast mir den Glauben geschenkt, dass es möglich ist, und ohne dich hätte ich diese Geschichte nie zu Ende bringen können. Danke, dass du so eine unglaubliche Freundin bist.

Meine wundervollen Freund*innen Corey Ann Haydu, Alyson Gerber, Matt Kelly, Erica Henegen, Melissa Kavonic, Jared Wilder, Michelle Zink, Carissa Normil, Audrey Meihak, Lindsay Ribar, Sadie Roberts und Heather Demetrios, ich danke euch allen für eure immerwährende Unterstützung.

Tausend Dank an meine Familie – an meine Mutter und meinen Vater, die mich stets ermutigt haben, meine Träume zu verwirklichen, und an Ben, Leah, Otto und Bea, die mich immer wieder aufrichten und die besten Gruppenumarmungen geben. Ich liebe euch alle und würde es ohne euch nicht schaffen.

Und an Faetra. Ich vermisse dich jeden Tag.

Die Autorin

Amy Ewing, in einer Kleinstadt bei Boston in einer Buchhändlerfamilie aufgewachsen, hat Kreatives Schreiben studiert. Ihre Young-Adult-Romane sind in den USA und international regelmäßig Bestseller. In Deutschland standen die einzelnen Bände ihrer *Juwel*-Reihe jeweils mehrere Wochen in Folge auf der *Spiegel*-Bestsellerliste. *So wie du mich siehst* ist Ewings erster Roman für Erwachsene. Sie lebt mit ihrem Tierschutzhund Sam und mehr Büchern als sie Regalplatz hat in New York.

Die Übersetzerin

Juliane Zaubitzer, geb. 1971 in Lübeck, studierte Amerikanistik und lebt als freie Übersetzerin, u. a. von Roddy Doyle und Sue Townsend, mit Kind und Hund in Hamburg.